« C'est une histoire d'amour mais aussi d'amitié. C'est un roman qui nous emmène à travers le monde et les époques pour découvrir l'Inde comme nous ne la connaissons pas. Une histoire forte avec des personnages féminins et masculins de caractère. »

Marie, de @leslecturesdeknut

« Le début est original et prometteur, je suis très vite rentrée dans l'histoire et j'ai beaucoup aimé le voyage en Inde et les *flash-back*. J'ai également trouvé très instructif et très intéressant de découvrir les traditions indiennes. »

Flavie, de @petite_etoile_livresque

« Une histoire que j'ai dévorée. Impossible d'arrêter ma lecture, nous allons de rebondissement en rebondissement, de révélation en révélation. C'est une histoire d'amour, de famille, de sacrifice et d'amitié. Ce livre m'a fait voyager et a su jouer avec mes sentiments. »

Alexandra, de @chromopixel

« Une merveilleuse histoire au cœur de l'Inde ! Ce roman aborde d'importants sujets, comme la liberté et la place de la femme dans la société. C'est un roman qui fait jaillir une palette d'émotions. J'ai tout simplement adoré. »

Alexia, de @share_livres

« Ce très beau roman m'a emportée à l'époque coloniale de l'Inde britannique. J'ai été parfois émerveillée et parfois révoltée. »

Soraya, de @soraya_bouquine

« Un tableau aux couleurs vives et aux effluves épicés ; un voyage magnifique au cœur de l'Inde et de ses coutumes. Une lecture dépaysante et émouvante qui nous plonge dans les secrets de famille et le combat d'une femme pour l'égalité. Un gros coup de cœur. »

Debora, de @debora.moloc

« Méga coup de cœur ! Une plume envoûtante et dépaysante qui m'a chamboulée par l'intensité et la beauté de cet amour interdit. Un voyage sur cette terre merveilleuse où le passé révélera des secrets inavouables mais libérateurs. »

Aurélie, de @aurelivres57

« J'ai apprécié ces héroïnes courageuses, unies par les liens du sang, mais aussi par un même amour des mots et une même aspiration à la liberté. À travers leur histoire, Sejal Badani nous pousse aussi à réfléchir à l'évolution de la condition féminine à travers les époques. »

Lise, de @douceur_de_lire

Pour en savoir plus sur les Lectrices Charleston, rendez-vous sur la page www.editionscharleston.fr/lectrices-charleston

# LA PASSEUSE D'HISTOIRES

Titre original : *The Storyteller's Secret*


Traduit de l'anglais par Ève Borelli

Édition française publiée par :

10, place des Cinq-Martyrs-du-Lycée-Buffon
75015 Paris - France
www.editionscharleston.fr

ISBN : 978-2-36812-698-1

Maquette : Patrick Leleux PAO

Sejal Badani

# LA PASSEUSE D'HISTOIRES

Roman

*Traduit de l'anglais (États-Unis)*
*par Ève Borelli*

CHARLESTON
POCHE

*Pour Benee Knauer,*

*Je te serai toujours reconnaissante. Pour ton amitié, tes conseils et ton soutien, et pour avoir toujours cru en cette histoire.*

*Tu es exceptionnel. Merci à toi, mon meilleur ami.*

# PROLOGUE

## *Été 2000*

Vingt pour cent des femmes font un jour une fausse couche. Parmi elles, quatre-vingts pour cent perdent leur bébé au cours du premier trimestre de grossesse. Les risques sont de douze pour cent à trente ans – une probabilité qui augmente avec l'âge.

Je peux réciter par cœur ces statistiques, et bien d'autres encore. J'ai lu tout ce qui était à ma portée, dès le jour où on a décidé d'avoir un enfant.

C'était il y a cinq ans. Depuis, j'ai passé un nombre incalculable d'heures à la bibliothèque et sur Internet, dans l'espoir de trouver une nouvelle étude, un nouveau médicament, qui multiplierait mes chances d'arriver à terme. Mais peu importent mes lectures, j'en viens toujours à la même conclusion : certains bébés naissent, d'autres pas. Pour chaque femme dépassée par la maternité, une autre rêverait d'entendre les pleurs d'un bébé. Pour chaque couple qui agrandit son foyer, un autre doit renoncer à devenir parents.

Impossible de décrocher mon regard de l'image entre mes doigts. Je la tourne dans un sens, puis dans l'autre. Pourtant je connais déjà par cœur les lignes tortueuses de l'échographie. Mais au-delà du noir et blanc, mon cerveau ravive la couleur de l'unique portrait de mon enfant. Dans ma tête, mon bébé baigne dans un fluide limpide, chaleureux. Tous les matins, je me convaincs que le crissement des roues du train résonne pour lui comme une symphonie, berçant son sommeil, et que la peur qui pénètre chaque cellule de mon corps n'atteint jamais mon utérus. Oui, mon bébé vit dans un monde plein de bonheur et de joie, avec foi en l'avenir.

— Jaya.

La porte de mon bureau s'ouvre à peine pour dévoiler la tête d'Elizabeth, ma stagiaire, dans son entrebâillement.

— J'ai Patrick en ligne pour vous.

Visiblement confuse, elle jette un coup d'œil à mon téléphone dont deux voyants clignotent.

— J'ai essayé de vous appeler, mais vous ne décrochiez pas.

— Désolée, j'étais concentrée sur mon article.

L'écran de mon ordinateur est manifestement vierge, mais elle ne fait aucune remarque. Je n'ai pas entendu le téléphone sonner. Pas plus que je n'ai entendu Elizabeth frapper à la porte.

— Je vais prendre l'appel.

J'attends qu'elle sorte et referme la porte derrière elle pour décrocher.

— Patrick ?

— Salut, chérie.

Après huit ans de mariage, la voix de celui qui partage ma vie depuis la fac m'est aussi familière que la mienne : j'en connais chaque intonation et ce qu'elle signifie. Je devine son regard rivé sur son ordinateur, et le combiné calé entre l'oreille et l'épaule. L'après-midi touche à sa fin, et il doit en être à sa cinquième tasse de café. Pendant ses études de droit, il avait réussi à se débarrasser de cette addiction. Mais les mauvaises habitudes ont la vie dure, et sa promotion dans un grand cabinet d'avocats new-yorkais a vu sa consommation de caféine augmenter drastiquement. Entre six et huit tasses par jour.

— Chinois, pour le dîner, ça te dit ?

Tout en parlant, il n'a pas cessé de pianoter sur son clavier. Un bruit de papier froissé me parvient.

— Sinon on peut commander un hamburger-frites… pour changer, propose-t-il, taquin.

Ce serait la quatrième fois d'affilée. La faute aux hormones. Ça fait quatorze semaines que je ne rêve que de hamburgers. La dernière fois, c'était la nourriture italienne. Celle d'avant, les nausées avaient eu raison de mon appétit.

— Patrick…

Mes doigts serrent fermement la photo. Mon autre main presse le combiné contre mon oreille, à m'en faire mal.

— Je…

Je m'interromps. Comment le lui annoncer ? Son clavier se tait, et j'entends une inspiration profonde à l'autre bout du fil.

— Jaya ?

Il y a une fêlure dans sa voix. Alors je reprends mon souffle. Il a compris.

— Tu as appelé le médecin ?

— Pas encore, je murmure.

— De quand datent les saignements ?

Le ton a changé : c'est celui qu'il utilise au tribunal. Quant à ma voix, elle s'amenuise, encore et encore, jusqu'à s'éteindre. Comme à chaque fois. C'est notre chorégraphie, mise au point devant le fait accompli, nous la dansons à chaque fois. Graduellement, je m'affaiblis alors qu'il devient plus fort.

Jamais je n'aurais imaginé que les choses se dérouleraient ainsi, mais la vie ne nous offre que rarement ce que nous souhaitons. Sauf pour Patrick. De son côté, tout s'est toujours passé comme prévu. Avocat né, il s'anime devant des juges blasés et des jurys sceptiques. Avec ses traits parfaits, sa voix profonde et son intelligence affûtée, il a gagné assez de procès pour être promu associé junior, le plus jeune de l'histoire du cabinet. Exactement comme il l'avait prévu en sortant de la fac de droit.

De mon côté, j'avais choisi le journalisme. Entre mon amour pour les mots et mon obsession pour les chiffres et les données statistiques, c'était la carrière qui s'imposait. Ma mère, déçue, aurait préféré me voir en médecine.

— Il y a deux heures.

J'attends sa réponse, qui me montrera quelle casquette il a mise : l'avocat, l'homme, le père en deuil…

— Je te retrouve chez le médecin, dit-il d'une voix neutre.

C'est donc l'avocat qui parle. En endossant ce rôle, il sera capable de s'absorber dans les détails médicaux de la fausse couche pour l'accepter comme je n'ai jamais réussi à le faire. Si seulement j'avais sa force. À chaque fois que j'essaie de puiser dans la mienne, elle m'échappe.

— On se voit là-bas.

Je raccroche sans un mot de plus. Refusant de me séparer de la photo, je la glisse dans la poche de mon pantalon.

Ma main sur mon ventre attend un signe qui me dirait que tout va bien. Qu'il n'y a pas besoin de se précipiter chez le médecin, ni d'appréhender son diagnostic. Je me convaincs que mon bébé est bien au chaud, en sécurité, qu'il attend juste de naître. J'attends, encore un moment. Rien. Alors je range ma chaise sous le bureau et mets mon ordinateur en veille. Enfin, j'appuie sur l'interrupteur, plongeant la pièce dans le noir.

***

Mes paupières sont lourdes après l'anesthésie. Je cligne des yeux plusieurs fois, alors que Patrick et l'obstétricien, en pleine discussion tranquille, apparaissent dans mon champ de vision.

— Il faut compter au moins une semaine de convalescence, dit le médecin. Surtout pas d'efforts inconsidérés, ni d'activité intensive.

— À partir de combien de temps pourra-t-on réessayer ?

J'ai lutté pour trouver la force de parler. Tous les deux se tournent, ébahis de me voir éveillée.

— Combien de mois ? j'insiste.

Ils échangent un regard. Manifestement, ils en ont déjà discuté.

— Chérie, concentrons-nous sur toi, pour le moment.

Patrick vient près de moi et me caresse les cheveux.

— Dites-moi. Combien de temps ?

Comme du verre brisé, ma voix est hachée, mes mots s'entrechoquent. Nous avons laissé s'écouler six mois entre cette grossesse et la précédente. Patrick voulait attendre davantage, mais j'en étais incapable. Pour nous, chaque grossesse nécessite des mois de FIV, soit d'injections, de médicaments et de suivi détaillé de mon cycle menstruel. Chaque fausse couche qui s'ensuit est un nouvel échec à surmonter, à comprendre.

— Durant le curetage, votre utérus a été perforé.

Le médecin jette un coup d'œil à mon dossier avant de me faire face.

— C'est rare, mais cela arrive.

Le choc se réverbère dans la moindre parcelle de mon corps. Mon regard va vers Patrick, qui fixe un point sur le mur. Il agrippe ma main : c'est le seul signe qui me prouve qu'il souffre. Ma paume demeure inerte au creux de la sienne.

— Vous avez été capable de refermer la plaie ?

Le chagrin se loge dans ma gorge, m'empêchant de respirer.

— Oui.

Comme si j'étais un projet scientifique, elle m'annonce ce qui m'attend avec des mots précis et dénués d'émotion.

— C'était une petite incision. Vous devriez guérir sans aucune complication.

— Qu'est-ce que cela signifie ?

— Qu'il faut au moins attendre un an avant de tenter une nouvelle FIV, dit-elle d'un ton définitif que je ne peux accepter. Nous vérifierons que tout cicatrise correctement et rapidement, et ce devrait être le cas, mais quoi qu'il en soit, c'est le délai que nous recommandons.

— Il y a forcément une autre solution.

Le désespoir, comme un nœud coulant, m'enserre et m'étouffe. Mon corps s'engourdit. Après trois fausses couches, dans ce raz-de-marée d'émotions, je cherche à quoi me raccrocher, mais il n'y a rien. Pas de canot de sauvetage pour moi.

— Il y a des médicaments pour accélérer la guérison ?

— Jaya.

Patrick passe la main dans ses cheveux. Après un profond soupir, il dit :

— On en reparlera plus tard, d'accord ?

Avant que je puisse répondre, Patrick souffle quelques mots à l'oreille du médecin. Elle acquiesce, et quitte la pièce. Je froisse le drap d'hôpital, seul signe de ma détresse.

— Comment tu te sens ?

Patrick abaisse la barrière de sécurité du lit pour s'asseoir à côté de moi. Après chacune de mes fausses couches, on nous a donné une tonne de raisons expliquant pourquoi mon corps refuse de porter un enfant à terme, mais aucune solution.

— C'était censé être un simple curetage.

Je calcule le temps qu'il faudra pour commencer une nouvelle procédure de FIV. Avec l'énergie du désespoir, je décide de mettre en place un plan d'action.

— Il nous faut un second avis médical. Si ça se trouve, on n'est pas vraiment obligés d'attendre une année entière avant d'essayer à nouveau.

— Chérie.

Patrick attend jusqu'à ce que mon regard rencontre le sien, puis il poursuit :

— Pourquoi ne pas se concentrer sur ta guérison, pour le moment ? On s'inquiétera du reste plus tard.

— Je vais faire des recherches, je vais trouver un meilleur spécialiste, je murmure.

Je l'entends à peine, alors que mon esprit bourgeonne d'idées. Élaborer un plan m'aide à me distraire.

— Mon père devrait connaître quelqu'un.

— Non, pas d'autre médecin, dit-il avec lenteur.

— Pourquoi ?

Devant son hésitation, je me redresse.

— Parce que je ne suis plus sûr de vouloir encore de tout ça.

JAYA

TROIS MOIS PLUS TARD

2000

# CHAPITRE 1

J'avais cinq ans quand j'ai supplié ma mère de m'offrir un chien. La race ou la taille n'avaient aucune importance : je voulais juste avoir un compagnon qui soit bien à moi, à aimer et à câliner. Trois jours après ma requête, ma mère m'a fait la surprise : un chiot en laisse m'attendait à la maison. C'était le bonheur. Je l'emmenais partout et il dormait dans mon lit. Quelques mois plus tard, il s'est enfui et nous ne l'avons pas retrouvé. Assise sur mon lit, j'ai pleuré pendant des heures sous les yeux de ma mère qui demeurait silencieuse, dans l'embrasure de ma chambre. Je me suis finalement endormie, épuisée de chagrin. Ce n'est qu'au matin que j'ai compris que pendant la nuit, elle avait tiré la couverture sur moi et avait éteint la lumière. Jamais elle ne m'a adressé un mot à propos de cette douloureuse perte.

***

Je regarde fixement l'eau dont l'écume lèche les rochers. Une sirène retentit au loin, celle d'un bateau qui navigue sur les flots de l'Hudson. Je resserre les pans de mon gilet plus étroitement autour de moi. Sans mes kilos de grossesse, je suis privée d'une couche de chaleur dont j'ai désespérément besoin. L'air glacial pénètre la laine, me faisant frissonner.

J'enlève mes lunettes noires et lève mon visage vers le soleil qui apparaît entre deux nuages. Nous ne sommes qu'en octobre, mais la température a bien chuté, signe de l'arrivée prochaine de l'hiver. Le froid ou la neige ne me dérangent pas. Ils m'offrent une excuse toute trouvée pour dissimuler mon corps sous des vêtements épais, à l'abri du monde. Je n'ai pas toujours préféré la solitude à la compagnie des autres, mais je le répète : jamais je n'aurais pu imaginer que ma vie tournerait de cette façon.

Je cale mes mains sous mes cuisses et m'appuie contre le dossier du banc. J'écoute les klaxons des voitures et les sirènes des bateaux : un bref répit à la tristesse qui m'emplit.

— Désolé d'être en retard.

Je ne me retourne pas.

— Tout va bien.

Mais nous savons tous les deux que je mens. Rien ne va et je me demande comment ça pourrait un jour s'arranger.

— Comment ça s'est passé, au travail ?

— Tout va bien.

Est-ce ce que nous sommes devenus ? Deux personnes qui se répètent les mêmes banalités ? Patrick s'assied près de moi. Une rafale de vent rabat ses cheveux sur son front. Il a enroulé autour de son cou l'écharpe que je lui ai offerte il y a deux ans. À l'époque, c'était naturel pour moi de lui acheter des vêtements. Je connaissais sa marque de chaussures favorite, le type de cravates ou la coupe de costumes qu'il préférait. Au début de notre relation, puis de notre mariage, nous pouvions lire l'un en l'autre comme personne ne saurait le faire. Et pourtant, les longues années que nous avons passées ensemble ne nous ont pas donné de mode d'emploi pour surmonter notre chagrin.

— Bien, dis-je avant de me replonger dans la contemplation de l'eau, me demandant si les réponses que je cherche se cachent dans ses profondeurs. Très bien.

Il pose sa main sur la mienne et nos doigts s'entrelacent naturellement. Avec précaution, je jette un œil sur les siens. Trois mois se sont écoulés depuis le curetage. Depuis, nous nous sommes à peine parlé.

— Tu te souviens du premier jour de notre deuxième année de fac ? Tu avais planté un crayon dans ton chignon. Tu portais un jean déchiré et un sweat à message : « Si vous ne réussissez pas du premier coup, le parachutisme n'est pas fait pour vous ! »

— J'adorais ce vieux pull miteux.

Je m'en suis débarrassée au moment où nous avons emménagé ensemble, juste après la fac. L'accroc à la manche s'était élargi jusqu'à l'épaule.

— Toi, par contre, tu n'étais pas un fan absolu du saut en parachute ! j'ajoute.

— Quelle erreur de te laisser choisir ce qu'on ferait pour notre deuxième rendez-vous !

Ses doigts pressent les miens. Je ne peux m'empêcher de faire pareil. Je savoure la chaleur de son contact.

— Du saut en parachute… Si j'avais su !

— Tu aurais refusé ?

Surprise, je plante mes yeux dans les siens et attends sa réponse. D'accord, il était nerveux ce jour-là, mais pourtant, il avait enfilé sa combinaison et il était monté dans l'avion sans protester.

— Est-ce que tu aurais accepté un troisième rendez-vous si ça avait été le cas ?

— J'adorais le saut en parachute…

La première fois que j'en ai fait, c'était à cause d'un pari, en première année. Pour une fille coincée comme moi, c'était l'occasion d'échapper à mon quotidien. Ensuite, c'est devenu ma drogue, ma façon à moi de planer.

— Ça aurait été compliqué entre nous si tu avais refusé.

— Alors je suis content d'avoir accepté.

J'acquiesce, comprenant le sous-entendu : il ne regrette pas toutes ces années passées ensemble.

— Ça fait longtemps que tu n'as pas sauté.

Effectivement. Pas depuis que nous avons tenté d'avoir un enfant. Après la première fausse couche, il m'a demandé, puis supplié de me confier à lui, mais j'ai répliqué que je n'avais rien à dire. Je me concentrai sur la perspective d'une nouvelle grossesse, persuadée qu'elle guérirait toutes les souffrances générées par ma première fausse couche. Mais les échecs répétés n'ont fait que nous éloigner de plus en plus.

— Tu devrais y retourner, dit-il avec douceur. Tu aimais tellement ça.

— Parfois, il ne suffit pas d'aimer.

Nous savons tous les deux que je ne parle pas de parachutisme. Il dégage sa main et même si je meurs d'envie de la retenir et de la serrer fort dans la mienne, je le laisse faire.

— Est-ce que tu as trouvé un endroit où vivre ?

Notre séparation s'est faite pas à pas. Après le curetage, Patrick s'est mis à dormir dans la chambre d'amis. Puis, à passer ses week-ends entre amis, ou dans sa famille en Floride. Je m'étais demandé à voix haute si on était en train de se séparer. Quand il avait répondu qu'il cherchait un appartement, une partie de moi, déjà fêlée, s'est brisée. Mais je suis restée de marbre.

— Oui, dit-il d'une voix à peine audible. À deux rues de chez toi. C'est un deux-pièces en sous-location pour six mois, le temps de trouver quelque chose de définitif.

Je voudrais croire qu'il reste dans les parages pour ne pas vraiment me quitter, mais la logique me souffle que c'est seulement parce que c'est pratique. Depuis notre appartement, il peut rejoindre à pied son bureau et tous les endroits que nous fréquentons. Je me demande si à l'avenir, je le croiserai au restaurant du coin, ou en train de lire son journal dans notre café habituel, là où les bagels sont servis tout chauds et où le gérant sait exactement comment nous les aimons. Patrick les préfère légèrement grillés mais avec beaucoup de fromage frais, alors que moi, je les mange…

— Jaya ?

Au ton de sa voix, je sais qu'il a répété mon nom plusieurs fois.

— Désolée.

Je me masse les tempes, espérant que ça m'aidera à refaire surface.

— Pendant une minute, j'étais perdue dans mes pensées.

Je me détourne de lui, refusant de lui laisser voir ce que je dissimule : il m'arrive de plus en plus souvent d'avoir des moments d'absence, où l'angoisse parvient à me couper du monde qui m'entoure.

— Qu'est-ce que tu disais ?

— Tu as parlé à tes parents ? De nous deux ?

— Oui.

Je masse ma nuque tendue avant de lui faire face.

— Je les ai appelés la semaine dernière.

Notre conversation se rejoue dans mon esprit, alors que j'observe un bateau qui passe lentement devant nous.

— Papa a voulu savoir comment j'allais, et Maman n'a rien dit.

— Jaya, commence Patrick, mais d'un geste de la main, je le fais taire.

— Je vais les voir ce week-end. Je leur expliquerai tout de vive voix.

— Est-ce que tu as besoin que je vienne ? demande-t-il, me fixant intensément. Pour t'aider à leur faire comprendre.

Mon père considère Patrick comme le fils qu'il n'a jamais eu. Quant à ma mère, même si elle s'est montrée accueillante avec lui et qu'elle a semblé heureuse que nous soyons ensemble, elle a toujours gardé ses distances, comme elle le fait avec tout le monde.

— Ta présence ne changera rien. Elle refusera quand même d'en discuter.

Malgré son envie d'alléger mon fardeau, nous savons tous les deux que rien ne rendra ma mère moins indifférente.

Il pince ses lèvres, se retenant d'exprimer le fond de sa pensée. L'écart entre nous a commencé à se creuser quand nous avons voulu avoir un enfant. Patrick s'est renfermé, alors que les années de FIV et nos problèmes de fertilité me faisaient perdre patience. Nos discussions ne tournaient qu'autour de ce qu'il fallait faire pour que je tombe enceinte. Lorsque enfin, ça a marché, c'était comme si ces mois d'éloignement n'avaient jamais eu lieu. Ensemble, nous avons célébré la nouvelle et nous avons rêvé de ce bébé. Quand j'ai fait une fausse couche, douze semaines plus tard, je me suis effondrée, et lui s'est éloigné. Mon chagrin est devenu omniprésent, ne laissant aucune place à notre vie de couple. Il en a été de même pour mes deux autres fausses couches.

Il se lève et enroule son écharpe plus étroitement autour de son cou. Un geste qui dresse une barrière entre nous.

— Je viendrai en fin de week-end récupérer le reste de mes affaires.

— Je serai là.

Même s'il a toujours la clef, je secoue la tête comme s'il était un convive qui s'impose.

— À dimanche, alors.

Je meurs d'envie de lui demander de rester, mais les mots me manquent. Ma bouche devient sèche et il m'est impossible de former une phrase. Les larmes emplissent mes yeux, mais elles ne coulent pas. Je le regarde s'éloigner jusqu'à ce qu'il disparaisse de ma vue. Alors, je continue à contempler l'Hudson. Quand l'obscurité tombe et que les lumières de la ville s'éveillent, je me lève pour effectuer le long trajet de retour jusqu'à chez nous.

# CHAPITRE 2

Quand j'avais sept ans, j'ai voulu apprendre à faire du vélo. Ma mère m'en a acheté un avec des roulettes, mais je les ai enlevées. Mes pieds atteignaient à peine les pédales. Chaque jour, je montais dessus et chaque jour, je tombais. L'une de ces chutes a été particulièrement brutale, et j'ai récolté dix points de suture au front. Alors, Maman a enfermé mon vélo dans le garage. Quand nous en avons discuté, elle m'a laissé le choix entre abandonner ou attendre de grandir un peu pour réessayer. J'ai refusé de l'écouter et j'ai ressorti le vélo du garage en cachette. Le jour suivant, je me cassais le bras et m'ouvrais la lèvre en dévalant une pente. Elle a immédiatement offert mon vélo à l'un de nos voisins.

Quand j'ai exigé de savoir pourquoi, elle m'a répondu : « Jaya, parfois, c'est mieux de laisser tomber les choses qui nous font du mal. »

***

Me voilà devant la porte d'entrée de la maison de banlieue résidentielle où j'ai grandi. Je tripote ma clef, me demandant si je dois m'en servir. Finalement, je la glisse dans ma poche et sonne à deux reprises.

— Ma chérie !

Mon père ouvre la porte et m'attire immédiatement contre lui pour me serrer fort dans ses bras.

— Salut, Papa.

Mes mots sont étouffés par son étreinte et son rire se répercute contre ma poitrine. L'odeur de l'oignon, de l'ail et des épices embaume la maison.

— Maman a cuisiné toute la journée, hein ?

— Elle s'est jetée sur l'occasion.

Il passe son bras autour de mes épaules et me conduit à la cuisine.

— Elle a préparé tes plats préférés, dit-il. Comment ça va, ma chérie ?

Je vois bien qu'il fait un effort. Alors je lui souris, incapable de lui avouer la vérité.

— Ça va, Papa.

Quand j'étais petite, il était toujours au travail. Même quand il était à la maison, il laissait ma mère s'occuper de mon éducation et de notre foyer. C'est donc elle qui a forgé notre relation et l'a gravée dans le marbre : nous sommes deux étrangères qui n'ont que les liens du sang en commun.

Maman sort de la cuisine, affublée d'un tablier ridicule sur lequel il est écrit : « Celle qui cuisine a toujours raison. » Comme Papa, elle me serre dans ses bras, mais c'est plus rapide. À peine une étreinte.

— Tu arrives juste à temps pour dîner.

Elle jette un œil au vestibule, avant de reporter son attention sur moi.

— Où sont tes bagages ? Je pensais que tu restais tout le week-end.

Ses longs cheveux châtain clair sont retenus par une barrette. Ses iris vert émeraude contrastent avec son teint légèrement mat. J'ai grandi en enviant sa beauté naturelle. Tous nos proches l'admiraient ouvertement. Elle n'en faisait pourtant pas des tonnes : elle s'habillait toujours très simplement et portait un maquillage léger.

Je brandis mon sac à main volumineux.

— Je repars demain. J'ai un change, là-dedans.

Désireuse de changer de sujet, je soulève le couvercle d'une casserole et hume le fumet qui s'en dégage.

— Ça sent divinement bon.

D'abord, elle reste silencieuse. Puis, elle prend la parole d'une voix à peine audible.

— Tu as besoin de ta famille en ce moment. Surtout depuis que Patrick est parti…

— Patrick ne m'a pas quittée, dis-je plus durement que je l'aurais souhaité. Nous avons rompu d'un commun accord.

Je mens. Ça n'a pas été par choix et ça n'a pas été soudain. Non, ça a pris des années, durant lesquelles je ne cessais de pleurer pendant qu'il s'éloignait encore et encore pour ne plus entendre ma détresse.

— Parce que vous ne pouvez pas avoir d'enfants ? interroge Maman, à ma grande surprise.

Elle se tord les mains.

À peine mariés, mes parents ont quitté l'Inde pour venir ici. Ils m'ont eue, leur fille unique, une fois les études de médecine de Papa terminées et sa carrière lancée. « Tu étais une telle bénédiction », avait-il l'habitude de dire quand je lui demandais pourquoi je n'avais pas de frères et sœurs. « Ça n'aurait pas été juste envers les autres familles de recevoir plus d'un si beau cadeau. »

Je me suis rarement sentie comme une bénédiction aux yeux de ma mère. En fait, pour elle, j'étais une déception constante : je m'en suis rendu compte à la façon dont elle a pincé les lèvres quand j'ai perdu le concours d'orthographe en finale, lors de mon année de CM2 ; à la manière dont les traits de son visage se sont crispés lorsque j'ai raté les sélections pour faire partie des pom-pom girls ; et je le vois encore maintenant, à son regard vide en parlant de mon échec à la maternité.

— Oui, je réponds.

Elle tique, mais demeure silencieuse. Je ravale la boule qui se forme dans ma gorge. J'ai désespérément besoin de réconfort, mais je sais que je ne peux pas compter sur elle.

— À cause des bébés, j'ajoute.

— Lena, dit mon père, qui tapote mon dos tout en adressant une œillade appuyée à ma mère. Jaya vient juste d'arriver. Mettons-nous à table et laissons-la souffler un peu.

Il s'empare de la vaisselle dans les placards et dresse le couvert pour trois, alors que Maman et moi, figées comme des statues, le contemplons. Il dépose les plats sur la table et tire deux chaises. Maman s'installe en bout, Papa et moi, à ses côtés.

— Comment tu te sens ? demande Papa, en bon docteur qu'il est.

— Bien.

Je mens.

— Mon corps récupère.

Je ne me suis jamais confié à eux avant. Je ne commencerai pas maintenant en leur avouant que j'ai constamment des idées noires et que la douleur physique liée au curetage est un rappel incessant de tout ce que j'ai perdu.

— Où est-ce que tu vas habiter ? s'enquiert Maman, qui n'a pas touché à son assiette.

Elle a joint les mains et baisse la tête, comme si elle était en deuil.

— Patrick va déménager, dis-je veillant à énoncer les faits sans y ajouter une once d'émotion. Un deux-pièces en sous-location pour six mois, toujours dans le même quartier.

— Tu vas vivre toute seule dans votre appartement ? demande-t-elle, consultant Papa du regard, avant de revenir vers moi. Non, Jaya. Tu dois revenir habiter ici.

Mon corps tout entier se raidit à l'idée de me retrouver à nouveau coincée dans la petite boîte protectrice de mon enfance, sous l'œil réprobateur de ma mère.

— Je vais bien, Maman.

Voilà comment je rejette sa proposition. Vu comment ça se passait entre nous avant, je suppose qu'elle n'insistera pas. Je ne peux pas imaginer qu'elle ait envie que je reste, pas plus que moi j'en ai envie.

— Tu ne vas pas bien, assène-t-elle, à ma grande surprise. Tu peux nous mentir ou te mentir à toi-même à propos de tout le reste, mais admets au moins ça : tu ne vas pas bien.

Je vais bientôt perdre pied. L'angoisse s'apprête à prendre le dessus.

— Je ne veux pas en parler, dis-je, souhaitant à tout prix clore cette conversation. Pas avec toi.

J'ai été tellement déçue par mes précédentes grossesses que je n'ai pas la force de nouer le dialogue avec elle.

Elle se lève et remet sa chaise en place avec soin. Sans un mot de plus, elle quitte la cuisine et gravit les escaliers qui mènent à sa chambre. Dans le silence qui suit, la honte me saisit.

— Je suis désolée.

Mon estomac gargouille, effet de la faim, mais je l'ignore. J'inspire profondément pour contenir les émotions qui menacent d'exploser. Je lève les yeux et rencontre le regard peiné de Papa.

— Je ne m'attendais pas à ce qu'elle me parle de ça.

— Ta mère t'aime.

Je peux à peine me retenir de rire.

— M'emmener à l'école et à me faire à manger : voilà l'idée de l'amour que se faisait Maman.

La culpabilité m'étreint. Même si ma mère était distante, à chaque fois qu'elle s'occupait de moi : me cuisinait mon repas favori, repassait mes vêtements au pli près, me cherchait d'un regard anxieux parmi la foule lors d'événements scolaires – je me suis convaincue que c'était une preuve d'amour. Oui, concrètement, ma mère a toujours été présente pour moi. C'est le lien intangible qui nous a manqué.

— C'est un peu tard pour nouer le dialogue maintenant.

— Ta mère a fait du mieux qu'elle a pu, dit lentement Papa.

— Je sais.

Comprenant qu'il est préférable de changer de sujet, je saisis des Tupperware.

— On va mettre la nourriture au frigo.

— Jaya.

Il attend que je le regarde pour poursuivre.

— Elle ne va pas bien en ce moment.

La colère s'empare de moi. Moi aussi, j'ai mal, mais mon père a toujours pris parti pour elle.

— Elle a reçu des nouvelles d'Inde, explique-t-il. Elle est chamboulée.

— Quelles nouvelles ?

Maman n'a jamais voulu me raconter son enfance en Inde, et nous n'y sommes jamais allés. Quand j'étais petite, j'avais envie d'en savoir plus sur le pays natal de mes parents, et souvent, je lui ai demandé de m'en parler, mais elle répondait systématiquement : « Concentre-toi sur le futur et non sur le passé, Jaya. » Les parents de Papa sont morts avant ma naissance, et vu qu'il était enfant unique, il avait peu de famille là-bas. Je me rappelle vaguement les rares fois où les frères de Maman sont venus nous voir, effectuant le voyage depuis l'Angleterre et l'Australie.

— Papa ? j'insiste, alors qu'il jette un œil inquiet vers l'escalier.

Il m'entraîne alors dans son bureau tout en cerisier lambrissé, que Maman a mis des heures à décorer à la perfection. Les moulures sont en chêne sculpté et le parquet sombre est recouvert d'un tapis persan. Une lampe de table ancienne éclaire la pièce.

Quand j'ai vu la joie qu'elle éprouvait à s'y atteler, je lui ai demandé de m'aider à redécorer ma chambre. À dix ans, je souhaitais désespérément nouer un vrai lien avec elle. Elle s'est penchée sur le sujet et m'a offert une douzaine d'échantillons de peinture de couleurs différentes, ainsi que des magazines de décoration. Puis, elle m'a dit de me décider avant de me laisser seule. Considérant cela comme un rejet, j'ai écarté ses suggestions : j'ai peint ma chambre en noir et j'ai choisi des meubles assortis. Ma période gothique a duré une année entière, mais ma mère n'a jamais protesté.

Papa sort une lettre froissée de son bureau. Il la lit avec lassitude et avec précaution, ce qui me surprend. Quoi qu'il se passe, il s'est toujours montré plein d'énergie et de vie, alors que Maman est calme et semble faire attention à tout, tout le temps. La légèreté de l'un contraste avec la solennité de l'autre. Mais ça n'a jamais éloigné mon père d'elle.

— Ta mère l'a jetée sans m'en parler. Je l'ai trouvée dans la corbeille.

Il me la tend d'une main tremblante.

— Son frère l'a contactée pour lui demander de revenir à la maison. Son père, ton grand-père Deepak, est souffrant.

*Chère Lena,*

*J'espère que cette lettre te trouvera en bonne santé, petite sœur. Je t'écris parce que Papa est très malade. Ravi, un serviteur qui travaillait chez nous quand nous étions enfants, craint qu'il n'ait plus longtemps à vivre. Ravi dit qu'il a quelque chose pour toi. Je ne te demanderais jamais de revenir dans ce lieu qui t'a fait tant de mal, mais je manquerais à tous mes devoirs de frère si je ne t'informais pas de la situation de notre père. Samir, Jay et moi nous lui avons fait nos adieux il y a des dizaines d'années lorsque nous avons quitté l'Inde. Quelle que soit ta décision, nous sommes de ton côté et nous t'aimons.*

*Ton frère,*

*Paresh*

— Elle n'y va pas, j'affirme sans même demander.

— Non.

Il s'adosse à sa chaise, et le cuir couine sous son poids.

— Il n'y a rien que je puisse dire pour la faire changer d'avis, lance-t-il avant de se frotter les yeux. Mais je peux t'affirmer que cette décision la perturbe. J'ai peur qu'elle la regrette pour le restant de ses jours.

Je suis couchée dans mon lit d'enfant, occupée à contempler les rayons de la lune qui se reflètent sur le plafond, à travers la fenêtre. Le réveil émet un petit bip. Il est trois heures. Je suis épuisée, j'ai vraiment besoin de dormir, mais je n'y arrive pas. Je me tourne et me retourne dans tous les sens. Je m'assieds, aplatis l'oreiller et m'allonge à nouveau. Le sommeil ne vient toujours pas. Je jette alors l'oreiller sur le sol et me réinstalle.

Je me redresse en sursautant quand j'entends un bruit provenant au rez-de-chaussée. Des pas résonnent et le réfrigérateur s'ouvre. Me souvenant du goût prononcé de mon père pour le grignotage nocturne, j'enfile ma robe de chambre et descends les escaliers dans le noir. La lumière qui filtre en dessous de la porte de la cuisine me guide. Je pousse le battant de la porte et tombe sur Maman, assise à la table, la tête enfouie dans ses mains. Elle se redresse à mon arrivée et nous nous regardons.

— Je pensais que c'était Papa qui mangeait un morceau, je murmure, en reculant instinctivement d'un pas.

— J'avais envie d'un verre de lait, dit Maman, même s'il n'y a pas de verre en vue. Est-ce que je te prépare quelque chose ?

Sans attendre ma réponse, elle se lève pour prendre une casserole et du lait. Pendant qu'il chauffe, elle ouvre une boîte de cookies et la pose sur la table.

— Tu as perdu tellement de poids depuis les bébés.

Elle s'interrompt, comme si elle réalisait sa maladresse, et demeure silencieuse.

— Je vais bien, dis-je en contemplant avec hésitation l'espace qui nous sépare.

— Je me suis levée trop tard, ce matin. Ça me décale toujours.

Elle se pétrit les mains, les yeux au sol. Elle retire la casserole du feu juste avant que le lait ne déborde, puis le verse dans deux tasses qu'elle pose sur la table, à côté des cookies. Comme je reste debout, elle murmure :

— Tu devrais boire tant que c'est chaud.

Je m'assieds et ce n'est que lorsque je croque dans un cookie qu'elle reprend sa place. Elle répond parfaitement au moindre de mes besoins, aussi attentive qu'une domestique expérimentée. Dans le silence qui nous enveloppe, je peux m'entendre mâcher, puis avaler une gorgée de lait. Elle observe chacun de mes gestes. Quand le silence s'éternise, c'est moi qui le brise :

— Papa m'a parlé de ton père.

Je m'interromps un instant avant de poursuivre :

— J'aurais aimé que ce soit toi qui me le dises.

— Ça n'a aucune importance.

Son visage se durcit et son corps semble se rétracter.

— C'est ton père.

Surprise par sa réaction, j'insiste afin d'essayer de comprendre cette femme que je connais à peine :

— Bien sûr que ça compte.

— Ça n'a aucune importance, j'ai dit.

Elle emploie le même ton que celui qu'elle utilisait quand j'étais enfant : celui qui n'autorise ni le débat ni la dispute. Mon corps se tend et la chair de poule colonise ma nuque.

— Il est en train de mourir et tu refuses de rentrer chez toi ?

Ses yeux se rétrécissent. C'est un avertissement, mais je suis trop fatiguée pour m'en soucier.

— Pourquoi ?

— Ne discute pas de choses que tu ne connais pas.

— Alors explique-moi.

Quand j'étais petite, j'étais jalouse des autres enfants quand ils racontaient leurs vacances chez leurs grands-parents. J'ai supplié ma mère de rendre visite aux miens, dont je ne savais rien. Mes demandes ferventes recevaient toujours un refus ferme, suivi d'un silence.

Mais maintenant, j'ai besoin de m'accrocher à la seule famille qu'il me reste, vu que je ne peux pas en fonder une.

— Pourquoi est-ce que tu n'as jamais parlé de lui ? Pourquoi est-ce que nous ne sommes jamais allés le voir ?

— Ce ne sont pas tes affaires.

— Si, en fait.

Je sens les ténèbres tourbillonner autour de moi. Je cligne des paupières pour me concentrer, mais durant quelques secondes, tout devient noir. Je ferme les yeux et respire profondément. Quand j'ouvre à nouveau les paupières, elle contemple la table, tête baissée. Je passe la main sur mon visage pour reprendre pied.

— C'est ma famille à moi aussi. Pourquoi tu le détestes ?

— Tu ne peux pas comprendre, dit-elle d'un ton calme, en articulant bien distinctement. S'il te plaît, arrête.

Elle se lève pour partir.

— Tu ne m'en as pas dit plus de trois mots, pendant mon enfance.

Elle lève lentement les yeux vers moi et tressaillit.

— Nous ne sommes jamais allés rendre visite à tes frères. Et maintenant, tu ignores ton père ?

J'ai envie de lui faire du mal. Probablement pour oublier mon propre chagrin.

— Qui ferait une chose pareille ?

Elle a un mouvement de recul, comme si je l'avais giflée. Elle est au bord des larmes et la culpabilité m'étreint.

— Maman... je chuchote.

Mais d'un geste de la main, elle m'impose le silence.

— Ma belle-mère m'a fait promettre de ne jamais revenir en Inde après mon mariage, révèle-t-elle, les lèvres tremblantes. Et mon père a approuvé sa décision.

— Quel genre de père agirait ainsi ? je réplique, stupéfaite.

— Le genre qui sait que c'était la meilleure chose à faire.

D'une main frêle, elle couvre son visage. Elle prend une grande inspiration avant de me regarder.

— Maman ?

Je me demande ce qui a pu pousser son père à exiger une telle promesse, mais ne trouve rien de concluant. Elle fait mine de partir, mais je l'arrête.

— S'il te plaît, explique-moi pourquoi.

Pendant trop longtemps, on a refusé de me répondre. On ne m'a pas dit pourquoi mon corps ne peut pas accueillir de bébé. J'ai perdu l'homme que j'aime sans raison. Je n'ai jamais compris pourquoi la mère dont j'avais tant besoin gardait ses distances, comme si elle avait peur d'être proche de moi.

Maintenant, il me faut à tout prix une parcelle de vérité. La journaliste en moi meurt d'envie de connaître l'histoire qui a poussé un père à exiger une telle chose. La fille que je suis veut comprendre pourquoi ma mère a accepté. Mais à peine ai-je l'espoir qu'elle se confie que je déchante. Aujourd'hui n'est pas différent des autres jours. Je comprends qu'elle refusera d'en parler avant même qu'elle secoue la tête.

— Ma promesse était le prix à payer pour ma naissance. C'est tout ce que tu as besoin de savoir.

D'une voix épuisée, elle me souhaite bonne nuit.

# CHAPITRE 3

Je m'assieds et masse mon cou douloureux. Pour cause : je me suis endormie dans le salon, la tête posée sur l'accoudoir du canapé. Les heures s'écoulent, le temps passe. Je n'ai pas parlé à Maman depuis notre dispute, il y a deux jours. Et je ne compte pas le faire.

Mon pied bute sur une canette de soda light vide, juste au moment où j'enlève un bout de fromage collé à mon tee-shirt. Je ramasse les ordures et les jette à la poubelle. Alors que je fais volte-face, mes pieds se dérobent sous moi. Je m'agrippe au plan de travail pour maintenir mon équilibre. En une seconde, tout devient noir. Les images des enfants à qui je n'ai pu donner naissance emplissent mon esprit. Mes forces m'abandonnent et je glisse le long du mur jusqu'au sol.

Ces crises sont régulières. Il n'y a aucune explication à ces parenthèses hors du monde, à chaque fois que le chagrin m'enveloppe et que je suis inconsciente de ce qui m'entoure. Quand je reprends pied, c'est comme si le temps s'était figé, mais je comprends à la tête que font les autres qu'il ne s'est arrêté que pour moi.

Ça m'a effrayée et je suis récemment allée chez le médecin. Après m'avoir fait passer tous les examens imaginables, il m'a déclarée en bonne santé. J'ai ri à cette conclusion tout en me demandant comment on pourrait diagnostiquer un cœur brisé.

La dernière grossesse est celle qui a duré le plus. Nous avons refusé de connaître le sexe par peur que ça nous porte la poisse. Mais passée la douzième semaine, impossible de résister : je me suis arrêtée dans une boutique en sortant du travail et j'ai acheté des vêtements mixtes et des jouets pour remplir la chambre du bébé. Les semaines suivantes, je l'ai décorée à la perfection.

Je prends une longue respiration pour émerger du brouillard. J'enroule mes bras autour de mon ventre et pose mon menton sur mes genoux. Je regarde droit devant sans rien voir et laisse mon esprit dériver jusqu'à ce qu'il se vide complètement et que disparaissent les bébés, et Patrick ; et la lettre de ce grand-père que je n'ai jamais rencontré ; et le silence de ma mère durant mon enfance.

— Jaya ?

Je me redresse et aperçois Patrick, posté à l'entrée de la cuisine. Le front plissé d'inquiétude, il se baisse jusqu'à ce que ses yeux soient au niveau des miens. Les clefs de notre appartement se balancent à son doigt.

— Est-ce que tu vas bien ? demande-t-il.

— Oui, bien sûr.

Je déteste avoir été surprise dans une position aussi vulnérable. Je me relève vivement et le frôle en me dirigeant vers le salon.

— Je n'avais pas réalisé que tu étais là.

— Je t'ai appelée plusieurs fois, pourtant.

Il tend la main pour attraper la mienne. J'hésite à le toucher, mais me dérobe finalement à son contact.

— Tu n'as rien entendu, pas vrai ?

J'agrippe le dossier du canapé à deux mains et prie silencieusement de me montrer forte. J'observe l'appartement en adoptant son point de vue. Sur la table, il y a des journaux encore roulés et plusieurs piles de vaisselle sale. Rien à voir avec la maison de la femme que j'étais, celle qui avait un besoin vital que chaque chose soit à sa place.

— J'ai essayé de rassembler tes affaires, autant que possible, dis-je.

J'ai passé des heures à répartir nos souvenirs communs.

— Si j'ai oublié quoi que ce soit, n'hésite pas à le prendre.

Ayant hâte d'être seule, j'ajoute :

— Je vais me faire un café pendant que tu fais tes bagages.

— Je pensais qu'on pourrait parler.

Dans cette maison que nous avons pourtant aménagée ensemble, il a l'air d'un étranger. Il patiente jusqu'à obtenir toute mon attention avant de prendre la parole avec douceur.

— Stacey et moi, nous nous sommes vus régulièrement.

Sidérée, je me répète ses mots, certaine d'avoir mal compris. En arrière-fond, j'entends une porte claquer dans le hall de l'immeuble. Dehors, les taxis klaxonnent alors qu'ils manœuvrent. Chaque son est amplifié, comme pour étouffer ses paroles.

— Jaya ?

En quelques enjambées, il se trouve devant moi. Instinctivement, je recule jusqu'à ce que mon dos heurte la porte d'entrée. Je contemple ses traits – aussi familiers que les miens – et vois un étranger. Même lorsque nous nous éloignions graduellement, jamais je n'aurais pu imaginer qu'il puisse y avoir quelqu'un d'autre dans sa vie. Surtout pas une amie que je connais depuis la fac. Sa trahison et ma naïveté attisent ma colère. Je détourne les yeux un instant avant d'affronter son regard. Il me semble que ma douleur s'y reflète, mais je chasse cette idée stupide.

— Je ne voulais pas que tu l'apprennes par quelqu'un d'autre.

Face à mon silence, il s'explique :

— Nous sommes allés boire un verre après le travail, et il y avait tes collègues du journal. Ils nous ont vus.

L'angoisse qui se terre toujours dans mon esprit prend de l'ampleur et menace de me faire perdre pied encore une fois. Mais il est hors de question que Patrick me voie si vulnérable. Je lutte donc pour la contenir.

— Voilà pourquoi elle ne répond pas à mes appels.

J'ai la gorge serrée et les mots ont du mal à sortir. Je souffre. Mon corps est engourdi.

— C'est étrange d'annoncer à une amie qu'on couche avec son mari, je poursuis.

— Ce n'est pas le cas.

Il tressaille, avant de se passer la main dans les cheveux, son tic quand il est inquiet. Sa voix contient de la douleur et du regret, mais je suis trop en colère pour m'en soucier.

— Nous ne faisons que discuter.

— Discuter ? je demande, désorientée. De quoi ?

Il reste silencieux, et je me répète.

— De quoi ?

— De la vie. De ce que nous voulons.

Ses mots sont précis, comme si j'étais un membre de jury à convaincre. Je le connais : je sais qu'il ne me dit pas tout. Brusquement effrayée, je l'interroge :

— Est-ce que tu parles de nos…

J'arrête avant de prononcer le mot *bébés.*

— Oui.

Il lit dans mes pensées.

J'en perds le souffle. Mes genoux tremblent. Durant toutes ces années, nous ne nous sommes jamais confiés à nos amis. C'était trop sacré.

— Est-ce que tu l'aimes ?

Une bile acide remonte de mon estomac jusqu'à ma bouche.

— Non, dit-il calmement. Bien sûr que non.

— Connaissant Stacey, elle s'attendra à ce que ses sentiments soient partagés.

J'attrape la poignée dans mon dos, espérant ainsi rester bien droite. Le mieux à faire serait de partir, mais mes pieds refusent de bouger.

— Stacey cherche un mari.

Je fouille mon esprit en quête d'autres informations.

— Elle veut une jolie maison avec jardin, et deux ou trois enfants. Elle a souvent dit que son horloge biologique la rappelait à l'ordre.

D'une voix machinale, je lui fais part de l'ironie de la situation :

— Elle sera probablement capable d'avoir un bébé. Son problème se résumait juste à trouver le bon partenaire.

Il se décompose, et pour la première fois depuis mes fausses couches, je perçois sa douleur. Je me demande si c'est comme ça que la plupart des mariages prennent fin : avec une discussion calme au sujet de la personne qui vous remplace.

Même s'il y a bien plus à dire au sujet de Stacey – sa peur de ne pas être promue au rang d'associée dans son cabinet, ses névroses, son premier amour qui a rompu avec elle quand elle a déménagé à New York pour le travail – je le garde pour moi. Il apprendra tout ça avec le temps. C'est comme ça que les relations amoureuses fonctionnent, non ? D'abord, on voit le meilleur chez l'autre, puis, on gratte progressivement cette image dorée pour découvrir ses mauvais côtés, jusqu'à tout connaître de lui.

— Pourquoi ?

C'est de l'autoflagellation, mais j'ai besoin de savoir.

— Si tu n'as pas de sentiments pour elle, alors…

Il hésite. Je suis sûre qu'il ne va pas répondre.

— Parce qu'elle m'écoute. Parce qu'elle me parle, dit-il finalement.

La détresse déferle en moi. Je baisse la tête pour la dissimuler, mais c'est trop tard. Il s'en rend compte et s'approche de moi.

— Jaya…

Je m'écarte.

Quand nous nous sommes rencontrés, un nouveau monde s'est ouvert à moi. Pour la première fois, j'ai connu l'amour inconditionnel et l'acceptation de l'autre tel qu'il est. Patrick m'a fait découvrir un bonheur auquel je ne croyais pas. J'étais persuadée que je vivais un conte de fées. Mais il n'a rien du prince charmant sur son cheval blanc, et je ne suis pas une princesse. Nous ne sommes que deux personnes dont l'amour si intense s'est tari.

— Tu dois être avec quelqu'un qui fera de toi un homme heureux.

Lui rendre sa liberté me brise le cœur. Faisant appel à tout l'amour que j'ai éprouvé pour lui, je murmure :

— Tu le mérites.

Je me débats avec les verrous avant de parvenir à ouvrir la porte. Je peux entendre Patrick crier mon nom, mais ça n'a pas d'importance. Sa voix n'est désormais plus le phare qui me guide dans la nuit.

# CHAPITRE 4

— S'il te plaît… tu ne peux pas y aller.

Maman joint ses mains, comme si elle priait.

Ma décision de partir en Inde est venue naturellement. Durant les jours qui ont suivi ma conversation avec Patrick, je me répétais constamment ses mots : « *Elle me parle.* » Ils résonnaient dans ma tête. Je me suis égarée si longtemps que je me suis persuadée que fuir était la solution. Les fausses couches m'ont dépouillée de mon identité. Mon envie désespérée d'avoir un enfant a exclu tout le reste – moi y compris.

Quand j'ai demandé à ma chef un congé de longue durée, elle m'a proposé de tenir une rubrique pour raconter mon voyage, sur le blog de l'une de ses amies. Enthousiasmée à l'idée de continuer à écrire, j'ai accepté avec reconnaissance.

Après avoir tout préparé, je suis allée voir mes parents pour leur en parler. Les larmes aux yeux,

Maman m'a suppliée de ne pas partir. J'ai flanché, mais mon propre chagrin m'a fait tenir bon.

— Je t'en prie, dis-moi de quoi tu as peur, ai-je tenté une dernière fois.

— Je te demande de ne pas y aller. Ça devrait être suffisant pour que tu changes d'avis.

— Je suis désolée.

Nous avons toutes les deux continué à garder nos secrets. Je ne lui ai pas avoué que j'ignore qui je suis, désormais. Ou que mes racines arrachées m'ont laissée assoiffée. En me rendant en Inde, je fuis pour ma survie.

— Je dois y aller. Pour moi.

Elle a baissé la tête, et dans le silence, j'ai murmuré :

— Pour toi aussi.

Elle a brusquement levé la tête. Je me suis approchée et j'ai serré sa main, à peine une seconde, avant de la quitter.

***

Dans l'avion, je lisse la lettre froissée de mon oncle. Je la lis une dernière fois avant de la ranger dans mon sac. Je pose la main sur mon ventre stérile en regardant à travers le hublot. L'avion atterrit sur la piste de l'aéroport de l'Inde centrale. J'enfile ma veste légère – je suis vêtue simplement d'un jean et d'un top –, puis je saisis ma mallette d'ordinateur et mon sac à dos.

Près de moi, des parents fatigués demandent à leurs enfants de se calmer. La jalousie m'étreint quand la mère prend le plus jeune dans ses bras et sèche ses larmes. J'enfouis mon nez dans le col en V de mon tee-shirt, prise de nausée à cause de l'odeur des couches sales et du curry.

Enfin, on avance. Je suis les autres passagers, dépasse les agents de bord et pénètre dans le terminal immense où règne une chaleur suffocante. L'humidité emplit mes poumons et mes vêtements me collent comme une seconde peau. Se précipitant pour récupérer leurs bagages ou attraper une correspondance, des voyageurs me bousculent sans même s'excuser. Le plafond est sillonné de tuyaux d'acier, et au-dessus de ma tête, des hirondelles volent librement.

Le rugissement des voix envahit le grand espace ouvert. Un peu plus loin, je tombe sur des mendiants qui dorment le long des murs crasseux. L'odeur de cigarette mêlée à celle de la transpiration imprègne l'air. Des voyageurs hagards foulent rapidement le sol éraflé jonché d'ordures. Des porteurs, en chemise orange et pantalon blanc, poussent des chariots remplis de valises. À travers un haut-parleur, on répète les noms des passagers pendant que le personnel de l'aéroport aide ces derniers à trouver leur porte d'embarquement.

Je m'arrête et m'imprègne de l'atmosphère. J'ai déjà vu des photos de l'Inde, mais rien ne m'a préparée au contraste entre la terre natale de mes parents et la mienne. Ne sachant pas où me diriger, j'avise les panneaux d'affichage suspendus au plafond, quand un groupe d'enfants m'entoure.

— *Memsahib*, toi, achètes. Toi, aimes.

Ils exhibent la marchandise qu'ils tiennent dans leurs doigts fins comme des biens précieux. Ils sont tous squelettiques et portent des vêtements usés jusqu'à la corde. Le visage suppliant, ils bonimentent et exaltent les qualités de leurs bibelots.

Vivant à New York, je suis habituée aux mendiants. Comme tout le monde, je donne une réponse automatique : je secoue la tête et m'éloigne. Je n'ai jamais eu affaire à des enfants. La vision de ces jeunes mendiants, certains d'entre eux à peine assez âgés pour marcher, me retourne l'estomac. Je regarde autour de moi pour voir comment les autres réagissent, mais personne ne semble étonné par la situation. La douleur qui envahit mon cœur en permanence se rétracte.

Je retrouve ma voix et tends une liasse de billets :

— Oui, je veux bien. Merci.

Les yeux grands ouverts, ils prennent mon argent et s'échappent. Je les observe alors qu'ils naviguent d'un passager à un autre, jusqu'à se perdre dans la foule.

Je glisse les colliers en plastique dans mon sac à main et suis les panneaux jusqu'au comptoir de récupération des bagages. Au fur et à mesure que je m'éloigne de la porte d'embarquement et que je me plonge plus profondément au cœur de l'Inde, je regarde les visages qui m'entourent. Tout comme cet endroit, ils me sont inconnus, et pourtant, je sais que mes traits sont l'exact reflet des leurs.

***

Mes bagages en main, je sors de l'aéroport et me dirige vers le panneau « Transports ». Le ciel est alourdi par la pollution. Le soleil se cache derrière un nuage, mais cela n'offre qu'un léger sursis à la chaleur étouffante. Un avion s'envole et passe au-dessus de l'aéroport. À première vue, cette scène ressemble à celles que j'ai pu observer dans bon nombre de grandes villes où j'ai voyagé. Les voitures s'arrêtent pour récupérer leurs passagers. Des agents de la circulation vêtus de gilets orange usent de leur sifflet pour fluidifier la circulation.

Je repère une station de taxis et fais la queue entre une famille qui s'agite devant moi et un homme d'affaires. Quand mon tour arrive, le conducteur saisit mes bagages et les charge dans le petit coffre du *rickshaw* motorisé. Il est grand, jeune ; une cigarette pend de sa bouche au coin de sa longue moustache.

Lorsqu'il me demande ma destination, je répète le nom du village que j'ai appris par cœur. Mon grand-père vit toujours dans la maison où ma mère a grandi. Elle y est née, pourtant, je ne savais même pas où elle se trouvait. Mon père a contacté mon oncle Paresh pour lui parler de mon voyage, et c'est lui qui m'a aidée à régler les détails de ce genre.

Alors que mon chauffeur se fraie un chemin dans la circulation, je regarde à travers la fenêtre ouverte pour ne pas rater une miette de ce nouveau monde. Comme le font les touristes, j'observe avec enthousiasme ce qui nous entoure : les constructions et les routes modernes de l'aéroport dont l'asphalte se transforme en gravier, puis en terre battue, quand nous nous éloignons. L'activité animée de l'aéroport se répand aux rues voisines où les gens courent dans tous les sens. Je n'en crois pas mes yeux : des vaches rejoignent la foule pour flâner comme bon leur semble. J'éclate de rire.

— Il n'y a pas de vaches dans votre pays ? dit le chauffeur qui a suivi mon regard.

— Pas en liberté dans la ville. Est-ce fréquent ?

Je sais que les vaches sont sacrées, mais jamais je n'aurais imaginé qu'elles se baladent toutes seules dans les rues.

— Oui. C'est pareil pour les cochons, les chiens ou n'importe quel autre animal qui veut s'y aventurer.

Son regard croise le mien dans son rétroviseur.

— Est-ce que vous êtes ici pour la religion ?

Une croix en or pend à son cou.

Durant mon enfance, j'ai rarement assisté à des événements religieux. Un jour, j'ai demandé à ma mère pourquoi, et dans un rare moment d'honnêteté, elle m'a admis avoir arrêté de croire en Dieu quand elle était petite.

— Non, pas pour la religion.

— Alors, pourquoi ce village ? Il y a beaucoup de grandes villes dans Madhya Pradesh. C'est mieux pour vous.

Après avoir navigué dans le centre-ville, nous atteignons une route à deux voies bordées de champs brûlés par le soleil. Les moutons paissent au loin. Des femmes aux silhouettes décharnées, vêtues de saris serrés autour de la taille et relevés par un nœud entre leurs jambes, portent des seaux d'eau sur la tête. Des nourrissons en pleurs pendent sur leurs hanches, dans l'écharpe qui leur sert de seule protection contre le soleil de midi. Un petit camion accélère, tirant un chariot rempli de grains pour bestiaux.

Je m'imprègne de ce qui m'entoure, hypnotisée par ces scènes que je n'ai vues que dans les films. Tout ce que j'ai toujours considéré comme acquis, chez moi, forme un contraste frappant avec l'abjecte pauvreté, ici.

— Je suis là pour ma mère. Et aussi pour moi.

Durant le reste du voyage, je regarde par la fenêtre ouverte, perdue dans mes pensées.

***

Près de quarante-cinq minutes plus tard, après des kilomètres de champs déserts et stériles, nous entrons dans un village rempli d'habitations décrépites et de petites maisons. Comme à l'aéroport, il y a foule dans les rues. Alors que le chauffeur avance sur des allées en terre, les villageois se rassemblent en masse pour observer notre arrivée. Une jeune fille vêtue d'une tunique et d'un pantalon me salue timidement avant de s'enfuir.

Nous traversons une route en terre. Dans cette rue, les habitations sont plus espacées, séparées par de larges terrains. Le chauffeur s'arrête tout au bout, devant une maison en ciment bien entretenue. Elle est de plain-pied, blanche, avec de petites taches, là où la peinture s'écaille. Une volée de marches mène à une véranda où un hamac se balance dans l'air sec. Des plantes en pot ornent la vaste pelouse bien tondue. La maison voisine se trouve à environ une cinquantaine de mètres. Sa modernité tranche avec la simple route en terre battue.

Le chauffeur décharge mes bagages. Ses yeux s'agrandissent devant mon généreux pourboire et il s'incline en signe de gratitude. Je le regarde repartir jusqu'à ce qu'il ne soit qu'un point à l'horizon. Après une profonde inspiration, je ramasse mes sacs et grimpe lentement les marches de cette maison, que ma mère a considérée comme la sienne jusqu'à son mariage, à l'âge de dix-huit ans. Je frappe à la porte, mais personne ne répond.

— Il y a quelqu'un ?

Pas de réponse. Je répète donc doucement ma question, avant de lever le ton. Dehors, un chien aboie, brisant le silence. Mais comme je ne le vois pas, je finis par me demander si je ne l'ai pas imaginé. Je frappe encore, puis recule, commençant à regretter ma décision de voyager si loin de tout ce qui m'est familier.

— *Yaha kaun heh* ? lance une voix rauque.

— Il y a quelqu'un ?

Là, je suis certaine que ce n'est pas dans ma tête. Je dévale les escaliers en direction de la voix qui se fait à nouveau entendre.

— Amisha ?

Je tourne au coin de la maison et manque de bousculer un vieil homme aux cheveux gris foncé, qui se tient légèrement courbé. Il porte une tunique indienne typique, en coton, qui descend jusqu'à ses genoux, assortie à son pantalon large et des sandales de cuir usées. À ses côtés, un gros chien qui ressemble à un labrador agite sa queue.

— *Namaste.*

Mes connaissances des coutumes hindoues sont limitées, mais j'en sais assez pour joindre les mains et m'incliner légèrement. Comme j'ignore s'il parle anglais, je pointe la maison du doigt et articule lentement :

— Ma mère, Lena, a grandi ici.

Ses paupières se rétrécissent alors qu'il m'observe.

— J'arrive tout juste des États-Unis. Nous avons reçu une lettre nous disant que mon grand-père, Deepak, est malade.

Son cri de surprise me fait taire. Il tend la main, mais la laisse retomber avant de me toucher. Ses yeux se remplissent de larmes qui roulent doucement sur ses joues parcheminées.

— Tu es venue, soupire-t-il en un anglais emprunté.

Il est submergé par l'émotion. Son corps tremble et ses larmes coulent à flots.

— Tu es enfin venue.

Je suis interloquée. Mon regard fait l'aller-retour entre la porte d'entrée et lui.

— Vous êtes mon grand-père ? Deepak ?

— Non, je suis Ravi. Je travaille pour vos grands-parents.

Il s'interrompt pour prendre une longue inspiration et mon estomac se noue devant l'expression de son visage.

— Je suis désolé.

Ce qu'il m'annonce ensuite me laisse sans voix.

— Tu arrives trop tard. Nous avons dispersé les cendres de Deepak il y a deux jours.

# CHAPITRE 5

— L'humanité s'égare sur cette terre.

À l'intérieur de la maison, Ravi allume une à une les lampes à huile.

— À cause de la folie, la connaissance est obscurcie. Mais, pour ceux dont la noirceur de l'âme est chassée par la lumière, des lueurs splendides et nettes manifestent la vérité. Comme si un soleil de sagesse se levait pour laisser ses rayons de l'aube.

— C'est magnifique. Je n'avais jamais entendu ça avant.

Je meurs d'envie de lui poser des questions sur mon grand-père, mais je prends mon mal en patience jusqu'à ce qu'il soit prêt.

— C'est un extrait de poésie de la *Bhagavad-Gita.*

Il désigne les lampes du doigt.

— On les allume pendant les fêtes et les périodes de deuil.

— Est-ce que mes oncles… Est-ce qu'ils sont venus ?

Je le lui demande même si d'après la lettre de Paresh, je sais que ce n'est pas le cas. Je lis sa réponse sur son visage avant qu'il ne la formule.

— Personne n'est venu.

— Je suis désolée.

Mes excuses sonnent faux.

— Ma mère m'a dit qu'elle ne pouvait pas.

C'est un étranger, donc je ne lui confie pas ce qu'elle m'a raconté.

— Ton grand-père le savait, mais il gardait espoir, malgré tout. Je pense que ça l'a tenu en vie jusqu'à ce que son corps accepte ce que son âme refusait de voir.

Alors qu'il continue à allumer les lampes, je fais le tour de la petite pièce, effleurant les meubles anciens. Dans un coin se trouve un fauteuil sombre délicatement sculpté, juste à côté d'une urne aux motifs en or. Les murs sont peints d'un blanc ivoire chaleureux et le sol est recouvert d'un tapis luxueux. Le chien de Ravi suit fidèlement son maître qui termine sa tâche.

— Comment s'appelle-t-il ?

— Je l'appelle Rokie. Ça semble lui plaire, alors nous poursuivons ainsi.

Il me rend mon sourire avant de me mener au centre de la pièce, où est suspendue une large balancelle du Rajasthan incrustée de pierres précieuses.

— S'il te plaît, assieds-toi.

— Merci, dis-je en me nichant dans les coussins moelleux de velours, ressentant soudain la fatigue de ce long voyage. Vous parlez bien anglais.

— J'ai grandi à l'époque où le gouvernement britannique exigeait qu'on l'apprenne. J'avais l'impression de perdre mon temps, mais maintenant…

Il se tourne vers moi avant de poursuivre :

— J'en suis reconnaissant.

— Comment est-il mort ? je demande enfin.

Je ne suis pas en deuil de mon grand-père, que je n'ai jamais connu. Mais quand je repense à tout ce que la vie m'a refusé, cette nouvelle perte me paraît injuste. Deepak est parti et je ne trouverai jamais la réponse à mes questions.

— En paix.

Il gratte la tête de Rokie, qui aboie de contentement avant de se coucher.

— Je suis désolée de ne pas avoir été là à temps.

— Peut-être qu'il n'est pas trop tard.

Je m'apprête à lui demander ce que ça signifie, quand il saisit un grand coussin sur le banc de la balancelle, le pose sur le sol et s'y installe. Honteuse qu'il soit par terre et moi non, je me lève prestement.

— Non, s'il vous plaît. Asseyez-vous ici.

— Ta grand-mère, Amisha, me disait toujours : « Ravi, quand tu es au plus proche de la terre, tu peux écouter ses secrets. » Ensuite, elle riait, s'installait exactement là où tu es et ajoutait : « Alors s'il te plaît, tu me raconteras ce que tu as entendu. »

Il me fait signe de me rasseoir et lui-même s'installe confortablement à sa place.

— Vous avez connu ma grand-mère ?

On me parlait rarement d'elle. Elle est morte jeune et prononcer son nom, c'était comme convoquer un nuage noir et menaçant. Quand mes oncles étaient là et qu'ils évoquaient son souvenir, c'était à voix basse et brièvement. Le visage de ma mère se voilait et ils changeaient tout de suite de sujet. Très vite, on a cessé de parler d'elle.

— Je sais qu'elle est décédée il y a des années.

— Oui, même si par moments, ça me semble hier.

Ravi extrait de sa poche de chemise des lunettes dont il nettoie les verres avec le pan de son vêtement.

— Mon petit-fils affirme qu'elles sont bien plus efficaces que les yeux qui m'ont servi pendant plus de quatre-vingts ans.

Il les met et cligne des yeux pour s'y habituer.

— J'y vois tout de suite mieux, alors j'ai bien peur qu'il ait raison.

— Comment était-elle ?

Quand je suis arrivée, il a prononcé son nom, comme si elle était vivante.

— Amisha ? je précise.

— Son visage était doux et son cœur, fort. Quand j'ai entendu ta voix, tout à l'heure, j'ai cru que c'était la sienne, portée par le vent, dit-il avant de fermer les yeux. J'étais certain qu'elle était là, mais lorsque tu as de nouveau crié, j'ai su que je m'étais trompé.

Il ouvre les paupières et m'adresse un clin d'œil.

— J'ai eu peur que tu ne perdes ta voix à force de t'égosiller.

— Je ne l'ai vue qu'une fois, en photo.

Je suis tombée dessus quand j'étais petite. Elle se trouvait dans une boîte à chaussures, enfouie sous de vieux tickets de caisse et des bons de réduction. Sur ce cliché, une femme au regard perdu dans le lointain, la main en visière pour se protéger de la lumière éblouissante du flash… Lorsque j'ai interrogé ma mère à son sujet, elle a pris la photo sans un mot avant de s'enfermer dans sa chambre et je ne suis jamais retombée dessus.

— Ta grand-mère croyait que les photos ne montraient pas la vraie personne, mais seulement une illusion, dit-il avant de s'interrompre un instant. Je suis sûr qu'elle aurait changé d'avis si elle avait su qu'il ne resterait d'elle qu'une photo.

Rokie grogne quand un oiseau passe devant la fenêtre poussiéreuse. Nous le regardons se précipiter hors de la pièce.

— Comment va ta mère ?

Dans cette question perce un désespoir que je ne saisis pas. Je ne veux pas me confier à quelqu'un que je connais à peine, alors je lui donne la réponse qu'il semble attendre.

— Elle est heureuse.

La joie inonde le visage de Ravi.

— Ta grand-mère serait ravie d'apprendre ça.

— Vous étiez amis ? je demande avec curiosité.

— Je n'étais qu'un serviteur, mais le cœur de ta grand-mère était assez généreux pour me considérer comme un ami.

Sa voix se brise, comme celle d'un homme tourmenté. Il détourne les yeux. Il ravale sa salive à plusieurs reprises et serre le poing. Il devient livide. Comme hanté.

— Est-ce que tout va bien ?

Il cache quelque chose, j'en suis sûre, mais quand je plonge mon regard dans le sien, un masque tombe sur son visage.

— Oui, chuchote-t-il.

Il prend le dessus sur ses émotions et se remet à parler.

— C'était l'un de ses nombreux dons : voir au-delà du statut d'une personne pour apprécier qui elle est vraiment.

Il se raidit, tout en baissant honteusement la tête.

— Je suis un *dalit*.

Il le dit comme si c'était une peine qu'il souhaitait être commuée.

— Un intouchable ?

Il acquiesce.

— Dans le système des castes hindou, nous sommes souvent considérés comme des sous-hommes. Nous sommes souvent battus ou maltraités pour des broutilles.

Je ravale une exclamation de surprise. En tant que journaliste, je sais écouter sans manifester quoi que ce soit.

— En général, nous sommes conçus par accident et beaucoup d'entre nous meurent avant de devenir adultes.

En cours d'histoire et dans mes manuels scolaires, j'ai appris comment le système de castes a défini des générations d'Indiens : chaque individu était placé dans une caste d'un certain rang, prédéterminée et basée sur sa naissance. La plus basse était celle des intouchables, qui ne valaient rien aux yeux des autres.

Furieuse contre ce système que je ne comprenais pas, j'ai d'abord posé des questions à mon professeur, puis à mon père. Ce dernier m'a donné la seule réponse dont il était capable : l'histoire avait prouvé maintes fois qu'il était difficile de changer ce que les gens considéraient comme la vérité. Je me suis révoltée, en théorie bien sûr, contre l'injustice de ce système. Mais maintenant, en écoutant Ravi en parler, j'ai honte de ma naïveté et de ne pas avoir totalement saisi la dure réalité derrière ce fonctionnement.

— Je suis désolée.

Les mots paraissent dérisoires.

— Ne le sois pas, réplique-t-il, à ma grande surprise. C'est parce que je n'étais pas désiré, parce que j'étais considéré comme un fardeau par la société, que j'ai rencontré ta grand-mère.

Quand il l'évoque, son visage s'adoucit.

— Rien que pour ça, je pourrais être un intouchable pendant encore cent ans.

La compassion qu'il lit dans mon regard le fait sourire.

— Ta grand-mère était une femme en avance sur son temps. En tant que maîtresse de maison, c'est elle qui a engagé les membres de ma famille. Elle était notre sauveuse.

Il parle d'elle avec respect. Son ton est chaleureux, mais il devient froid quand il mentionne mon grand-père. Je note le contraste et m'interroge sur ses raisons. Avant que je lui demande de plus amples explications, il se lève et me fait signe de le suivre.

— Viens, je vais te montrer son palais.

***

Ravi me fait visiter le reste de la maison, s'exclamant fièrement qu'elle était l'une des premières à avoir l'électricité – un luxe que j'ai toujours considéré comme acquis. La demeure n'est pas plus grande qu'un beau cottage aux États-Unis. Au fur et à mesure, je tente d'imaginer ma mère jouant dans les couloirs, mangeant dans la cuisine et dormant en ces lieux. Je me demande ce qu'elle a éprouvé la veille de son mariage, et si elle a pleuré en quittant le foyer de son enfance. J'essaie de comprendre ce qu'elle a ressenti quand son père lui a ordonné de ne plus jamais revenir en Inde, mais je n'y parviens pas.

Dans la dernière pièce où Ravi m'entraîne, il me montre un lit – un fin matelas posé sur des ressorts métalliques – comme s'il valait une fortune inestimable. Il me tend un trousseau de clefs rouillées et me promet de revenir demain matin. J'ai réservé un hôtel dans la ville voisine, mais je suis heureuse de rester ici afin d'avoir un aperçu du passé de ma mère, de cette part d'elle qu'elle refuse de partager.

L'épuisement me gagne. Je m'allonge sur le lit pour observer à travers la moustiquaire les quatre murs nus qui m'entourent, mais penser à ma mère m'empêche de dormir. Les yeux grands ouverts dans le noir, j'attends que le mystère de son enfance se révèle. Les minutes se transforment en heures, et je m'assoupis sans obtenir de réponses à mes questions.

À l'aube, un coq se met à chanter. Je glisse ma main hors de la couverture pour éteindre mon réveil, avant de comprendre que ce bruit provient d'un animal en chair et en os. Avec un gémissement douloureux, je plaque le maigre oreiller sur mon visage, mais le coq est infatigable.

Ravi entre dans la chambre après avoir brièvement frappé.

— Tu n'aimes pas les chants de nos bêtes ?

Le coq continue à s'égosiller, bien décidé à réveiller les morts. Ravi porte un plateau sur lequel se trouvent une tasse et une assiette.

— Je t'entendais râler depuis le salon.

De la pointe du pied, il maintient la porte ouverte pour Rokie.

— Je demanderais bien si tu es habillée, mais comme je suis presque aveugle, j'imagine que ça n'a aucune importance.

— J'étais trop fatiguée pour me changer, hier.

Je me glisse hors de la moustiquaire et saisis le plateau pour humer le parfum de la nourriture.

— Vous n'étiez pas obligé de m'apporter quoi que ce soit, mais j'avoue que ça sent merveilleusement bon. Merci.

— Tu es sa petite-fille, dit Ravi comme si cela expliquait tout. *Tchaï* et *ganthiya* : un petit déjeuner digne de ce nom.

À côté d'une tasse de *tchaï* mousseux se trouvent des petites fritures de couleur jaune.

— Je n'ai jamais goûté à tout ça.

Je tente une gorgée. Le généreux mélange de gingembre frais et de lait chaud réchauffe mon palais.

— C'est délicieux, dis-je avec un enthousiasme sincère.

— Tu peux remercier notre chèvre pour le lait.

Ravi sourit quand je lève un sourcil interrogateur.

— Dans le champ derrière la maison. La traite a eu lieu tôt ce matin.

Je regarde le liquide mousseux avec curiosité, avant de prendre une autre gorgée.

— J'ai hâte de faire sa connaissance.

— Ta grand-mère était persuadée que cette boisson était la manière idéale de commencer la journée.

Ravi pose la main sur le dossier d'une vieille chaise en bois, assortie au bureau.

— Finis ton petit déjeuner et ensuite, je te montrerai où te laver. Sinon tu risques d'effrayer la chèvre quand je ferai les présentations ! dit-il d'un ton taquin. Plus tard, nous parlerons.

Je le regarde partir avant de grignoter une friture. Le coq s'arrête enfin. Dans le silence, je m'imagine raconter à Patrick ce que j'ai découvert depuis mon arrivée. Quand nous nous sommes rencontrés, j'étais discrète et timide : une habitude que je tenais de ma mère. Patrick m'a aidée à m'épanouir, écoutant avec attention lorsque je lui parlais. Il était celui à qui je disais tout – le bon comme le mauvais – jusqu'à en perdre le souffle. Puis, nous avons été projetés dans un tourbillon dévastateur d'espoir et de souffrance. Lui confier mon chagrin signifiait revivre la douleur du passé avec quelqu'un qui l'avait déjà vécue. J'étais trop faible pour assumer son chagrin en plus du mien, c'était plus facile de ne pas lui ouvrir mon cœur.

Les souvenirs du passé m'envahissent : cette époque où mon mariage comptait plus que tout. Je voyage à travers le temps comme si je faisais défiler un film à toute vitesse, et les scènes s'enchaînent jusqu'à ce que j'arrive au moment où il m'a parlé de Stacey. Alors, la souffrance reprend son assaut, par vagues violentes.

Je repousse mon assiette et gagne la fenêtre. De dehors proviennent des bruits d'enfants qui jouent. Après avoir essuyé la poussière sur le rebord, je tire sur le loquet jusqu'à ce qu'il cède. J'ouvre la fenêtre et les observe taper dans un ballon à moitié dégonflé, sur la terre battue. Des champs clairsemés de végétation et des habitations semblables à celle-ci les entourent. Leurs petites voix deviennent sonores quand ils rient.

Je ferme rapidement la fenêtre et la verrouille. Le dos plaqué contre le mur, je respire profondément. J'étais certaine de vouloir venir, mais maintenant, je me demande ce qui m'a pris. Je me retrouve toute seule dans un endroit qui n'a rien à m'offrir et où personne ne se soucie de moi.

***

J'observe la baignoire archaïque.

— C'est ça, la douche ?

Des briques rouges entassées forment des murs de fortune. Les branches d'un arbre aux feuilles larges abritent le tout. Un petit tuyau d'évacuation en fait une cabine de douche en plein air, à peine assez spacieuse pour une personne.

— Voilà tes trois seaux d'eau.

Ravi en désigne deux, posés sur le mur.

— Ceux-là servent à se laver, mais l'eau est très chaude, donc fais attention.

Le troisième, m'explique-t-il, contient de l'eau tiède pour se rincer. Il me tend un bout de savon.

— Au bois de santal. Pour le corps et les cheveux.

Il fait mine de partir avant de se figer.

— J'allais oublier : les geckos peuvent être curieux, alors méfie-toi.

— Attendez ? Quoi ? Des geckos ?

— Oui.

Il met sa main en visière pour protéger ses yeux et observe l'arbre qui surplombe la cabine.

— Il y en a beaucoup ici, et ils ne sont plus du tout peureux quand quelqu'un se lave.

Mon étonnement le fait sourire.

— Plus d'un a atterri sur ma tête, croyant sûrement que c'était un nid. Régale-toi bien.

Je me lave rapidement tout en surveillant l'éventuelle présence de ces reptiles indiscrets. Je savonne mes bras puis mon ventre, suivant les lignes discrètes des vergetures qui sont apparues lors de ma précédente grossesse. Jamais je n'aurais pu imaginer qu'un simple rail cassé pouvait faire dérailler un train. Je me sens stupide de n'y avoir pas cru.

Au lieu de me laver les cheveux, je laisse l'eau chaude couler sur mon crâne pour relâcher la tension de ma nuque. Ensuite, je me sèche avec une serviette toute fine. J'enfile une robe d'été à fleurs et rassemble ma chevelure humide en une queue-de-cheval.

— Avant de venir, j'ai réservé une chambre dans un hôtel du village voisin.

Je me balance paresseusement sur le hamac de la véranda tout en dégustant le *sharbat* au citron frais que Ravi a préparé spécialement pour moi. Les glaçons commencent à fondre à cause de la chaleur.

Ravi utilise un couteau pour tailler l'extrémité d'une petite branche en une multitude de plus petites baguettes. Son ouvrage terminé, il me le tend :

— Pour te brosser les dents.

J'examine le bout de bois tout en le manipulant. On dirait une paille dotée d'un minuscule embout de balai. Pas question de mettre ça dans ma bouche.

— Merci, mais j'ai déjà une brosse à dents.

Il refuse de la reprendre.

— Celle-là est mieux, tu verras. Je l'ai faite rien que pour toi, alors que je suis presque aveugle !

Pour ne pas le vexer, je pose son présent à côté de moi. Ses lèvres s'étirent en un petit sourire. Clairement, je me suis fait avoir.

— Comment faire pour trouver un *rickshaw* ? je demande, espérant arriver à l'hôtel dans l'après-midi.

— Ce n'est pas nécessaire.

Il ramasse une autre branche et se remet au travail.

— Tu es ici chez toi.

— Je ne veux pas m'imposer.

— C'était la maison de ta grand-mère, et maintenant, c'est la tienne, aussi longtemps que tu le souhaiteras.

La voix étranglée de Ravi s'éteint. Il me fait face et s'apprête à poursuivre quand quelque chose derrière moi attire son regard. Je me retourne, mais il n'y a que le mur.

— Ravi ?

Je sursaute quand sa bouche s'affaisse. Ses yeux s'emplissent de tristesse.

— Est-ce que tout va bien ?

— Parfois, je la vois encore, dit-il avec douceur. Elle est là, sur la véranda, à m'asticoter sur le ménage que je n'ai pas fait correctement. Bien sûr, une bonne part lui revenait, mais elle était toujours en train d'écrire. Il y avait une lueur spéciale dans ses yeux quand elle racontait une histoire. Ça la rendait si vivante.

Il lève les mains avant de poursuivre.

— Elle s'agitait comme une folle. Elle te forçait à écouter ses histoires, même si tu n'avais pas le temps.

Il secoue la tête et semble se reconnecter avec le présent.

— Tu es venue de très loin pour entendre les murmures d'un vieil homme.

— Elle était écrivaine ?

Immédiatement, je me sens liée à elle, alors que ça n'a jamais été le cas avec ma mère. Moi qui me demandais toujours d'où venait mon amour pour les mots…

— Oui, dit-il en serrant le poing. Elle était jeune et on aurait dit que la mort ne pouvait pas l'atteindre. Elle écrivait pendant des heures, pendant des jours. Elle y trouvait son bonheur.

Il frotte son pouce sur la paume de sa main, puis ferme les yeux en secouant la tête.

— Excuse-moi. À mon grand âge, il semblerait que je préfère le passé au présent.

— Est-ce que vous avez conservé ses récits ? je demande, songeant à la lettre qui m'a amenée ici. Mon oncle a écrit que mon grand-père avait quelque chose pour ma mère. Est-ce de ça qu'il s'agissait ?

Je retiens mon souffle, dans l'attente d'un oui, dans l'espoir qu'il puisse m'offrir une part de cette femme que je ne connaîtrai jamais. Quand il secoue la tête, je ravale ma déception.

— Elles ont disparu.

Il lâche son couteau, qui tombe à ses pieds et rebondit sur une marche. Cela fait aboyer Rokie.

— Elle a tout distribué à d'autres. Ensuite, elle a juré de ne plus jamais écrire.

— Pourquoi ?

— Ses récits étaient ses biens les plus précieux. C'était tout ce qu'elle avait à offrir.

Il tourne autour du pot.

— Est-ce que vous savez ce que mon grand-père voulait donner à ma mère ?

— Oui, répond-il alors que son visage s'assombrit, son expression chaleureuse se muant en froideur. Je le sais. Mais avant que je te le dise, tu dois écouter une histoire.

— Une histoire ?

— Celle que ta grand-mère m'a racontée plusieurs fois en détail les mois qui ont précédé sa mort. C'est la sienne, ainsi que celle de ton grand-père et de ta mère.

Il prend une longue inspiration. Ses yeux se remplissent de souffrance.

— Celle que je devais tenir secrète jusqu'à maintenant.

— Pourquoi maintenant ? je demande, étonnée.

— Parce que ton grand-père est mort.

Il est hésitant, comme s'il choisissait ses mots. Il se redresse, créant ainsi une distance avec ce qu'il vient de dire.

— Il a fait promettre à ma mère de ne jamais revenir en Inde, je révèle, attentive à sa réaction.

Les yeux de Ravi s'agrandissent sous le choc avant de se remplir de désespoir.

— Elle a dit que c'était le prix qu'elle avait eu à payer pour être née.

— Je ne savais pas.

Ravi devient glacial et pince les lèvres avec rage.

— C'était mieux pour elle de ne pas revenir là où elle avait souffert, mais ce n'était pas à lui de le lui imposer.

— Qu'est-ce qui lui est arrivé ? je demande calmement.

La douleur contenue dans ses paroles est un avertissement. Mon instinct me conseille de fuir, de refuser sa proposition, de laisser les secrets de ma mère en paix. Mais une partie de moi, celle qui est brisée et qui recherche à tout prix autre chose que la souffrance incessante, exige la vérité.

— L'histoire répondra à toutes tes questions, dit-il avec lenteur. Mais tu dois rester pour l'écouter.

Ce que j'ai quitté me revient à l'esprit : les décombres d'une vie en ruine.

— Je reste.

Le soulagement se peint sur son visage.

— Bien. C'était sa maison et celle de ta mère. C'est ton droit.

Ravi se lève et me fait signe de le suivre. Avec lenteur, nous dépassons des habitations en terre et des maisons de plain-pied semblables à celle de ma grand-mère. Sous nos pieds, la terre se transforme en asphalte. De larges terrains remplis de végétation contrastent avec d'autres, bruns et stériles. Sur les arbres, les feuilles brûlées par le soleil demeurent immobiles dans l'air chaud. Des fruits picorés par les oiseaux pendent aux branches les plus basses. Nous passons devant un ancien moulin à vent et le village devient plus moderne, avec des boutiques et un marché bondé.

À part quelques murmures adressés à Rokie, qui ne le lâche pas d'une semelle, Ravi reste silencieux. Je les suis, déchirée entre l'appréhension et la hâte d'entendre l'histoire de ma mère. Pour me calmer, je me concentre sur ce que je vois et ce que j'entends dans ce village où tout le monde me considère avec la méfiance qu'on accorde aux étrangers.

Au loin, j'aperçois une maison basse abandonnée en grès brun. À côté d'elle se dresse plus un petit cottage, construit sur le même modèle. Ravi ouvre le portail qui ferme le mur d'enceinte avec une clef, et me fait signe de le suivre. Puis il observe ma réaction. Sur le seuil, je m'arrête pour regarder autour de moi.

— Un jardin ?

Séduite par sa beauté, je navigue à travers des rangées de fleurs variées et odorantes. Je me penche pour en sentir une, blanche avec un pistil noir bordé d'un halo jaune.

— C'est époustouflant.

— Des aulnes blancs, je crois. Ta grand-mère n'avait de cesse de m'apprendre leurs noms. Mais après tant d'années, j'ai peur d'oublier.

Je désigne un massif de fleurs, à côté des aulnes.

— Du cassia rouge en début de floraison.

— Tu t'y connais dans ce domaine, commente Ravi alors que j'inspire le puissant parfum des bourgeons roses à peine éclos.

— Maman aime jardiner, et parfois, je l'aidais.

C'était l'un de nos rares moments de complicité. Nous travaillions silencieusement, l'une à côté de l'autre, mettant en terre et taillant des plantes ou des arbustes.

— C'est merveilleux.

Je désigne la végétation qui nous entoure, dont une bonne partie est en pleine floraison. Impossible de se douter que le village poussiéreux que nous avons traversé pouvait cacher un tel jardin.

— Il appartenait à ta grand-mère, il y a longtemps, dit Ravi. Viens.

Il nous conduit vers un banc, sous un hêtre. Ses branches feuillues offrent une ombre providentielle contre le soleil implacable.

— Assieds-toi et je vais te raconter son histoire.

# AMISHA

# INDE BRITANNIQUE

# ANNÉES 1930-1940

# CHAPITRE 6

Amisha gloussa joyeusement en regardant le cortège des vaches. Sa mère avait mis des cloches à leur cou et avait tressé leur queue avec des guirlandes de karandas en fleurs. Ces dix bêtes constituaient la dot convenue entre les familles, et les parents d'Amisha avaient choisi les plus belles.

— Les vaches danseront au son de la musique, chantonna Amisha, au cœur de la nuit étoilée, avec une gaieté contagieuse.

Elle se déhancha gracieusement au rythme des tambours, devant la tonnelle nuptiale Shamiana. Son toit en tissu drapé miroitait, effet de la lune qui se reflétait sur les tapisseries en coton multicolores. Les pans de la tente étaient des rideaux de voile. À l'intérieur, le brasier sacré dont Deepak et Amisha avaient fait sept fois le tour ne projetait désormais qu'une faible lueur. Amisha adressa un large sourire à son nouvel époux lorsque son regard croisa le sien. Deepak, qui ne se trouvait qu'à quelques pas d'elle, lui fit à son tour un sourire qui se transforma aussitôt en grimace honteuse, quand sa mère, Chara, le reprit sévèrement.

— Il n'est pas approprié de dévisager ainsi son épouse.

La fête se poursuivit toute la nuit, gagnant les rues aux alentours. Les femmes étaient vêtues d'élégants saris de cérémonie et les hommes arboraient leurs plus chics *salwar kameez* : ces tuniques en soie brodée descendant jusqu'aux genoux, qui se portaient avec des pantalons très ajustés. Après avoir mangé un curry de légumes, ils dansèrent au son des voix chantantes des manouches.

Lorsque les étoiles disparurent et laissèrent place à l'aube, les frères et les parents d'Amisha rassemblèrent leurs affaires pour le long voyage du retour. Quand ils partiraient, ils feraient leurs adieux à Amisha qui jusqu'alors, était une enfant dans leur foyer : à quinze ans seulement, la jeune fille serait alors considérée comme une femme.

La terreur saisit Amisha à l'idée d'être abandonnée.

Les invités prirent dans leurs bras leurs enfants endormis à même le sol, et les installèrent dans la charrette en bois, tirée par deux bœufs qui seraient conduits par les hommes. Les femmes montèrent à l'arrière. Le voyage durerait une demi-journée, mais c'était ainsi. Comme le voulait la tradition, ils avaient donné leur fille à une nouvelle famille, et avec grand succès.

— Maman.

Sa mère ouvrit grand les bras et Amisha courut s'y blottir. Elle enfouit son visage dans son cou, alors que les sanglots secouaient sa frêle silhouette. Quand le père d'Amisha posa la main sur son épaule, elle se tourna vers lui pour lui rendre son étreinte.

— Tu es ici chez toi, maintenant. Tâche d'apporter joie et bonheur à ton époux, dit-il d'une voix qui se brisa. Ainsi qu'à ta nouvelle famille.

Plusieurs mois, voire plusieurs années s'écouleraient avant qu'Amisha ne revoie les siens. Même s'ils habitaient deux villages plus loin, le voyage serait jugé trop pesant.

Chara s'approcha et passa son bras autour des épaules d'Amisha qui continuait à pleurer, puis, elle fit signe à ses parents : il était temps pour eux de partir. Leur fille leur avait été offerte lors de la cérémonie traditionnelle du mariage, et vivrait désormais avec Deepak et toute sa famille. Dès ce jour, Amisha devait considérer Chara comme sa propre mère et accepter de ne plus jamais être maîtresse de sa vie.

***

— Tu es magnifique.

Deepak ferma la porte de la chambre. À travers la cloison fine, Amisha perçut la voix de Chara qui ordonnait aux serviteurs de sortir des draps et des oreillers afin d'installer un couchage de fortune. Les deux sœurs de Deepak, ainsi que ses parents, dormiraient dans une petite pièce attenante au salon. En tant que fils unique, Deepak jouissait de la seule chambre de la maison. Maîtrisant sa nervosité, Amisha leva sa tête richement ornée, et rencontra son regard. Ils se tenaient à quelques centimètres l'un de l'autre et s'évaluaient. Leur mariage ayant été arrangé par leurs parents, ils ne s'étaient jamais rencontrés avant. Deepak passa l'index sur le pendant en perles et en diamant qui tombait sur le front d'Amisha.

Ce matin-là, sa mère et ses vieilles cousines l'avaient parée d'or : elles avaient placé avec précaution la chaîne qui séparait sa chevelure en deux, lui avaient mis des anneaux aux oreilles, et avaient enroulé deux longs colliers autour de son cou. La tante d'Amisha avait glissé à son poignet des douzaines de joncs.

— Chéris-les, avait-elle dit. Ce sont les cadeaux de ta famille.

Amisha répondit à Deepak avec modestie :

— Les belles choses rendent les gens magnifiques.

— Et une femme magnifique fait resplendir tout ce qu'elle porte, répliqua Deepak sur le même ton.

Amisha ne le quitta pas des yeux, alors qu'il passait les doigts sur le décolleté de son sari rose. Il avait dix-neuf ans, quatre ans de plus qu'elle, et pourtant ses gestes étaient nerveux, comme ceux d'un écolier trop empressé. Il était beau, certes, mais plus que cela : une réelle bonté se reflétait dans son regard. Amisha en conçut de la gratitude.

Deepak s'empara d'une boîte à bijoux en velours posée sur la table de chevet. Elle l'ouvrit avec précaution, et découvrit un *mangalsutra.* Le collier de perles en onyx noir était traditionnellement offert par le marié à sa nouvelle épouse, lors de la nuit de noces. Cela symbolisait une union éternelle.

— C'est bien trop, dit Amisha.

Même si le bijou était simple, elle avait tout de suite reconnu sa valeur. De l'or pur se mélangeait aux pierres précieuses de grande qualité. Il ne ressemblait en rien à ceux que portaient les femmes de son village. Elle le serra dans sa main et se promit de ne jamais s'en séparer.

— J'ai fait le voyage jusqu'en ville pour te l'acheter, expliqua Deepak, qui s'était à nouveau approché et repoussait la chevelure d'Amisha sur son épaule afin de pouvoir le lui attacher autour du cou. J'aurais aimé offrir quelque chose d'encore plus spécial pour quelqu'un de si unique.

Il lui lança un regard timide.

— Je n'ai jamais vu une femme danser pour son mari lors d'un mariage, reprit-il. Tu es si différente.

Amisha s'empressa de se justifier.

— J'aime danser. Je ne pensais pas à mal.

— Moi non plus.

— Il était une fois un oiseau qui voulait voler tout seul, loin des autres.

Amisha parlait calmement, alors que Deepak lui enlevait ses bijoux, ne lui laissant que le *mangalsutra*. Inventer une histoire était son meilleur moyen d'exprimer ses sentiments : sa peur et ses doutes, mais aussi le plaisir que lui procurait ce mariage, finalement bien arrangé par ses parents.

— Pourquoi ferait-il une telle chose ? l'interrompit Deepak, qui suspendit son geste pour croiser son regard.

— Il avait peur de ne jamais trouver sa propre voie, s'il suivait le groupe. Il a volé tout seul pendant des jours, pendant des kilomètres. Quand il a atteint son but, il s'est senti très courageux et très spécial ! Mais il a remarqué que les autres oiseaux étaient arrivés au même endroit des jours avant lui.

Deepak ôtait maintenant les bagues qui ornaient les mains d'Amisha. Un frisson d'excitation la parcourut, alors que les doigts de son mari glissaient sur les siens.

— Au final, il n'était pas différent. Exactement comme moi.

— L'oiseau était fou, asséna Deepak.

Interloquée, Amisha répondit :

— Il espérait seulement trouver sa place…

— Et pourtant, son destin était scellé dès le départ, l'interrompit Deepak. Il a perdu son temps en essayant d'être différent.

Le ton de réprimande refroidit Amisha et l'excitation qu'elle avait ressentie s'affadit. Elle se morigéna intérieurement, alors que l'écho des paroles de sa mère, qui lui conseillait vivement de garder ses histoires pour elle, résonnait dans son esprit.

En silence, Deepak continua à la déshabiller. Il déroula doucement son sari, jusqu'à ce que seuls ses sous-vêtements et sa blouse cachent la nudité d'Amisha. Il huma le parfum d'eau de rose et d'encens sur le sari avant de le déposer tendrement sur le sol.

— Merci.

Amisha repoussa l'histoire de l'oiseau de son esprit pour se concentrer sur les gestes de Deepak.

— De quoi ? demanda ce dernier en levant un sourcil interrogateur.

— De traiter mon sari avec soin.

Elle ignora le sentiment de vexation qu'elle avait ressenti quand il avait expédié son histoire en un seul jugement, et s'efforça de créer des liens avec lui. Elle pointa le sari du doigt, sans cacher son anxiété.

— C'est tout ce qu'il me reste de chez moi.

— Ton chez-toi, c'est ici désormais, répliqua Deepak d'une voix sèche.

Il sembla remarquer la surprise d'Amisha et caressa sa joue comme pour s'excuser.

— Je suis heureux d'être ton époux. J'espérais que tu ressentirais la même chose.

— C'est le cas.

Touchée par l'aveu de Deepak, elle poursuivit d'un ton plus doux :

— J'espère que tu seras aussi tendre avec moi qu'avec mon sari.

Bien que sa mère et ses cousines lui aient expliqué en détail ce qui se passerait lors de sa nuit de noces, elle demeurait nerveuse. Elle n'avait aucune expérience et avait à cœur de le satisfaire.

— J'ai peur, avoua soudain Deepak, qui la ramena contre lui et déposa un baiser sur sa tête.

— Pourtant, c'est toi, l'homme.

Amisha sentit la tension vibrante du corps de son partenaire et perçut son anxiété. Elle comprit alors que c'était sa toute première fois, à lui aussi. Rassurée par la nervosité de son époux, elle ajouta :

— C'est moi qui devrais avoir peur.

— Je ne veux pas te faire de mal.

Il posa son front contre le sien et passa sa main dans sa chevelure.

Amisha ravala sa salive pour se calmer. Ses parents avaient veillé à lui trouver un partenaire idéal, rigoureusement sélectionné en fonction du statut de sa famille dans la communauté et par le bouche-à-oreille. Une fois que le mariage était arrangé, ils ne pouvaient qu'espérer que l'homme ait un sens moral et traite leur fille avec douceur.

Elle commença à déboutonner sa blouse, et Deepak prit le relais pour se débarrasser de sa tunique. À moitié nue, elle lui tendit la main.

Surpris, il l'enlaça et franchit la courte distance qui les séparait du lit en la portant.

— Il est neuf, se rengorgea-t-il en désignant le matelas. Acheté spécialement pour notre mariage.

Ils s'allongèrent, lui au-dessus d'elle. Pour la première fois, il plaqua sa bouche contre la sienne. Amisha entrouvrit les lèvres, comme sa mère et ses tantes lui avaient dit de le faire. Il souleva lentement sa jupe et ferma les yeux. Ignorant quoi faire, elle l'observa et finit par fermer les yeux à son tour. Quand il la pénétra, elle se détourna, tout en acceptant Deepak comme sa nouvelle famille.

Quand ce fut fini, Deepak s'allongea sur le ventre et s'endormit. Amisha attendit qu'il ronfle avant de se lever avec précaution. Elle s'habilla sans faire de bruit et fouilla la pièce jusqu'à trouver du papier et un crayon. Puis, elle s'installa dans le coin le plus reculé et commença à écrire. Plus tard, elle sentit Deepak s'éveiller et l'observer griffonner. Elle quitta la feuille des yeux et leurs regards se rencontrèrent. Dans le sien, elle lut une incompréhension fugitive, puis du désintérêt. Sans une parole pour sa femme, Deepak se rendormit, enveloppé par la lumière de la lune qui passait à travers la fenêtre. Quant à Amisha, elle continua à écrire, trouvant du réconfort dans les mots qui jaillissaient au plus profond d'elle-même, et au sein du seul endroit qui lui était familier ici : son âme.

***

Amisha se réveilla lentement et se trouva face à sa belle-mère, qui la surplombait. Elle s'aperçut que l'espace à côté d'elle, dans le lit, était vide.

— C'est l'heure de faire le ménage. Habille-toi rapidement et enlève les draps. Il faut les laver.

— Oui, Maman.

Amisha mit le linge dans un panier en osier qu'elle cala sur sa tête. En gagnant l'extérieur, elle passa devant Deepak et son père, qui prenaient leur petit déjeuner assis en tailleur sur le sol. Deepak lui accorda un regard, mais resta silencieux.

— Il ne doit plus y avoir de trace de sang sur les draps, ordonna Chara, postée sur le perron.

Le tissu de son sari luxueux se tendait sur ses formes généreuses. D'une main agile, elle rassembla ses cheveux en un petit chignon serré. Une fois la tâche terminée, elle croisa ses bras épais sur sa poitrine, ses bijoux hors de prix tintant à chacun de ses mouvements. Un large *bindi* rouge occupait toute la place entre ses sourcils.

— Ces draps sont pour toute la famille et pas seulement pour celle qui partage la couche de mon fils.

— Bien sûr, Maman, rétorqua Amisha, qui s'efforça d'adopter un ton soumis.

Les yeux de Chara rétrécirent.

— Tu as de la chance de te retrouver ici, ma fille. Par pitié pour les tiens, nous nous sommes abaissés à marier notre fils à une famille de statut inférieur.

La famille de Deepak possédait la minoterie qui nourrissait les gens du village. Signe de richesse, leur maison était en béton, alors que celle des parents d'Amisha avait été construite avec des briques agglomérées par de la boue. Quand ses fiançailles avaient été scellées, la mère d'Amisha avait expliqué à sa fille combien elle était chanceuse, et insisté sur le fait qu'elle avait été bénie des dieux.

— Votre fils est aussi gentil que vous, Maman, rétorqua Amisha.

Bien qu'il soit rare de réussir à être amie avec sa belle-mère, elle aurait aimé avoir avec elle une relation courtoise.

— J'ai de la chance, reprit-elle. La nuit dernière, il s'est montré généreux. Deux fois de suite.

Chara esquissa un pas menaçant dans sa direction.

— Tu oses me parler ainsi ?

Amisha se mordit la langue, et le sang, au goût de fer, emplit sa bouche.

— Pardon.

Sa mère l'avait pourtant mise en garde au sujet de son insolence. Amisha dévala les escaliers et fila en direction de la rivière.

Là, elle lava les draps au savon. Quand l'eau redevint claire, à force de rinçages, elle récupéra le linge et se dirigea vers la maison. Elle prit son temps, s'autorisant à apprécier sa première balade à travers le village. Elle s'arrêta pour observer les enfants jouer sous les yeux de leurs mères qui discutaient entre elles, ainsi que les gens qui revenaient du marché avec des paniers pleins de légumes et de vêtements neufs.

Amisha aperçut un peu plus loin un groupe de soldats britanniques traverser la place. Son père lui avait appris qu'il y avait un bureau du Raj dans le village voisin. Chez elle, Amisha avait vu des soldats battre des Indiens pour des infractions mineures. Alors que les hommes approchaient, elle baissa la tête, le temps qu'ils la dépassent. Puis, reprenant son souffle, elle s'empara de son panier et courut jusqu'à la maison.

— Tu as pris ton temps, ma fille.

Chara n'avait pas quitté sa place sur la plus haute marche du perron, empêchant ainsi Amisha d'entrer. La chaleur du soleil brûla cette dernière, alors que Chara détaillait les corvées qui l'attendaient.

— Tu prépareras le repas, tu laveras le linge à la rivière, et tu tiendras l'intérieur propre, énuméra-t-elle, avant de jeter un œil dans la maison. Deepak travaille à la minoterie. Tu auras de la chance si tu le croises de temps en temps.

— Oui, Maman. Merci.

Dans la hiérarchie familiale, Amisha savait qu'elle n'occupait pas une place importante. Elle était soumise à ses aînés et ensuite à son époux.

Elle dépassa donc Chara en direction de la véranda qui donnait sur l'arrière de la maison, où elle y étendit le drap humide. Puis elle s'attaqua au ménage. Le soir, elle s'allongea dans son lit et tenta vainement de trouver le sommeil. Deepak la rejoignit quelques heures plus tard. Sans lui adresser un mot, il s'endormit. Au son de ses ronflements, Amisha contempla la nuit à travers la fenêtre, jusqu'à ce qu'elle laisse place au petit matin.

# CHAPITRE 7

Adossée contre le mur de la véranda, Amisha retranscrivait avec frénésie la conversation entre une mangouste et une grenouille. Son balai gisait à ses pieds. La grenouille faisait valoir qu'elle n'était pas un festin digne pour un animal aussi raffiné que la mangouste. Amisha dégagea les mèches qui tombaient devant ses yeux et se mit à écrire la réplique de la mangouste. À cet instant, elle aperçut Chara et son amie qui revenaient du temple. Elle cacha rapidement sa feuille de papier et s'aspergea le visage d'eau pour faire croire qu'elle transpirait. Puis, elle entreprit de balayer.

— Amisha, nous prendrons le *sharbat* à l'intérieur, dit Chara, qui agitait devant son visage un éventail de soie représentant un coucher de soleil peint à la main. Dépêche-toi. Nous ne voulons pas que notre invitée s'évanouisse à cause de la chaleur.

En passant devant elle, Chara jeta son éventail délicatement ouvragé à Amisha pour que celle-ci le range.

Dans la cuisine, Amisha remplit deux verres de jus de mangue et déposa quelques pâtisseries dans une assiette. Les deux femmes étaient installées sur le divan. Amisha les servit et fit volte-face pour partir.

— Je vais finir de nettoyer la véranda.

— La belle-fille d'une maison si prestigieuse ne devrait-elle pas avoir son propre serviteur ?

L'amie de Chara observa un à un les petits gâteaux avant de choisir un *halva* à la pâte composée de carottes cuites, lait concentré et noix. Elle claqua la langue de dégoût en avisant la sueur sur le front d'Amisha.

— Un serviteur ?

Amisha s'arrêta et regarda Chara.

— De quoi parle-t-elle, Maman ?

— Je n'ai pas eu le temps de lui en trouver un qui convienne, dit Chara qui, concentrée sur son verre, ignorait Amisha. Je dois m'occuper de la maison quand Amisha se repose.

L'amie de Chara but une longue gorgée de son jus avant de s'adresser directement à Amisha.

— Tu es là depuis un mois. Il est grand temps que tu aies ton propre serviteur.

Le salaire d'un serviteur n'étant que de quelques centimes par mois, la plupart des familles en employaient trois ou quatre. Chez les parents d'Amisha, il y en avait deux. Ici, un seul. Amisha se tuait donc à la tâche. Elle soutint le regard de Chara.

— Je suis certaine que vous alliez m'en parler, non ?

— Oui, bien sûr.

Chara était piégée et n'avait d'autre choix que d'approuver. Si elle refusait, sa cruauté serait manifeste. Si Chara et Amisha se disputaient à ce sujet, les femmes de la communauté prendraient le parti d'Amisha. Entre voisins, on passait son temps à se mêler de la vie des autres.

— Soit tu en trouves un toi-même, soit je m'en charge.

Visiblement décidée à ce que la conversation prenne fin, elle conclut :

— Si c'est toi qui choisis, sois judicieuse. Ton serviteur connaîtra tous tes secrets.

Amisha balançait son panier rempli de nourriture en approchant de la minoterie. Apporter leur repas à Deepak et à son beau-père était le point culminant de sa journée. En excluant la lessive à la rivière, c'était son seul moment hors de la maison.

Elle essuya la sueur sur son front avec le pan de son sari. Les températures avaient atteint des records et aucune baisse n'était prévue. À l'intérieur du moulin, elle avisa le contremaître, vêtu d'une chemise et d'un pantalon marron plein de farine. Il parlait à un jeune homme. Amisha s'appuya contre le mur pour patienter. Elle commença à imaginer un nouveau conte, quand le contremaître se mit à crier.

— Ravi, combien de fois je vais devoir te le dire ?

Il menaça le garçon avec sa règle avant de poursuivre :

— Va-t'en avant que je te jette dehors.

— S'il vous plaît, monsieur.

Inébranlable, le jeune homme maigre à la peau sombre refusait d'abandonner.

— Je nettoierai les sols pendant la nuit. Les toilettes aussi. Je ferai tout ce que vous voulez. Juste pour une petite pièce.

Ravi tomba à genoux et joignit les mains.

— Tu veux gagner une petite pièce ? répondit l'intendant, qui lui cracha au visage. Un intouchable au moulin ?

Son rire résonna, glaçant.

— Tu es né dans la crasse et tu ne mérites pas de gagner un centime.

Amisha estima que le garçon avait douze ou treize ans, et pourtant, son regard affamé et désespéré était celui de quelqu'un de bien plus vieux. Sa peur imprégnait la pièce. Elle voulut se détourner, mais quelque chose dans la façon qu'il avait d'endurer l'humiliation retint son attention.

— Vous avez raison, monsieur, dit-il en opinant de la tête. Je peux nettoyer les toilettes quand le moulin est fermé pour ne gêner personne. Je travaillerai pour trois fois rien, monsieur. S'il vous plaît.

— Sors tout de suite.

Le contremaître bouscula Ravi. Ce dernier se débattit pour se remettre à genoux, alors que le contremaître poursuivait :

— Te permettre de travailler ici serait une insulte à la nourriture que nous produisons.

Amisha chercha une once de compassion sur son visage, mais n'en trouva pas.

— Pars avant que je te frappe, menaça-t-il.

Amisha approcha pour attirer son attention. Quand le contremaître se rendit compte de sa présence, sa rage se mua immédiatement en respect. Il prit le panier qu'elle lui tendait en souriant.

— Je vais tout de suite le donner au *sahib*.

— Merci, répondit-elle en observant du coin de l'œil Ravi, vaincu, qui sortait du moulin. Qui est-ce ?

— Un intouchable, cracha l'intendant. Il ne comprend pas le mot « non ». Chaque semaine, il vient demander du travail.

Il huma le parfum du *tiffin.*

— Ça sent délicieusement bon. *Sahib* Deepak sera enchanté.

Il partit pour lui apporter.

Amisha se précipita dehors. Elle mit sa main en visière pour se protéger les yeux du soleil et chercha le jeune homme. Elle repéra sa silhouette solitaire au loin et courut dans sa direction en criant son nom.

Ravi s'arrêta. Quand elle le rattrapa enfin, il joignit les mains et s'inclina avec déférence.

— Oui, *shrimati* ? dit-il, usant du terme respectueux pour les femmes mariées.

Amisha posa ses paumes sur ses cuisses et se pencha en avant pour reprendre son souffle. Elle inspira profondément l'air aride, luttant pour respirer normalement.

— Vous allez bien, *shrimati* ?

Comme il était plus grand qu'elle, il plia les genoux et inclina la tête pour observer son visage. Comme elle ne répondait pas tout de suite, ses yeux firent l'aller-retour entre la minoterie et elle, comme s'il évaluait la distance qui les séparait.

— Ce n'était pas *si* loin, *shrimati.*

Les yeux d'Amisha rétrécirent et elle lui lança un regard noir qui le fit reculer d'un pas.

— Essaie donc de courir en sari, marmonna-t-elle. C'est comme porter un mouton sur son dos. Même poids et même chaleur.

Elle poursuivit en haletant :

— Pourquoi est-ce que tu veux travailler à la minoterie ?

Il sembla déconcerté par sa question, mais répondit malgré tout.

— Je serais prêt à travailler n'importe où, *shrimati*. La minoterie n'est qu'un endroit parmi tant d'autres d'où on m'a renvoyé.

Amisha se rappela que Chara lui avait ordonné de trouver un serviteur en qui elle pourrait avoir confiance. Ravi ne vivait pas dans son village, il n'avait donc pas de raison de se montrer loyal envers Chara. Elle mordilla ses lèvres, alors que ses mains devenaient moites et que son cœur battait la chamade. Le plan se formait dans son esprit, mais elle craignait la colère de sa belle-mère.

— Tu serais prêt à travailler n'importe où ?

— Qui êtes-vous ? demanda-t-il d'un ton frustré.

Il ne cessait de regarder à droite et à gauche. Amisha savait qu'il avait peur d'être frappé. Elle avait déjà vu un intouchable subir un tel traitement pour avoir parlé à une femme d'une caste supérieure.

— Je suis la belle-fille du propriétaire de la minoterie, répondit rapidement Amisha.

Elle l'avait annoncé sans fierté particulière, étant donné que sa position sociale n'avait aucune importance pour elle. Il écarquilla les yeux et elle ajouta :

— Travaille pour moi.

Si elle ne lui demandait pas immédiatement, elle avait peur de changer d'avis.

— C'est cruel de votre part de plaisanter à ce sujet, rétorqua Ravi avant de se détourner, masquant à peine son dégoût.

— Je ne plaisante pas, tu devrais me prendre au sérieux.

Les ambitions de cet homme, bien plus grandes que le destin qui lui était réservé, avaient touché une corde sensible dans son cœur, et Amisha ne pouvait imaginer meilleur camarade pour elle-même.

— Accepte mon offre ou refuse-la. Mais décide-toi rapidement, que je sache si je dois chercher ailleurs.

— Je suis un intouchable.

Ravi racla la terre de son pied nu et détourna le regard avec honte.

— C'est important que vous le sachiez.

— Je suis une femme.

Elle ressentait cela comme une ombre menaçante et leva les yeux vers le soleil.

— Nous avons défini nos rôles respectifs, conclut-elle.

— Vous êtes la fille du propriétaire de la minoterie. Mes parents et mes sœurs sont aussi des vagabonds. Mendier est notre destin, lança-t-il avec rage, avant de s'interrompre, puis de poursuivre en murmurant. Même si je m'acharne à essayer de changer ça.

— Je ne suis que la belle-fille, le corrigea Amisha. Et on me dicte mon existence, tout comme à toi.

Quand leurs regards se rencontrèrent, elle ne détourna pas les yeux.

— Ma belle-mère ne me traite pas mieux qu'un serviteur.

— Est-ce que ce serait possible d'être employé chez vous ?

Il semblait accepter de ne pas remporter leur joute verbale. Peu encline à admettre la vérité, Amisha changea de conversation.

— Je dois te raconter l'histoire d'un chanteur merveilleux.

— Je ne préfère pas.

Elle l'ignora.

— Ce chanteur voulait faire partie d'une troupe célèbre pour ses chansons et son style uniques. Quand la troupe refusa de l'intégrer, il protesta contre l'injustice du destin.

Les mains d'Amisha s'animaient alors qu'elle tissait son récit.

— Un vieillard lui proposa une flûte contre une miche de pain. « Elle t'apportera ce que tu cherches », promit-il. Tout heureux, le jeune homme accepta, certain de pouvoir désormais intégrer le groupe. Avant de partir, le vieil homme l'avertit : « Si tu renies la musique, tu perdras tout. »

— *Shrimati*, votre histoire est agréable à entendre, mais est-ce qu'elle mène quelque part ?

Ravi désigna les alentours.

— Je dois aller me faire renvoyer de beaucoup d'autres endroits, aujourd'hui.

Pour toute réponse, Amisha leva un sourcil et continua.

— Le jeune homme joua de la flûte devant la troupe, mais les musiciens restèrent insensibles à son talent. Soudain, un chant résonna au-delà des collines. La voix était mélodieuse et en parfait accord avec la flûte. Tout le monde se figea pour écouter. Une femme avec une tête de troll et un corps de géant sortit de la forêt.

Intrigué, Ravi lui accordait désormais toute son attention.

— Sa voix était un don du ciel. Mais le jeune homme trouvait qu'il valait mieux qu'elle, et déclina sa proposition de se produire tous les deux. Il avait pourtant été averti : il perdit son don pour la musique et sombra dans une grande tristesse.

— Le fou, commenta Ravi.

— Désespéré, il supplia la femme de lui pardonner. Ensemble, leur popularité dépassa de loin celle de la troupe.

Une fois qu'elle eut fini, Amisha sourit avec assurance alors que Ravi haussait les épaules en la fixant d'un air confus.

— Quelle est la morale de cette histoire ?

— Qu'on ne devrait pas se juger les uns les autres, s'exclama Amisha, stupéfaite qu'il n'ait pas compris. Faisons un pacte. Je ne te jugerai pas et toi, tu ne devras pas me juger non plus.

— *Shrimati*…

— J'ai besoin d'un serviteur, l'interrompit-elle avant d'anticiper les arguments qu'il pourrait lui opposer. Je serais stupide d'en choisir un plus convenable, alors que tu es disponible et que tu as envie de travailler dur.

Elle lui adressa un clin d'œil.

— En plus, ça rabattra le caquet du contremaître, non ?

Sur le visage de Ravi, le désespoir se mêlait à la peur. Il l'observa attentivement avant d'acquiescer.

— Vous êtes une étrangère, mais vous m'avez offert plus que quiconque ne l'a jamais fait.

Il se jeta à genoux et joignit ses mains en signe de gratitude.

— Merci, *shrimati*. Je vous promets de vous rendre ce don au centuple, durant toute ma vie.

Amisha bondit en arrière et lui fit signe de se relever.

— Je te paierai, mais tu ne m'appartiens pas. Nous avons à peu près le même âge, alors tu travailleras avec moi. Maman dit que tu garderas mes secrets, mais comme je n'en ai pas, je préférerais que tu écoutes mes histoires. D'accord ?

Abasourdi, il acquiesça.

— Oui.

Elle sourit avec soulagement.

— Excellent. Ha, au fait : ne te jette plus à mes pieds. Beaucoup de gens importants n'attendent que ça. J'ai bien peur de ne pas en faire partie.

***

Dissimulée derrière la cloison qui séparait la cuisine du reste de la maison, Amisha jeta un œil à la salle à manger où Chara servait de la soupe de lentilles mélangée avec du riz à Deepak et à son père. Elle se rongea un ongle tout en passant en revue les différentes manières d'aborder le sujet.

— Amisha, lança Chara d'une voix retentissante qui s'éleva au-dessus du fracas des casseroles et des poêles maniées par le serviteur. Apporte les *naans.*

Amisha mourait d'envie de rester cachée. Sa décision d'engager Ravi l'angoissait.

— Amisha, tu es sourde ? cria Chara.

— J'arrive, Maman.

Un autre coup d'œil : Chara servait désormais l'*okra.* C'était un rituel quotidien, Chara présentait le repas et Amisha apportait les *naans* tout chauds, préparés un par un sur un petit poêle. Amisha saisit le plateau en acier que lui tendait le serviteur, le remerciant d'un bref signe de la tête. Elle prit une longue inspiration et rassembla tout son courage.

— J'ai trouvé un serviteur, annonça-t-elle, les yeux rivés au mur. Il commencera demain.

— Un serviteur ? demanda Deepak, qui s'était arrêté de manger pour la regarder.

Ils se parlaient rarement. Parfois, durant la nuit, il se tournait vers elle silencieusement et faisait en sorte de réaliser leur vœu d'avoir un enfant, mais tout de suite après, il s'endormait. Au départ, Amisha avait souhaité que leur relation soit plus profonde, mais elle avait rapidement accepté les choses telles qu'elles étaient. C'était la norme dans la plupart des mariages. Espérer plus était idiot.

— Oui, répliqua Amisha, qui croisa le regard de Deepak et y trouva le soutien dont elle avait besoin. Maman a dit que je devrais en avoir un.

— Qui est-ce ?

Chara lui prêtait à peine attention, toujours occupée à faire le service.

— Il s'appelle Ravi et il cherchait du travail à la minoterie, expliqua Amisha avec précipitation. Il n'y avait rien pour lui, alors je lui en ai proposé.

— Ravi ? reprit Chara, s'adressant à son mari. Tu le connais ?

Le père de Deepak ne répondit pas tout de suite à sa femme. Il évaluait Amisha à travers ses paupières mi-closes. Sentant son regard sur elle, Amisha baissa les yeux. Comme le voulait l'usage, ils se parlaient à peine. Deepak et Chara faisaient le lien entre eux si besoin.

— Un intouchable, annonça-t-il enfin.

Amisha entendit le cri de surprise de Chara un instant avant que cette dernière lance sur elle le plat en métal qu'elle tenait en main. D'instinct, elle se baissa et le plat s'écrasa sur le mur, répandant de la nourriture partout.

— Tu oses amener un intouchable dans ma maison ? hurla-t-elle.

— Je pensais qu'il pourrait travailler dans l'arrière-cour, balbutia Amisha, cherchant désespérément une explication valable. Il n'entrera pas ici.

— Quelle fille stupide, répliqua Chara en la chassant d'un geste de la main. J'ai honte que tu sois un membre de ma famille. Ton mariage avec mon fils prend fin tout de suite.

Sous le choc, Amisha trébucha en arrière. La main plaquée sur sa bouche, c'est à peine si elle pouvait retenir son cri de désespoir. Elle essaya sans succès de trouver les mots qui pourraient réparer les dégâts. Mais elle n'avait rien à quoi se raccrocher. Elle demeurait donc tétanisée, alors que son avenir s'effondrait devant elle.

— Amisha, pourquoi est-ce que tu l'as embauché ? demanda Deepak, qui l'observait.

Elle répondit avec précaution :

— Sa famille est pauvre et a besoin d'argent. Il a cherché du travail partout. Ça me semblait si peu, pour nous, de l'aider.

— Tu connaissais sa caste ?

— Il me l'a dit, avoua Amisha qui dans sa panique, jouait nerveusement avec l'ourlet de son sari. J'ai pensé qu'un peu d'humanité ne nous ferait pas grand mal.

Quand elle était petite, Amisha refusait de lapider les intouchables qui allaient de porte en porte pour quémander de la nourriture. C'était la distraction favorite de beaucoup de ses camarades, mais ça lui semblait trop cruel.

— Mahatma Gandhi dit qu'ils sont des *harijans,* des enfants de Dieu.

— Quand as-tu le temps de lire Gandhi ? intervint Chara. Voilà pourquoi tu es toujours en retard dans tes corvées ?

— Maman !

Deepak leva la main pour obtenir le silence. Il vit dans le regard de son père qu'il le soutenait. Il s'interrompit un instant, par respect pour ses parents, avant d'annoncer sa décision :

— Il ne touchera pas la nourriture.

— Entendu, approuva Amisha avec précipitation. Elle retenait son souffle en attendant son verdict. La dernière fois qu'il avait été affectueux avec elle, c'était pendant leur nuit de noces. Quand Amisha tentait de nouer un lien avec lui, il somnolait puis s'endormait.

— Il n'aidera que toi et se tiendra à distance de tout le monde, poursuivit Deepak.

— Bien sûr, balbutia-t-elle.

— Et ce mariage ne sera pas rompu, trancha Deepak.

Amisha était à deux doigts de s'évanouir de soulagement. Deepak s'adressa ensuite à Chara :

— Tu as demandé à Amisha de se trouver un serviteur et elle l'a fait. Je suis certain qu'il sera traité comme les autres.

Il avertit toutefois sa femme :

— Nous honorerons ta décision, mais à l'avenir, sois plus sage dans tes choix.

— Oui.

Amisha se retint de pleurer de gratitude. Grâce à Deepak, elle était sauvée. Prête à accepter n'importe quoi, elle dit :

— Promis.

Furieuse, Chara sortit en trombe de la maison après avoir hurlé au serviteur de nettoyer les lieux avant son retour. À travers ses cils baissés, Amisha regarda son époux. Pour la première fois depuis leur mariage, elle ressentit pour lui une vive affection. Quand elle se retrouva dans la cuisine, elle adressa aux dieux une prière silencieuse pour les remercier de lui avoir choisi un tel homme.

# CHAPITRE 8

Amisha gigotait sur le fauteuil en bois de cerf hors de prix que Deepak avait acheté quelques mois auparavant dans le but de s'y installer pour faire sa paperasse. Ce meuble luxueux et le bureau assorti étaient faits en os. Des plumes de paons peintes avec finesse les recouvraient. Les affaires étaient florissantes et Deepak avait montré avec fierté ses acquisitions à Chara et Amisha.

Elle effaça deux derniers mots qu'elle venait d'écrire et les remplaça par des synonymes. Le dernier vers du poème avait été difficile. Il lui avait fallu des semaines pour retranscrire sur papier ce qui lui avait paru si éloquent dans son esprit. Le poème parlait d'une pluie intense et de la splendeur de l'inondation qui en découlait. Enfin satisfaite de son œuvre, elle posa sa feuille et son crayon. C'était toujours la même chose quand elle commençait une histoire ou un poème. Les mots venaient à elle aux moments les plus inopportuns et la tourmentaient jusqu'à ce qu'ils soient exprimés.

— *Shrimati* !

Après avoir frappé à la porte, Ravi entra, la tête inclinée.

— Ta belle-mère sera bientôt là.

Au cours de l'année, après l'arrivée de Ravi, Chara avait engagé d'autres serviteurs. Ces derniers avaient profité de la situation et avaient ordonné à Ravi d'exécuter leurs tâches. Il les avait accomplies sans se plaindre, enchanté de mériter son salaire. Au départ, Chara avait refusé de lui adresser la parole. Désormais, elle le tolérait tout juste. Après son embauche, elle avait ignoré Amisha pendant des semaines, et en guise de représailles, elle avait augmenté sa charge de travail.

Amisha s'extirpa d'un bond de sa chaise, tenant son ventre énorme dans ses paumes.

— Désolé, mon petit, dit-elle à son bébé. Ravi, je n'ai pas commencé à préparer le dîner. Elle ne va faire qu'une bouchée de moi.

Ravi tressaillit devant son mouvement brusque.

— Je ne connais pas beaucoup le corps des femmes, mais je pense que le bébé n'a pas besoin de courir, aujourd'hui.

Amisha caressa son ventre. Quand elle s'était mise à vomir tous les jours, elle avait espéré être enceinte. Quand elle n'avait plus eu ses règles, Chara lui avait confirmé la bonne nouvelle. Mis à part de la fatigue au tout début, sa grossesse s'était relativement bien passée. Amisha avait été surprise de constater que la joie inattendue d'être enceinte avait suscité en elle un désir d'écrire encore plus grand. Les histoires valsaient dans son esprit et elle avait à peine assez de temps pour les rédiger.

— Tu t'inquiètes trop, mon ami.

Elle tapota son ventre.

— Il est fort. C'est la santé de Maman qui m'inquiète. Tu as vu les colères qu'elle pique quand tout ne va pas comme elle le veut ? À son âge, elle pourrait faire une crise cardiaque !

— C'est fait.

— Quoi donc ? demanda-t-elle en le regardant sans comprendre.

— Nous avons fini le ménage plus tôt que prévu, alors j'ai commencé à préparer le dîner.

Depuis un moment, Ravi prenait de plus en plus en charge ses corvées. En début de grossesse, Amisha l'avait surpris en train de faire la lessive avant qu'elle ait le temps de s'en occuper. Souvent, il s'attardait pour nettoyer la maison pendant qu'elle se reposait. Depuis peu, il donnait un coup de main en cuisine quand Chara était invitée chez une amie. Se remémorant sa promesse à Deepak, Amisha ressentit une vague d'angoisse. Mais la cuisine de Ravi était meilleure que la sienne. Même les autres serviteurs, qui l'évitaient au début, accueillaient désormais son aide avec plaisir.

— Avec un autre serviteur, nous avons fait en sorte de brûler tous les *naans*, comme toi, donc, elle n'en saura rien.

Il se tut, mais un sourire étira ses lèvres.

— Et le curry de pommes de terre et de chou-fleur ? demanda Amisha, se remémorant le menu décidé par Chara.

— Fait. Avec trop de sel et sans épices, exactement comme toi, tu…

Interrompu par le gloussement d'Amisha, il demeura immobile, souriant.

— Merci, dit-elle. Impossible de m'arrêter et le temps est passé plus vite que prévu.

Amisha aurait voulu le serrer dans ses bras, mais renonça. Quand elle était petite, sa mère l'avait souvent réprimandée parce qu'elle faisait des câlins aux invités et aux membres de la famille. Au bout d'un moment, elle avait compris la leçon. Alors, elle pressa l'épaule osseuse de Ravi.

— Toi, mon ami, tu m'as encore sauvé la vie.

Amisha plia sa feuille en deux. Puis, elle tira une boîte en métal de sous le lit pour la déposer sur une pile d'autres poèmes et de récits. Elle referma ensuite la boîte avec soin et la glissa à sa place, bien dissimulée.

— De quoi ça parle ? demanda Ravi en lui tenant la porte pour la laisser passer avant de la suivre jusqu'à la cuisine.

— De la pluie, et d'une merveilleuse inondation, murmura-t-elle pour ne pas être entendue.

Seul Ravi savait qu'elle écrivait.

— Les inondations tuent, répliqua Ravi, terre à terre.

— Oui, Ravi, soupira-t-elle comme souvent quand elle était avec lui. Mais elles lavent aussi, et éliminent les impuretés pour favoriser la renaissance.

— Hmm, commenta Ravi, songeur. Le poème est fini ?

— Oui, pour mon plaisir personnel. Mieux vaut que ça reste privé.

Elle lui donna un coup d'épaule.

— Si quelqu'un lit un jour mes élucubrations, tu auras honte d'être ami avec moi.

À travers la fenêtre, ils aperçurent Chara gravir l'escalier.

— Maintenant, allons servir la bête… Heu, je veux dire, Maman.

# CHAPITRE 9

Vêtue de blanc comme le voulait la tradition, Amisha s'apprêtait à accueillir un autre proche en deuil, quand les cris de son troisième fils résonnèrent dans la maison. Elle lui avait donné naissance deux semaines auparavant, et son corps réagit immédiatement : du lait se mit à couler de sa poitrine gonflée. Sourd aux cris du bébé, Deepak continuait à parler aux invités.

Chara était morte tranquillement, dans son sommeil, et Amisha avait pleuré cette perte avec sincérité. Au fil des années, un lien complexe s'était forgé entre elles. Chaque fois qu'Amisha accouchait d'un garçon, Chara se montrait plus gentille.

— Tu as prouvé ta valeur, lui avait-elle dit peu de temps auparavant, enchantée par l'arrivée d'un troisième bébé de sexe masculin.

Allongée dans le lit, Amisha, épuisée, avait regardé sa belle-mère le tenir dans ses bras. Cette dernière avait ajouté :

— Trois petits-fils valent bien ce que nous a coûté ta venue dans cette maison.

Chara avait bercé l'enfant alors que la sage-femme déposait un linge humide sur le front d'Amisha.

— Tu as été bénie : un fils ne te quittera jamais.

— Une fille serait un cadeau tout aussi précieux, avait faiblement répondu Amisha.

— Ne sois pas bête !

Chara avait câliné le bébé tout en gazouillant à son adresse.

— Une fille ne t'appartient jamais vraiment.

Amisha s'était tenue aux côtés de Chara lorsque ses deux filles avaient été mariées. Elle s'était souvenue de son propre mariage et avait enroulé son bras autour des épaules de sa belle-mère pour la réconforter et lui témoigner sa compassion. Quand Chara s'était blottie dans l'étreinte d'Amisha en sanglotant, une frontière avait été franchie. Le chagrin les avait unies.

Chara disait souvent que l'amour d'une fille était fugace. Le temps qu'elle passait avec sa famille était consacré à préparer le jour où elle la quitterait pour en intégrer une autre. Chaque mère voyait en sa fille son propre reflet : celui d'une perpétuelle étrangère dans son foyer. Ce n'était qu'au moment où elle avait fait de son fils un homme et qu'elle l'avait marié qu'une mère pouvait trouver sa place dans le monde : à ce moment-là, la jeune épouse qui venait vivre dans sa maison était une étrangère, alors qu'elle-même était enfin chez elle.

Laissant de côté ses souvenirs, Amisha regarda les villageois commencer leur longue marche jusqu'au lieu de l'incinération. Amisha et son nouveau-né n'avaient pas le droit d'assister à la cérémonie parce que les brahmanes enseignent que la mort peut traumatiser le bébé et le pousser à désirer ardemment retourner au royaume des cieux.

Une fois le dernier invité parti, elle se précipita dans la pièce du fond où à force de pleurer, son fils s'était endormi. Deepak la rejoignit quelques secondes plus tard. Amisha saisit sa main et la posa sur la tête du bébé. Leurs deux autres fils se tenaient solennellement à leurs côtés.

— Une vie est perdue, dit Amisha, qui souffrait pour son époux. Alors qu'une autre vient juste d'apparaître. Aujourd'hui, tu vas brûler son corps, mais pas son âme. Elle vivra éternellement en toi et en ses filles.

Elle serra ses deux aînés contre elle.

— Laisse-les être ta force, ajouta-t-elle.

Deepak s'approcha et la serra étroitement contre lui. Surprise, Amisha enlaça sa taille. Elle savoura la sensation de ses bras autour d'elle et se détendit. C'était la première fois qu'il agissait ainsi. Ils étaient mariés depuis des années, mais il lui semblait toujours être un étranger. Leurs conversations se limitaient la plupart du temps à ce qui se passait dans la maison. Seuls leurs fils constituaient un lien fragile entre eux.

Quelques secondes plus tard, Deepak recula. Amisha ne le retint pas. Sans un mot, elle le regarda rassembler ses fils autour de lui. Tous trois rejoignirent le père de Deepak, qui attendait sur la véranda, et ils suivirent les autres jusqu'au lieu d'incinération.

Amisha se retrouva seule, coincée entre les quatre murs nus de sa maison. Elle fit alors des adieux silencieux à la mère de substitution qui avait régi son quotidien pendant des années. Elle inclina la tête vers la statue de Vishnu, protecteur de l'univers, et le remercia de lui avoir donné trois fils et par là, un sens à sa vie. Malgré tout, son cœur réclamait plus. Il désirait la complicité d'une âme sœur, et elle pria pour avoir une fille.

***

Deepak était assis en tailleur sur le sol, entouré de ses fils. Ils dînaient. Amisha tira sur la ficelle attachée au hamac de fortune de Paresh pour qu'il continue à dormir. Six mois s'étaient écoulés depuis la mort de Chara, et le père de Deepak avait rejoint sa femme dans l'au-delà. Deepak était désormais le seul à gagner de l'argent pour toute la famille et Amisha était la maîtresse du foyer.

La maison disposait d'un approvisionnement en électricité sommaire, mais ils préparaient toujours leurs repas sur le feu.

— Ravi, dit Amisha alors qu'il sortait de la cuisine, armé d'une assiette où s'entassaient des galettes de blé. Toi et les autres devez manger tant que c'est encore chaud.

Après la mort de Chara, Amisha avait nommé Ravi premier serviteur. Il dirigeait les autres et planifiait leurs tâches. Bina, la cousine de Ravi, était la dernière à avoir été engagée. Née avec un bec-de-lièvre, elle ne pouvait ni mendier, ni être mariée. Quand Ravi avait demandé à Amisha de l'employer à l'occasion, pour donner un coup de main, elle avait offert à la jeune fille un travail à plein temps.

Deepak avait agrandi la maison : il y avait donc plus de ménage à faire.

— J'ai décidé de développer l'entreprise, annonça Deepak entre deux bouchées. J'ai parlé avec un fermier à Indore.

Quand il mentionna cette ville, à une heure de chez eux, Amisha leva vers lui un regard stupéfait.

— C'est loin, dit Deepak, qui avait noté sa réaction. Mais ses idées sont innovantes et il accepterait un partenariat.

Il avait toujours été discret sur ses projets personnels, même auprès d'elle. Amisha avait songé que c'était parce qu'il était l'aîné et le seul garçon de la famille : depuis toujours, il savait qu'il reprendrait l'entreprise de son père. Aller à l'université ou faire autre chose que travailler à la minoterie était impensable. C'était sa maison, son héritage et Amisha ne doutait pas qu'il l'honorerait. L'éclair d'excitation qu'elle lut dans ses yeux la prit donc au dépourvu.

— Et le Raj ? demanda-t-elle.

À Indore, le gouvernement britannique était bien plus influent. Deepak aurait besoin de son approbation avant de conclure l'affaire.

— C'est réglé, répondit-il rapidement.

— Tu as déjà décidé de tout, visiblement.

Elle pensa aux allers-retours solitaires, sur la route désertique menant à Indore. Les histoires de voleurs qui attaquaient les charrettes en pleine nuit étaient monnaie courante. Si elle refusait que Deepak voyage de nuit, il dormirait en ville et reviendrait le lendemain. En son absence, Amisha tiendrait le rôle de père et mère auprès de leurs enfants. Sa décision serait son fardeau.

— Ça aidera notre famille, dit Deepak en jetant un œil aux garçons. Ça leur assurera un avenir.

La discussion était close. Deepak finit son repas en silence, sous les yeux d'Amisha.

# CHAPITRE 10

— Ravi ! s'écria Amisha qui le cherchait des yeux depuis les marches du perron et ne tarda pas à lever le ton. Ravi !

— À ce volume, tous les Ravi du coin et des villages voisins vont débarquer, qu'est-ce que tu comptes leur dire ?

Ravi apparut à l'angle de la maison, un panier à linge dans les mains.

— Que mon Ravi n'a pas répondu quand je l'ai appelé et qu'il s'excuse auprès d'eux pour le dérangement.

Elle s'empara du panier et entraîna son compagnon en haut des marches.

— Tu ne croiras jamais ce que je vais te raconter.

— Je ne peux pas ne pas y croire si tu ne me racontes pas.

Il lui reprit le panier des mains et commença à trier les vêtements.

— L'école britannique ?

Sa construction, hors de l'enceinte du village, avait mis des mois à s'achever. Poussée par la curiosité, Amisha s'était arrêtée presque tous les jours devant l'édifice pour le regarder s'élever. Elle n'en avait jamais vu de pareil.

— Aujourd'hui, j'ai entendu un professeur anglais dire à un père de famille que tout le monde serait le bienvenu.

Amisha aida Ravi à étendre le linge humide.

— Ils veulent nous éduquer. Tu te rends compte ? Ici, dans notre petit village, ils vont nous apprendre à écrire en anglais !

Deepak voyageait depuis des mois et pendant ce temps, Amisha avait parcouru avec grande attention les articles dans les journaux locaux qui parlaient de la guerre ravageant le monde. Elle était stupéfaite que le Raj, le même que celui qui occupait son pays, se batte aux côtés des Américains pour protéger l'univers d'un individu nommé Hitler. Elle avait lu beaucoup de choses sur les souffrances et les privations occasionnées, et avait appris que les quelques victoires des Alliés avaient causé de lourdes pertes.

Lors des dîners, Amisha écoutait attentivement les hommes discuter des quantités de régiments et de bataillons indiens qui combattaient sous la bannière britannique. Certains n'approuvaient pas l'entrée des soldats indiens dans la guerre. La majorité des amis de Deepak soutenaient le Raj sans équivoque, mais d'autres étaient fous de rage devant la façon dont on méprisait les droits et les opinions des Indiens.

Cependant, ni la guerre ni les manifestations de plus en plus nombreuses en faveur de l'indépendance de l'Inde, dans les villes, n'affectaient sa famille. Leur village reculé était situé dans un État qui collaborait avec les Britanniques, conformément à une alliance subsidiaire nommée l'Agence centrale de l'Inde. Il était dirigé par un représentant du gouvernement indien qui s'appelait Vikram. C'était l'homme le plus fortuné de la région et il entretenait d'étroites relations avec le Raj.

— Sir Vikram a fait bon accueil à l'école.

Amisha avait supposé que c'était pour se faire bien voir aux yeux de l'Empire.

— Peut-être qu'il espère que ça nous enseignera leurs coutumes.

— Qui ira ? demanda Ravi.

Quand Amisha se désigna elle-même, il ne dissimula pas sa surprise.

— Toi ?

— Une femme adulte désireuse d'apprendre, ça ne les dérangera pas, si ?

À la réaction de Ravi, elle se sentit stupide de ne pas y avoir songé à deux fois.

— Est-ce que tu penses que je peux le faire ?

Les familles fortunées du village envoyaient souvent leurs filles à l'école primaire et en ville, certaines avaient même l'opportunité d'aller à l'université. Amisha, quant à elle, avait quitté l'école très tôt pour aider à la maison.

Voulant apprendre à tout prix, elle avait volé les manuels de ses frères pour les lire à la lueur des chandelles, quand tout le monde dormait. Dès lors, elle avait commencé à écrire des histoires. Elle le faisait la nuit ou entre deux tâches ménagères. Mais lorsque ses frères avaient rapporté des livres en anglais, Amisha avait ressenti un désespoir profond. Elle avait beau s'acharner, elle ne parvenait pas à déchiffrer les lettres ou comprendre le sens de mots.

— Tu as embauché un intouchable dans la maison d'un homme fortuné, *shrimati*. Que n'es-tu capable d'accomplir ? dit-il en s'interrompant dans sa tâche. Mais pourquoi l'anglais, *shrimati* ? Tu n'en as jamais parlé avant.

— Les journaux sont de plus en plus souvent imprimés en anglais et je n'arrive pas à... J'ai essayé d'apprendre à le lire toute seule, mais j'ai échoué.

Confuse, elle tenta de ravaler sa déception pour se concentrer sur l'avenir.

— Imagine mes garçons, quand ils verront leur mère maîtriser l'anglais, poursuivit-elle, excitée par cette perspective. Je pourrais les aider dans leurs études.

Elle adressa une prière silencieuse aux dieux, avec l'espoir qu'ils l'entendent.

— Qui sait ? Un jour, ils voudront peut-être même lire les histoires stupides que j'aurais écrites en anglais.

Parfois, le désir d'écrire submergeait Amisha. Quand elle mettait le point final à une histoire, elle se sentait accomplie. En relisant ses mots, elle était émerveillée d'en être l'auteure. Une fois que c'était bouclé, elle était persuadée qu'elle ne produirait plus rien. Mais rapidement, d'autres idées se disputaient son attention. Et alors... que ce soit l'histoire d'une quête ou d'une naissance... un récit commençait. Dès qu'elle en avait le temps, elle le poursuivait.

— Dans ce cas fais-le, dit Ravi.

Amisha le fixa avec stupeur.

— Tu ne veux pas me parler de tous les obstacles qui se présenteront ? De toutes les raisons pour lesquelles je ne devrais pas le faire ? demanda-t-elle pour le taquiner. Je devrais vérifier que tu n'as pas de fièvre, tiens.

— Je ne suis pas malade, *shrimati*, affirma-t-il. Répète au Raj tout-puissant ce que tu viens de me dire. Seul un professeur sans cœur pourrait te renvoyer.

***

Amisha réchauffa le baume du tigre dans ses paumes avant de masser les pieds de Deepak. Le clair de lune filtrait à travers la fenêtre de la chambre. Ravis de le voir après une absence de sept jours, les enfants s'étaient finalement endormis après une bataille d'oreillers avec leur père. Amisha les avait couchés et avait rejoint Deepak dans la chambre.

— Cette année va être fructueuse, annonça Deepak. Tu peux dire aux brahmanes que nous ferons une offrande aux dieux à *Diwali*.

Quand il gémit, elle appuya plus fort sur la plante de son pied.

Pendant les festivités du Nouvel An, les familles les plus fortunées du village offraient à manger aux mendiants. Amisha et Deepak s'étaient joints à elles avec joie et des centaines de repas avaient été préparés pour les plus démunis. Avant que ces derniers les mangent, le prêtre avait béni la nourriture au cours d'une longue cérémonie, puis, il avait prié pour que le karma des donateurs soit bon durant les années qui suivraient.

— Lakshmi t'a accordé ses faveurs, dit Amisha, faisant référence à la déesse de la richesse et de la prospérité. Ta bonne fortune est une bénédiction pour notre famille.

Amisha ravala sa nervosité. Cent fois, elle s'était répété la conversation qu'ils devraient avoir au sujet de l'école, mais maintenant qu'elle y était, elle hésitait. Avec un courage tout relatif, elle lança :

— J'ai besoin de discuter avec toi de mes écrits.

À deux reprises, elle avait tenté de lui en parler. Timidement, elle s'était mise à décrire combien les mots étaient importants pour elle, mais il l'avait interrompue, lui disant qu'elle était une femme remarquable et une mère merveilleuse. Il avait ainsi clos la conversation.

— Ça peut attendre.

Il enleva ses pieds de son giron et l'allongea sur le lit. Quand elle ouvrit la bouche, il posa délicatement la sienne tout contre. D'une main habile, il défit sa chemise et sa brassière, puis releva son jupon au-dessus de sa taille.

— S'il te plaît.

Amisha savait que son corps était fertile. Les autres femmes dans le village se plaignaient du temps qu'il leur fallait pour tomber enceinte, mais pour elle, ça avait toujours été rapide.

— Je ne veux pas…

Elle lutta contre son anxiété grandissante tout en essayant de trouver les mots justes pour exprimer ses pensées.

— Quoi ? demanda Deepak en suspendant son geste pour la regarder.

Elle songea à l'école. Il lui semblait que c'était hier qu'elle priait pour avoir une fille, mais maintenant qu'elle avait l'opportunité d'étudier, elle souhaitait attendre. Elle déglutit avant de dire :

— Mon corps n'est pas prêt pour un autre enfant.

— Mes garçons ne t'accordent pas une seconde de répit, hein ? répliqua Deepak, lui souriant dans le noir.

Sans lui laisser le temps de répondre, il continua à la caresser. Quand il la pénétra, Amisha détourna le visage et pria : c'était sa seule option. Elle ordonna à son corps de faire barrage et le supplia de rejeter la semence de Deepak. Alors qu'il se mouvait en elle, elle regarda le ciel par la fenêtre. Elle implora silencieusement que l'âme d'un enfant désiré soit offerte à une femme qui l'attendrait.

— Trouve une mère qui t'accueillera comme il se doit, souffla-t-elle à l'enfant.

Au moment où Deepak accéléra le rythme, elle ferma les yeux. Les images de l'école firent irruption dans son esprit, puis disparurent. Elle était stupide d'avoir cru que ce serait possible. Quand il se tendit, elle admit que ce n'était qu'un rêve. Quelques secondes avant la fin, Deepak se retira. Il agrippa le drap et soupira alors que son corps atteignait l'extase dans les replis de coton.

— Pourquoi ? demanda Amisha, choquée.

Elle se dégagea de son étreinte et ramassa le drap sale pour le déposer dans un coin avant d'ajuster ses vêtements.

— Tu m'as donné trois fils. Quand tu seras prête à avoir un autre enfant, dis-le-moi. Je verrai si j'en suis capable.

Il passa les bras sous son oreiller et ferma les yeux. Quelques minutes plus tard, il dormait à poings fermés.

# CHAPITRE II

Le lendemain matin, Amisha accompagna Deepak à la gare, avant de se diriger vers d'école. Elle s'arrêta devant le bâtiment et écouta les chants des ouvriers hindous qui terminaient les travaux.

— Amisha !

Sujata, une amie du village, revenait du marché, les bras chargés de courses. Amisha l'étreignit avec chaleur. Elles avaient passé la semaine précédente ensemble, car Amisha l'avait aidée à prendre soin de son beau-père qui était malade.

— Comment va-t-il ?

— Mieux. Merci encore de m'avoir assistée.

Amisha lui fit comprendre d'un signe de la main que ses remerciements n'étaient pas nécessaires.

— C'est bien qu'il se remette sur pied.

Sujata jeta un coup d'œil à l'école.

— Est-ce que les Britanniques espèrent qu'en nous construisant des écoles nous deviendrons comme eux ?

Amisha grimaça. Afin d'éviter le conflit, elle répondit de manière diplomatique :

— Peut-être que c'est leur façon de nous dédommager.

D'après ce que racontaient les villageois, les classes se remplissaient rapidement.

— Les enfants pourraient aller à l'université en Angleterre. Il y aurait plus d'opportunités pour eux.

— Mon mari dit que les Blancs veulent nous convertir d'une main, tout en nous battant de l'autre.

Sujata exprimait ce que ressentaient tous ceux qui s'opposaient à la construction de cette école.

— Tu n'es pas dupe, j'espère ? ajouta-t-elle.

— Non.

Amisha avait vu des soldats donner des coups de bâton aux Indiens qui commettaient des infractions.

— Je ne suis pas dupe.

Du coin de l'œil, elle repéra un officier britannique s'approcher des ouvriers. Il leur dit quelque chose qui les fit rire, puis recula pour surveiller l'avancée des travaux qui touchaient à leur fin.

Après le départ de Sujata, Amisha demeura seule, tentant de rassembler son courage pour pénétrer dans l'école et demander à assister aux cours. Son idée lui avait paru tellement parfaite quand elle en avait parlé à Ravi ! Maintenant, elle se demandait ce qui lui était passé par la tête. Même si on l'y autorisait, Deepak pouvait très bien s'y opposer.

— Si je n'étais pas mieux informé, je penserais que vous supervisez les travaux.

Stupéfaite, Amisha se tourna pour faire face au grand soldat britannique qui se tenait désormais à ses côtés. Par réflexe, elle recula de deux pas et inclina la tête pour le saluer.

— *Namaste.*

Il avait le bras droit en attelle et ne pouvait pas joindre les mains. Il se contenta donc de s'incliner légèrement.

— Vous êtes blessé, lança Amisha spontanément. Ça s'est produit pendant la guerre ?

Elle grimaça et baissa les yeux, honteuse d'avoir été si directe.

— Je suis désolée, je n'aurais pas dû...

— Pas de problème.

Il attendit qu'elle le regarde avant de brandir son plâtre.

— J'aimerais beaucoup affirmer que je me suis fait ça au combat... Malheureusement, je suis juste tombé d'un arbre, admit-il piteusement. Mes amis et moi étions en train de nous amuser en parachute.

— Il n'y a pas beaucoup d'arbres dans notre village, constata Amisha à voix basse afin de ne pas attirer l'attention sur eux.

Visiblement heureux qu'elle dialogue avec lui, il prit un ton de conspirateur.

— C'était dans les environs de Londres.

Il esquissa une grimace.

— Mes camarades en rient encore.

Amisha jeta un œil à la rue déserte. Satisfaite que personne n'ait surpris leur échange, elle répondit à sa question initiale.

— Je ne suis pas responsable de la construction.

Il éclata de rire.

— Tant mieux, sinon je n'aurais plus de travail.

— C'est votre école ? interrogea Amisha, se demandant pourquoi il perdait son temps à discuter avec une Indienne. Vous enseignez ici ?

— Techniquement, l'école appartient à Sa Majesté, et je ne suis que son humble serviteur.

Il jeta à son tour un regard rapide autour d'eux. Amisha fut touchée qu'il s'inquiète pour sa réputation.

— Je suis le directeur de cet établissement. Je n'enseigne pas, mais nos professeurs sont très bons. Vous avez des enfants ?

— Oui, trois garçons.

Elle observa de nouveau le bâtiment. Il était construit en brique, avec des fondations en pierre. Les ouvriers étaient désormais sur le toit, occupés à poser les dernières tuiles.

— Mais ce n'est pas pour eux que je suis ici.

— Ah bon ?

— Je suis…

Amisha hésita à dire qu'elle était auteure, même si elle l'était depuis sa plus tendre enfance.

— J'écris.

Elle regarda vers le ciel et déglutit péniblement. Elle se souvint de la réaction de Deepak en la voyant faire et la façon dont il minimisait son travail.

— Des bêtises. Des choses sans importance.

Elle l'observa, certaine que son visage serait moqueur. Quand elle y lut de l'intérêt, elle fut stupéfaite.

— Mais j'écris en hindi et…

— Vous voulez apprendre l'anglais, compléta-t-il.

— Oui.

Elle plongea ses yeux dans les siens avec ravissement. Il était le premier à la comprendre sans qu'elle ait besoin de s'expliquer.

— J'ai essayé, mais je ne maîtrise pas la langue.

Songeant soudain à son apparence, elle réajusta le pan de son sari. Ce matin-là, elle avait brossé ses cheveux jusqu'à ce qu'ils retombent en vagues sur ses épaules. Son teint mat était nu, mais elle avait accroché à ses oreilles de fins anneaux en or.

— Alors, je vais m'assurer de vous réserver une place. En cours d'anglais.

— Comment ?

Amisha ne pouvait croire que c'était si facile. Il devait y avoir des formulaires, une somme à régler.

— Je suis une femme adulte.

— Le roi et la reine encouragent tous ceux qui veulent étudier.

C'était l'excuse du Raj pour occuper l'Inde : sauver les pauvres et ceux qui étaient privés de droits. Mais à cet instant précis, Amisha se moquait complètement de ces allégations. Tout ce à quoi elle songeait était la chance qui se présentait.

— Merci, souffla-t-elle, étonnée de réaliser que jusque-là, elle retenait sa respiration.

Puis, elle éclata de rire, remplie de bonheur et de cette joie si inattendue. Levant un sourcil, il sembla lutter pour ne pas sourire. Sans se décourager et se sentant plus forte que jamais, elle dit :

— Je ne connais même pas votre nom.

— Stephen, répondit-il avant de s'interrompre un instant. Je suis lieutenant.

— Vous êtes en Inde depuis un moment ?

Elle savait qu'il était grand temps de rentrer à la maison, mais elle ne pouvait pas s'empêcher de parler. Elle n'avait pas envie que leur conversation se termine. Il détourna les yeux.

— Presque six mois.

Amisha compatit et lui confia qu'elle ne pouvait imaginer être séparée de ses fils si longtemps.

— Comment vous appelez-vous ?

— Amisha.

— C'est tout ? Un nom de famille, peut-être ?

Avec une réticence qu'elle ne s'expliquait pas, elle murmura :

— Pour l'instant, soyons seulement Amisha et Stephen, voulez-vous ?

Comme toutes les femmes et tous les enfants, son deuxième prénom et son nom de famille avaient été échangés contre ceux de son mari. Il sembla réfléchir quelques secondes avant de répondre.

— Ce sera donc Amisha et Stephen. Est-ce que vous vivez au village ?

— Oui.

Au cours de leur conversation, elle avait oublié durant un instant son quotidien et ses responsabilités. Sa maison était tout près, mais ici, devant cette école, à discuter d'éducation, elle avait le sentiment de se trouver dans un autre monde.

— Mon mari… ou plutôt sa famille… se corrigea Amisha avant de poursuivre. Ils sont propriétaires de la minoterie.

Ses yeux s'écarquillèrent alors qu'il réalisait qui elle était.

— Votre famille fournit le grain à tout le village.

Visiblement impressionné, il ajouta :

— Vikram a parlé de votre entreprise et de votre époux en termes élogieux.

— C'était généreux de sa part.

Ses propos lui rappelèrent son statut dans la société. Elle jeta un œil en direction de la maison.

— Je devrais y aller.

— Bien sûr.

Même s'ils se tenaient écartés l'un de l'autre, il recula encore de deux pas.

— Je vous verrai à la rentrée ?

— Oui.

Elle ne savait pas comment elle s'y prendrait, mais acquiesça tout de même.

— À la rentrée.

Avec un bref signe de tête, il s'éloigna. Quand il atteignit la cour de l'établissement, elle nota qu'il se retournait pour la regarder, mais ses propres pensées étaient toutes dirigées vers l'école et ce que lui réservait l'avenir.

# CHAPITRE 12

— Un seul bloc.

Amisha négociait avec le benjamin de la famille, tout en essayant de lui prendre le bloc-notes qu'il tenait. Elle en avait cherché d'autres dans le tiroir où étaient rangées les fournitures scolaires, mais il était vide.

— C'est important de partager.

— Hmm, dit Jay en se mordant la lèvre inférieure alors qu'il réfléchissait, du haut de ses six ans, aux options qui s'offraient à lui. C'est le mien.

— C'est moi qui te l'ai acheté.

Amisha s'approcha de nouveau de son fils.

— Parce que tu veux que je travaille bien en classe.

Il plaça le bloc-notes hors de portée en le cachant derrière son dos.

— À l'école, ils devraient t'apprendre à honorer ta mère. Désobéir, ce n'est pas honorer.

Elle agita son doigt avec emphase et avança vers lui, faussement menaçante.

— L'honneur, c'est ramener les meilleures notes possible à la maison. Pour toi.

Quand elle approcha encore, il courut derrière le canapé. Comme s'il avait peur, il hurla au moment où elle l'attrapa et se mit à le chatouiller.

— Quatre chocolats en échange de mes feuilles, dit-il entre deux éclats de rire.

— Deux, rétorqua Amisha à la fois amusée et impressionnée par son sens de la négociation.

Elle ajoutait souvent un carré de chocolat au lait dans leurs paniers-repas. Jay, qui avait le palais plus sucré que son frère, en réclamait toujours davantage.

— Sinon, tes dents se transformeront en chocolat, conclut-elle.

Il acquiesça et lui tendit le bloc-notes. Elle embrassa son front et se leva.

— Merci, *beta*.

— Pourquoi est-ce que tu en as besoin ?

Il reboutonna son gilet. Il portait le même uniforme que Samir, qui était parti plus tôt pour faire le trajet avec ses amis : un short marron, une chemise et un gilet.

— C'est un bloc-notes pour l'école, ajouta-t-il.

— Parce que…

Amisha voulait apprendre à ses enfants que les femmes étaient les égales des hommes. Mais ils voyaient rarement des filles poursuivre des études.

— J'en ai besoin pour mon travail.

— Quel travail, Maman ?

Il cessa de tripoter ses vêtements pour la regarder.

— Jay.

Amisha s'agenouilla à son niveau et saisit sa petite main.

— Les femmes et les hommes sont faits pareil.

Elle chercha les mots qui l'aideraient à comprendre.

— Tu as deux bras et deux jambes, et moi aussi.

Elle secoua ses membres et cela le fit rire.

— Tu as deux yeux, un nez et une bouche. Moi aussi.

Elle ouvrit grand la bouche et prononça un « Ahh » sonore, jusqu'à ce qu'il plaque sa paume sur ses lèvres.

— Tu as un cœur, j'ai un cœur.

Elle embrassa ses propres doigts avant de toucher son torse par-dessus sa chemise.

— Tu as un cerveau, j'ai un cerveau, dit-elle en posant doucement son front contre le sien. Nous sommes pareils.

Elle s'interrompit pour vérifier qu'il comprenait.

— Alors tu peux tout faire ? Comme Papa ? demanda-t-il, avec innocence.

— C'est ce que je crois, répondit-elle, passant la main sur ses traits pour faire disparaître la confusion qui s'y lisait. En tout cas, j'ai envie de voir si j'y arrive.

— Pourquoi tu ne pourrais pas ?

— Je ne sais pas.

Elle posa son menton au sommet de son crâne et caressa ses cheveux noirs et épais. Son visage était une version miniature du sien, mais il avait les yeux de Deepak. Une histoire lui vint en tête, qui pourrait éclairer les choses.

— Il était une fois une petite fille qui voulait jouer au ballon avec les garçons, mais eux, ils refusaient.

Elle s'assura d'avoir toute son attention avant de continuer.

— Alors, elle est rentrée chez elle et s'est coupé les cheveux.

— Pourquoi ?

— Pour faire comme si elle était un garçon.

Jay se leva, attrapa une balle et la fit rebondir.

— Ensuite, elle a joué et l'équipe a gagné un tournoi grâce à elle.

— Est-ce qu'ils se sont rendu compte que c'était une fille ?

Il laissa échapper la balle pour la regarder.

— Oui. Elle n'a plus été autorisée à jouer. L'équipe a eu beaucoup de mal à remporter un autre match, et c'est à ce moment que les garçons ont réalisé qu'ils devaient changer les règles.

— Mais Maman, les filles n'ont pas le droit de faire du sport.

L'histoire provoquait la confusion dans son esprit enfantin.

— Non, mais si on ne leur autorise rien, on ne saura jamais ce dont elles sont capables.

Elle tapota son nez pour alléger l'atmosphère.

— J'ai tellement de chance d'avoir trois fils intelligents.

Elle plaça la bandoulière de sa sacoche sur sa petite épaule.

— Peut-être que l'un d'entre vous aidera à changer le monde. Qu'est-ce que tu en penses ?

— Je pense que je te préfère quand tu es ma maman.

Il l'embrassa sur les deux joues et se serra fort contre elle. Amisha lui rendit son étreinte jusqu'à ce qu'il s'agite pour être libéré. D'une main, il maintint sa sacoche et de l'autre, il récupéra le bloc-notes qu'il lui avait donné.

— Tu ne l'auras pas !

Il se précipita dehors en riant.

Amisha le regarda partir, en se demandant si c'était un signe : peut-être ne devrait-elle pas aller à l'école ? La porte de derrière s'ouvrit. Ravi fit son entrée.

— Ton sac, *shrimati*, dit-il en lui tendant une sacoche neuve, semblable à celle des garçons. Tu vas arriver en retard si tu ne te mets pas en route.

— Quoi ?

Amisha fixa le sac avec stupéfaction. Ravi avait quitté la maison à l'aube, prétextant qu'il devait aller au marché. Amisha avait cru que c'était pour acheter des légumes.

— Un sac ?

— Pour l'école.

Il l'ouvrit grand pour l'inciter à regarder à l'intérieur.

— Il y a des feuilles et des crayons. J'ai payé une roupie pour que le menuisier les taille à la dernière minute.

Il lui tendit deux gommes.

— Pour toutes les erreurs que tu feras.

Il retourna la sacoche et lui montra la couture.

— Ce n'est pas la meilleure qualité, mais ça transporte le matériel, alors que demander de plus ?

Quand il leva enfin les yeux, elle était en larmes.

— Qu'est-ce qui se passe ? C'est le bébé ?

— Non. Paresh va bien.

Elle lutta pour se reprendre.

— Merci, souffla-t-elle, alors qu'il la dévisageait.

— Est-ce que j'ai fait quelque chose de mal ?

— Je ne pense pas que ce soit un jour possible, répliqua-t-elle, le cœur rempli d'amour.

Il lui lança un regard suspicieux.

— Je vais bien.

Elle se sentit stupide et rit pour cacher son émotion.

— Tout va à la perfection.

— Alors, il est l'heure de partir, dit-il en la conduisant à la porte.

— Et les enfants ?

Ses fils et son foyer étaient tout ce qu'elle connaissait. Sa conversation avec Jay lui revint à l'esprit et elle se demanda si elle avait le droit de désirer plus que ce qui lui avait été accordé.

— Tout se passera bien, affirma-t-il. J'irai les chercher à l'école et ils mettront la maison sens dessus dessous, comme d'habitude. Bina préparera leur dîner.

Elle hésita et il haussa les épaules.

— Tu as raison. Les enfants ne devraient pas voir leur mère tenter de telles choses. Ça risquerait de les traumatiser à vie.

Il s'empara d'un panier de linge sale et le lui tendit.

— Allons, tous ces vêtements doivent être lavés à la rivière.

Mais Amisha ne l'écoutait pas. Elle songeait à Deepak, absent depuis des semaines.

— Ravi, je n'ai pas eu l'occasion d'en parler à Deepak. Ça pourrait ne pas lui plaire.

— Alors, tu devrais attendre, répliqua-t-il, balayant ses projets comme s'ils n'avaient aucune importance. Que représentent quelques jours de plus ? À moins qu'il ne revienne pas avant des semaines ?

Ses mots eurent l'effet escompté.

— Tu crois que je peux le faire ?

Amisha l'observa, comprenant que son avis comptait pour elle.

— Je pense que tu dois le faire, dit Ravi avec simplicité. Comment tu te sentirais si tu ne le faisais pas ?

Elle lui rendit le panier de linge sale et attrapa sa sacoche.

— J'y vais. Regarde-moi ! J'y vais !

Elle franchit le seuil de la maison et courut, guidée par la lumière du soleil.

***

Amisha courait en direction de l'école, sa sacoche rebondissant contre son sari ajusté. Il avait plu la veille et la rue était remplie de flaques. Un groupe de porcelets couina de joie en trouvant de la nourriture parmi les ordures jetées devant les portes des maisons. Amisha fit signe aux femmes du village tout en gardant ses distances afin de ne pas être happée par une conversation. Quand elle arriva à l'école, elle repéra Stephen, posté à l'entrée. Elle ralentit lorsque leurs yeux se rencontrèrent. Il lui adressa un signe de tête poli, mais Amisha était certaine d'avoir vu du soulagement dans son sourire.

— Je craignais que vous décidiez de ne pas venir, dit-il avant de lui ouvrir la porte.

— Toutes mes excuses.

Embêtée de l'avoir retardé, Amisha voulut se justifier.

— Mon fils Jay était sur le point de partir à l'école et je n'avais pas de cahier pour étudier, et… bon, il est coquin et refusait de partager, mais mon ami Ravi, il est si attentionné, et au marché, il…

— Vous n'êtes pas en retard, assura Stephen, qui ne la lâchait pas des yeux. Êtes-vous prête à aller en classe ?

— Oui.

Amisha essaya de se montrer convaincante.

— Parfait.

Il lui fit signe de le suivre.

— Je vous y conduis.

— On vous a enlevé votre attelle, murmura Amisha, alors qu'ils marchaient côte à côte dans le couloir étroit.

Elle se tenait assez éloignée pour que leurs coudes ne se touchent pas.

— Votre bras est guéri ?

— Il est comme neuf !

Il releva sa manche et plia le coude. Sa peau pâle était plissée et sèche.

— Il ressemble à la branche d'arbre dans laquelle je suis resté coincé.

Il rit tout en s'arrêtant pour rencontrer son regard.

— Je suis heureux que vous soyez là. Je n'étais pas sûr que vous viendriez.

Amisha ne sut quoi répondre. Nier la vérité serait un mensonge, mais l'admettre sonnait comme une défaite.

— J'ai failli ne pas venir.

Elle observa les dessins colorés accrochés au mur, semblables à ceux de ses fils.

— J'ai eu peur que ça empiète sur mes responsabilités.

— Et ce ne sera pas le cas ?

Il glissa une main dans la poche de son pantalon kaki et se balança d'avant en arrière sur ses talons. Sans la lâcher du regard, il repoussa les mèches de cheveux qui tombaient sur ses yeux.

— J'ai la chance d'avoir des proches qui me soutiennent.

Elle pensa à Ravi, et s'inquiéta à nouveau de la réaction de Deepak. Mais elle chassa ce sentiment avant de poursuivre :

— Je ne serais pas là, sinon.

— Effectivement, vous êtes chanceuse. La vraie bonté chez les gens est chose rare, et quand on la rencontre, je crois de tout mon cœur qu'on doit la chérir.

— Oui.

Amisha observa ses traits et n'y lut que de la sincérité.

— Je suis tout à fait d'accord.

— Alors, nous avons trouvé notre premier point commun.

Il se remit en marche et Amisha le suivit. Elle nota qu'il avançait à pas mesurés, comme s'il avait remarqué que son sari limitait ses mouvements. Ils empruntèrent un autre couloir avant de s'arrêter sur le seuil d'une porte ouverte. Une odeur de désinfectant et de craie flottait dans l'air.

— Nous y sommes.

Amisha observa les élèves : une majorité de garçons, mais il y avait aussi des filles parmi eux. L'hésitation la saisit à nouveau.

— Ce sont des enfants, murmura-t-elle.

— Non, ce sont des adolescents, répliqua Stephen. J'ai regardé la constitution de toutes les classes. Celle-ci est la plus adaptée.

— Je suis vieille, par rapport à eux.

Elle avait à peine vingt ans, mais portait le poids des années. Elle vacillait souvent entre le sentiment d'être un enfant élevant des enfants ou une femme âgée n'ayant jamais réussi à trouver sa place. En tout cas, elle était différente de ces filles coiffées de queues-de-cheval, qui se tenaient bien droites sur leurs chaises, innocentes et pleines d'espoir.

— Non, voulut argumenter Stephen, avant d'être interrompu par Amisha.

— Je ne peux pas faire ça.

Le regret perçait dans chacun de ses mots. Elle regarda une dernière fois la classe et la déception envahit chaque parcelle de son corps. Les enfants étaient vêtus d'uniformes occidentaux, véritables petits Britanniques si l'on mettait de côté leur couleur de peau. Elle, par contre, portait un sari et aurait quasiment pu être leur mère.

— Je suis une adulte qui veut s'instruire dans une cour de récréation.

Les règles n'étaient pas les mêmes et elle n'avait aucune chance de gagner. Elle secoua la tête, signe de frustration.

— Je ne sais pas ce qui m'a pris.

— Vous aviez envie d'apprendre.

Amisha l'entendit à peine. Elle se détourna à la fois de cette salle de classe et de l'excitation qu'elle avait ressentie si peu de temps auparavant.

— Je devrais rentrer.

Désorientée, elle traversa rapidement le couloir, à la recherche d'une pancarte qui la guiderait.

Stephen la suivit alors qu'elle tournait dans un autre couloir, puis gagnait une sortie à l'arrière du bâtiment.

— Amisha, attendez !

Il était sur ses talons, mais elle refusa de lui répondre. Elle ouvrit la porte pour fuir, mais s'arrêta net. Un parterre de fleurs s'épanouissait au sein de buissons luxuriants. De grands arbres offraient une ombre salutaire au soleil implacable. Il y avait des petites cascades, dont l'eau se répandait sur des rochers de méditation ; et au milieu, un étang de taille modeste où se reflétaient les rayons du soleil. Astucieusement, on avait placé des tables auprès des arbustes pour créer de l'intimité. Des allées serpentaient au cœur de la végétation, plongeant les visiteurs dans la splendeur de ce jardin.

— Un jardin ? demanda-t-elle, prise au dépourvu par tant de splendeur. C'est un arc-en-ciel de couleurs !

Les fleurs ondulaient sous la brise légère, évoquant les espoirs et les rêves. Tout ce qu'Amisha ne pouvait avoir.

— Oui.

Il prêtait à peine attention à ce qui les entourait, concentré sur elle.

— Amisha…

— C'est une bénédiction de disposer de tant de beauté à portée de main, murmura-t-elle.

Dans son petit village, il y avait d'autres priorités que d'aménager un jardin. Elle respira profondément l'air sec et poussiéreux.

— Je n'ai jamais rien vu de tel.

Elle se tut, la bouche emplie des mots qu'elle ne pouvait prononcer.

— Ne partez pas. Nous trouverons une solution.

— Cette école n'est pas faite pour moi, chuchota Amisha, désireuse qu'il comprenne.

Elle lui adressa un pâle sourire.

— C'était stupide d'y croire.

— Elle est faite pour vous, dit-il en s'approchant à peine d'elle. Elle est faite pour tous ceux qui veulent apprendre.

— Pourquoi est-ce que vous insistez autant ? demanda-t-elle malgré la souffrance qu'elle ressentait. Pourquoi est-ce que vous vous en souciez ?

Elle inspira pour tenter de maîtriser ses émotions. Pourtant, elle ne parvenait pas à cacher sa déception. L'espoir l'avait conduite ici. Maintenant, elle devait accepter que c'était de la folie.

— Parce que vous souhaitez apprendre, et que ça en vaut la peine.

Il saisit une branche à hauteur de son visage et la brisa. Puis, il reprit la parole à voix basse.

— Peu importe votre âge.

— Ça compte, le contra-t-elle.

C'était la première fois qu'elle s'opposait à un homme.

— Ce n'était pas sage d'accepter.

Elle voulut partir, mais ce qu'il lui avoua l'en dissuada.

— Je vous ai vue venir à l'école, encore et encore.

Sa main se resserra sur la branche.

— Vous me faites penser à mon frère.

Amisha tressaillit sous le choc. Elle ne l'avait jamais remarqué et avait pourtant cru que ses visites avaient été discrètes.

— Votre frère ? demanda-t-elle, confuse. C'est-à-dire ?

— Vous vous teniez en face de ce bâtiment et regardiez les murs s'élever. Même si je n'étais pas à côté de vous, je pouvais voir que vous espériez.

Ses yeux errèrent dans le lointain.

— Il a toujours eu de l'ambition, comme vous, et il était persuadé que tout le monde devrait avoir la chance de réaliser ses rêves. Il le répétait tout le temps, au point de me rendre fou.

Il rit, comme pour alléger ses souvenirs.

— Répétait ?

Amisha avait relevé qu'il parlait de lui au passé.

— Il est mort à la guerre, répondit-il alors qu'un masque tombait sur son visage, dissimulant ses émotions. Je pensais pouvoir vous aider. En son honneur.

— Toutes mes condoléances.

Amisha sentit une connexion entre eux.

— Je vous suis reconnaissante d'avoir essayé, reprit-elle en regardant les fleurs luxuriantes. Mais j'ai bien peur que certaines choses ne puissent se faire.

Elle essuya une larme sur sa joue d'un geste vif, espérant en vain qu'il n'y prête pas attention.

# CHAPITRE 13

Amisha rentra chez elle à pas lents, sa sacoche cognant contre sa cuisse. Elle retenait ses larmes, parce qu'elle avait conscience que pleurer n'était pas une solution. Avec le temps, elle avait appris que la vie était souvent décevante, sans aucune raison ni consolation. Mais cette fois, tout était peut-être de sa faute. En désirant plus, elle avait pris le risque d'échouer. Elle entra dans la maison et tomba sur Ravi : Jay sanglotait dans ses bras. Sous le choc, elle se précipita vers eux et assit son fils sur ses genoux. C'est à ce moment-là qu'elle remarqua la méchante zébrure sur sa paume.

— Qu'est-ce qui s'est passé ?

— J'ai répété à mon professeur l'histoire que tu m'as racontée, répondit-il, alors qu'Amisha essuyait ses pleurs. Il a dit qu'elle était déplacée, et il m'a tapé la main avec sa règle, et il m'a renvoyé à la maison.

Ses yeux humides rencontrèrent les siens.

— Pourquoi c'est déplacé, Maman ?

Un sentiment de culpabilité terrible frappa Amisha.

— Je ne sais pas, *beta*.

Elle le serra fort contre elle. Les larmes qu'elle n'avait pas versées pour elle-même coulaient maintenant pour son enfant. Elle le berça jusqu'à ce qu'il se calme et somnole, blotti contre elle.

— Tu veux dormir ?

— Est-ce que je peux avoir du chocolat, d'abord ?

Il avait oublié l'incident, et l'espoir illuminait ses yeux rougis.

— Oui, répondit-elle, incapable de s'y opposer. Un carré et ensuite, la sieste.

Le cœur brisé, elle regarda Bina le conduire à la cuisine. Quand elle fut certaine qu'il ne puisse l'entendre, elle s'adressa à Ravi :

— C'est ma faute. Je lui ai raconté cette histoire.

— Non, répliqua Ravi en serrant plus étroitement dans sa paume le bol de pâte au curcuma qui avait servi d'emplâtre sur la blessure de Jay. C'était juste une histoire.

— Tu es stupide si tu crois ça.

Un sentiment de défaite la submergea. Son ventre se contracta à la pensée de ce qu'on avait infligé à son fils.

— Nous le sommes tous les deux.

Le rire de Jay leur parvint, mais cela ne réussit guère à apaiser son chagrin.

— Pourquoi es-tu à la maison, *shrimati* ?

Ravi jeta un œil à la sacoche d'Amisha.

— Tu ne devais pas revenir avant des heures.

Comme Amisha restait silencieuse, il insista :

— Qu'est-ce qui s'est passé ?

— Comme je te l'ai dit, Ravi, nous sommes tous les deux naïfs.

Elle enfouit la sacoche dans un tiroir et rejoignit son fils à la cuisine sans un mot de plus.

***

La pleine lune fit son apparition entre les nuages. La légende enseignait que les prières faites cette nuit-là étaient honorées par les dieux. Après s'être assuré que Paresh était avec Ravi et que ses deux aînés jouaient avec des amis, Amisha se mit en route pour le temple. Depuis la punition de Jay, elle avait du mal à s'endormir, le soir. L'image de la zébrure profonde dans sa chair la hantait. Ce n'est que quand elle comprit quoi faire pour arranger les choses qu'elle retrouva la paix. Un petit groupe quittait le temple alors qu'elle s'en approchait. Les brahmanes venaient d'achever la *puja* — la cérémonie durant laquelle on faisait des offrandes pour préparer cette nuit de pleine lune. L'air était épais, chargé de l'odeur de l'encens de rose et de l'eau de coco. Amisha enleva ses chaussures et gravit les marches en marbre du bâtiment ouvert, soutenu par les colonnes.

— Amisha !

Le prêtre, vêtu d'un *longhi* orange drapé autour de la taille et d'un châle blanc jeté sur son torse nu s'interrompit pour l'accueillir.

— Nous ne t'avons pas vue ici depuis un bon moment.

— C'est vrai.

Elle jugea plus sage de ne pas lui expliquer pourquoi. Elle préférait prier devant l'autel familial, chez elle, plutôt qu'au temple.

— Je pourrais vous donner une excuse, mais j'ai bien peur de ne pas être très inventive, donc…

Le prêtre ne semblait pas trouver ça drôle et elle se retint de sourire.

— Si tu n'honores pas les dieux, comment vont-ils honorer tes vœux ?

Ses traits sévères montraient clairement qu'il voulait une explication sensée et non des pirouettes verbales. Au lieu de répondre, Amisha lui tendit son offrande : un plat en fer rempli de fruits et de noix. Ensuite, elle saisit la cloche attachée au plafond. Elle la fit tinter à trois reprises, pour chacun de ses enfants. Puis, elle écouta le carillon résonner dans la pièce. On disait que ce son durait assez longtemps pour vider l'esprit et le corps de toute pensée afin de se consacrer pleinement à la prière. Amisha se laissa tomber à genoux devant la statue en bronze de Shiva.

— Protège et chéris mes fils.

Elle baissa la tête avec déférence et ajouta avec douceur :

— Tu m'as honorée en me les offrant, mais n'oublie jamais qu'ils sont d'abord tes enfants et qu'ils sont sous ta protection.

Elle répandit une poignée de pétales de rose sur la statue du dieu de la destruction et de la création.

Ensuite, elle prit place juste à côté, devant la statue en bronze de Parvati, épouse de Shiva et déesse de l'énergie universelle. Quand elle était petite, Amisha demandait souvent à sa mère de lui raconter son histoire.

« Parvati a grimpé jusqu'au sommet du mont Kailash, où Shiva était assis, en état de méditation perpétuelle, disait-elle. Elle voulait rendre hommage à son être suprême. » Fascinée, Amisha écoutait sans l'interrompre, même si elle connaissait ce récit par cœur. « Impressionnée par sa conviction et son ascétisme, elle lui demanda d'être sa femme, et depuis, ensemble, ils veillent sur nous. »

— J'ai une requête, confia-t-elle à la statue.

Cette déesse, qui refusait de se laisser abattre par les obstacles qui se dressaient sur son chemin, l'inspirait.

— J'ai manqué à tous mes devoirs envers ma famille.

Amisha jeta un œil autour d'elle pour voir si elle était toujours seule.

— À cause de ma faiblesse, on leur a fait du mal, expliqua-t-elle avant de prendre une longue inspiration, rassemblant son courage. J'ai essayé de m'élever au-dessus du rang qu'on m'a assigné.

Ses espoirs déçus et la punition de Jay envahirent son esprit. Elle avait toujours accueilli avec joie les histoires qui lui venaient en tête et faisaient partie d'elle. Elle avait eu tort de croire qu'elles étaient inoffensives. Maintenant, elle comprenait.

— Je te supplie de me débarrasser de ce mal.

Elle pria pour être comme les autres.

— Je devrais prêter plus d'attention à mes devoirs, ajouta-t-elle avant de poursuivre à voix basse. Merci pour toutes les choses bénies que tu m'as offertes. Fais en sorte qu'elles me suffisent. Mets fin à mes aspirations.

Elle baissa la tête, se détournant de sa nature profonde et de son besoin de jouer un rôle plus grand que celui que la vie lui avait accordé.

# CHAPITRE 14

Depuis qu'Amisha s'était rendue au temple, Jay semblait avoir complètement oublié l'incident survenu en classe. Mais pour elle, c'était différent : ce souvenir lui rappelait sans cesse tout ce qu'elle ne pouvait accomplir. Elle se mit à emprunter un détour pour éviter l'école, et elle accepta que son rêve d'éducation à l'anglaise ne se réaliserait jamais.

— Une histoire, *shrimati* ? demanda Bina, assise par terre, tout en pétrissant la farine de blé pour les samossas.

— Ça fait longtemps, renchérit Ravi.

Il leva les yeux des pommes de terre qu'il était en train d'éplucher. Elles seraient agrémentées d'un bol de petits pois et d'épices.

— Je pense que l'inspiration m'a abandonnée, mentit Amisha.

En fait, des idées lui venaient sans cesse à l'esprit, mais elle essayait de son mieux de les ignorer, en espérant que ses prières seraient rapidement exaucées.

— C'est peut-être préférable.

— Vraiment ? demanda Ravi, dont le regard indiquait qu'il n'y croyait pas une seconde. Les histoires ont disparu comme le soleil dans le ciel ?

— Le soleil ne disparaît pas, Ravi. Nous tournons autour.

Elle était sur le point de lui expliquer en détail ce qu'elle avait appris dans un livre, quand elle aperçut son sourire narquois. Elle changea alors d'avis.

— En fait, oui. Elles ont disparu comme le soleil. Et tu devrais répéter à tout le monde ta théorie sur le sujet. On sera impressionné par ton esprit scientifique.

Avant que Ravi ne puisse répliquer, on frappa à la porte.

— Est-ce que tu attends de la visite, aujourd'hui ? demanda ce dernier en jetant un œil vers l'entrée.

Ses fils aînés étaient à l'école et Deepak en voyage.

— Non, répondit-elle au moment où l'on frappait à nouveau. C'est sûrement une voisine qui passe boire un *lassi.*

Elle s'essuya rapidement les doigts sur une serviette, et prit le temps de caresser la tête de Paresh qui jouait avec des bols en Inox avant de se rendre au salon. Elle souleva le loquet de la porte et ouvrit. Sur le seuil, vêtu de son uniforme, Stephen joignit les mains et s'inclina légèrement.

— *Namaste.*

— *Namaste,* répéta Amisha, stupéfaite.

Elle jeta un œil derrière lui pour s'assurer qu'il n'y avait pas de villageois dans le coin. La présence d'un officier du Raj chez elle en plein après-midi provoquerait à coup sûr des commérages.

— Qu'est-ce que vous faites ici ? demanda-t-elle à voix basse.

— Puis-je entrer ?

Stephen l'imita en regardant à son tour par-dessus son épaule.

— Oui, bien sûr. Excusez-moi.

Elle s'effaça pour le laisser passer.

— Je vous en prie, asseyez-vous, dit-elle en désignant la toute nouvelle balancelle, sur laquelle était disposée une couverture rouge, au milieu du salon.

— Est-ce que je peux vous servir quelque chose à boire ? Un *tchaï* ? Du *lassi* ?

— Non merci.

Stephen se balança d'avant en arrière sur ses talons. Il était plus grand que Deepak et sa présence remplissait la pièce. Son regard s'arrêta rapidement sur tout ce qui s'y trouvait.

— En fait, je ne resterai qu'une minute. Est-ce que votre mari est là ?

— Non, il est en voyage.

Soudain, Amisha se sentit nerveuse. Elle tâcha de se ressaisir.

— Est-ce que vous êtes ici à cause de la façon dont je vous ai parlé à l'école ?

S'il voulait des excuses officielles, elle les lui ferait bien volontiers. Il n'y avait aucune raison de mêler Deepak à tout ça.

— Je n'étais pas dans mon état normal. À cause de l'excitation, puis de la déception. Je suis désolée d'avoir été malpolie.

Elle se tordit les mains, ignorant comment formuler les choses correctement.

— Non, Amisha, dit-il rapidement, comme s'il était gêné par ses propos. Vous ne m'avez absolument pas offusqué.

— Alors pourquoi êtes-vous là ?

La boule de tension dans son estomac se relâcha, mais un relent acide subsistait. Sa présence la mettait mal à l'aise. Amisha avait vu quantité de soldats passer dans le coin quand ils visitaient la région, mais Stephen était le seul à être entré chez elle.

— Je veux vous faire une proposition, au sujet de l'école.

— Oh…

Prise au dépourvu, elle demeura silencieuse. Elle avait cru qu'elle ne le reverrait jamais.

— C'est gentil de votre part, mais ça ne marchera pas.

Elle refusait d'espérer par peur d'être encore déçue.

— Je me suis fait une raison.

— Laissez-moi parler. Je me suis donné du mal, alors ayez au moins la courtoisie d'écouter ce que j'ai à dire.

Choquée par sa familiarité et son audace, elle attendit.

— Quelques jours par semaine, vous enseignerez aux élèves avec qui vous deviez être en classe. Vous leur apprendrez à écrire des récits ou des poèmes.

Il s'interrompit, et ils se dévisagèrent.

— En échange, je vous aiderai en anglais.

Il avait parlé d'un ton précipité et se tut brusquement. Incrédule, Amisha ne réagissait pas. Enfin, elle dit la première chose qui lui vint à l'esprit :

— Je ne suis pas professeur.

Visiblement plus calme, il lui sourit.

— Tout le monde peut être le professeur et l'élève de quelqu'un.

Quand il passa sa main dans ses cheveux, Amisha ne le considéra plus comme un officier, mais comme un jeune homme qui luttait pour paraître plus mûr.

— C'est ce qu'on m'a enseigné à l'université.

— Vous ne savez même pas ce que j'écris, lança Amisha avant de faire les cent pas.

— Alors j'assisterai à votre cours et je le découvrirai avec les autres.

Le sourire de Stephen s'élargit jusqu'à illuminer ses yeux.

— Pourquoi ? demanda-t-elle, en essayant vainement de comprendre sa démarche. Il n'y a aucune raison valable pour que vous me fassiez cette offre.

— Parce que, répondit-il immédiatement, comme s'il s'était préparé à cette question. Je ne veux pas baisser les bras et j'espère que vous non plus.

Son visage s'assombrit, mais il se ressaisit rapidement. Pensait-il à son frère ?

— Vous voulez apprendre et moi, j'ai envie de vous aider.

— Vous serez mon professeur ?

Paresh se mit à geindre dans la cuisine. Amisha esquissa un pas vers lui, mais elle entendit Bina le consoler.

— Vous, un membre du Raj ?

— Oui, je le ferai.

Il y avait de l'urgence dans sa voix, et elle se demanda pourquoi.

— C'est important à vos yeux ?

— Je ne suis pas ici pour longtemps.

Il s'approcha de la fenêtre. Amisha aurait voulu savoir ce qu'il pensait de ces rues pleines de déchets et de ce village aride. Ses épaules s'affaissèrent un instant, mais il se redressa et fit volte-face.

— Vous aider sera sûrement la seule chose utile que je ferai en Inde.

— Vous serez peut-être déçu, murmura Amisha qui poursuivit en récitant ce qu'on lui avait répété depuis toujours. On dit que les femmes ont un tout petit cerveau.

C'était une idée répandue. Amisha refusait d'y croire, mais se demandait s'il était de son avis.

— Nous avons peu d'occasions de l'utiliser.

— Alors laissez-moi vous aider à évoluer, lança-t-il, une lueur espiègle dans le regard. Le Raj est là pour civiliser et moderniser la société.

Il l'observa comme s'il comprenait son dilemme.

— Est-ce que je pourrais lire un de vos textes ?

Elle jeta un œil nerveux vers la chambre, où elle les cachait.

— Ils sont tous écrits en hindi.

— Parfait ! Comme ça, je pourrai tester votre aptitude à enseigner, répliqua-t-il, toujours taquin.

Elle se rendit rapidement dans la chambre et choisit un poème. Après le lui avoir tendu, elle se plaça derrière lui. De temps en temps, il pointait un mot du doigt, et elle le lisait à voix haute. Quand il eut fini, il lui sourit. Le cœur d'Amisha battit la chamade.

— C'est merveilleux.

Elle se mordit la lèvre pour ne pas crier de joie.

— Je suis allée au temple.

L'espoir s'élevait en elle, mais elle tentait toujours de le faire taire.

— J'ai demandé aux dieux de me débarrasser de mon désir d'écrire.

Elle remarqua la perplexité sur son visage et essaya d'éclaircir les choses.

— Mon fils a été sévèrement puni par un professeur à cause d'une histoire que je lui ai racontée. Mon insouciance lui a fait du mal.

— Je suis désolé.

Il était sincère, mais quand il reprit la parole, c'était pour l'empêcher de se cacher derrière de fausses excuses.

— Mais vous serez la seule à blâmer si vous n'acceptez pas de partager votre talent.

Ses mots résonnèrent profondément en elle. C'était la première fois qu'on lui disait qu'elle avait du talent. L'ironie de la situation la fit grimacer. Ses textes représentaient sa plus belle contribution à une société qui les ignorerait. Elle en était consciente et elle s'était agenouillée devant la déesse qui était capable de lui ôter son don. Elle l'avait suppliée de le faire. Et pourtant, son cœur s'accéléra sous l'effet de l'excitation quand elle songea qu'elle se remettrait à écrire. L'écriture n'était peut-être pas un mal à dompter, mais un don, à chérir et à protéger. Ses histoires étaient son seul passeport vers des endroits qu'elle n'avait jamais visités. Sans elles, elle serait toujours piégée ici, dans son village.

— J'ai été naïve, reconnut-elle.

— Seulement si vous refusez, répliqua Stephen, comme s'il lisait dans ses pensées.

Amisha se remit à faire les cent pas, s'arrêtant de temps à autre pour fixer un point imaginaire sur le sol ou les murs. Elle essaya d'imaginer ce qu'elle pourrait répondre à sa proposition, même si en fait, c'était évident.

— J'accepte, annonça-t-elle enfin.

— Vraiment ?

Elle acquiesça, scellant sa décision sans même en avoir avisé Deepak.

— Je leur ferai cours et vous me ferez cours.

Amisha sourit et se mit à rire, submergée de bonheur.

— Par contre, je vous préviens : si les parents de ces innocents enfants viennent me chercher, torche à la main, je vous les renverrai immédiatement et je vous regarderai fuir en courant, dit-elle pour le taquiner.

— Alors je n'ai plus qu'à espérer que vous ferez un bon professeur, lança-t-il avec un soulagement évident.

Un silence se fit.

— Je ne m'attendais pas à vous revoir.

— Vous auriez dû vous en douter, rétorqua-t-il posément, avant de jeter un œil à sa montre. On se voit en classe ?

— On se voit en classe.

Elle ne put s'empêcher de lui adresser un grand sourire avant de l'accompagner à la porte. En l'espace de quelques minutes, il lui avait offert plus que quiconque.

— Merci, souffla-t-elle.

Elle aurait voulu être plus loquace, mais ne savait comment s'y prendre. Il se figea et scruta son visage, comme pour lire en elle.

— Je vous en prie, dit-il avec douceur, avant de refermer la porte derrière lui.

Quand Amisha s'y appuya, elle sentit sa présence immobile, derrière le battant. Il y eut un silence, jusqu'à ce qu'elle entende finalement le bruit de ses pas qui s'éloignaient. Ravi surprit Amisha dans cette position et leva un sourcil interrogateur.

— Est-ce que tu aides la porte dans sa mission ?

— Je vais enseigner à l'école.

Amisha joignit les mains en signe de joie.

— Et Stephen, un soldat britannique, m'apprendra l'anglais.

Souriant, Ravi fit volte-face et se dirigea vers la cuisine.

— Il semblerait que le soleil ait refait son apparition, finalement.

# CHAPITRE 15

Amisha ôta ses sandales et s'agenouilla devant le petit autel familial, installé dans le coin le plus reculé de la maison. Des miniatures en métal de Shiva et Parvati s'y trouvaient, ainsi qu'une autre de Ganesh, leur fils, assis entre eux.

Elle inspira lentement, profondément, tout en enflammant une mèche en coton qui dépassait de la surface de *ghi* fondu.

— Deepak rentre aujourd'hui.

Amisha alluma deux bâtons d'encens et les déposa dans un plat en acier qu'elle fit tourner dans le sens des aiguilles d'une montre, signe traditionnel de respect.

— Guide-moi, Parvati, et accorde-moi ton courage. Donne-moi force et honneur. Aujourd'hui, je vais demander à Deepak l'autorisation d'enseigner à l'école.

Dans sa tête, Amisha s'était rejoué plusieurs fois la scène de son entrevue avec Stephen, quand il lui avait fait cette fameuse offre. Même quand elle avait tout raconté à Ravi, ça lui avait semblé irréel.

— Je te supplie de me pardonner de t'avoir priée de me débarrasser de mon inspiration. Permets-moi de faire ce que mon cœur exige sans que ma famille, qui compte sur moi, en fasse les frais.

Amisha jeta un œil à la maison, emplie par la présence de ses fils. Les chaussures des aînés étaient dispersées devant la porte d'entrée. Les dessins de Jay couvraient le mur de la cuisine. Les jouets de Paresh étaient éparpillés dans tous les coins. Sa détermination vacilla.

— Autorise-moi à recueillir les histoires que tu insuffles en moi. Confie-les-moi et je te promets de ne plus jamais les déshonorer.

Amisha regarda à travers la fenêtre les femmes du village marcher côte à côte, accompagnées de leurs enfants. Les serviteurs allaient laver le linge à la rivière. Le quotidien des autres était immuable, mais elle, en revanche, priait pour que le sien change.

— S'il te plaît, fais en sorte que Deepak souhaite tout ça pour moi. Je t'en supplie : qu'il comprenne.

Elle sonna la petite cloche jusqu'à ce que le son étouffe sa peur.

***

— Les affaires vont bien.

Deepak enleva ses chaussures devant la porte d'entrée et s'assit par terre pour dîner. Il but une gorgée de babeurre en attendant qu'Amisha remplisse son assiette.

— Mon associé a l'esprit vif, ajouta-t-il avec un enthousiasme franc.

— C'était une sage décision de le choisir comme collaborateur.

Amisha était heureuse que Deepak développe son entreprise, même au prix de ses absences constantes. À dire vrai, elle les ressentait à peine. Quand il était là, il travaillait tard à la minoterie. Ensuite, il passait du temps avec les hommes du village. À la maison, il profitait des garçons. Leurs rares moments en tête à tête se déroulaient dans la chambre. C'était ainsi et Amisha avait accepté que son mariage ne soit pas différent des autres. Elle observa silencieusement Deepak finir son repas. Puis, elle lui tendit un verre d'eau chaude, une serviette pour qu'il se lave les mains, et une tasse de graines de fenugrec, remède infaillible pour bien digérer. Elle débarrassa la table après avoir mis les restes de côté. Bina les donnerait aux vaches errantes le lendemain matin.

— Si tu as un peu de temps, j'aimerais discuter avec toi.

— J'ai quelques minutes avant d'aller au lit. Dis-moi ce qui se passe.

Amisha jeta un œil aux enfants, profondément endormis. Paresh s'étalait sur sa couchette alors que Jay s'était blotti contre son aîné pour se réchauffer.

— Tu sais, l'école anglaise… répondit Amisha, tout en priant pour être soutenue dans cette épreuve. Vers le marché…

— Vikram m'en a parlé.

Deepak s'était mis à le fréquenter. Plus il gagnait d'argent, faisant ainsi évoluer le statut de leur famille dans la société, plus les invitations à venir partager cigarettes et limonade fraîche étaient fréquentes. Deepak s'appuya sur ses coudes. Sa fine chemise de coton se plaqua sur son corps mince.

— Elle est construite, je crois, poursuivit-il.

— Oui.

Amisha se tordit les mains.

— Je suis passée dans le coin et j'ai vu qu'ils y enseignent l'anglais.

Elle s'interrompit, ne sachant pas comment continuer. Elle essaya d'imaginer la réaction de son mari, mais elle ne le connaissait pas assez pour ça.

— Tu veux que les garçons y aillent ?

Il ne semblait pas fermé à cette perspective, ce qui donna de l'espoir à Amisha.

— Non, dit-elle précipitamment. Ils sont heureux dans leur école, avec leurs amis.

Elle décida de ne pas évoquer la blessure infligée à la main de Jay. Pour cela, Amisha acceptait d'être blâmée.

— Ils n'apprécieraient pas qu'on les change d'établissement.

Elle entendit la voix de Stephen résonner dans son esprit. Il l'avait convaincue qu'elle pouvait le faire. Mais maintenant, elle avait à peine la force de continuer à parler.

— En fait, je pensais plutôt à moi.

— Tu veux aller à l'école ? demanda Deepak, surpris.

— Le directeur m'a proposé d'y enseigner.

Amisha adoucit le ton, espérant qu'il accepterait sans chercher à en savoir plus.

— Amisha… Toi ? Travailler ?

— Pas pour de l'argent.

Amisha vit qu'il était perplexe. Elle n'avait jamais parlé à Deepak de ses rêves, et avait du mal à trouver les mots justes.

— En échange, ils m'apprendront à écrire en anglais.

— Pour quoi faire ?

Secouant la tête en signe de dénégation sans attendre sa réponse, il se leva et balaya les miettes sur sa chemise.

— J'ai envie d'apprendre, dit-elle avant de le supplier, en désespoir de cause. Je pourrais donner un coup de main aux garçons pour leurs devoirs, quand tu n'es pas là.

Poussée par le désespoir, elle ajouta :

— Après les cours, ils restent à l'école pour qu'on les aide.

Surpris, Deepak hocha la tête.

— Je suis désolé : je ne m'en étais pas rendu compte. J'engagerai un professeur particulier.

Croyant que la conversation était terminée, il esquissa un pas pour sortir de la cuisine, mais Amisha s'écria :

— Je ferai tout ce que tu me demanderas. Je veux juste aller dans cette école.

Elle se tenait contre le mur, les mains jointes derrière son dos. Elle savait que ça n'avait aucun sens pour lui. Comme toutes les femmes, elle était censée soutenir son père, puis son époux, et enfin ses fils. Leurs échecs et leurs succès définissaient sa place.

— Il faut toujours que tu sois différente, lança Deepak qui s'était figé, dos à elle.

— Comment ça ?

Les mains d'Amisha se mirent à trembler. Elle les enfouit dans les plis de son sari pour réprimer sa nervosité.

— Le jour de notre mariage, tu as continué à danser quand la musique s'est arrêtée. Tu m'as tendu la main pour entrer dans cette maison, comme si tu m'y invitais, et non l'inverse.

— J'étais jeune, dit Amisha, ignorant pourquoi il ravivait ces souvenirs alors que de son point de vue, leur mariage semblait avoir eu lieu il y a des siècles. Cette nuit-là, tu as pourtant eu l'air satisfait.

Mais Amisha savait que l'homme qui se trouvait devant elle n'était plus le garçon qu'elle avait épousé. Le temps qui passe et les traditions les avaient tous les deux modelés en deux individus à l'opposé l'un de l'autre, dont le seul lien était leurs enfants.

— Ensuite, tu as introduit Ravi dans notre maison, poursuivit Deepak comme si elle n'avait rien dit.

Il lâcha un rire bref qui glaça Amisha.

— Le jour de son arrivée, je t'ai dit qu'il ne devait pas toucher à notre nourriture. Et pourtant, nous savons tous les deux que c'est lui qui cuisine.

— Il n'est pas différent de nous, fit valoir Amisha. Les intouchables sont nés comme nous et retournent auprès de Dieu comme nous.

C'était la première fois qu'ils évoquaient ce sujet. Mais même si Amisha manquait d'assurance, elle ne se déroba pas à la discussion.

— Ce n'est pas un crime de vouloir gagner sa vie.

— Non. Et ce n'est pas un crime de vouloir apprendre, pas vrai ?

— Mahatma Gandhi parle de l'intelligence des femmes. Il dit que nous ne sommes pas faibles et que nous ne devrions pas être considérées comme telles.

Ses discours, bien connus, étaient publiés dans tous les journaux.

— Beaucoup de femmes le rejoignent dans sa lutte contre les Britanniques.

— Tu te sers de lui comme excuse pour intégrer une école britannique ?

Son ton tranchant ne laissait planer aucun doute sur ce qu'il en pensait. Avant qu'elle puisse répondre, il lança :

— Ma mère m'avait averti à ton sujet. Elle disait que tu étais un « esprit pris au piège » et elle était sûre que tu allais te libérer, sans te soucier du mal que ça causerait.

— Ta mère ne me connaissait pas.

Le désespoir la consumait à chacun de ses mots.

— C'était injuste d'affirmer de telles choses.

Amisha réalisa qu'elle était dans l'impasse. Quoi qu'elle dise, il retournerait ses propos contre elle.

— Tu es heureux depuis que tu développes ton entreprise. J'avais envie de pouvoir ressentir la même chose, lança-t-elle avant d'esquisser un pas pour quitter la cuisine. Je ne veux faire de mal à personne.

— Comment ça se passerait avec les enfants ?

Pleine d'espoir, elle se figea, dos à lui.

— Bina et Ravi s'occuperaient de Paresh. Samir et Jay sont en classe la journée. Et je ne serais absente que quelques heures par semaine.

— Que diront les gens de la ville au sujet de mon épouse qui va à l'école ?

Elle fit volte-face. Ils savaient tous les deux qu'un seul commérage pouvait les exclure définitivement de la société. Ils perdraient leur statut social et gagneraient moins d'argent. Deepak était satisfait de sa vie et il s'attendait à ce qu'elle le soit aussi.

Leurs enfants étaient en bonne santé et son entreprise prospérait.

Un sentiment d'impuissance étreignit Amisha. Ce n'était pas juste. Pourquoi ses ambitions représentaient une menace alors que celles de Deepak n'avaient aucune conséquence ? Ce dernier prit un air triste et résigné.

— Fais-le, dit-il. Mais n'oublie pas tes devoirs.

Le soulagement l'envahit même si elle voyait qu'il était déçu qu'elle veuille plus que ce qui lui était permis.

— Merci.

Elle joignit les mains et lui adressa un sourire. Deepak ne le lui rendit pas. Il s'apprêta à quitter la pièce. Elle ravala sa salive.

— Pourquoi ? demanda-t-elle.

— Tu as porté notre foyer à bout de bras quand je voyageais, répondit-il avant de s'interrompre un instant. Je te suis reconnaissant.

Il passa devant les garçons endormis. Puis, d'un souffle léger, il éteignit la flamme de la lampe à huile, plongeant la pièce dans le noir. Il se rendit ensuite dans la chambre et ferma la porte derrière lui. Amisha sortit de la cuisine en silence. Elle repoussa doucement Jay contre son frère afin de pouvoir s'étendre près de Paresh sur son lit de fortune. Les rayons de la lune filtraient à travers la fenêtre, éclairant un peu l'obscurité. Tout en écoutant ses fils respirer, Amisha imagina son avenir. Émue et reconnaissante, elle plongea dans un profond sommeil, le bonheur l'enveloppant comme un manteau réconfortant dans la nuit noire.

# CHAPITRE 16

Amisha était arrivée à l'école de bonne heure. Adossée au mur d'enceinte, elle regardait les élèves en uniforme la dépasser pour entrer. Quand un jeune garçon lui jeta un œil, elle lui sourit avec anxiété. Les professeurs étaient occupés à répartir les enfants dans les classes correspondant à leur âge.

Elle pénétra dans la cour, puis dans le bâtiment et s'arrêta devant une porte sur laquelle était écrit « Directrice », et juste en dessous « Mademoiselle Roberts ». Elle frappa et attendit jusqu'à ce qu'on l'invite à entrer. Une femme revêche, assise derrière un petit bureau marron, la fixa sans ciller. Amisha perdit soudain toute assurance.

— Je suis Amisha. Le lieutenant Stephen est-il là ?

— Trois portes plus loin. Avec un parent d'élève.

Elle se leva et contourna le bureau pour s'arrêter devant Amisha, les bras croisés. Comme les

Occidentaux, elle portait une jupe longue et un chemisier, mais Amisha remarqua un bracelet en or à son poignet droit, très prisé des villageoises du coin.

— Alors, comme ça, vous allez faire cours aux enfants ?

— Le lieutenant me l'a demandé.

Amisha ne comprenait pas ce qu'elle avait fait pour provoquer la colère de cette femme.

— Est-ce que vous avez un diplôme ?

— Non.

Soudain vulnérable, Amisha serra sa sacoche contre elle.

— Non, je n'en ai pas.

— Alors pourquoi venez-vous enseigner ici ?

Elle croisa ses jambes bottées.

— Comment pourriez-vous apporter une quelconque contribution ? Notre école est prestigieuse.

La seule réponse qu'elle pouvait donner était que Stephen le lui avait demandé. Mais cette femme le savait déjà. Amisha supposa que son air de dédain reflétait la façon dont beaucoup de Britanniques considéraient les Indiens. Elle se redressa et rassembla le peu de courage qu'elle avait, mais elle se sentait si petite par rapport à cette imposante Anglaise !

— Je ferai cours parce qu'on me l'a demandé.

Elle songea à ses histoires et à ce qu'elles représentaient pour elle.

— Je ne sais pas encore vraiment ce que je vais leur enseigner, admit-elle, ayant l'impression de manquer cruellement de maturité face à son interlocutrice. Mais je leur dirai d'écrire tout ce qui se trouve dans leurs jeunes cœurs. Si leurs récits les entraînent dans des contrées lointaines, je les encouragerai à suivre leur inspiration.

Amisha sourit à cette femme inflexible.

— Je leur conseillerai aussi de respecter les gens et les valeurs qu'ils découvriront à l'occasion de ces voyages littéraires.

Son interlocutrice écarquillait les yeux, mais elle l'ignora et conclut :

— Et de ne jamais oublier que quand on tend à l'autre une main respectueuse, on est toujours bien accueilli.

***

Amisha se tenait derrière son bureau pendant que les enfants se glissaient sur leurs sièges. Chacun portait une chemise à col bleu clair, assortie d'une jupe beige pour les filles, et d'un short pour les garçons. Une fois assis, ils sortirent des feuilles et des crayons bien aiguisés de leurs sacoches.

Amisha fit rapidement le compte : cinq filles et douze garçons. Craie en main, elle se sentait prête.

— Bonjour.

On lui répondit en murmurant. Sur le tableau, elle écrivit son nom en hindi. La craie grinça, résonnant dans le silence.

— Je m'appelle Amisha.

— Madame ? dit un garçon au premier rang, qui pointait du doigt le tableau. Ce sera une classe d'hindi ?

— Non.

Amisha se rendit compte de son erreur et effaça vivement son nom d'un geste de la main. La poudre de craie tacha sa paume.

— Nous parlerons en anglais, mais nos premières rédactions seront en hindi.

Honteuse d'avouer qu'elle ne savait pas écrire en anglais, elle changea rapidement de sujet.

— Je suis ravie d'être votre professeur.

Elle observa les élèves qui devaient avoir entre treize et quinze ans.

— J'ai trois enfants.

— Est-ce qu'ils sont ici ? demanda une fille, au fond, d'une voix timide.

— Non, ils sont dans une autre école.

Amisha rapprocha sa chaise de leurs bureaux.

— Je les aime énormément. Mais j'ai appris quelque chose, en tant que mère, lança-t-elle sur le ton de la conversation. Quand j'essaie de leur enseigner les choses de la vie, ils m'ignorent. Je leur dis : « Ne poursuivez pas les bébés cochons, vous tomberez dans la boue. » Pourtant, ils en reviennent couverts. « Ne mangez pas trop de bonbons. Le sucre va vous rendre malades. » Mais ils finissent par pleurer de douleur en me demandant : « Maman, pourquoi j'ai mangé autant de bonbons ? »

Le rire des enfants tempéra son anxiété.

— J'ai compris que je ne m'y prenais pas correctement. Alors, j'ai fait asseoir mes deux aînés près de moi et leur ai avoué quelque chose…

Les élèves se penchèrent plus près, comme s'ils attendaient qu'elle leur révèle un secret.

— Je leur ai dit que je n'avais jamais été mère, avant de les avoir. Et j'ai ajouté : « J'apprends à être votre maman, de la même manière que vous, vous apprenez à être mes fils. »

— Vous avez vraiment dit ça ? demanda une élève.

Enchantée que les enfants participent, Amisha acquiesça.

— Oui. Ils étaient surpris. Je pense qu'ils croyaient que j'étais née maman.

Elle accueillit les rires des élèves avec un sourire, puis, elle poursuivit :

— Je leur ai proposé un marché. Ils devraient m'aider à devenir une meilleure maman, et en échange, je les aiderais à se comporter comme de bons fils.

Amisha se leva et se déplaça dans les rangs.

— Je vous propose le même marché. Je n'ai jamais enseigné, avant. Si vous m'aidez à être un bon professeur, je ferai de mon mieux pour vous aider à devenir de meilleurs conteurs.

Tous murmurèrent leur assentiment. Amisha en fut heureuse.

— Excellent. Merci, dit-elle avant d'entrer dans le vif du sujet. D'où vient l'inspiration ?

— De notre esprit.

— Des histoires que nous avons entendues.

— De nos rêves, proposa une voix féminine.

Amisha repéra la jeune fille qui avait pris la parole, dans le fond. Sa peau était très sombre et sa chevelure noire, divisée en deux tresses bien serrées.

— Comment tu t'appelles, *beti* ?

— Neema.

— Neema, est-ce que tu pourrais développer ta réponse ?

D'un regard, Amisha fit taire les garçons qui râlaient. Neema demeura un instant silencieuse avant de s'exécuter.

— Nous rêvons de ce que nous ne connaissons pas. Et nous transformons ces rêves en histoires.

— Comment peux-tu écrire à propos de ce que tu ignores ? la défia un adolescent plus vieux qu'elle.

Neema répondit avant qu'Amisha en ait l'occasion.

— Le rêve pourrait bien être notre seul aperçu de l'inconnu, dit-elle en tripotant la feuille de papier sur son bureau. Et peut-être d'une autre vie.

Amisha acquiesça.

— On pourrait penser que si nous sommes privés de nos rêves, nous sommes condamnés à vivre ceux des autres ? suggéra-t-elle, avant de poursuivre en espérant inclure tout le monde dans la conversation. Combien d'entre vous aiment lire ?

Amisha repéra deux garçons qui grimaçaient, mais il y eut de nombreuses mains levées.

— Excellent. Question plus importante : combien d'entre vous aiment écrire ?

Cette fois, la moitié de la classe se manifesta.

— Bien.

Amisha avait passé la nuit à réfléchir à la manière dont elle s'y prendrait, avant d'opter pour une histoire.

— Un homme construit une maison. Ses amis l'avertissent qu'elle n'est pas solide, mais il refuse de les écouter. Il y a un tremblement de terre et la bâtisse s'effondre sur l'homme et sur un oiseau qui vivait dans un arbre voisin.

Amisha observa le visage de ses élèves et fut satisfaite d'y lire de l'intérêt.

— Il n'y a qu'un petit trou où entre l'air. L'homme doit décider qui pourra respirer, dit-elle avant de s'interrompre pour s'assurer d'avoir leur entière attention. À vous d'écrire la suite.

— Mais c'est quoi, la bonne réponse ? demanda un garçon, au fond.

— Il n'y a pas de bonne réponse, répliqua Neema, devançant Amisha. L'histoire parle de choix et de ce qui nous pousse à les faire.

— Très bien.

Amisha s'arrêta devant le bureau de la jeune fille. Son visage était propre. Elle portait un petit diamant à la narine et deux clous assortis aux oreilles.

— Est-ce que tu savais que ton prénom veut dire « libre » ? demanda-t-elle avec douceur.

L'adolescente acquiesça et Amisha ajouta :

— C'est un nom magnifique.

— Merci, madame, répliqua Neema, tête baissée.

Amisha sentit son malaise et changea de sujet.

— Est-ce que tu as levé la main quand j'ai voulu savoir qui écrivait ?

Elle hocha la tête.

— Combien d'histoires as-tu déjà écrites ?

— Quelques-unes.

— J'aimerais beaucoup les lire. Merci d'être ici.

Puis, Amisha alla vers un autre élève.

***

— On dirait que ça s'est bien passé, aujourd'hui, lança Stephen.

Amisha marchait à ses côtés dans le couloir. Sans se consulter, ils sortirent par la porte du fond et se retrouvèrent dans le jardin. Les élèves avaient encore quelques heures de cours et ils disposaient donc des lieux.

— Les enfants souriaient en sortant de votre classe.

— Ils étaient peut-être soulagés que ce soit fini, plaisanta Amisha.

En réalité, elle était reconnaissante de leur enthousiasme et de leur participation. Elle remarqua que les fleurs, sur le point d'éclore la dernière fois, s'épanouissaient maintenant pleinement. Elle toucha les pétales blanc et or de l'une d'elles, admirant sa beauté. Stephen tendit la main et la cueillit. Il huma son parfum avant de la lui offrir.

— Sentez-la.

Amisha l'approcha de ses narines, mais ne perçut rien. Rien du tout. Pour ne pas paraître stupide, elle acquiesça poliment.

— C'est charmant.

— Vraiment ?

Il la lui prit des mains et la huma encore.

— Parce que moi, je ne sens rien du tout.

Quand elle écarquilla les yeux, il rit.

— Vous saviez qu'elle n'avait pas d'odeur ?

Devant son sourire enfantin, elle ne put se retenir de sourire, elle aussi. Elle se sentait pleine de joie.

— Pouvons-nous commencer notre leçon ?

— Maintenant ? demanda-t-il en l'étudiant du regard.

— J'ai passé la matinée à voir des enfants apprendre et ça m'a donné envie de les imiter.

— Pourquoi ne pas s'installer ici ?

Stephen les mena au fond du jardin, auprès d'un banc protégé par des arbres et des buissons en fleurs.

— Le parfum des fleurs allégera le poids de mon ignorance, déclara Amisha en s'asseyant.

La nuit précédente, elle avait à peine dormi à l'idée de faire cours, et d'apprendre. Quand le coq avait chanté, à l'aube, Amisha était éveillée.

— Vous ne devriez pas parler de vous de cette façon, dit Stephen en s'installant à son tour, à une distance respectable.

— Alors, enseignez-moi les choses correctement et je n'aurai plus aucune raison de le faire.

Sur un petit bloc de papier, Stephen écrivit l'alphabet en lettres majuscules, qu'il prononçait à voix haute. Amisha écoutait attentivement. Comme elle maîtrisait l'anglais à l'oral, elle était capable de comprendre facilement la phonétique.

— À votre tour.

Elle prit le bloc et le stylo d'un geste hésitant et contempla l'écriture de son professeur. Elle avait admiré l'assurance avec laquelle il traçait les lettres. C'était un officier, qui prenait part à l'une des opérations militaires les plus importantes du monde, et pourtant, il était là, avec elle, à perdre son temps.

— Pourquoi est-ce que vous faites ça pour moi ?

— Changer de sujet ne marchera pas.

Il tapota sur le stylo pour l'inciter à s'y mettre.

— Il y a une guerre en ce moment.

Avec nervosité, Amisha entreprit d'écrire un A. Ses yeux faisaient l'aller-retour entre les lettres de Stephen et les siennes. Elle regardait souvent Jay s'exercer. Elle imita donc ce que faisait son fils et dessina deux traits parallèles. Immédiatement, elle réalisa son erreur et raya ce qu'elle venait de faire pour recommencer. Cette fois, elle ne souleva pas la pointe de son stylo.

— Tiens ! Je n'étais pas au courant ! dit-il d'un ton désinvolte, tout en restant concentré sur les gestes de son élève.

— Heureusement que je suis là pour vous tenir informé, alors !

Amisha sentit son regard sur ses mains. Tout en essayant d'être précise et appliquée, elle passa rapidement aux autres lettres.

— Ils ont peut-être besoin que vous vous battiez pour votre roi.

— N'est-il pas aussi votre roi ?

Stephen leva les yeux et ils s'observèrent. Amisha réfléchit à ce qu'elle allait dire. Elle n'avait jamais discuté de cela avec un homme auparavant et craignait d'avoir l'air stupide.

— J'imagine qu'il est bon et qu'il veut bien faire. Mais l'Inde ne lui appartient pas et les Indiens ne sont pas des marionnettes que l'on peut manipuler à sa guise.

— C'est ce que vous pensez de nous ? Par-là, j'entends : de nous, les Britanniques ?

Amisha savait ce que disait Gandhi au sujet de la résistance pacifique. Au lieu de lui répondre, elle demanda :

— Est-ce que vous croyez qu'un pays a le droit d'en gouverner un autre ?

Aussitôt qu'elle les eût prononcées, elle regretta ses paroles. Stephen était un soldat britannique qui faisait preuve d'une gentillesse qu'elle n'avait jamais connue auparavant, en lui consacrant du temps.

— Mes mots ont dépassé ma pensée, avoua-t-elle, gênée. J'ai la chance qu'un lieutenant m'enseigne l'anglais et j'ose m'adresser ainsi à lui ! Pardonnez-moi.

— Ne dites pas ça, répliqua-t-il d'une voix pressante. S'il vous plaît.

Amisha était sur le point de rétorquer, mais il se leva. Elle l'observa avec perplexité.

— Quand nous sommes ensemble et que nous apprenons, ne vous empêchez pas de dire ce que vous pensez, lança-t-il, contrarié. Sinon, comment ça pourra fonctionner ?

Elle comprit à quel point c'était important pour lui et tenta de se justifier.

— Je ne dois pas m'exprimer ainsi. Je vous dois le respect.

— Le respect ne devrait-il pas se gagner ? remarqua-t-il avec simplicité.

À cours de repartie, Amisha contempla les fleurs qui les entouraient. Elle se demanda pourquoi elle n'y avait jamais songé elle-même.

# JAYA

# CHAPITRE 17

Le soleil s'est couché depuis longtemps et le fond de l'air est un peu frais. Ravi se penche pour gratter le cou de Rokie. Les os de sa colonne vertébrale craquent quand il effectue ce mouvement. Le chien a attendu patiemment toute la journée. Moi, je n'ai pas bougé de ce banc, fascinée par l'histoire de Ravi.

En débarquant en Inde, j'espérais rencontrer mon grand-père et apprendre quelque chose, n'importe quoi, au sujet de ma mère. Jamais je ne me serais attendue à entendre l'histoire d'une femme dont j'ai à peine entendu parler durant mon enfance. Son évocation ne se résumait qu'à sa mort, qui s'était produite quand ma mère était jeune. Le reste ne comptait pas.

— J'aurais aimé la connaître.

Alors que ma mère a toujours suivi les règles de manière pointilleuse, Amisha a repoussé les limites pour trouver sa place. Si Maman avait été élevée par sa mère, je me demande ce qu'elle serait devenue.

— Est-ce que Maman est au courant de tout ça ?

Dans l'obscurité grandissante, sous les branches du hêtre, Ravi essuie une larme solitaire qui coule sur sa joue.

— Non, murmure-t-il. Comme je te l'ai dit, j'avais promis à ta grand-mère que je raconterais son histoire, mais je n'ai pas pu le faire jusqu'à maintenant.

Il tousse et lutte pour reprendre sa respiration.

— Ça va ?

— Je devais transmettre l'histoire d'Amisha.

Il fixe un point au loin, ses mains frêles jointes.

— Je souhaiterais plus que tout au monde qu'elle soit là pour se souvenir des détails que mon cerveau usé a oubliés.

— Que s'est-il passé, ensuite ?

Je déteste le pousser jusqu'à l'épuisement, mais j'ai follement envie d'en savoir plus.

— Je suis un vieil homme, *beti,* dit-il en frottant ses paumes l'une contre l'autre. La lassitude s'est infiltrée profondément dans mes muscles. Si je ne repose pas assez mon esprit, mon corps pourrait protester et alors, je m'effondrerais.

Il lève la tête et m'adresse un pâle sourire.

— Imagine : tu devrais me servir mes repas au lit pour connaître la suite de l'histoire.

Il ferme les paupières et s'adosse au banc.

— Je n'avais jamais entendu quoi que ce soit au sujet de ma grand-mère, avant, dis-je doucement.

Comme j'avais peu d'interactions avec ma mère, je n'ai jamais ressenti d'attirance pour son lointain pays d'origine. Même si l'Inde était la terre de mes ancêtres, elle n'était liée à aucun souvenir familial et ne suscitait aucun intérêt à mes yeux.

— Ma mère n'a jamais parlé d'elle.

— Elle ne savait que ce que les autres ont bien voulu lui dire, et sa vision de sa mère s'est arrêtée à cela.

— Est-ce qu'elle était au courant qu'elle ne savait pas tout d'elle ? Qu'il y a une autre histoire ?

J'essaie d'assembler le puzzle avec les pièces qu'il me donne. Il secoue la tête.

— Et ses frères ?

— Tu es la seule à être venue, donc je n'en ai parlé à personne d'autre.

Il n'y a pas de rancœur dans ses mots.

— Les fils d'Amisha ont quitté l'Inde il y a plus de dix ans et ne sont jamais revenus. Leur père… dit-il, avant de s'interrompre un instant. Leur père les a attendus très longtemps.

Son regard se pose sur moi.

— Avec les années, il a accepté ce que nous devons tous admettre : ceux qui partent ont une raison de le faire plus puissante que tout ce qui les ferait rester.

Je récapitule ce que je sais : Maman a été élevée par une belle-mère qui ne pouvait avoir d'enfant. Elle a été mariée à dix-huit ans et a quitté l'Inde juste après. C'est tout ce que m'a dit Papa quand je le suppliais de m'en parler au moins un petit peu. Ravi, qui semble comprendre que j'ai désespérément envie d'en savoir plus, tapote ma main.

— Sois patiente, *beti.* Bientôt, l'histoire révélera tous ses secrets.

Avec lenteur, il se lève et se met en marche en direction de la maison, se déplaçant finalement avec agilité sur le sentier cabossé.

***

Quand j'avais douze ans, j'ai demandé à ma mère si nous pouvions organiser une fête d'Halloween mère-fille. Elle a réfléchi à la question si longtemps que j'ai cru qu'elle allait refuser. Elle a finalement accepté. J'étais extatique. J'ai pris un cahier et je me suis assise à côté d'elle sur le canapé pour tout mettre en place. Elle a écouté en silence, sans me faire part de ses idées, pendant que je planifiais la nourriture, la décoration et la musique.

— Les déguisements ! me suis-je écrié quand je me suis souvenue du plus important.

Elle m'a emmenée dans un magasin où nous avons trouvé deux costumes du *Magicien d'Oz*. J'ai enfilé le plus petit, celui de Glinda la Bonne Sorcière du Sud, et Maman a hérité de celui de la Méchante Sorcière de l'Ouest. J'adorais le chapeau pointu et le menton crochu fournis avec le sien.

Le jour J, je me suis réveillée tôt pour tout préparer, mais Maman avait déjà tout décoré. Des banderoles étaient accrochées aux murs, de fausses araignées rampaient hors de leurs toiles partout dans la maison, et des momies surgissaient de cercueils, çà et là, dans le salon. C'était parfait. Saisie d'excitation, je l'ai prise dans mes bras avec reconnaissance. Son corps s'est raidi et elle a reculé d'un mouvement vif.

— Le petit déjeuner est prêt, a-t-elle annoncé avant de se rendre dans la cuisine.

Cette nuit-là, nous avons accueilli nos invitées au son de la musique qui jaillissait des haut-parleurs. Papa regardait avec amusement la maison se remplir de mères et de filles déguisées à la perfection. Maman riait et profitait de la fête. À de rares occasions, elle se transformait et manifestait de la joie. Ravie de la voir comme ça, je restais près d'elle pour pouvoir partager son bonheur. À deux reprises, elle a passé son bras autour de moi et m'a serrée fort contre elle.

— Vous êtes toutes les deux adorables.

L'une de ses amies admirait nos costumes.

— Bonne Sorcière, Méchante Sorcière, c'est ça ?

— Oui ! ai-je répondu, plus heureuse que jamais. Je suis la Bonne Sorcière.

Happée par l'ambiance festive, je n'ai pas réalisé que Maman se raidissait, et que son sourire s'évanouissait.

— Maman est diabolique. Elle jettera un sort affreux à tout le monde, mais je vous sauverai.

— Veuillez m'excuser, a dit posément Maman.

Elle a ôté sa main de mon épaule et sans un mot pour qui que ce soit, elle est montée à l'étage. Blessée, je l'ai regardée faire sans comprendre ce qui se passait.

Elle est redescendue dix minutes plus tard, en jean et en tee-shirt. Durant le reste de la fête, elle s'est montrée silencieuse et sur la réserve, adressant à peine la parole à nos invitées. Cette nuit-là, je me suis endormie en pleurant. Je me suis juré de ne plus jamais organiser quelque chose avec elle.

# CHAPITRE 18

Pendant la nuit, j'ai ouvert la fenêtre pour laisser entrer l'air frais. L'aube se lève à présent, et une brise tiède balaie la pièce et soulève mes cheveux, qui chatouillent mon visage. Dès les premières lueurs du jour, le coq se met à chanter et j'entends le village s'animer. Allongée sur le lit, je pose ma main sur mon ventre. Je ferme les yeux et pense aux bébés que j'ai portés si peu de temps. J'ai eu beau les désirer de tout mon cœur, ils sont partis pour toujours.

Agitée, je repousse la moustiquaire et m'extrais du lit. À travers la fenêtre, je vois les enfants commencer leurs jeux, alors qu'un groupe de femmes se met en route pour la rivière. Sur la tête, elles portent des seaux : elles vont chercher de l'eau et se laver.

Sur les balcons, des hommes en débardeurs blancs se brossent les dents avec des brosses faites maison. Ils crachent dans la rue, par-dessus la rambarde, puis se rincent la bouche et se gargarisent avec de l'eau fraîche aromatisée à la menthe. Fascinée, j'observe leur rituel. La brosse à dents que Ravi m'a fabriquée gît sur le bureau, intacte.

— Maman, qu'est-ce qui t'est arrivé ici ? je demande à voix haute. Qu'est-ce qui a pu pousser ton père à exiger une telle promesse ?

J'essaie de l'imaginer enfant, souhaitant désespérément l'amour de sa mère. Je songe à ma propre enfance. Même si ma mère était distante, j'ai toujours su qu'elle était là. Dans les hauts comme dans les bas, mes parents et la maison familiale étaient immuables. Qu'est-ce qui a éloigné ma mère des siens ?

— Bonjour, dit Ravi qui entre dans la chambre après avoir frappé à la porte, me tirant ainsi de mes pensées. Tu n'es pas prête.

Visiblement déçu, il s'exclame :

— Tu gâches ton temps à dormir !

— Le soleil n'est pas encore complètement levé !

Je fais un signe de la tête vers la fenêtre auquel il ne prête pas attention.

— Mais il a commencé à se lever.

Il pose le plateau sur la table, ainsi qu'un nouveau petit bout de bois taillé, juste à côté.

— Je reviendrai quand tu seras prête.

— Attendez ! dis-je dans l'espoir que sa compagnie m'aidera à dissiper mon mal-être. Vous m'avez apporté un merveilleux petit déjeuner, et il y a beaucoup à manger. S'il vous plaît, partagez-le avec moi.

— Non, réplique-t-il sans me donner d'explication.

— Vous avez déjà mangé ?

Impossible, à moins qu'il se soit réveillé avant l'aube !

— Je mangerai chez moi.

Il se dirige vers la porte ouverte.

— Vous ne voulez pas rester avec moi ?

Je ramasse le plateau et le lui tends.

— Alors je ne toucherai à rien.

— Tu vas mourir de faim.

Il saisit le plateau et s'apprête à sortir. Je lui bloque le passage, curieuse de savoir pourquoi il réagit ainsi.

— Vous me laisseriez m'affamer plutôt que de partager mon repas ?

— Ce n'est pas approprié de manger ici avec toi.

Il fixe le plafond.

— Alors nous nous installerons dans le salon.

Je m'empare du plateau et le précède vers la pièce à vivre.

— Je ne peux pas manger avec toi dans cette maison, explique-t-il avec douceur.

Je ne comprends pas.

— Pourquoi ? Pourquoi vous m'amenez toute cette nourriture pour ensuite vouloir partir ?

Le fumet qui se dégage des tasses nous enveloppe. J'en ai l'eau à la bouche, et mon ventre se met à gargouiller.

— Je ne suis pas censé prendre mes repas dans un palais. Je suis un intouchable.

— Je sais.

Je rassemble mes quelques connaissances à ce sujet et me remémore ce qu'il m'a raconté pour comprendre son comportement. Je repose le plateau sur la table, juste devant la balancelle.

— Vous m'avez aussi dit que ma grand-mère vous avait invité ici et qu'elle vous considérait comme un ami. Je suppose que vous mangiez avec elle ?

— Elle faisait une exception pour moi.

Il marche lentement vers la porte d'entrée. Rokie joue sur la véranda.

— Je vous demande de faire la même exception pour moi.

Il se fige puis se tourne vers moi, et je poursuis :

— Je ne veux pas manquer de respect à vos coutumes, mais je dirais pour ma défense que ce n'est pas faire honneur à ma grand-mère que de refuser à sa petite-fille la compagnie qu'elle a appréciée.

Il me regarde, soupesant mes paroles et les traditions ancrées en lui.

— S'il vous plaît…

Je m'approche de la balancelle et patiente. Le sourire aux lèvres, il me rejoint à pas lents et s'assied. Je vais chercher deux assiettes dans la cuisine et m'installe sur la chaise qui se trouve en face de lui. Ensemble, nous soulevons les couvercles des plats disposés sur le plateau.

— Ça sent délicieusement bon.

Il se sert si copieusement qu'il me laisse à peine de quoi manger.

— Vous devriez goûter, me conseille-t-il, la bouche pleine, en désignant mon assiette. Avant qu'il ne reste plus rien.

Souriante, j'obtempère et nous terminons notre repas en silence.

***

Après le repas, je demande à Ravi où je peux passer un appel à l'international et aller sur Internet. Il me recommande un café à vingt minutes d'ici. Tandis que le *rickshaw* vacille sur les cailloux et les décombres, j'imagine Deepak parcourir le même trajet. L'histoire d'Amisha parlait de routes stériles et désolées, et il y a eu peu d'améliorations durant les décennies qui ont suivi. Le chemin de terre s'étend toujours sur des kilomètres, longeant des champs gorgés de soleil, et il est peu fréquenté.

Le chauffeur entre dans une petite ville. Les boutiques sont modernes. La chaussée est en asphalte et aux angles de chaque rue se trouvent des lampadaires. Dans les vitrines des magasins, les mannequins portent des vêtements occidentaux ou traditionnels. Le *rickshaw* zigzague entre des hommes d'affaires, des étudiants et des mères accompagnées de leurs enfants. D'une boutique s'échappe une musique Bollywood, à plein volume. Mon chauffeur s'arrête devant un café.

— Pareil que l'Amérique, pas vrai ?

Avec une fierté évidente, il désigne le café.

— Téléphone, ici. Pas de problème.

En terrasse, des jeunes gens se penchent sur leurs ordinateurs portables. Je ris, émerveillée par cette scène, identique à celle que l'on voit dans n'importe quel café new-yorkais. À l'intérieur, une jeune femme derrière le comptoir prend ma commande dans un anglais impeccable. Il n'y a que quelques kilomètres entre le village et cette ville, mais ce sont deux mondes à part.

Après avoir commandé un *tchaï* au lait de soja, je repère un téléphone disponible, au fond de la pièce. J'inspire longuement avant de composer le numéro que je connais par cœur. Au-delà de l'océan, la sonnerie retentit et ma mère décroche.

— Maman…

Je m'interromps. Les émotions que j'ai enfouies remontent violemment, me serrant la gorge. Je séjourne chez elle ; je dors, je mange dans la maison de son enfance et pourtant, je réalise que je n'en sais pas plus sur elle maintenant qu'auparavant.

— Comment ça va ?

Je ne suis pas sûre de moi. Tout ça manque de naturel et ma voix est tendue.

— Jaya ? demande-t-elle d'un ton triste. C'est toi ?

Elle prend une grande inspiration avant de poursuivre :

— Est-ce que tu vas bien ?

— Ton père est mort, dis-je avec douceur. Avant mon arrivée.

Un silence pesant. Puis, le son de sa respiration.

— Alors il n'y a rien qui te retient là-bas, murmure-t-elle.

Elle durcit le ton et si elle ne s'était pas tue juste avant, j'aurais pensé que cette nouvelle l'indifférait.

— Tu devrais rentrer à la maison.

— Il est mort en paix. Ils ont répandu ses cendres, j'explique, comme si je n'avais rien entendu. J'ai rencontré le serviteur, Ravi. Il me raconte l'histoire de ta mère.

— Je ne l'ai pas connu, dit-elle brusquement, avant d'ajouter d'une voix anxieuse : Il n'y a rien à savoir sur ma mère.

— Maman…

— Ta vie est ici, Jaya. Tout comme ton travail, ta maison, Patrick…

— Il ne fait plus partie de ma vie.

Je ne lui confie pas que les fausses couches m'ont anéantie ou que je suis tombée de haut quand j'ai appris que c'était une femme qui était à l'origine de ma rupture avec Patrick. Je ne lui avoue pas que l'histoire de ma grand-mère, une parenthèse à la mienne, me permet de souffler pour la première fois depuis des mois. Je lui cache la vérité, car c'est comme ça que nous fonctionnons. Nous ne savons pas faire autrement.

— Notre mariage est terminé… Je ne peux pas revenir. Pas maintenant.

Je m'interromps un instant avant de la supplier :

— S'il te plaît, n'insiste pas.

Dans le silence qui suit, je l'imagine en train de se fermer et de se détacher. Elle va hausser les épaules et se montrer dure, comme pour se préparer à encaisser la déception. Elle fait ça, d'habitude : passer de la résignation à la froideur. Je suis donc surprise quand elle réagit autrement.

— Ton père fait les cent pas dans la cuisine. Il attend de te parler. Mais vu que c'est toi qui paies cet appel, il peut patienter.

Prise au dépourvu, je demeure silencieuse. Quand j'étais petite, j'avais tellement envie qu'elle soit comme ça : qu'elle soit vivante, qu'elle fasse des blagues qui feraient rire tout le monde. Qu'elle sourie pendant des heures. Mais j'ai compris que ça n'arriverait pas, qu'elle n'offrirait toujours qu'une façade aux yeux du monde, et je me suis endurcie. Je l'ai chassée de mon cœur avant qu'elle ne me brise.

— Jaya.

Sa douleur transparaît à travers ses mots. Je l'imagine agripper le combiné tout en luttant pour ne pas pleurer.

— Je t'aime, *beti.*

Je suis sous le choc, incapable de parler. C'est la première fois qu'elle me dit qu'elle m'aime. Le silence se prolonge et elle me passe mon père sans rien ajouter. Il me pose une tonne de questions sur le village et sur mes projets. Tout au long de notre conversation, la déclaration d'amour de ma mère résonne dans ma tête. J'ai attendu ces mots pendant des années. Maintenant qu'elle les prononce enfin, je suis incapable de réagir.

Après avoir raccroché, j'allume mon ordinateur portable et rédige un bref e-mail à la rédactrice en chef du blog qui m'offre une rubrique, pour me présenter. Puis, j'effleure le clavier et réfléchis à mon premier article. J'inspire profondément et commence à écrire.

> *J'ai voyagé durant vingt-quatre heures, quittant New York pour le pays où ma mère est née. Je ne suis jamais allée en Inde auparavant. Pour être honnête, je n'en avais jamais eu envie. On dit qu'on se sent chez soi là où se trouvent les gens qu'on aime. Ce n'est que lorsque j'ai eu le cœur brisé que j'ai bien voulu partir de cette maison, où rien ne me retenait vraiment, et voyager loin de tout ce que je connais.*
>
> *Je suis dans un petit village où pour être heureux, il suffit de jouer au ballon dans un champ de terre ou de se rassembler pour partager un repas. On trouve le bonheur dans les rituels quotidiens et dans les histoires que contiennent les nuages dans le ciel. Le bonheur se trouve en vivant, tout simplement. J'aurais*

*été incapable de le définir, avant. Je ne me posais pas la question. Je me contentais de faire tout ce qui était nécessaire pour me créer une vie parfaite. J'ai gravi les échelons pour me faire un nom et j'ai coché chaque petite case validant les attentes de notre société. Plus j'accomplissais de choses, plus je me sentais forte. Mais la perfection pourrait bien être une illusion et le pouvoir, un fardeau.*

*Ici, on me raconte l'histoire d'une femme qui a vécu à une autre époque. Elle s'est battue pour se réaliser pleinement sans trahir son entourage. Je ne sais pas encore si elle y est parvenue. Mais ça me fait réfléchir à mes choix et à ce qui me pousse à les faire. J'ai toujours eu la liberté d'agir à ma guise, mais en ai-je vraiment profité ou ai-je suivi aveuglément la route qu'on a tracée pour moi ? Quand nous nous élevons, nous prenons le risque de tomber.*

*Je suis venue en Inde parce que mon grand-père, que je n'ai jamais rencontré, était mourant. Mais d'autres raisons m'ont également poussée à fuir. J'ai fait trois fausses couches. Quand j'ai perdu mes bébés, je me suis moi-même égarée. Impossible de trouver le chemin de la guérison.*

*Avant d'essayer de tomber enceinte, j'étais certaine que j'aurais des enfants. Ils faisaient partie du plan. J'ai considéré ma première fausse couche comme une anomalie. C'était comme rater un devoir en cours d'année parce que je n'avais pas assez révisé, persuadée que je réussirais haut la main les partiels de fin d'année. Lorsque nous avons recommencé les essais, j'étais certaine d'être à la hauteur de ma responsabilité : je mènerais ma grossesse à terme. Je considérais que les neuf mois à venir seraient le début de la démonstration de ma valeur en tant que mère. Quand on m'a confirmé que j'allais perdre ce deuxième bébé, mon âme s'est fissurée. J'ai pleuré l'enfant que je portais. Sans cesse, il me manquait, comme un membre amputé. Je voyais des enfants partout, et cela me rappelait que je ne pouvais en tenir un dans mes bras. Ma dernière fausse couche a éviscéré les restes de la personne que j'étais avant.*

*Ces fausses couches ont brisé mon mariage. Je suis journaliste, j'ai déjà écrit à propos des enfants gravement malades et de la tension que cela provoque au sein du couple parental. Cinquante pour cent des mariages se terminent par un divorce. Pour les couples qui ont un enfant à besoins spéciaux ou un enfant gravement malade, cette proportion augmente considérablement. Mais qu'en est-il de ceux qui n'ont pas d'enfants ? Combien de chances avions-nous que notre union survive aux aléas tumultueux de l'espoir, de la déception et de la résignation ? Comment soutenir son compagnon quand on lutte soi-même pour tenir debout ? Mon mariage a été la dernière déconvenue de mon destin tout tracé. J'ai beau étudier les questions de natalité, rêver d'un nouveau départ ou prier pour mon salut, je reste une coquille vide. Je ne peux m'empêcher de me demander si c'est le prix à payer pour avoir atteint les sommets.*

Je relis le début de mon texte. Je ne mentionne ni ma mère ni son silence. Mais c'est elle qui m'a appris à ne pas partager mes secrets. Trop conditionnée pour me libérer, je clique sur « Effacer ». Je rabats le clapet de mon ordinateur et le fourre dans mon sac. Je repose ma tête sur le dossier de mon fauteuil et ferme les yeux. Le nuage noir qui m'accompagne tout le temps plane au-dessus de moi, essayant de me happer, mais je lutte, refusant de me laisser aller. Je jette le fond de mon *tchaï* dans la poubelle et attrape un *rickshaw* pour retourner chez ma grand-mère.

# AMISHA

# CHAPITRE 19

Amisha prononça deux mots en anglais en les scandant parfaitement. Fière d'elle, elle s'interrompit pour regarder Stephen, qui cochait au fur et à mesure le vocabulaire qu'elle lisait. Il y eut un silence et il la contempla avec curiosité.

— Oui ?

— Comment je m'en sors ? demanda-t-elle avec un soupir irrité.

— Vous voulez vraiment que je vous complimente pour deux mots ?

Il pointa du doigt la longue liste de ceux qui lui restaient à lire.

— Vous en avez encore une centaine devant vous.

— Mais j'en ai déjà lu deux !

Amisha désigna la feuille.

— Ils étaient difficiles, dit-elle, se sentant importante.

— Non, pas du tout.

Il parcourut rapidement la liste et choisit un mot.

— Lisez celui-ci.

Elle plissa les paupières de concentration et s'exécuta en balbutiant.

— Vous venez de lire le mot « exaspérant » et c'est exactement ce que vous êtes, commenta-t-il avant de lui rendre la liste, un sourire espiègle aux lèvres. Continuez à lire.

— Il semblerait que ça ne s'applique pas qu'à moi !

Amisha lui sourit en retour.

— Est-ce que c'est courant, chez les Britanniques, de ne pas encourager les autres, ou est-ce un trait de caractère personnel ?

— Vous voulez des encouragements ?

Stephen s'appuya sur ses coudes.

— J'ai encore une centaine de mots qui vous attendent dans mon bureau. Vous devez en lire sept par minute pour avoir le niveau requis, et jusqu'à maintenant, vous en êtes à un mot toutes les sept minutes. Dépêchez-vous.

— C'est étonnant que vous ne combattiez pas au front, lança Amisha en regardant les mots suivants pour évaluer leur difficulté. Je pense qu'ils pourraient tirer bénéfice de votre tempérament.

Ne lui laissant pas le temps de répondre, elle se mit à lire plus rapidement qu'avant. Le visage de Stephen s'illumina de fierté. Quand elle arriva à un mot compliqué, elle observa les lettres et les assembla, grâce aux connaissances acquises, jusqu'à ce qu'elle parvienne à le prononcer correctement.

Plus d'un mois s'était écoulé depuis leur première leçon. Quand Amisha finissait ses cours, ils s'attelaient à la tâche. Ils avaient dépassé à plusieurs reprises la demi-heure qui leur était allouée et Stephen avait suggéré d'allonger leur temps de travail, trois ou quatre fois par semaine. Enchantée, Amisha avait accepté sans hésiter.

— Voilà.

Amisha avait atteint la fin de la liste et rayonnait. Chaque fois qu'elle terminait de lire une page, elle ressentait un sentiment d'accomplissement inédit.

— Bien, commenta Stephen avant de lui prendre le papier des mains. Je vais chercher la suite.

— Quand mes élèves réussissent quelque chose, je ne me fais pas prier pour les complimenter, insinua-t-elle en souriant.

En vérité, elle avait envie de le remercier. Sans lui, elle aurait été incapable de lire ainsi. Elle s'apprêtait à le lui dire, mais il ne lui en laissa pas l'occasion.

— Vous parlez de vos adolescents ?

Il secoua la tête avant de poursuivre.

— Je suis heureux d'apprendre que vous les choyez. Mais il faut dire que c'est compréhensible : vous avez une vraie connexion avec eux, pour ce qui est du cœur, de l'esprit… et de l'amour des compliments.

Une lueur espiègle passa dans ses yeux. Il l'avait bien eue, et elle vit sa satisfaction quand sa bouche se tordit de frustration.

— S'il vous plaît, allez chercher les feuilles.

Elle réalisa qu'ils jouaient à un petit jeu, tous les deux. Elle n'avait jamais fait ça avec un homme. Quand elle était enfant, elle avait taquiné ses frères et leurs amis. Mais alors qu'elle était encore en âge de porter des nattes, cette familiarité avait pris fin.

— J'ai aussi des devoirs pour vous.

— Des devoirs ?

Elle se redressa pour le regarder bien en face. Le réflexe, né de nombreuses années de conditionnement, lui dictait de baisser les yeux. Mais elle n'en fit rien et se demanda pourquoi.

— Je n'ai pas le temps.

— Ah oui ? D'accord. Ce n'est pas grave : dans quelques années, vous devriez être capable de traduire votre premier texte.

Le défi était clair.

— Quelques années ?

Un sentiment d'insécurité s'infiltra dans le mur qui la protégeait à chaque fois qu'elle était avec lui. Elle recula, comme pour mettre à distance ce qu'il venait d'annoncer. Quelques années semblaient le bout du monde. Quantité d'histoires la harcelaient déjà, impatientes d'être rédigées dans sa nouvelle langue.

— Amisha, dit Stephen qui avait noté sa réaction et s'approchait d'elle. Vous vous en sortez merveilleusement bien.

Il était sincère et avait cessé de la taquiner.

— Mieux que ce que j'aurais imaginé, ajouta-t-il. En un rien de temps, vos mots vont jaillir en anglais et vous n'aurez plus besoin de moi.

— Vous serez heureux d'être débarrassé de moi.

Amisha était toujours sous le choc, quand elle songeait qu'il acceptait de l'aider. Enchanté pour elle, Ravi lui conseillait souvent d'accueillir sa bonne fortune sans se poser de questions.

— Promettez-moi une chose.

Il regarda le ciel nuageux avant de poursuivre.

— Une histoire écrite en anglais, comme cadeau d'adieux.

Personne ne lui avait jamais réclamé l'un de ses contes. À plusieurs reprises, elle avait tenté d'en parler à Deepak mais à chaque fois, il changeait de sujet et évoquait les enfants, leur maison, ou son entreprise. Au bout d'un moment, elle avait cessé d'essayer.

— Pourquoi ?

— Pour que je puisse me rappeler quel merveilleux professeur je fais !

Ces mots brisèrent la tension qui vibrait entre eux. Le rire d'Amisha résonnant à ses oreilles, Stephen entra dans le bâtiment pour chercher de quoi travailler.

***

Amisha était arrivée à l'école en avance. Paresh, victime d'un virus intestinal, avait été malade dans la nuit. Deepak était en ville. Bina et Ravi s'étaient donc proposés de rester avec elle et Amisha avait accepté avec plaisir. Ravi s'était occupé des aînés, pendant que Bina lavait les vêtements tachés de bile, dans l'arrière-cour. Quand Amisha avait quitté la maison, l'incident était oublié. Paresh jouait joyeusement en suçant un *kulfi*. Déchirée à l'idée de le laisser, elle avait été soulagée lorsqu'il lui avait dit au revoir avec un grand sourire.

Installée à son bureau, dans sa classe, Amisha se mit à lire les copies de ses élèves. La consigne était simple : une fée exauce deux vœux, n'importe lesquels. Mais en échange, elle exige que l'on renonce à une chose particulièrement chère.

La plupart des enfants avaient souhaité que leur famille ait plus d'argent. D'autres étaient prêts à sacrifier leurs vêtements pour des jouets ou des légumes pour avoir du chocolat. Amisha craignait qu'ils n'aient pas saisi le but de l'exercice. Elle attaquait une nouvelle copie, quand Neema fit son apparition.

— Bonjour, madame.

Ses cheveux étaient relevés en queue-de-cheval et son uniforme n'avait aucun un pli. Il avait probablement été repassé avec un fer chauffé sur une cuisinière ou un feu.

— Tu es bien matinale, dit Amisha en soulevant sa liasse de feuilles. Je suis en train de découvrir vos merveilleuses histoires.

— Est-ce que vous avez lu la mienne ?

Amisha fouilla dans la pile jusqu'à ce qu'elle trouve sa copie, dans les dernières.

— Je vais le faire tout de suite.

— Ce n'est pas très bon, s'excusa Neema.

— J'ai du mal à le croire.

Amisha retint un sourire lorsque Neema se mit à faire les cent pas. L'histoire commençait ainsi : une jeune fée annonçait à une adolescente qu'elle lui accordait deux souhaits. En quelques secondes, cette dernière fit son choix : des livres en quantité illimitée et le temps de tous les lire. D'un coup de baguette, la fée réalisa son vœu. Quand la jeune fille prit un livre sur l'étagère, un autre le remplaça, effet de la magie. Ensuite, la fée demanda ce que la jeune fille lui donnerait en retour. Sans hésiter, celle-ci lui offrit le mariage qu'on avait prévu pour elle.

— C'était un grand sacrifice, commenta Amisha en observant Neema.

— Du point de vue de la fée, oui, répondit-elle dans un murmure à peine perceptible. Mais la jeune fille n'en voulait pas.

Neema ôta son élastique et ses cheveux noirs tombèrent en cascade sur ses épaules, rendus brillants par l'huile qu'on utilisait pour les protéger des poux.

— Sauf que toutes les filles ont envie de se marier, n'est-ce pas ? Alors la fée a cru que c'était un immense sacrifice.

— Tu as un peu de temps devant toi, avant de songer au mariage, non ?

Amisha se souvenait encore du jour où son père était rentré à la maison, lui annonçant qu'elle était fiancée. Alors que sa mère et ses frères célébraient la grande nouvelle, elle s'était cachée dans la dépendance où elle avait pleuré pendant des heures.

— J'ai quinze ans. Mon mariage a déjà été arrangé.

Neema jeta un œil à l'horloge, puis à la porte, évitant le regard d'Amisha. Cette dernière, qui avait été mariée à quinze ans elle aussi, savait que les filles pouvaient être offertes à tout âge. Certaines familles pauvres échangeaient leur nouveau-né contre un sac de riz. Dans certains villages, on n'attendait pas que les filles aient quinze ans. Amisha se demanda si ces traditions changeraient au fil du temps. Mais personne, pas même les Britanniques, n'avait été capable de modifier les choses jusqu'à présent.

— Est-ce que tu es heureuse de te marier ?

— Je suis censée l'être, non ?

Elle pinça ses lèvres et plissa les paupières sous l'effet de la colère. Amisha ressentit un élan de fierté devant ces émotions jaillissantes.

— Et puis, ce n'est qu'une histoire, ajouta Neema avant de s'installer à son bureau et de sortir son matériel. Je vous avais dit qu'elle ne valait rien.

— Neema, elle est merveilleuse.

Jadis, Amisha aurait pu écrire la même chose. Mais ses enfants étaient les fruits de son mariage et elle ne le regrettait donc pas.

— Tu as fait un excellent travail. Ton expression, tes images… Je suis très impressionnée.

Visiblement émue, Neema s'immobilisa avant de prendre la parole d'une voix hésitante.

— Mon fiancé souhaite que sa femme soit instruite. Mon père dit que je suis très chanceuse.

— Neema ?

Amisha s'interrompit car elle avait conscience qu'elle s'apprêtait à sortir de son rôle d'enseignante. Et puis… elle savait que, comme tout le monde, Neema devait suivre son destin.

— Est-ce que tu aimerais être la jeune fille de l'histoire ?

Neema resta silencieuse un instant avant de répondre :

— Est-ce que je serais folle de dire oui ?

# CHAPITRE 20

— *Navaratri,* répéta Amisha en espérant que cette fois, cela éveillerait quelque chose en Stephen. La fête qui a lieu juste avant *Diwali* ?

— Le dire plus fort ne m'aidera pas à comprendre !

Ils faisaient une pause et en profitaient pour faire le tour du jardin. C'était une journée superbe. La poussière qui tourbillonnait habituellement dans l'air avait presque disparu. Les nuages atténuaient la chaleur du soleil, mais les rayons de l'astre filtraient tout de même assez pour réchauffer les bras et la nuque d'Amisha.

— On danse. Les femmes mettent leurs bijoux les plus précieux. Nous portons des bracelets de chevilles avec des clochettes.

Amisha souleva son sari pour lui montrer les siens.

— Et aussi, vingt ou trente bracelets de la même couleur que notre *chaniya choli.*

— Alors comme ça, vous tintez quand vous marchez ?

Il la taquinait, mais reprit son sérieux quand Amisha plissa les yeux en signe d'avertissement.

— *Chaniya choli* ? interrogea-t-il pour l'encourager à poursuivre.

— Notre plus jolie tenue, répondit-elle, non sans lui lancer un autre regard de réprimande. Un bustier à manches courtes, une jupe en soie qui arrive aux genoux et une étole, le tout assorti.

Ses parents n'avaient pu lui offrir que le plus simple des *chaniya choli*, alors Amisha avait acheté des perles de verre bon marché et les avait cousues pour l'embellir.

— Les femmes apposent le *bindi*, ainsi que des petits diamants sur leur front.

Amisha pointa du doigt la zone située entre ses sourcils.

— C'est pour montrer que vous êtes mariée, dit Stephen.

— Oui.

Elle se rappela avoir fait sept fois le tour du feu à la suite de Deepak, puis la manière dont il avait plongé son pouce dans la pâte vermillon avant de marquer son front. La taille du point n'avait guère d'importance : le but était de faire savoir à tous que la femme était la propriété de son époux.

— Pour montrer que nous sommes mariées, répéta Amisha avec douceur.

— Vous n'en avez pas, nota Stephen en scrutant son visage.

— Non.

Elle baissa les yeux. Peu après son mariage, elle en avait porté un, tout petit, mais après la naissance de Samir, elle avait arrêté.

— Effectivement.

— Pourquoi ?

Amisha hésita, par peur de paraître stupide.

— Parfois, j'oublie.

Elle regarda Stephen pour jauger sa réaction. Il souriait. Soudain gênée, Amisha haussa les épaules.

— Les jeunes filles portent des *bindis* de toutes les couleurs ; les veuves, aucun.

— Celui des femmes mariées est rouge, n'est-ce pas ?

Amisha acquiesça. Stephen avait vu les femmes du village en arborer.

— Quelle est l'origine de cette tradition ?

À nouveau, Amisha désigna la zone entre ses sourcils.

— C'est le troisième œil. Un *bindi* vous rappelle le but le plus important dans la vie, l'objectif suprême qui est la réalisation de soi. Dans les temples, le *bindi* conserve cette signification. Le troisième œil se concentre sur Dieu et le *bindi* symbolise la piété, qui vous rappelle de garder Dieu au centre de vos préoccupations.

Elle se souvint de l'insistance de Chara pour qu'elle en porte un.

— Je crois que le sens originel a été perdu en cours de route.

— Ça arrive plus souvent que vous ne le pensez.

Quand Amisha lui lança un regard surpris, il ajouta :

— Les Indiens souhaitent que les Britanniques quittent le pays, mais ils ont oublié pourquoi nous sommes venus, au départ : pour aider.

Amisha, silencieuse, réfléchit à la question.

— Est-ce ce qu'on vous a appris à l'école ou ce que vous croyez ?

— Les deux, répliqua-t-il sans hésiter. Et vous, qu'en dites-vous ?

Encore une fois, il voulait savoir le fond de sa pensée. Amisha songea aux nombreux soulèvements qui étaient relayés par la presse : les Indiens se battaient contre les Britanniques. C'était de plus en plus fréquent et il semblait que le Raj ne pourrait plus rester bien longtemps de manière pacifique. Les Britanniques avaient instauré leur gouvernement en 1858, mais l'Inde avait lutté avant cette date, durant la « grande rébellion ». Toutefois, elle avait échoué à empêcher la colonisation. Désormais, sous l'influence de Gandhi, les Indiens retrouvaient leur voix et réclamaient leur indépendance.

Pourtant, l'Angleterre la leur refusait. L'Inde était considérée comme le joyau de la couronne et permettait de réaliser des profits matériels et économiques. La perdre serait un coup dur. Les Britanniques continuaient donc à résister farouchement en augmentant leur présence militaire et commerciale. Ils avaient même emprisonné Mahatma Gandhi à plusieurs reprises en espérant mettre fin à la révolte.

Lors des dîners, Amisha écoutait avec attention quand Deepak et les autres hommes évoquaient la situation du pays. Pourtant, à cet instant-là, seule avec Stephen, elle ne voulait se résoudre à débattre du conflit entre son peuple et le sien. Elle ramena la conversation aux fêtes hindoues.

— *Navaratri*, répéta-t-elle, en se disant qu'il était impossible qu'il n'en ait pas entendu parler. Le début des neuf nuits de lumière ?

Il sembla comprendre qu'elle souhaitait changer de sujet et entra dans son jeu :

— Supposez que je n'y connais rien et racontez-moi.

— Vous voulez vraiment en savoir plus ?

Amisha avait très envie de lui décrire en détail ce festival durant lequel familles et amis dansaient ensemble au cœur de la nuit. Un bonheur rare gagnait alors le peuple. Pendant *Navaratri,* Amisha se sentait reconnaissante d'être née en Inde.

— J'aurais trop peur de refuser, dit-il avec sérieux.

Stephen ralentit quand ils atteignirent l'arbre le plus reculé du jardin. Il s'appuya contre le tronc, croisant ses jambes recouvertes du vert kaki de l'uniforme. Il avait retroussé les manches de sa chemise et Amisha voyait les poils de ses bras briller dans le soleil. Elle se laissa tomber sur l'herbe, afin qu'il la rejoigne.

— C'est la célébration du Nouvel An. Les *diyas* éclairent les maisons.

On versait régulièrement de l'huile dans ces lampes en argile afin que la flammèche placée à l'intérieur brûle pendant vingt-quatre heures.

— Nous dansons pendant neuf jours.

Le jour préféré d'Amisha était le premier, quand les gens offraient des sucreries et des fleurs aux dieux et aux déesses.

— Ça commence par *Navaratri* et ça se termine par *Diwali,* dit-elle, élevant la voix sous l'effet de l'enthousiasme. Les feux d'artifice illuminent le ciel. Les feuilles de mangue et les fleurs recouvrent les portes et les fenêtres.

Amisha ramassa une fleur bien ouverte, qui était tombée sur le sol. Elle huma son parfum avant de la tendre à Stephen. Il la saisit et l'imita.

— Nous échangeons des cadeaux et des bonbons avec les proches que nous chérissons, et ensuite, nous prions pour être capables d'évoluer spirituellement et d'être forts.

— Forts ? Dans quel but ?

Sur ses traits se lisait un intérêt sincère. Amisha passa en revue toutes les raisons pour lesquelles elle priait. L'histoire de Neema et de son sacrifice lui vint à l'esprit.

— Pour avoir la force d'accepter tout ce qu'offre la vie : le bon comme le mauvais.

Stephen jeta un œil en direction du ciel avant de se concentrer de nouveau sur Amisha. Il déglutit avec difficulté, et elle se demanda s'il songeait à son frère.

— À qui adressez-vous vos prières ?

Ce n'était pas la question à laquelle elle s'attendait.

— À Ganesh et à ses parents.

Ganesh avait le pouvoir de repousser tous les obstacles et elle se trouvait ici, à apprendre l'anglais grâce à Stephen : c'était la preuve que sa déférence avait été récompensée.

— Le dieu éléphant ?

— Oui, confirma Amisha, impressionnée par sa culture. C'est le fils de Shiva. Est-ce que vous connaissez son histoire ?

Stephen acquiesça. Elle en fut surprise.

— Son père lui a coupé la tête par accident et l'a remplacée avec celle du premier animal qui s'est présenté.

— Pour se faire pardonner, il lui a accordé le pouvoir de repousser tous les obstacles de la vie, compléta Amisha.

— Et de montrer le chemin de l'illumination. Peut-être que je devrais me convertir !

Amisha releva brusquement le visage, mais vit tout de suite la taquinerie dans son regard.

— Est-ce que vous cherchez l'illumination, lieutenant ?

Elle lui donna un coup de coude et regretta immédiatement sa familiarité. Embarrassée, elle croisa ses mains sur ses genoux.

— Certains diraient que j'en ai bien besoin, lança-t-il avec un sourire qui tempéra la honte qu'elle ressentait.

Comme s'il n'arrivait pas à rester tranquille, il se leva et se mit à arpenter la pelouse.

— Le temple du village vous accueillerait.

Elle voulut expliquer qu'il n'y avait aucune discrimination, mais songea alors à Ravi et à Bina et ravala ses mots.

— Un membre du Raj au temple ? lança Stephen en secouant légèrement la tête. Non. Je pense que mon illumination aura lieu dans ce jardin, pas ailleurs.

Amisha ne sut quoi répondre et le silence se fit. Ce fut elle qui le rompit :

— La fête fait aussi honneur aux déesses.

Amisha attendit, le temps que Stephen s'installe à nouveau sous l'ombre prodiguée par l'arbre, à une distance respectable d'elle.

— Aux trois déesses les plus puissantes : celle du pouvoir et de la force, celle de la prospérité, et celle du savoir et de l'apprentissage. Neuf jours de danse, trois jours dédiés à chacune d'elles.

Avec une petite branche, il traça les lettres de l'alphabet anglais dans la terre humide.

— Est-ce qu'il y a une fête en l'honneur des déesses en Angleterre ?

Il se pencha en arrière, et s'accouda sur ses avant-bras.

— Il n'y a pas de déesses dans la Bible ou dans aucun autre texte sacré.

— Pas une seule ? demanda Amisha avec stupéfaction. Mais alors, avec qui sont les dieux ?

— Avec qui ? C'est-à-dire ? Avec qui partagent-ils leur lit ?

La chaleur gagna le cou d'Amisha, avant de se répandre sur ses joues. Les iris de Stephen, braqués sur elle, pétillaient d'amusement.

— Pour ce que nous en savons, Dieu ne partage son lit avec personne. Et il n'existe qu'un Dieu, pas plusieurs.

— Oh, dit Amisha, réduite au silence par cette information.

— Vous avez l'air surprise.

Il jeta un œil à sa montre. Les cours ne se termineraient pas avant une heure.

— Est-ce qu'on vous a enseigné les autres religions à l'école ?

Quand il prononça ce dernier mot, Amisha se détourna, échappant ainsi à son regard inquisiteur.

— On m'a enlevée de l'école au bout de six ans pour aider à la maison.

— Six ans ? reprit Stephen, faisant le calcul. Quand vous aviez onze ans ?

— C'est ça.

Amisha imaginait aisément ce qu'il pensait : qu'elle était une villageoise sans éducation, alors que lui faisait partie du puissant Raj. Il devait être en train de se demander pourquoi il perdait son temps avec elle. Soudain, elle eut honte et l'exaltation qu'elle avait ressentie plus tôt disparut. Elle chercha une excuse pour partir, certaine qu'il sauterait sur l'occasion.

— Vous devez avoir du travail. Je vous ai fait perdre trop de temps avec mes divagations.

Elle allait se lever quand la main de Stephen se posa sur la sienne. Ce fut si fugace qu'elle se demanda si elle ne l'avait pas imaginé. Ce contact n'avait pas été assez appuyé pour que qui que ce soit s'en aperçoive : ni les dieux d'Amisha, ni le personnel de l'école, dont les yeux traînaient partout. Mais il avait duré assez longtemps pour lui rappeler qui il était : un homme qui se souciait assez d'elle pour lui enseigner sa langue.

— Je suis désolé. Ça a dû vous détruire, dit-il avec douceur.

— Ce n'était pas si horrible que ça, répondit-elle, la gorge nouée par la gratitude. En secret, je volais les livres de mes frères et je les lisais.

Elle s'interrompit, se souvenant de cette époque.

— Très vite, j'ai commencé à écrire.

— Une personne possédant votre talent devrait avoir le monde à ses pieds.

Submergée par ces mots, Amisha se leva brusquement pour cacher ses émotions, qui menaçaient d'exploser. D'un geste, elle lui fit signe d'en faire de même.

— Je vais vous apprendre la danse *Navaratri*.

— Oh non, répondit-il une fois debout, les bras croisés sur son torse. Ma nourrice a essayé de m'apprendre à danser.

Sa posture ne laissait aucune place à la discussion.

— Mais je ne danse pas.

Amisha chercha des petites branches sur le sol. Elle lui en tendit deux et se promena jusqu'à en trouver deux autres.

— Tout le monde danse.

C'était un moyen de célébrer les grandes occasions : les mariages, les fêtes et tout le reste. Du point de vue d'Amisha, c'était le moment où les hommes et les femmes se réunissaient sans se soucier des rôles attribués à leur sexe. Elle n'avait jamais vu les Britanniques se joindre à leurs festivités, mais elle commençait à considérer Stephen comme quelqu'un d'à part, ici, dans ce jardin.

— Vous m'apprenez l'anglais, alors je vous apprendrai à danser.

— Vous voulez apprendre l'anglais, rebondit Stephen. Je ne veux pas apprendre à danser.

Amisha ignora ses protestations. Elle saisit la pointe déchiquetée de son bâton et le positionna. Elle se plaça devant lui, tenant un bâton dans chaque main et lui fit signe de l'imiter.

— Suivez mes pas.

Il n'obtempéra pas tout de suite, et elle agita ses bâtons jusqu'à ce qu'il s'exécute en soupirant.

— Satisfaite ?

— Oui.

Amisha réprima un rire en le voyant ainsi.

— Maintenant, avancez l'un de vos bâtons et frappez le mien, comme ceci.

Amisha lui montra comment faire et elle fit la même chose avec son autre bâton.

— C'est bien. Vous notez ma capacité à complimenter ?

— Parce que j'arrive à taper votre bâton avec le mien ? Soyez sûre que je vous rendrai la pareille quand je vous apprendrai à jouer avec des bouts de bois, dit Stephen sèchement.

Amisha l'ignora.

— À présent, nous répétons ce geste cinq fois, et au coup final, vous effectuez un tour complet sur vous-même. Ensuite, vous recommencez avec la personne qui se trouve à côté de vous, dans le cercle. Vous voyez ?

Amisha tournoya dans son sari. Ses cheveux volèrent autour d'elle alors que les pans de son vêtement se desserraient. Son pied se coinça dans l'ourlet et elle bascula en avant.

— Ouh là !

Il la retint juste au moment où elle allait tomber. Il la saisit sous les bras, ses doigts posés non loin de sa poitrine, alors qu'il la stabilisait.

— Tout va bien ?

— Oui, murmura Amisha. Merci.

Son souffle chaud embrasait sa joue. Gênée, elle se dégagea de son étreinte. La chaleur de son contact suscita un plaisir contre lequel les traditions enracinées en elle luttèrent.

— Je suis désolée. Je me suis laissé emporter par l'enthousiasme.

— Vous n'avez pas à vous excuser, lui assura-t-il.

Il attendit jusqu'à ce que leurs regards se rencontrent pour reprendre la parole :

— Peut-être que finalement, c'est important que j'apprenne vos pas de danse.

# CHAPITRE 21

— Aujourd'hui, nous écrirons notre premier récit complet en anglais.

Amisha distribua à chaque élève un petit cahier, après avoir inscrit la consigne au tableau dans un anglais très simple.

La veille, elle avait aidé Jay à faire ses devoirs d'anglais pour la première fois. Après, il était monté sur ses genoux et l'avait remerciée. Elle avait ravalé son émotion et l'avait serré dans ses bras avant de le chatouiller. Lorsqu'il s'était enfui en riant, elle avait regardé l'autel familial et hoché la tête en guise de reconnaissance.

À présent, elle utilisait le peu de talent artistique qu'elle possédait pour dessiner la Terre. Ensuite, elle coloria l'océan en bleu et les continents en vert.

— Qui peut me dire d'où nous venons ?

Elle avait préparé cet exercice de réflexion après une discussion avec Ravi et ses fils au sujet du karma et de la façon dont le cosmos assignait les rôles des uns et des autres. Jay avait demandé innocemment quel crime Ravi avait commis dans sa vie antérieure pour être un intouchable dans celle-ci. Amisha s'était mise à le gronder, mais Ravi l'avait stoppée, lui assurant qu'il n'y avait pas de mal. Et pourtant… aucun des deux n'avait su expliquer pourquoi les gens, dès leur naissance, se trouvaient dans telle ou telle situation.

— Dieu ? répondit un élève.

— L'évolution. Nous descendons des singes, renchérit un autre.

— Et comment vivons-nous notre vie ?

Amisha vit qu'ils ne comprenaient pas, et tenta de s'expliquer.

— Une fois que nous sommes nés, est-ce que nous restons sous le contrôle de la personne ou de l'événement qui nous a créés ? Sommes-nous des marionnettes ?

Les élèves secouèrent la tête en signe de dénégation.

— Alors comment prenons-nous des décisions ? poursuivit-elle.

— En suivant notre cœur.

La réponse de Neema était hésitante, et sonnait plus comme une question. Amisha acquiesça pour l'encourager.

— Avec nos tripes, ajouta un adolescent au premier rang. On le sent.

— Avec notre âme ? lui demanda Amisha, et le garçon approuva. Excellent. Bravo à tous.

Amisha s'assura que tout le monde était concentré.

— Le cœur et l'âme influent sur les émotions. Ils ne prennent pas toujours le temps de réfléchir à ce qui est bien ou mal. Ils agissent selon ce qu'ils veulent ou ce dont ils ont besoin. Alors qui les dirige ?

— Le cerveau, proposa un élève, tout au fond.

— Correct. Notre esprit nous guide et nous indique ce qu'il faut créer, protéger ou détruire. Et qu'est-ce qui donne cette intelligence au cerveau ?

Amisha scruta la salle en quête d'une réponse. D'abord, la classe demeura silencieuse. Les élèves se regardaient les uns les autres pour voir si quelqu'un était capable de trouver quelque chose à dire. Enfin, un garçon se manifesta :

— C'est ce que nous avons appris ou ce qu'on nous a enseigné. La connaissance, donc ?

— Excellent. Mais même si notre esprit, notre cœur et notre âme nous guident, est-ce que nous pouvons faire tout ce que nous voulons ? Est-ce que nous sommes libres de faire nos propres choix ?

Quand les élèves répondirent par la négative en murmurant, elle demanda :

— Pourquoi, non ?

— À cause de nos parents, lança un garçon, qui fit rire tout le monde.

— À cause du Raj, souffla une jeune fille dans les premiers rangs.

— À cause des règles, dit Neema.

Enchantée de l'intérêt que ce thème suscitait, Amisha conclut :

— Vous allez me parler de la chose que vous aimeriez créer, de celle qui vous semble inutile, donc que vous souhaiteriez détruire, et de celle que vous voudriez à tout prix protéger. N'oubliez pas, à chaque fois, d'expliquer ce qu'en pensent votre cœur, votre âme et votre esprit.

Amisha rangeait la salle quand Stephen entra. Il jeta un œil au tableau.

— La Terre ?

— Leur devoir, le corrigea Amisha, qui se mit à effacer son dessin.

— Attendez !

Stephen effleura sa main, celle qui tenait le tampon. Elle recula tout de suite. Il lut rapidement ses consignes.

— Le cœur, l'esprit et l'âme ?

— Ça me semblait être un sujet intéressant, répondit Amisha sans savoir s'il approuverait ce thème.

Il acquiesça et elle ressentit un léger sentiment de victoire.

— Ça l'est.

Il enfouit ses poings dans les poches de son pantalon kaki.

— J'aurais aimé travailler sur ça quand j'étais petit. Ça aurait fait de moi un homme plus sage.

Il s'appuya contre le tableau et réfléchit à voix haute à ce que lui voudrait créer.

— Peut-être un joli bolide ? proposa-t-il en souriant à Amisha, qui levait les yeux au ciel.

— Vous êtes de bonne humeur. Ce doit être les fêtes. C'est Noël dans votre pays, non ?

— Oui.

Il attendit qu'elle rassemble ses affaires. Sans se consulter, ils se rendirent au jardin. Stephen lui tint la porte et la suivit à l'extérieur. Avisant une grosse branche, il étira les bras et s'y suspendit.

— Ma mère vient en Inde.

— C'est merveilleux.

Il parlait rarement de sa famille, mais Amisha était certaine qu'il était ravi. Quand il lui lança un regard malheureux, elle lui demanda :

— Ce n'est pas si merveilleux que ça ?

Une impulsion et il s'accrocha à une autre branche.

— Ma mère est spéciale.

— Ce n'est pas gentil.

Amisha adoucit ses mots avec un sourire. Elle tendit la main et arracha une feuille de la branche à laquelle il se tenait.

— Elle vous a donné la vie.

Stephen lâcha sa prise et retomba sur ses pieds.

— Pas par choix, je pense.

Il s'assit d'un côté du banc, de manière à lui laisser de la place. Elle le rejoignit. Durant les derniers mois, elle s'était sentie plus à l'aise de s'installer près de lui quand il n'y avait personne aux alentours. Sans même y songer, ils avaient établi leurs propres règles de conduite, dans l'enceinte de l'école. Pourtant, chaque fois qu'elle était loin de lui, Amisha s'inquiétait de son comportement. Elle pensait à Deepak, à son mariage et la culpabilité s'insinuait en elle. Elle se jurait alors de rester détachée et d'agir conformément aux normes de la société. Mais ensuite, elle passait du temps avec Stephen… Leur relation n'avait pas de faux-semblants. Elle était si simple… Par conséquent, c'était plus difficile de jouer aux indifférentes que de se montrer telle qu'elle était vraiment.

— Votre mère n'était pas affectueuse ?

Amisha fit rouler un gravier sous sa sandale. Il eut un rire bref, sans joie et sans âme.

— Elle nous a eus, mon frère et moi, mais elle ne nous désirait pas.

— Et votre père ?

Même si le sujet la fascinait, elle ignorait si elle devait insister. Mais son envie d'en savoir plus sur lui fut plus forte.

— Est-ce que vous êtes proches ?

— Ça dépend de ce que vous entendez par là.

Le regard de Stephen s'éleva vers le ciel avant de rencontrer le sien.

— C'est à cause de lui que je suis ici.

Il désigna ce qui les entourait d'un geste.

— Ses anciens camarades de l'université, qui dirigent désormais le pays, m'ont accordé une faveur.

— Vous n'êtes pas heureux en Inde.

Amisha en avait conscience. Il le lui avait dit après leur rencontre, mais une partie d'elle espérait qu'il appréciait leurs leçons autant qu'elle.

— Je ne suis pas malheureux non plus.

Leurs yeux ne se lâchèrent pas pendant un instant. Ce fut lui qui rompit le contact, son regard dérivant derrière elle. L'esprit ailleurs, il murmura :

— C'est juste qu'il y a la guerre et que mes amis, eux, se battent.

— Pourquoi pas vous ?

Il se leva et se mit à faire les cent pas. Sa pomme d'Adam se souleva quand il déglutit péniblement.

— Je vous ai dit que mon frère était décédé ?

Il attendit qu'elle hoche la tête avant de poursuivre.

— Il est mort au combat. Il était dans la Royal Air Force. Après son décès, j'ai été affecté en Inde plutôt qu'au front. Mon père a trouvé le travail le moins dangereux et le plus respectable qui soit pour moi.

Des larmes jaillirent au coin de ses paupières.

— Votre frère était plus âgé que vous ?

— Il avait seulement vingt mois de plus.

Il rit avant d'admettre :

— J'ai toujours voulu être lui et pourtant, il m'insupportait.

Il se laissa happer par ses souvenirs. Ses épaules se relâchèrent et les traits de son visage s'adoucirent.

— Il me faisait des blagues démentes. À chaque fois, je me faisais avoir.

— Vous l'aimiez.

Ce n'était pas une question, mais Stephen y répondit tout de même.

— Je l'aimais. Ou plutôt : je l'aime, se corrigea-t-il.

Il donna un coup de pied dans un caillou et le regarda rebondir contre un buisson.

— Je suppose que ça ne s'arrête pas avec la mort, dit-il avant de prendre une longue inspiration. Je ne sais pas si je le lui ai déjà dit.

Il secoua la tête.

— Et maintenant, c'est trop tard.

Amisha aurait voulu le réconforter. Lui dire qu'avec le temps, ça irait mieux, mais elle ne savait pas si c'était vrai. Alors, elle se contenta de l'écouter et de souffrir pour lui en silence.

— Et votre père ? Comment va-t-il ?

— Je n'en ai aucune idée, rétorqua Stephen calmement. Quand j'appelle à la maison, il n'est jamais là.

— Mais ce doit être quelqu'un de bien, répondit Amisha avec sincérité.

Stephen l'observa avec attention.

— Comment pouvez-vous l'affirmer ?

— Parce que vous êtes vous-même un homme bon.

Quand son regard plongea dans le sien, elle le soutint. Avant, elle aurait été mal à l'aise et nerveuse, mais désormais, tout était simple et familier entre eux.

— S'il avait eu le choix, il ne m'aurait pas envoyé ici, dit-il avant de continuer à voix basse. Il s'est dit que fréquenter les indigènes était un moindre mal.

Amisha tressaillit en entendant ce terme péjoratif, fréquemment utilisé par les Britanniques. Sur des charbons ardents, elle demanda :

— Vous êtes du même avis que lui ?

Elle souhaitait connaître sa réponse tout en la craignant. S'il lui avouait qu'il partageait l'opinion de son père, ce serait difficile de poursuivre leurs leçons…

— Avant la guerre, mon frère voyageait beaucoup.

À l'intérieur du bâtiment, les cours s'achevaient. Les voix des enfants et le bruit de leurs pas dans les couloirs leur parvenaient à travers la porte du jardin. Stephen s'arrêta de parler et tendit l'oreille jusqu'à ce que le calme revienne.

— Bien sûr, l'Inde figurait sur son itinéraire. Quand il est rentré, il m'a expliqué que rien n'était comme chez nous, et que forcément, du point de vue de certains, c'était effrayant. Mais il a ajouté que tous les humains sur cette planète ont le même sang, et qu'il faut juste apprendre à voir au-delà des différences de peau et de culture.

Soulagée, Amisha acquiesça.

— Il avait l'air d'être sage.

— Ensuite, il m'a donné un coup de poing fraternel dans le ventre, et il m'a dit que je n'étais pas assez courageux, pas assez viril pour quitter la maison.

Amisha perçut son chagrin, alors qu'il revivait cet instant.

— Il m'appelait le chouchou à sa maman.

Amisha eut de la peine pour lui. Il souffrait tellement.

— Est-ce que vous l'êtes vraiment ?

Il frissonna.

— Bon sang, non ! Maman et moi, nous ne sommes pas du tout proches, lança-t-il avant de scruter Amisha. Elle garde tout pour elle. L'exact opposé de vous, j'en suis sûr.

C'était la dernière chose qu'elle s'attendait à entendre. Il poussa un tas de cailloux du pied.

— Je parie que vos enfants savent toujours ce que vous ressentez.

— Oui. De l'inquiétude ! dit immédiatement Amisha. Je suis toujours en train de prier pour qu'ils ne se tuent pas, avec leurs singeries constantes.

— Vos garçons savent à quel point vous les aimez. Vous seriez capable de tout pour eux.

— Je ne serais pas une bonne mère s'ils doutaient de mon amour et de ma loyauté.

Amisha refusait de sacrifier les moments qu'elle passait en leur compagnie, alors elle attendait qu'ils soient couchés pour écrire et corriger ses copies. Souvent, elle finissait son travail au lever du soleil.

— Voilà la différence entre ma mère et vous. Vous vous souciez de ce qu'ils apprennent et de ce qu'ils pensent.

Amisha ne sut comment réagir au compliment. Elle se contenta donc de demander :

— Qu'est-ce que vous ferez quand elle sera ici ?

Il réfléchit un instant.

— Taj Mahal, New Delhi, Bombay…

— En somme le circuit pour touristes ! répliqua-t-elle pour le taquiner.

— Qu'est-ce que vous recommanderiez, à la place ?

Amisha cueillit une fleur isolée dans un buisson et la tendit à Stephen.

— Emmenez-la visiter le Cachemire. Et pourquoi pas Mount Âbû ?

— Mount Âbû ?

— Il y a une route très sinueuse qui serpente dans les courbes de la montagne.

Avec ses mains, Amisha la mima.

— Elle mène à un sommet où se trouve un temple magnifique, sculpté dans le marbre.

Sa famille s'y était rendue pour assister à un mariage. Elle se souvenait encore de son émerveillement face au paysage.

— Vous pouvez aller voir le Dhal, à Srinagar. C'est un lac majestueux bordé de telles fleurs qu'en comparaison, celle que vous tenez semble bien modeste.

Réchauffée par ce souvenir, elle sourit.

— Continuez, l'encouragea Stephen avec douceur.

— Cachemire est le plus beau de tous ces endroits.

Il était de notoriété publique que les membres du Raj et leurs épouses avaient fait construire des maisons là-bas, pour s'y ressourcer ou s'y divertir.

— C'est le paradis sur Terre, lieutenant. Les montagnes entourent de grandes vallées. Pour un peintre, c'est le rêve : on y trouve des forêts luxuriantes et un paysage qui vous arracherait des larmes d'émotion.

Amisha se souvint de l'unique fois où elle y était allée. Ayant à peine les moyens de s'offrir le voyage, sa famille avait dormi par terre, chez des amis. On entendait la musique qui venait d'un somptueux hôtel britannique.

— Même si le soleil réchauffe les pétales des fleurs, la neige recouvre les sommets, au loin. Mais rien n'est comparable aux habitants de la région.

Impossible de les oublier. Ils ouvraient à la fois leurs péniches et leurs cœurs à leurs hôtes. Stephen l'écoutait en silence.

— C'est époustouflant.

Elle aurait aimé y retourner, mais le coût du séjour était extravagant et Deepak ne pouvait s'éloigner de son entreprise.

— Quand nous y sommes allés, mon père m'a dit que la beauté à l'état pur devait être rare pour que les humains puissent l'apprécier à sa juste valeur.

Amisha avait six ans quand il avait organisé ce voyage. Côte à côte sur les rives du lac, ils avaient tous deux admiré la splendeur qui les entourait. Happés par la beauté du coin, ils avaient longuement contemplé les montagnes qui servaient de toile de fond aux champs de fleurs.

— Emmenez-la là-bas, lieutenant. Et montrez-lui cette beauté naturelle, capable de rivaliser avec la magnificence de vos châteaux en Angleterre.

C'était la première fois qu'Amisha parlait à quelqu'un de ce voyage qui signifiait tant pour elle, parce que ça avait été son seul moment de complicité avec son père. Comme beaucoup d'hommes, il était pris par son travail et par ses fils, et laissait Amisha aux soins de sa mère.

Mue par une volonté propre, la main de Stephen se tendit vers le visage de la jeune femme. Il saisit une mèche de ses cheveux, accrochée à sa lèvre inférieure. Il attendit une seconde, les yeux plongés dans les siens, avant de la glisser entre ses doigts et de la placer derrière l'oreille d'Amisha. Elle ferma les paupières quand ses doigts effleurèrent le lobe de son oreille, s'attardant sur sa peau douce, puis sur son anneau doré. Ce geste simple et pourtant si intime faillit la faire pleurer. Son pouls s'accéléra alors que la culpabilité de ne pas avoir détourné le visage la tenaillait. Elle se persuada que pour Stephen, ça ne signifiait rien. Mais pour elle, cela outrepassait tout ce qu'on lui avait appris à propos du bien et du mal. Mais malgré ces préceptes, il lui était impossible de s'écarter.

— Votre père a raison, dit Stephen avec douceur. C'est si rare de voir une telle beauté.

# CHAPITRE 22

Amisha et Ravi balayaient la véranda à l'avant de la maison quand un groupe de soldats passa par là. Ils étaient habillés en civils, mais la matraque qui ne les quittait jamais était accrochée à leur hanche.

— Quelque chose ne va pas, *shrimati* ? s'enquit Ravi en poursuivant sa tâche.

— Pourquoi ? demanda Amisha d'un ton lointain.

Elle cessa de regarder les hommes.

— Tu as l'air malheureuse.

Elle se tourna vers lui, en levant un sourcil interrogateur.

— Tu te préoccupes de mon bonheur ?

Ravi haussa les épaules et continua à balayer.

— Habituellement, non, mais puisque ma charge de travail augmente, je me trouve bien en peine, moi aussi.

Ravi avait rassemblé un petit tas de déchets. Mais Amisha, complètement ailleurs, l'avait étalé sur le sol avec son propre balai.

— Je me fais du souci pour toi, parce que je me fais du souci pour moi !

Amisha observa les détritus éparpillés et grimaça.

— Désolée.

Elle s'appuya contre son balai.

— Je pensais au lieutenant, avoua-t-elle.

— Quand revient-il ?

— Bientôt.

Elle ignorait exactement quand. Elle supposait que ses collègues le savaient, mais elle avait hésité à s'adresser à eux. En apparence, ils avaient accepté qu'elle enseigne à l'école, mais ils n'étaient pas vraiment prêts à l'accueillir pour de bon.

— Qu'est-ce qui différencie le lieutenant des autres ? demanda Ravi en faisant un geste en direction des soldats.

Ils regardaient un groupe d'enfants jouer au cricket. Quand l'un des plus jeunes réussit une frappe technique, ils se joignirent à l'équipe pour l'applaudir et le féliciter.

— Je ne sais pas comment l'expliquer. Dans ce jardin, je peux lui parler sans détour.

Il la traitait comme son égale. Avec lui, elle se sentait libre d'être elle-même et ainsi, elle découvrait son moi profond.

— Je suis heureuse, ajouta-t-elle, tout en se demandant si elle l'avait vraiment été auparavant.

Ravi l'écoutait sans l'interrompre. Il lui rendit son sourire.

— Son absence doit être difficile pour toi.

— Tu ne me juges pas, dit-elle avec hésitation.

— Tu écrivais des histoires bien avant notre rencontre, rétorqua-t-il avant de s'interrompre un instant. Je sais que tu n'as jamais pu les partager.

*Avec Deepak* : c'était ce qu'il sous-entendait.

— On m'a critiqué pour avoir souhaité plus que ce à quoi j'avais droit. J'ai été ridiculisé et maltraité. Tu as été la seule à me comprendre et à m'accepter. Qui suis-je pour te juger ?

Amisha ravala un sanglot de gratitude.

— Merci.

Elle maîtrisa ses émotions et songea à une histoire qui l'aiderait à exprimer ses sentiments, aussi bien envers elle-même qu'envers Ravi.

— Est-ce que je pourrais te parler… du roi et du prince ?

— Puisque tu as doublé mes corvées, me divertir serait une riche idée.

Ravi tendit la main vers le balai d'Amisha et elle le lui donna avec joie. Elle s'installa sur une chaise et réfléchit à son conte.

— Il était une fois un roi qui régnait sur son royaume d'une main de fer, en établissant des règles strictes, comme ses prédécesseurs.

Elle attendit un instant que l'inspiration lui vienne.

— Le roi n'avait qu'un fils. Quand le prince hérita du trône, il se souvint que son père lui avait conseillé de gouverner de la même manière que lui.

De l'autre côté de la rue, l'un des soldats s'était mis à jouer au cricket avec les enfants. Leurs éclats de rire interrompirent son récit. Amisha et Ravi les observèrent en silence.

— Mais le prince était aveugle et sa langue était déformée, alors il ne parlait pas distinctement. Il se demandait comment il pourrait gouverner avec ses handicaps.

Elle ferma les yeux et imagina la douleur qu'il ressentait devant l'obligation de se comporter comme quelqu'un qu'il n'était pas.

— Il se confia à son meilleur ami. Celui-ci lui dit : « Va rencontrer le peuple. Puisque tu ne peux pas voir les gens, touche-les. Au lieu de leur donner des ordres, écoute ce qu'ils ont à te dire. »

— Un ami bien sage, lança Ravi, qui avait abandonné son balai pour écouter la suite de l'histoire.

— Alors, le prince fit ce qu'il lui avait conseillé. Il prit dans ses bras les enfants. Et il sentit des os à la place de la chair. Il tint dans ses mains les visages des femmes. Et il y avait des larmes dans ses paumes. Tous avaient faim et tous étaient pauvres.

Les mots lui venaient si vite qu'Amisha avait du mal à freiner leur débit.

— Les paroles des pères étaient pleines de chagrin. Ils voulaient une vie meilleure pour leurs enfants. L'école et la musique. Des craies de couleur pour qu'ils puissent dessiner. Des livres de poésie à lire avant de dormir, le soir.

— Qu'est-ce qu'a fait le prince ? demanda Ravi, totalement absorbé par l'histoire.

— Il a décidé de ne pas régner comme ses prédécesseurs. Grâce à son ami, il a gouverné avec son cœur, et son handicap est devenu une force.

Amisha songea à la place qui lui avait été attribuée et à son propre handicap.

— Grâce à cela, le peuple l'aimait.

Déstabilisée, elle jeta un œil à la maison avant de se concentrer sur la partie de cricket qui s'achevait.

— Le lieutenant m'a fait comprendre que j'ai de la valeur, peu importe qui je suis ou ce que je suis.

Quand elle était avec lui, elle avait le sentiment d'être intelligente et digne d'intérêt. Grâce à l'opportunité qu'il lui avait offerte, elle imaginait que tout était possible.

— Mais quand il n'est pas à mes côtés, je me demande si ce n'est pas une illusion.

Comme s'il comprenait ce qu'elle voulait dire, Ravi acquiesça.

— J'espère pour toi qu'il reviendra bientôt.

***

Les élèves s'agitaient sur leurs chaises en patientant. Neema s'était portée volontaire pour lire son histoire en premier, mais cela faisait cinq minutes qu'elle restait plantée, debout, à contempler sa feuille. Ses doigts l'agrippaient si fort qu'Amisha se demanda si elle n'allait pas la déchirer.

— *Beti*, lui dit-elle avec douceur.

Neema tourna légèrement la tête vers elle.

— Est-ce que tu voudrais partager ton récit avec nous ?

— Oui, madame.

La voix tremblante, Neema s'exécuta.

*Il était une fois une jeune fille, à peine mariée, qui rentrait chez elle aux côtés de son époux. Il s'aidait d'une canne pour marcher, alors que ses jambes à elle, mouraient d'envie de danser. Mais il n'y avait pas de musique, juste le clac-clac régulier de la canne contre le sol. Depuis leur mariage, il s'était écoulé une journée et une nuit. Le soir, la jeune fille sortit pour se confier à la lune. Elle tomba à genoux et ses larmes se répandirent sur la terre qui appartenait à son époux.*

*Un éclair de lumière se produisit : elle vit son passé et son présent, mais quand elle souhaita découvrir son avenir, elle ne rencontra que le néant.*

*— Guide-moi pour que je m'accomplisse.*

*Seul le silence lui répondit. Elle rassembla alors son courage pour devenir son propre guide.*

*— Je veux explorer le monde, souffla-t-elle.*

*Elle regarda les étoiles, le ciel et imagina un monde différent. Elle remercia la force toute-puissante qui l'avait créée. Puis, elle posa sa main sur son cœur, et lui demanda ce qu'il désirait. « Être heureux », entendit-elle. Ensuite, elle posa sa main sur son abdomen et murmura la même question. « Être libre. »*

*La jeune fille leva le visage vers la lune, seule source de lumière dans l'obscurité. Elle posa ses doigts sur ses tempes et écouta son pouls afin de trouver la réponse qui y sommeillait. Il y eut un autre éclair lumineux et elle hocha la tête. Elle savait désormais ce qu'elle devait faire pour protéger ce qui était vital à ses yeux. Elle fit ses adieux à la maison où elle était condamnée à passer le reste de ses jours. Plus l'indépendance approchait, plus son cœur s'allégeait et plus son âme se raffermissait. Tout en haut de la falaise, elle regarda par-dessus la corniche. L'étreinte de l'abîme l'appelait et son dernier pas lui rendit sa liberté.*

— Neema.

Amisha avait attendu qu'il n'y ait plus personne dans la classe. Les autres élèves avaient eux aussi lu leurs rédactions, après Neema. Certains s'étaient inspirés d'événements planétaires, comme la faim et la guerre, alors que d'autres avaient choisi des thèmes chers à leur cœur. Un garçon avait évoqué la lutte du bien contre le mal en mettant en scène des monstres qui se battaient. Mais aucun de ces récits n'avait suscité un tel choc et donné naissance à tant de questions que celui de la jeune fille.

— Ton histoire était puissante.

— Merci, dit-elle doucement.

Neema rassembla ses crayons et ses gommes mâchouillées pour les ranger dans son sac.

— Tu es une écrivaine de grand talent.

Amisha, qui faisait preuve de tact, réfléchit à la meilleure manière de formuler sa pensée.

— Est-ce que tu aimes l'école ?

La jeune fille jeta un œil à la pièce vide.

— Mon fiancé invite beaucoup de militaires britanniques chez lui.

Neema joua avec son diamant. Soit elle n'avait pas entendu la question, soit elle l'ignorait intentionnellement.

— Il veut que je puisse les divertir sans paraître ennuyeuse. Une éducation à l'anglaise est nécessaire.

— Et toi, qu'est-ce que tu veux ?

Amisha prit sa main, mais Neema se dégagea. Elle avait été effrayée par son histoire et ne savait pas s'il s'agissait d'un appel à l'aide ou d'une manifestation de l'imagination délirante d'une jeune fille.

— Ça n'a pas d'importance.

Les épaules de Neema s'affaissèrent et elle serra les poings.

— Comment rêver quand votre destin est prédéterminé ?

Elle attrapa ses manuels et ouvrit la porte.

— Neema !

Amisha aurait voulu la retenir, mais c'était trop tard. La jeune fille était déjà partie.

# JAYA

# CHAPITRE 23

Mon père a travaillé dur pour faire marcher son cabinet. Dès mon plus jeune âge, il avait été prévu que plus tard, je travaillerais avec lui et que je prendrais sa suite. Mon avenir en tant que médecin avait été fermement établi avant que je saisisse vraiment ce que ça impliquait. En grandissant, j'ai réalisé que je m'intéressais plus aux mots qu'à la médecine. À la fin du lycée, lorsque j'ai dû choisir mon orientation, j'ai révélé à mes parents que je voulais être journaliste. Je m'étais préparée à la déception de mon père, mais j'ai été surprise quand il a dit qu'il comprenait. Reconnaissante, je me suis levée pour quitter la table, mais ma mère a pris la parole.

— Tu devais faire médecine.

— Non, ai-je répondu, refusant d'aller dans son sens. Je serai journaliste.

— Jaya…

— C'est ma vie, l'ai-je interrompue. J'ai le droit de faire ce qui me rend heureuse.

— Le bonheur ne peut se construire à l'avance, m'a-t-elle corrigée. Tu seras médecin.

Mon père m'a demandé de les laisser seuls. Une trentaine de minutes plus tard, ils m'ont rejointe et m'ont annoncé qu'ils me soutenaient dans mon choix. J'ai remercié mon père sans dire un mot à ma mère. Elle ne m'a jamais reparlé de ce moment ou de mon choix d'orientation.

***

Le matin, Ravi et moi nous baladons dans le village et quand nous dînons, il me raconte son histoire. Ce soir, nous mangeons dans un restaurant pendjabi. Contrairement aux plats de légumes sautés épicés que Ravi prépare pour moi, les entrées pendjabi sont recouvertes de crème épaisse et de beurre. Je dévore ma part de riz pilaf et de légumes.

— Tout le monde est si aimable et accueillant !

Je fais un signe à un groupe d'enfants qui se promènent non loin.

— Tu as éclairé leur journée.

Ravi essuie son assiette avec son *naan*.

— Nous ne sommes pas habitués aux étrangers.

— Les étrangers, nous en avons beaucoup, le contredit le patron du restaurant, tout en remplissant nos verres de *lassi* à la mangue.

Son visage et ses mains sont très ridés. Il porte un pantalon en coton blanc et une chemise à manches courtes assortie. Sa peau est presque aussi sombre que ses cheveux.

— C'est rare de recevoir une invitée de *sahib* Ravi.

— Son charme particulier n'attire pas des tas de gens ? je dis en adressant à ce dernier un regard moqueur.

— Il est trop occupé, entre la maison du défunt *sahib* et ses autres biens… répond le patron, tout en déposant sur la table un plat rempli de pâtisseries. Il a engagé des employés pour entretenir le jardin et la minoterie. Mais le moulin est à l'abandon depuis des années : même une araignée aurait peur de risquer sa vie en y entrant.

— Vous payez des frais de gardiennage ? je demande à Ravi.

Je suis consciente qu'il ne touche pourtant pas de salaire…

— Mais il n'y a plus personne pour vous dédommager !

— Ta famille m'a payé une fortune quand elle m'employait, répondit-il comme si cette raison était amplement suffisante.

Il finit sa friandise en deux bouchées. Puis, il plongea sa serviette dans son verre d'eau pour se nettoyer les mains.

— Il est de ma responsabilité de prendre soin de leurs biens, comme ils ont pris soin de moi.

Le patron incline la tête vers Ravi en signe de respect. Puis, il s'adresse à moi :

— Même s'ils sont décédés, il est toujours leur serviteur dévoué. Votre mère doit être fière de lui.

— Vous connaissiez ma mère ?

Depuis mon arrivée, personne ne m'a parlé d'elle. C'est comme si elle n'avait jamais existé.

Son regard croise celui de Ravi et ils semblent communiquer silencieusement.

— De vue, seulement, rétorque-t-il d'un ton évasif qui me prouve qu'il cache quelque chose. Vous lui ressemblez comme deux gouttes d'eau.

Il hoche la tête avant de partir.

— Pourquoi personne ne connaît ma mère ? Elle a grandi ici et pourtant, c'est une étrangère.

Au lieu de me répondre, Ravi prend un morceau de *halva* et me le tend. Les mouches qui errent dans le restaurant ouvert sur la rue se posent sur notre table à la recherche de son odeur sucrée. Je les frappe avec ma serviette repliée, mais ne réussis qu'à les attirer davantage.

— Elle était réservée. Elle sortait rarement.

— Pas même pour visiter le jardin ? je lance, en me demandant comment elle a pu s'en tenir à l'écart.

— Elle ne savait pas ce qu'il représentait.

Comme souvent, quand il parle du passé, son regard est hanté et il veille à ce qu'il dit.

— Ton grand-père a fermé l'école après la mort de ta grand-mère. Dans les années qui ont suivi, une grande partie de la végétation est morte.

Un voile de tristesse passe sur ses traits. Il l'efface en frottant sa main contre son visage.

— Ce n'est que quand sa seconde femme est décédée qu'il m'a autorisé à y retourner.

— Vous lui avez alors redonné vie.

Son silence me répond. Il a dû s'occuper avec amour de chaque fleur, de chaque buisson. Je me demande ce que ma grand-mère a fait pour mériter une telle loyauté.

— J'ignorais qu'il était propriétaire de l'école. Comment est-ce arrivé ?

Il secoue la tête et je sais qu'il va me répondre la même chose que d'habitude : l'histoire révélera ses secrets bien assez tôt. Dès notre rencontre, j'ai compris que le pousser ne donne aucun résultat.

— Est-ce que vous étiez aussi têtu du temps de ma grand-mère ? je lance, lui arrachant un sourire. Maintenant que mon grand-père est mort, qui possède l'école ?

— Ta mère.

Stupéfaite, j'observe son visage.

— Tes oncles ont renoncé à hériter de la maison et de la minoterie. Ton grand-père a laissé l'école à ta mère pour en faire ce qu'elle voulait. Il a dit qu'elle lui appartenait.

— Est-ce que ma mère est au courant ?

Elle ne m'en a jamais parlé, ni avant mon départ ni au téléphone.

— Je ne sais pas, rétorque-t-il en secouant la tête, visiblement las. Le Bureau de la propriété a signalé que ses courriers sont restés sans réponse.

Ses épaules s'affaissent, signe de défaite.

— Si les biens ne sont pas réclamés dans les soixante jours qui suivent la mort de Deepak, le gouvernement les vendra au plus offrant, explique-t-il avant de déglutir. Les souvenirs de ta grand-mère – son héritage – seront alors perdus pour toujours.

Installée sur la véranda, j'observe la nuit obscure. La pleine lune brille dans le ciel étoilé. J'ai rarement pu assister à ça à Manhattan, à cause des lumières de la ville. Après le dîner, Ravi est rentré chez lui, mais je suis trop agitée pour dormir.

Un peu plus tard, je réfléchis à ce qu'il m'a révélé en faisant les cent pas dans cette maison aux murs nus. Je fais courir ma main sur les meubles, imaginant l'époque où mes grands-parents et ma mère ont fait de cet endroit leur foyer. D'après ce que raconte Ravi, l'amour d'Amisha pour sa maison et sa famille était évident. Alors pourquoi ses enfants refuseraient-ils son héritage ?

Je songe à mon propre appartement, désormais vide. Partir a été plus facile que je ne le pensais. Quand nous avons emménagé, Patrick et moi avons passé des heures à décorer ce bien hors de prix, qui validait notre couple et nos réussites professionnelles respectives. Nous avons placé, déplacé et replacé chaque œuvre d'art, chaque meuble jusqu'à ce que tout soit absolument parfait. C'était la condition pour créer le foyer idéal. À l'époque, ça nous paraissait si important... Ce n'est que lorsque j'ai rêvé qu'un enfant mette le bazar partout que j'ai réalisé que ce n'est pas le décor ou le quartier qui fondent un foyer, mais les gens qui y vivent.

Je saisis mon ordinateur et le pose sur mes genoux. J'effleure le clavier, ressentant le calme que seule l'écriture peut m'apporter. Trop fatiguée pour me censurer, je me lance.

*J'ai commencé ma carrière de journaliste à la rubrique économie. Ça me correspondait bien, puisque j'ai toujours eu besoin que les faits soient étayés de chiffres. Lorsque je suis devenue assez désabusée pour ne pas croire tout ce que j'entendais, j'ai obtenu une promotion et suis passée à la rubrique sport. Je n'avais jamais été une « fan » auparavant. Je vous laisse imaginer ma surprise mêlée d'horreur quand, dans les vestiaires, je devais écouter des hommes me réciter des stats qu'ils connaissaient par cœur. Des hommes qui étaient convaincus que la vitesse de chaque arrêt de balle au cours d'un match me passionnait... Au bout de six mois, j'ai demandé un transfert à la rubrique technologie, mais mon éditeur m'a proposé la littérature. Les livres sont une énigme pour moi : j'aime les mots par-dessus tout, mais moins tout ce qui est imaginaire. J'ai cependant ouvert mon esprit et j'en suis venue à apprécier la part de vérité qui se cache dans la fiction. Comprenez ma fascination quand j'ai appris que ma grand-mère, morte avant ma naissance, voulait être écrivaine. Elle se raccrochait à l'espoir que ses histoires soient un jour reconnues, comme à un canot de sauvetage.*

*Espoir est un mot de six lettres, l'un des plus simples de notre langue. Mettez le contraste avec anticonstitutionnellement, l'un des plus complexes. Mais, espoir, pourtant si basique, a un sens profond. L'intellectuelle en moi rejette ses assauts. L'écrivaine, quant à elle, n'a jamais compris l'appel de l'intangible. Cependant, ce sentiment est la seule chose à quoi pouvaient se raccrocher ma grand-mère et tant d'autres. Ma grand-mère souhaitait écrire en anglais, une langue qui lui était étrangère. Un rêve si simple à réaliser, pour moi qui n'ai bénéficié que du meilleur dans la vie… J'ai choisi de faire de l'écriture ma carrière. Si quelque chose me semble important, je le couche sur papier. Je me sens plus à l'aise ainsi qu'en m'exprimant à voix haute. Jamais en prenant la plume, et donc en accomplissant ma vocation, je n'ai eu peur des conséquences. Il ne m'est jamais venu à l'esprit de demander la permission à qui que ce soit, ou de me demander si j'avais le droit d'être plus que ce que l'on voulait que je sois. Dans la vie, je considère les rêves comme acquis. Quels qu'ils soient, j'assume qu'ils sont possibles.*

*Ça donne à réfléchir, d'apprendre d'une femme d'une autre génération, qui a vécu d'une manière que je ne peux imaginer ou comprendre. Je suis mortifiée par ma naïveté. J'ai honte d'admettre que la bulle dans laquelle je me suis enfermée est devenue si sombre que je n'étais plus que l'ombre de moi-même. Avec le recul, je pense que nous nous protégeons tous quand on a du mal à encaisser. Mais je me cherche une excuse. La souffrance de ma grand-mère me semble incompréhensible, mais sa force m'inspire. Comparée à elle, je suis faible. Je croyais que j'étais forte. C'est humiliant de réaliser que je manque sévèrement de courage. En tant que citoyenne du monde et en tant que femme, je ne peux que m'efforcer de m'améliorer. Ce que cela signifie demeure mystérieux, mais je vais accomplir la première étape de ce voyage en anticipant où il me mène. En chemin, je pourrais apprendre une chose ou deux.*

*Peut-être qu'il y a de l'espoir pour moi, en fin de compte.*

Je m'apprête à appuyer sur le bouton « Envoyer », mais comme la fois précédente, j'hésite. La souffrance que j'ai ressentie ces dernières années est un secret bien gardé. Même quand j'avais besoin de Patrick, je ne me suis pas tournée vers lui. Au lieu de ça, je me suis débrouillée toute seule et je l'ai laissé faire la même chose. C'était facile d'être ensemble quand nous étions forts, mais ça m'a paru impossible lorsque j'étais faible. Maintenant, je suis fatiguée de me cacher. Je relis mon article et appuie sur « Envoyer ». Avant de regretter ma décision, je ferme le clapet de mon ordinateur et vais me coucher.

# CHAPITRE 24

Je passe le peigne fin dans mes cheveux pour vérifier la présence de poux. Ces derniers jours, je n'ai cessé de me gratter et Ravi m'a dit que je devais en avoir. Je frotte les dents du peigne contre mon crâne et repère une petite bête marron. Je l'attrape avec un cure-dent avant de recommencer la procédure depuis le début. J'en trouve encore un, puis deux, et c'est fini pour de bon.

— Dégoûtant, je murmure.

— Quoi ? Quelque chose en particulier ou le monde en général ? demande Ravi qui m'a rejointe dans la cour derrière la maison.

Quand il aperçoit le peigne, il hoche la tête en signe de connivence.

— Est-ce que nos petits amis se sont chargés de t'accueillir à l'indienne ?

— Vous avez un problème de taille, si vous les qualifiez d'amis.

Pas le moins du monde amusée, je désigne mon crâne.

— Un conseil pour m'en débarrasser ?

— Plus tard, je t'apporterai de la pâte à la camomille. Ça les étouffe.

— Comme j'ai hâte…

Je tire mes cheveux en arrière et les tresse rapidement. J'ai déjà pris ma douche et j'ai enfilé une longue robe d'été. Hier, Ravi et moi avons décidé de découvrir les villes alentour. Quand il m'a confié qu'il avait rarement quitté le village, j'ai insisté pour que nous visitions les environs ensemble. On frappe à la porte d'entrée. Je regarde Ravi.

— Est-ce que vous attendez quelqu'un ?

— Je n'ai pas d'amis, lance-t-il avec simplicité.

— Bien sûr ! C'est pour ça qu'à chaque fois que nous sortons, plein de gens nous arrêtent pour vous dire bonjour !

Je lève les yeux au ciel avant d'ouvrir. Sur le perron, une petite fille qui n'a pas plus de huit ans s'agite. Deux tresses tombent sur ses épaules, et sa robe courte aux manches bouffantes dévoile ses genoux écorchés. Des sandales dorées retiennent son pied par un anneau autour de l'orteil. À ses bras bronzés, elle a passé quantité de bracelets en plastique.

— Bonjour.

Surprise, je jette un œil à Ravi qui hausse les épaules : il ignore pourquoi elle est ici.

— Est-ce que je peux t'aider ?

— *Shrimati* Jaya ?

— C'est moi. Qui es-tu ?

Je l'invite à entrer, mais elle me fait signe de la suivre.

— Il y a un appel pour vous. Au magasin de mon père.

Elle saute de la véranda, par-dessus les escaliers, et retombe sur ses pieds.

— S'il vous plaît, venez vite. On va perdre la connexion.

— Je t'attends ici, dit Ravi quand je le consulte du regard.

Tout en marchant rapidement à ses côtés, je demande à la petite fille :

— Qui est-ce ?

— Un homme d'un autre pays. Mon père lui a parlé.

Ce doit être Papa. Inquiète, je presse le pas.

— Comment est-ce que tu as su qui je suis ?

— Tout le monde le sait, répond-elle, osant à peine lever les yeux vers moi. Vous venez des États d'Amérique ?

— Des États-Unis ? je lance, souriant de son enthousiasme. Oui.

— Le magasin n'a jamais reçu d'appel de là-bas.

Avec une maturité qui n'est pas de son âge, elle ajoute :

— La ligne téléphonique n'est pas très bonne. Il faut y aller vite.

Incapable de la suivre avec mes talons, je m'arrête pour les enlever. Mes pieds martèlent le sol terreux. Avant mon voyage, j'aurais défié quiconque aurait affirmé que je courrais pieds nus dans un village indien. Maintenant, je ne m'imagine pas être ailleurs.

L'air sec décoiffe mes cheveux, alors que nous traversons le village pour gagner le village voisin. Nous atteignons une rangée de magasins avec des toits en tuiles et des façades ouvertes. Les gens que nous croisons ne nous prêtent guère attention.

— Par ici.

La petite fille pousse la porte d'une boutique plus moderne que les autres.

Quand nous entrons, le souffle puissant de la climatisation nous frappe de plein fouet. À l'intérieur, la décoration est luxuriante. Il y a des vitrines en verre qui renferment des bijoux en or vingt-deux carats. Des puces d'oreille et des bagues en diamants sont disposées au-dessus du comptoir, sur des présentoirs tournants fermés à clef. Un homme bien habillé quitte le comptoir pour nous saluer.

— *Namaste.* Je suis Sanjay, le propriétaire de ce magasin.

Les mains jointes, il s'incline légèrement. Il est vêtu de manière originale : un pantalon de costume et une chemise élégante, dont les premiers boutons sont défaits, révélant une fine chaîne en or avec un pendentif om.

— *Namaste.*

L'encens qui brûle dans un petit autel dégage de la fumée.

— Merci de m'avoir envoyé votre fille me prévenir.

Son visage s'éclaire.

— Le bureau est juste derrière, dit-il en me conduisant dans une petite pièce. Le monsieur au téléphone a donné votre nom.

Il referme la porte derrière lui pour me laisser de l'intimité. Ça sent le renfermé. La salle est encombrée d'une petite table, d'écrins en velours, empilés les uns sur les autres sur un plateau, et d'une boîte ouverte de graines de grenade. Je saisis le lourd récepteur et le porte à mon oreille.

— Allô ?

Personne ne répond, alors j'insiste :

— Allô ? Il y a quelqu'un ?

— Jaya ?

J'entends la voix de Patrick à travers le grésillement de la ligne. C'est le choc. Je me suis battue tous les jours depuis mon arrivée pour ne pas penser à lui. Mais maintenant, je me souviens de son souffle chaud contre ma nuque quand il me serrait contre lui, la nuit. De son enthousiasme quand il obtenait de nouvelles informations susceptibles de faire avancer l'un des cas qu'il défendait, ou de son rire taquin quand j'achetais des vêtements pour le bébé. Le film de nos souvenirs s'arrête au moment où il m'a retrouvée pelotonnée sur le sol de la salle de bains après ma première fausse couche. Il m'avait prise dans ses bras et m'avait mise au lit. Nous nous étions serrés l'un contre l'autre en sanglotant. C'était la première et la dernière fois que nous pleurions ensemble.

— Patrick ? je dis en attrapant le fil du téléphone. Tu m'entends ?

Il y a encore un grésillement et puis, plus rien. Déçue, je m'adosse contre la chaise alors que les souvenirs refont surface.

Après ma deuxième fausse couche, j'avais envie de compter sur Patrick, de me rapprocher de lui pour que sa force me donne du courage, mais je ne l'ai pas fait. Patrick était là, à côté de moi, exprimant sa douleur. Il versait des larmes alors que j'en étais incapable. Il a fait son deuil alors que mon chagrin m'en empêchait. Pour aller mieux, il s'est raccroché au quotidien. Et plus il guérissait, plus je stagnais. Au final, je me suis retrouvée seule, sans savoir comment combler le vide en moi.

Mais le passé n'a pas toujours été malheureux. Avant ces fausses couches, nous marchions d'un même pas et nous étions présents l'un pour l'autre.

Quand nous avons emménagé ensemble, nous nous sommes disputés comme des chiffonniers à propos du film que nous regarderions le soir même. Sur l'instant, ça nous a complètement submergés. C'était comme si nous remettions en question notre couple. J'ai eu peur que nous nous séparions si nous ne trouvions pas un compromis. J'oubliais toutes ces heures que nous avions passées ensemble, blottis l'un contre l'autre, chez moi ou chez lui, à regarder la télévision. La dispute s'est finie ainsi : Patrick m'a renversée sur le sol et m'a embrassée jusqu'à ce que je me calme. Cette nuit-là, nous avons passé des heures à faire l'amour.

Perdue dans mes souvenirs, je me demande s'il m'appelle pour me dire que nous pouvons encore tout arranger. Si dans cet orage de chagrin, il a trouvé le chemin qui nous mènerait au bonheur. Je décroche le téléphone pour le rappeler. Mon alliance en or, que je n'ai pas ôtée, scintille. Je compose son numéro sans cesser de la tripoter, la tournant et la retournant autour de mon doigt. J'ai souvent pensé à l'enlever, mais ces derniers mois, j'étais si désespérée que j'avais besoin de ce point d'ancrage, même s'il n'est plus que symbolique.

La connexion se fait entre les continents. Je songe à notre dernière conversation et à son aveu à propos de Stacey. Je l'imagine la tenir dans ses bras, l'embrasser. La bile me monte à la gorge. Quand il décroche et que j'entends sa voix, je coupe la communication sans dire un mot. Je ferme les yeux et attends que la douleur s'atténue. Quand c'est le cas, je rentre à la maison.

# AMISHA

# CHAPITRE 25

Amisha nettoyait les bureaux des élèves. Après chaque cours, elle s'assurait que tout soit impeccable pour éviter les reproches de ses collègues. Elle s'attaquait au dernier quand elle entendit quelqu'un derrière elle.

— Joyeux Noël, lança Stephen au moment où elle se retournait.

Il ferma la porte derrière lui avant de poser sur le sol le grand sac qu'il transportait.

— Vous êtes rentré !

Amisha se précipita vers lui avant de s'arrêter à quelques centimètres de lui.

— Oui. Est-ce que je vous ai manqué ? demanda-t-il d'un ton taquin.

Il semblait fatigué. Ses vêtements, habituellement repassés, étaient tout froissés et sa cravate était desserrée. Il avait des cernes.

— Oui.

Amisha se fichait que cette réponse soit inappropriée. Son ami était de retour et elle refusait de lui mentir.

— Vraiment. Tellement…

Il lui avait désespérément manqué. Elle avait passé son temps à enseigner, mais à chaque fois qu'elle arrivait l'école, tout lui pesait. Elle se sentait seule. Sa présence et leurs conversations lui avaient manqué. Durant son absence, elle avait tenté de discuter avec Deepak de sujets qu'elle évoquait habituellement avec Stephen, mais son mari s'était détourné, pas intéressé pour un sou.

Stephen accueillit ses mots en silence. Ses yeux cherchèrent les siens. Certaine d'avoir dépassé les limites, honteuse, Amisha recula de deux pas.

— Je suis désolée, balbutia-t-elle, son enthousiasme envolé.

Elle s'apprêta à lui dire qu'elle n'avait pas à s'adresser à lui ainsi, quand il l'interrompit :

— J'ai forcé ma mère à veiller pour parler de choses et d'autres, lui confia-t-il avant de franchir la distance entre eux et de la regarder droit dans les yeux. Ça m'a aidé à passer le temps en attendant de revenir.

Amisha déglutit et lutta pour reprendre son souffle. Elle avait saisi ce qu'il voulait vraiment dire. Ces mots qu'elle craignait, qu'elle avait sur le bout de la langue, mais qu'elle n'exprimerait jamais : leur séparation avait été brève, mais la manière dont ils s'étaient languis l'un de l'autre témoignait qu'il y avait plus que de l'amitié entre eux.

Il tendit la main, jusqu'à n'être qu'à quelques centimètres d'elle. Puis, il attendit, lui donnant une chance de se dérober. Elle en était incapable. Elle voulait désespérément sentir physiquement le lien qui existait entre eux, ne serait-ce qu'un instant. Quand il lut dans ses yeux un « oui » teinté de culpabilité, il acquiesça en signe de compréhension. Il serra sa main dans la sienne, juste une seconde avant de la relâcher.

Amisha imagina Chara lui ordonnant de s'éloigner. Sa belle-mère lui aurait hurlé que sa relation avec Stephen humiliait sa famille et sa propre personne. Un instant, Amisha réfléchit aux options qui s'offraient à elle. S'éclipser serait plus sage, mais pour une fois, elle avait envie de s'écouter. Elle voulait décider seule ce qu'il était acceptable ou non de faire, à partir du moment où son comportement n'affectait personne. Des questions auxquelles elle n'aurait jamais songé surgissaient en elle. Mais les ignorer lui sembla plus prudent pour le moment.

— Joyeux Noël, répéta Stephen, brisant le silence.

Il attrapa son sac, posé vers la porte, et le lui tendit.

— Je vous ai acheté quelque chose.

— Quoi ?

Heureuse de changer de sujet, Amisha le saisit. Il était lourd.

— Vous n'auriez pas dû. Je ne fête pas Noël.

Les bijoux de sa dot étaient les derniers cadeaux qu'on lui avait offerts.

— Alors, je devrais peut-être le récupérer !

Lorsqu'il avança, elle recula. Elle serra le sac contre elle en souriant.

— Il m'appartient, murmura-t-elle. Merci.

À son tour, Amisha prit un paquet emballé dans son bureau.

— Joyeux Noël.

Elle le lui tendit d'un geste incertain.

Après lui avoir raconté comment se déroulait *Navaratri*, elle lui avait demandé sa fête préférée. Il avait choisi Noël sans hésiter. Quand il avait évoqué les cadeaux que l'on échangeait, Amisha avait décidé de lui en offrir un. Au marché, elle avait acheté du papier de soie et l'avait teint avec du safran. Avec un soin minutieux, elle avait emballé son présent.

— C'est pour moi ? lança Stephen, les yeux écarquillés devant le paquet qu'elle lui tendait.

— Non, c'est pour moi. J'adore me faire des cadeaux à moi-même, murmura Amisha, désormais très à l'aise.

— Vous m'avez fait un cadeau ! répéta-t-il en s'en emparant.

Elle s'était demandé comment il allait réagir, mais ne s'était pas attendue à la joie enfantine qu'il manifestait.

— Oui, dit-elle, ravie d'avoir suivi son intuition.

— Traditionnellement, on secoue le cadeau avant de l'ouvrir, déclara Stephen.

Amisha éclata de rire et s'exécuta, dans une vaine tentative pour deviner de quoi il s'agissait. Il rit, lui aussi.

— Vous le secouez maintenant ? Surtout pas, vous allez le casser si vous ne faites pas plus attention !

— Je ne dois pas le faire tout de suite ?

Amisha ne savait pas comment procéder. Devait-elle ouvrir le paquet et remercier Stephen avec effusion ou attendre d'être seule pour découvrir le cadeau, puis lui adresser une carte de remerciement ?

— Non, au Noël prochain ! Quand je serai au combat, vous pourrez m'envoyer une lettre et me dire si vous avez aimé mon présent.

Ses mots résonnèrent dans son esprit. Il plaisantait, elle en était sûre. Mais ses pensées s'emballèrent. Ces deux dernières semaines sans lui avaient été difficiles. Il lui avait manqué bien plus qu'elle n'aurait pu l'imaginer. Mais l'idée de ne plus jamais le revoir la fit chanceler. Elle prit une longue inspiration qui ne la soulagea pas. Il avait dû remarquer son changement d'expression, car son sourire disparut.

— Je plaisante, Amisha, murmura-t-il. Je ne vais nulle part.

*Même s'il en a terriblement envie,* pensa cette dernière, sans le dire à voix haute. Néanmoins, elle lutta pour cacher les émotions qui transparaissaient sur son visage. Quand ses yeux se remplirent de larmes, les siens exprimèrent la douleur. Elle se réprimanda pour sa réaction inappropriée et se ressaisit rapidement. Elle lui adressa un sourire forcé tout en s'efforçant de reprendre contenance.

— Bien sûr, murmura-t-elle, se sentant stupide. S'il vous plaît, veuillez m'excuser. J'ai juste…

Elle butait sur les mots, tant ses émotions étaient fortes.

— La guerre est dangereuse et vous êtes mon ami, dit-elle, espérant que cette explication semblerait raisonnable.

— Ouvrez votre cadeau, répondit-il avec douceur, lui offrant ainsi un répit.

Elle défit les ficelles avec précaution et le sortit de son emballage. C'était une petite pousse dans un pot en terre cuite.

— Un arbre ? demanda Amisha, qui l'observait avec incrédulité.

— Un arbre d'Angleterre, précisa Stephen. C'est un *Fagus sylvatica*, un hêtre européen.

Il lui sourit.

— Il est apparu en Angleterre. On le considère comme le roi des arbres anglais.

— Comment l'avez-vous fait venir ?

Ses petites mains s'enroulèrent aisément autour du pot.

— J'ai des relations, répondit-il avant de toucher les feuilles épaisses, lobées comme la paume. On me l'a livré quand j'étais en voyage. Je voulais vous faire la surprise.

Il s'interrompit, regarda l'arbre, puis Amisha.

— J'avais envie de vous offrir quelque chose qui vienne de chez moi, et qui demeure chez vous, ici. Il peut vivre plus de mille ans.

— Bien après nous.

Amisha passa le doigt sur la feuille qu'il avait touchée. Puis, elle chercha sur son visage la réponse qu'elle connaissait déjà. Alors qu'il demeurerait silencieux, elle ajouta :

— Vous m'avez fait un don merveilleux, et je vous suis redevable de m'avoir rapporté une telle splendeur.

— Vous ne me devez rien, mais si c'était le cas, vous m'auriez déjà remboursé avec votre cadeau.

Stephen tira à son tour sur les ficelles de l'emballage de son présent avant de le déchirer. Il contenait un livret. Amisha avait tracé à la perfection les lettres de son nom, tout en haut, et du sien, plus petit, en bas. Il la regarda, mais elle se contenta de lui sourire et de lui faire signe de l'ouvrir. À l'intérieur, écrit avec soin, une courte histoire en anglais. Sidéré, Stephen s'assit et lut à voix haute.

*Un jeune homme perd son frère. Inconsolable, il menace le ciel de tout ravager s'il ne peut pas le revoir une dernière fois. Comme il n'obtient aucune réponse, il se met à détruire tout ce qui est cher aux dieux.*

*— Assez ! crient les dieux. Pourquoi veux-tu lui parler ?*

*— Pour lui confier quelque chose que je n'ai pas eu le temps de lui dire.*

*Il veut lui avouer ce qu'il a dans le cœur. Toutes ces choses que son frère ignore, il en est certain.*

*— Tu as cinq minutes, décident-ils. Mais en échange, tu nous donnes ta voix. D'accord ?*

*Le jeune homme accepte avec précipitation. Quand son frère le rejoint, le jeune homme est sur le point de parler, mais son frère lève la main pour obtenir le silence.*

*— Je sais déjà, dit-il. Je sais que tu m'as aimé.*

*Il fait une pause et baisse la tête alors que l'émotion le submerge.*

*— J'ai toujours su que tu me respectais. Nos souvenirs communs feront toujours partie de toi.*

*Lorsque le jeune homme, sous le choc, regarde son frère, celui-ci explique :*

*— Au fond de mon cœur, je l'ai toujours su. Nous sommes frères. Nos cœurs battent à l'unisson.*

*En exprimant à voix haute ce que le jeune homme allait dire, le frère décédé s'assure qu'il conservera sa voix. Ils s'enlacent, se serrent fort l'un contre l'autre. Quand les dieux annoncent que le temps est écoulé, le frère décédé fond en larme au mot « adieu ». C'est maintenant le jeune homme qui lève la main pour l'arrêter.*

*— On ne se dit pas adieu, dit-il, à la grande surprise de son frère, qui se sentait effrayé et abandonné. Mais au revoir.*

*Même s'il avait perdu la voix pour toujours, le jeune homme avait donné à son frère la seule chose qu'il ne possédait pas : l'espoir.*

Tout en terminant de nettoyer la classe, Amisha n'arrêtait pas d'observer Stephen pour évaluer sa réaction. Quand il eut fini, il leva les yeux et soutint son regard.

— Comment avez-vous fait cela ?

Ce récit lui était venu en tête la nuit après que Stephen lui eut parlé de son frère. À l'approche des fêtes, Amisha avait décidé d'essayer d'en écrire le texte. Elle voulait que Stephen soit conscient que son frère n'ignorait pas à quel point il l'aimait. Ça lui avait pris des semaines pour rédiger cette histoire toute simple, mais elle n'avait pas baissé les bras. Elle avait travaillé durant la nuit, quand Deepak dormait. Même si elle savait qu'elle ne faisait rien de mal, elle s'était sentie coupable de passer du temps à s'occuper d'un cadeau destiné à un autre.

— Vous l'aimez ?

— Bien plus que vous ne pourriez l'imaginer, répondit Stephen d'une voix étranglée.

Amisha ressentit une légèreté inhabituelle. Craignant de dire quelque chose qui les mettrait dans l'embarras, elle se dirigea vers l'arbre.

— Ce n'est rien comparé à ça, lança-t-elle en berçant le pot. Je veux le planter. Est-ce que j'ai le droit ?

— Ici ? demanda-t-il, surpris.

Il essuya les larmes qui s'étaient accumulées au bord de ses paupières.

— Je pensais que vous le prendriez chez vous.

— Je ne peux pas.

Son regard plongea dans le sien. C'était la première fois qu'elle admettait que leur relation devait rester secrète. Elle vit dans ses yeux qu'il comprenait et détourna les siens, effrayée par ce que cela signifiait.

— Il fait partie de notre jardin, dit-elle avec une gaieté forcée.

Il lui prit le pot des mains et ensemble, ils s'y rendirent. Elle chercha l'emplacement idéal et repéra un coin, derrière le banc où ils s'asseyaient habituellement. Amisha se mit à creuser la terre avec ses mains, sans se soucier de la boue qui souillait son pantalon en coton. Elle voulait seulement offrir à son arbuste l'endroit parfait pour que ses racines prennent.

— Attendez, laissez-moi vous aider.

Stephen trouva une petite pelle et creusa, lui aussi. Quand le trou fut assez profond, il s'agenouilla et se tourna vers Amisha. Elle retira doucement la pousse du pot et la planta. Stephen reboucha le trou et tous deux tassèrent la terre à la main.

— Terminé, dit Amisha, satisfaite. Maintenant, l'arbre a une maison.

— Oui.

Stephen regarda la pousse, encore toute jeune.

— Dans longtemps, vous viendrez ici vous rappeler les moments que nous avons partagés.

***

— Amisha !

Stephen apparut à l'entrée de sa classe. Il s'adressa à elle d'un ton calme.

— Est-ce que vous pourriez venir dans mon bureau, s'il vous plaît ? Le père de Neema est là et souhaite nous parler.

Neema était absente depuis plus d'une semaine. Amisha était inquiète au point d'avertir Stephen, qui lui avait expliqué que ses parents n'avaient pas donné de nouvelles. Pressée d'en savoir plus, elle accompagna Stephen dans son bureau d'un pas rapide. Il l'introduisit dans la petite pièce avant d'entrer à son tour et de fermer la porte derrière lui.

— Voici Amisha, la présenta-t-il. Le professeur de Neema.

Le père joignit les mains pour la saluer :

— *Namaste.* Comme je l'ai annoncé au lieutenant, Neema est blessée. Elle a eu un accident.

— Est-ce qu'elle va bien ? demanda Amisha, soucieuse.

— Je voulais vous dire qu'elle ne viendra plus à l'école.

Il ne répondait pas à la question et se contenta de donner de l'argent à Stephen.

— Ça devrait couvrir les frais de scolarité pour ma fille jusqu'à la fin de l'année, lança-t-il avant de s'apprêter à partir, puis de se figer. Elle parlait souvent de votre cours, *shrimati.* Elle aimait ce que vous lui appreniez.

— J'ai des copies qui lui appartiennent, dont je voudrais discuter avec elle, dit Amisha au moment où il allait sortir pour de bon.

Elle sentit le regard appuyé de Stephen, mais son inquiétude l'emporta sur sa désapprobation.

— Est-ce que je pourrais passer pour lui souhaiter un bon rétablissement et lui rendre son travail ?

— Ce ne sera pas nécessaire, répondit immédiatement le père de Neema. Je lui transmettrai le message.

— Merci d'être venu, intervint Stephen, qui se tenait aux côtés d'Amisha. S'il vous plaît, n'hésitez pas si nous pouvons faire quoi que ce soit pour Neema.

Il raccompagna l'homme jusqu'à la porte. Quand il revint, Amisha faisait les cent pas dans son bureau. Il voulut parler, mais elle ne lui en laissa pas l'occasion.

— Je sais que vous êtes en colère contre moi, mais je devais essayer.

— Vous outrepassez vos fonctions.

Elle protesta, mais il l'interrompit.

— Nous devons être très vigilants à la manière dont nous nous comportons avec les familles des élèves.

Il se frotta la nuque, visiblement frustré.

— Le Raj ne peut pas forcer les Indiens à envoyer leurs enfants ici. Si les parents pensent que nous les utilisons pour nous immiscer dans leur vie, alors ils les retireront de l'école.

— Donc, ça s'arrête là.

Les propos de Stephen étaient sensés, mais Amisha était sur des charbons ardents.

— Je suis désolé, répondit-il avec sincérité. Nous ne pouvons rien faire.

— Impossible !

— Si, rétorqua Stephen. Je suis navré. Je sais à quel point vous teniez à elle.

# JAYA

# CHAPITRE 26

Quand j'avais seize ans, un de nos voisins, juste en bas de la rue, a eu un cancer. Lorsqu'il l'a appris, la maladie était déjà avancée et il avait peu de chance de s'en sortir. Le combat s'annonçait difficile. Son épouse et lui étaient jeunes et ils avaient trois enfants en bas âge : les petits avaient moins de cinq ans. Les habitants du quartier ont organisé un système de roulement pour leur apporter à manger. Mes parents connaissaient à peine cette famille, mais ma mère s'est portée volontaire et a cuisiné pour eux tous les quinze jours. Au bout de quelque temps, les gens se sont moins investis et sont retournés à leur quotidien. Ma mère est alors rentrée à la maison avec tout un tas de livres de cuisine américaine. Durant les mois qui ont suivi, chaque soir, elle testait de nouvelles recettes, bien différentes de ses habitudes. Avant de nous servir à manger, elle en apportait une part à la famille du malade. Elle ne laissait pas de mot indiquant que c'était de sa part. Elle ne parlait pas de ça, ni avec nous ni avec qui que ce soit.

L'homme s'est rétabli et le voisinage a été invité chez lui pour fêter la bonne nouvelle. Pendant la soirée, son épouse a porté un toast à l'inconnu qui leur avait préparé le dîner quotidiennement. Elle ignorait de qui il s'agissait et espérait que cette personne se désignerait. J'ai regardé ma mère, qui baissait la tête et contemplait le fond de son verre. Notre hôte a refait une tentative, mais seul le silence lui a répondu.

— Si quelqu'un connaît son identité, dites-lui, s'il vous plaît, à quel point je lui suis reconnaissante.

Quand nous sommes rentrés, Maman m'a souhaité bonne nuit.

— Je suis surprise que tu ne te sois pas désignée, ai-je lancé au moment où elle sortait de ma chambre. Avec tout ce que tu as fait... on t'aurait vraiment admirée.

À l'époque, j'avais l'impression qu'elle se souciait plus de cette famille que de moi. Elle avait appris à cuisiner des repas à leur goût et pris l'initiative de les leur apporter sans se faire remarquer. De mon point de vue – celui de la fille qui avait passé sa vie à attendre désespérément le moindre geste d'affection –, c'était du gâchis. Cette famille lui aurait certainement témoigné de la reconnaissance, et l'aurait remerciée avec gratitude.

— Moi, je ne compte pas, a-t-elle dit rapidement, secouant la tête et se tordant les mains. Ce qui avait de l'importance, c'était eux, et ce dont ils avaient besoin. Un point, c'est tout.

Elle est partie se coucher. Moi, je me suis demandé pourquoi il y avait eu cet éclair de peur sur son visage, quand elle avait envisagé que cette famille puisse connaître la vérité.

***

Ce matin, je me suis réveillée en pensant à Patrick. Quand nous avons commencé à sortir ensemble, nous nous disputions rarement. Et si nous n'étions pas d'accord, nous discutions. Jamais je ne lui aurais raccroché au nez. Mais ce temps-là est révolu. Je lève la main. Un rayon de soleil fait étinceler mon alliance. Lorsqu'il l'a passée à mon doigt, nous avons juré de nous aimer pour toujours. Je tourne la bague en or et la glisse avec lenteur sur mon annulaire, mais impossible de dépasser ma phalange. Je tire dessus ; elle est coincée. Soulagée, je la remets en place et saute du lit.

Une fois prête, je sors et suis la foule jusqu'à un marché en plein air. Des vendeurs ambulants, occupés à discuter avec des clients, bordent la rue de chaque côté. Je passe devant leurs charrettes, admirant et appréciant la valeur de toute cette marchandise, que ce soit des produits frais ou des livres. Je m'arrête devant une rangée de foulards.

— Je les fais moi-même, lance une jeune femme postée derrière sa charrette en bois.

Elle m'en présente un en soie. Sur le fond d'un rouge élégant s'entremêlent des motifs complexes de couleur vert clair. La bordure est bleu indigo. C'est le cadeau parfait pour Maman : elle le portera quand les soirées seront fraîches. Un châle de cette qualité coûterait plus de cent dollars, aux États-Unis.

— Cinq roupies.

Après lui en avoir acheté trois, je m'approche d'une autre charrette où un jeune garçon brandit des poivrons rouges et verts recouverts de terre.

— Tout frais ! Tu vois, pas de taches brunes !

Ses ongles longs sont noirs de terre, et je me demande s'il les a cueillis ce matin.

— Tu achètes ? Très bons.

— Oui, j'achète.

Ce soir, c'est moi qui cuisinerai pour Ravi. Je choisis aussi des tomates et des oignons bien mûrs. À peine ai-je payé que la vendeuse qui se tient juste à côté brandit un hochet.

— Pour bébé.

Elle doit approcher les quatre-vingt-dix ans. Elle m'adresse un sourire édenté.

— J'ai de jolis jouets.

Sa charrette est remplie de babioles en plastique bon marché et de cubes d'argile sur lesquels sont peintes en couleurs vives les lettres de l'alphabet indien.

— Non. Pas de bébé.

Je m'éloigne au moment où elle tente de me convaincre.

Les autres vendeurs me sollicitent tout autant, et chacun me montre sa marchandise. Incapable de résister, j'achète un sari pour Maman, une chemise en soie pour Papa ainsi que plusieurs bibelots. Avant, je n'aurais pas dépensé un centime pour une telle camelote et je me serais moquée si l'un de mes proches s'avisait de le faire. J'ai toujours répété qu'acheter bon marché, c'était jeter son argent par les fenêtres. Mais désormais, je pense à Neema, à ma grand-mère et à tous ceux qui essaient de survivre avec leurs propres moyens. Dans d'autres circonstances, j'aurais pu être à leur place.

Par habitude, je m'apprête à choisir une chemise pour Patrick, mais m'arrête net. La colère me gagne. Je me réprimande vertement, quand Rokie, sorti de nulle part, me saute dessus, me faisant presque tomber à la renverse.

— Soit tu n'aimes pas mes repas, soit tu vas me préparer à manger, dit Ravi, quelques pas derrière son chien.

— J'adore votre cuisine, mais c'est à moi de vous faire à dîner.

Oubliant mon mouvement d'humeur, je fais un câlin à Rokie qui me donne de grands coups de langue.

— J'ai fait les courses.

Je brandis fièrement mon panier plein à ras bord.

— Je vois ça, et pourtant, je suis presque aveugle !

Il passe en revue mes achats et me demande pour combien j'en ai eu. Quand je lui annonce la somme, il rit de bon cœur.

— Tu as mis le village à l'abri du besoin pour les six prochains mois.

— Ce sont des cadeaux pour mes proches.

Il me sourit.

— Tu as le même regard têtu que ta grand-mère, observe-t-il en s'appuyant lourdement sur sa canne. C'est bien d'avoir payé autant : rien n'est trop cher, quand on offre un cadeau qui vient du fond du cœur.

Nous dépassons les autres vendeurs, sortons du marché et je suis Ravi, qui fait un détour pour rentrer à la maison.

— Suis-moi, je vais te montrer où je vis. Tu pourras cuisiner pour moi, là-bas.

***

Les maisons deviennent plus petites et délabrées. Nous tournons dans une ruelle étroite d'à peine deux mètres de large. De la boue humide et des bouses de vaches bordent les voies. Les bouches d'égout, creusées sur les bas-côtés, sont obstruées par des épluchures de mangue et des bouts de pain. Une horde de chiens errants fouillent dans un tas d'ordures à la recherche de nourriture. Plus j'avance, plus je prends conscience du niveau de pauvreté ici. J'en avais entendu parler, mais c'est différent de le voir pour de vrai. Des enfants à moitié nus courent dans la rue. Leurs corps sont squelettiques. Leurs visages semblent vieux tant ils sont marqués par l'angoisse. Moi, quand j'étais petite, je n'avais pas à chercher de quoi manger ou un toit pour m'abriter. Ce que je considérais comme normal serait un luxe pour eux.

Ravi s'arrête devant une cabane, au milieu de ce taudis. Sa maison se trouve dans une longue rangée d'habitats agglutinés les uns aux autres. Le toit est cassé par endroits ; de l'eau brune s'écoule d'un coin et goutte dans la rue.

— Voici ma demeure.

D'un geste fier, il ouvre la porte usée.

— Bienvenue.

Je tressaille devant le sol en terre battue et les murs crasseux qui séparent deux petites pièces à vivre. Il y a aussi une cuisine : par terre, un poêle au kérosène et une casserole remplie de vaisselle sale.

— Ravi, c'est…

Je cherche les mots appropriés pour ne pas me montrer insultante, mais n'y parviens pas.

— Vous habitez ici ?

En comparaison, la maison dans laquelle j'ai grandi et mon appartement à New York sont de véritables palaces. Ça me fait de la peine pour lui, mais je ne manifeste rien, afin de ne pas l'offenser.

— Oui, et je te souhaite la bienvenue.

Il remplit une vieille tasse avec de l'eau provenant d'un seau et en verse dans la gamelle de Rokie. Nous le regardons tous les deux boire, puis se diriger vers sa couverture. Il s'étire avant de s'installer pour une petite sieste.

— Ça fait combien de temps que vous l'avez ?

— Dix ans. Je marchais dans le village. Il marchait dans la même direction. Depuis, nous ne nous sommes plus quittés.

La simplicité avec laquelle s'est forgé ce lien m'arrache un sourire. Ravi et son chien semblent tous deux satisfaits de leur humble demeure et pourtant, j'ai du mal à comprendre. Je n'ai jamais vraiment apprécié ce que je possédais. Et maintenant, en voyant comme Ravi est fier du peu qu'il a, j'ai honte. La déception déferle en moi : je n'ai jamais fait d'efforts pour être la meilleure version de moi-même.

— Pourquoi ne vivez-vous pas dans la maison de ma grand-mère ?

Une souris se précipite le long du mur fin avant de plonger dans un petit trou dans le coin de la pièce. Rokie se réveille, laisse échapper un aboiement féroce, puis se rendort.

— Elle appartient à ta famille. En plus, mes amis me manqueraient.

Il fait un geste en direction de l'endroit où la souris a disparu.

— Elles comptent sur moi pour les nourrir.

— Où est votre famille ? je demande, me souvenant qu'il a mentionné un petit-fils le jour de notre rencontre.

— Mon fils et sa femme vivent avec les leurs, pas loin d'ici.

Ravi ôte ses sandales et se frotte la plante des pieds.

— Je considère ma belle-fille comme ma propre fille, dit-il en se souriant à lui-même. Je suis heureux que le destin ait été si généreux avec moi. Elle veut que j'emménage avec eux pour qu'ils puissent prendre soin de moi. À chaque fois, je lui réponds : « Pas tout de suite, ma fille. Pas tout de suite. »

— Pourquoi ? je lui demande, perplexe. Ils s'occuperaient bien de vous.

— Oui, mais alors, qui s'occuperait de la maison et du jardin d'Amisha ? réplique-t-il doucement.

D'un geste, il désigne sa demeure.

— Je suis heureux, ici.

— Et votre femme ?

Les lieux manquent d'une touche féminine. Une lampe à huile est posée dans un coin. Sur le matelas, à même le sol, une couverture afghane en lambeaux… À côté du lit, soigneusement pliées, trois tenues semblables à celle que porte Ravi… J'ai du mal à me souvenir de tous les vêtements que j'ai jetés au fil des années. Je me suis toujours trouvé des excuses pour renouveler ma garde-robe : mes fringues étaient démodées ; il leur manquait un bouton ; elles avaient l'air usées… Ravi, lui, entretient minutieusement le peu qu'il possède.

— J'ai répandu ses cendres dans la rivière il y a des années.

Il enlève ses lunettes et passe une main sur son visage, comme pour effacer sa tristesse.

— Nous avons incinéré un fils avant cela. Il avait trois ans.

Il place ses paumes au-dessus de la lampe à huile pour les réchauffer. Le soleil est à son zénith et il tape fort et pourtant, je frissonne : signe d'inquiétude.

— Est-ce que vous allez bien ?

— Mon fils me dit qu'il n'y a pas assez de peau qui recouvre mes os.

Il souffle sur ses mains en riant.

— Ça m'amuse, mais quand je constate que j'ai froid en plein milieu d'une chaude journée, je dois bien admettre qu'il a sûrement raison.

— Avez-vous consulté un médecin ? je demande, inquiète.

J'ai l'impression de le connaître depuis toujours. C'est probablement dû à l'histoire qu'il me raconte, ou de tout ce temps que nous passons ensemble. En tout cas, je tiens à lui.

Il sourit, me faisant ainsi comprendre qu'il apprécie l'attention.

— J'ai fait une promesse à ta grand-mère. Aucune maladie ne peut me terrasser avant que je l'aie accomplie.

Il regarde au-dessus de moi et ses yeux se mettent à briller. Je me demande s'il s'imagine à nouveau qu'elle est là.

— Quand mon heure sera venue, une santé de fer ne me sera d'aucune aide.

Il secoue la tête et semble émerger de son trouble.

— Alors, ce soir, je vais savourer ton repas et il se pourrait même que je me resserve.

Je suis touchée.

— Je ne suis pas une bonne cuisinière.

— Je le dégusterai avec encore plus de plaisir, parce que ta grand-mère ne l'était pas non plus. Preuve que tu tiens bien d'elle.

Je rince les légumes dans une vieille passoire pendant que Ravi allume le petit réchaud. Puis, je les découpe et les jette dans la casserole. Ravi les relève avec des épices variées contenues dans des pots sur lesquels je ne vois aucune inscription.

— Qu'est-ce que c'est ?

Elles ressemblent à celles que ma mère a toujours utilisées.

— Des graines de moutarde.

Il ramasse une poignée de ces minuscules graines noires, puis, il pointe du doigt une poudre rouge.

— Et ça, c'est du piment. Quant à ça, dit-il en prenant de la poudre jaune. C'est du curcuma.

Il écrase une gousse d'ail et du gingembre, émince un oignon et mélange cela aux autres légumes dans la casserole. Le tout rissole. Satisfait, Ravi annonce :

— Ce sera bientôt prêt.

— Je suis heureuse que vous m'ayez laissée cuisiner pour vous, je lance d'un ton taquin.

Le parfum des épices embaume la pièce et me fait saliver. Avant, je ne réalisais pas l'importance d'un réfrigérateur ou de l'eau propre. Je sais que ce ne sera plus le cas, désormais.

— Ta mère ne t'a jamais appris à cuisiner ?

Quand j'étais petite, j'avais l'habitude de la regarder faire. Elle semblait plus épanouie que d'ordinaire lorsqu'elle s'absorbait dans l'élaboration d'un repas. Mais à chaque fois que je lui demandais si je pouvais l'aider, elle déclinait et m'envoyait m'occuper ailleurs.

— Non, elle aime être seule aux fourneaux, je réponds, songeant que cette passion a bien dû lui venir de quelque part. C'est une cuisinière exceptionnelle. Qui lui a appris ?

Ravi, en train de ranger l'un des petits pots, se fige.

— Sa belle-mère, dit-il doucement. Elle avait insisté.

— Par tradition ou…

J'espère qu'il va acquiescer, mais Ravi secoue la tête.

— Elle exigeait que Lena prépare le repas pour la famille, trois fois par jour.

— Elle a gardé cette habitude.

Je songe à tous ces petits plats parfaitement cuisinés et présentés. Moi qui pensais qu'elle était heureuse de les préparer, je suis tellement déçue… Mais je me contente de dire :

— Elle cuisine tous les jours.

— Et ton mari ? Est-ce qu'il cuisinait ?

— Non.

J'apprécie sa tentative pour changer de sujet.

— Mon mari… Mon ex-mari…

Je m'interromps. Je remue sur ma chaise, sentant un nœud se former dans mon estomac. C'est la première fois que je le qualifie ainsi. Je prends une longue inspiration et me pince l'arête du nez, tout en essayant de me souvenir de la question que m'a posée Ravi. Enfin, je réponds :

— En général on allait au restau.

— Vous êtes divorcés ? me demande gentiment Ravi, qui a observé ma réaction.

— Bientôt.

J'ai mal à la tête en pensant à ces dernières années.

— Nous avons dû faire face à beaucoup de coups durs pendant notre mariage.

Les ténèbres se mettent à tourbillonner autour de moi. Ça ne m'était pas arrivé depuis quelques jours, et j'avais espéré que c'était derrière moi.

— Tout ce que nous avons perdu… ça nous a submergés.

Je ferme les yeux, trop faible pour combattre.

— Jaya ?

Quand j'ouvre les paupières, Ravi se tient devant moi. Je comprends que j'ai eu un nouveau moment d'absence à l'inquiétude qui se lit sur son visage.

— Je suis désolée, je murmure.

Je déteste perdre le contrôle. Et ça se produit à chaque fois que je pense à Patrick ou aux bébés.

— J'ai été absente une minute.

Sous son regard anxieux, je tente de dissiper ses craintes.

— Je vous promets que je vais bien. Je crois que de temps en temps, mon cerveau a besoin d'une petite pause.

— Et venir en Inde ? demande Ravi avec douceur. Ça t'a aidée à oublier ?

— Peut-être. La lettre était une excuse parfaite.

Je me souviens de ce qu'il m'a dit à propos de mes oncles.

— Partir m'a semblé le mieux à faire.

— Parfois, c'est le plus sage.

Il me fait signe de m'asseoir par terre, en face de lui.

— Allez, mangeons le repas que tu as préparé.

# CHAPITRE 27

J'ai la sensation d'être une autochtone, alors que je longe des maisons aux façades en boue, quasiment collées les unes contre les autres. Dans la cour, des femmes essorent des vêtements qui viennent d'être lavés ; d'autres baignent dans des seaux leurs bébés qui hurlent. Les oiseaux chantent à l'unisson avec le craquement des charrettes à bœufs. Sous le soleil implacable, des hommes, presque tous torse nu, fouettent les animaux pour qu'ils accélèrent. Un chien errant m'aboie dessus, mais se désintéresse de moi quand un garçonnet laisse tomber un morceau d'écorce de mangue dégoulinant dans la rue pleine de bouses de vaches. J'observe tout ça, émerveillée que l'on puisse créer un foyer dans des conditions si difficiles. Ces enfants qui réussissent à survivre avec le peu qu'ils ont sont plus résilients que je ne le serai jamais.

Le Bureau des propriétés et des impôts est situé à un village du mien. Le drapeau indien flotte au sommet d'un grand poteau. Dans la cour principale, des gamins à moitié nus courent à travers les jets d'eau diffusés par un système d'arrosage qui semble futile, vu la rareté de la végétation aux alentours.

À l'intérieur, trois petits ventilateurs de table servent plus à soulever la paperasse sur les bureaux qu'à rafraîchir l'atmosphère. La pièce est étroite et on a du mal à se déplacer. Une affiche en noir et blanc de Mahatma Gandhi est accrochée au mur. Un homme et une femme en uniforme sont penchés sur leurs dossiers. Leur collègue, vêtu comme eux d'une chemise et d'un short marron, me demande si j'ai besoin d'aide.

— Je suis ici pour parler de la maison, du moulin et de l'école.

Je lui tends mon passeport.

— Je suis la petite-fille du défunt propriétaire.

Il saisit le dossier correspondant et le passe au crible.

— Vos oncles ont renoncé à leurs droits sur la maison et le moulin. Votre mère jouit donc seule des biens, annonce-t-il après avoir vérifié mon identité.

Il me donne les courriers de mes oncles, que je parcours rapidement. Il me tend ensuite une autre lettre.

— Nous avons reçu ceci la semaine dernière. Votre mère souhaite refuser son héritage.

— Quoi ?

Je lis les deux phrases, écrites de sa main, qui prouvent qu'il dit vrai. Elle demande au gouvernement de faire ce qu'ils veulent de ses biens.

— Nous allons les vendre au plus offrant, m'explique-t-il quand je lève la tête pour le regarder. C'est une bonne nouvelle. Le moulin pourra à nouveau produire du grain. Des entrepreneurs locaux loueront l'école. Votre grand-père avait toujours refusé.

Mon interlocuteur me tend des papiers : il s'agit des offres faites par les boîtes du coin. Je les saisis d'une main tremblante.

— Vous toucherez une belle somme, avec ça.

— Pourquoi mon grand-père n'a-t-il pas mis l'école en vente ? je demande, dans l'espoir qu'il puisse me fournir des réponses.

— Il disait que ce n'était pas à lui de le faire, rétorque-t-il, son incompréhension égalant visiblement la mienne. Elle était là, inutilisée depuis des années, mais à chaque fois qu'on lui faisait une offre, il refusait.

Je revois le jardin de ma grand-mère. Je pense à la façon dont elle s'est trouvée elle-même, en ces lieux splendides. La minoterie a assuré la subsistance de ma mère et de ma grand-mère. Et j'ai conscience que mon histoire est intimement liée à la leur, même si je la découvre à peine. D'un pouce, je caresse les lettres posées sur mes genoux. C'est comme si elles me brûlaient. J'ignore toujours ce qui est arrivé à ma mère ou ce qui les a poussés, ses frères et elle, à refuser leur héritage. Mais je sens de tout mon être que ces lieux sont aussi essentiels que les gens qui y ont vécu. Je ne sais pas exactement quoi faire de tout ça, mais ma décision est prise.

— Nous avons changé d'avis. Nous ne vendons pas. Ces biens resteront dans notre famille.

***

— Ravi ?

Je frappe à la porte et patiente. Je lui ai promis de repasser après être allée au Bureau des propriétés.

Un garçon, bien plus grand que moi, m'ouvre. Il est vêtu du même uniforme que celui des enfants du village : une chemise blanche, un short marron et des chaussettes mi-longues. Il a les yeux enfoncés et porte des lunettes à monture métallique.

— *Namaste.*

Tout en le saluant, je regarde par-dessus son épaule à l'intérieur de la maison.

— Est-ce que Ravi est là ?

— Tu es l'invitée de mon grand-père ? Celle qui vient d'Amérique ?

Quand j'acquiesce, son visage juvénile s'éclaire.

— Je suis Amit, son petit-fils.

Il maîtrise bien l'anglais et énonce chaque mot distinctement.

— Mon grand-père parle souvent de toi. Je suis heureux de te rencontrer.

— Tu vis à quelques villages d'ici, non ?

C'est lui, dont Ravi m'a parlé.

— Oui.

Il me fait signe d'entrer.

— Est-ce que je peux t'offrir de l'eau ou du jus de canne à sucre ? Je vais aller en acheter au marché.

— Non, ne t'embête pas.

Touchée par sa nervosité, je l'arrête en posant ma main sur la sienne.

— De l'eau, ce sera merveilleux. Merci.

Avec une louche, il remplit un verre d'eau bouillie.

— Tu rentres de l'école ?

— Oui. Je viens le plus souvent possible vérifier que *Dada* se porte bien.

*Dada*… Grand-père en indien. Il s'assied en tailleur sur le sol et me fait signe de prendre l'unique chaise pliante à disposition, mais je préfère l'imiter. Il semble surpris, mais ne commente pas.

— En quelle classe es-tu ? je demande en sirotant mon eau tiède.

— En huitième année, répond-il en rougissant. Ils m'ont fait sauter un niveau parce que j'ai eu de bons résultats aux examens.

Il tripote les franges du tapis sur lequel nous sommes installés.

— Est-ce que tu aimes l'Inde ?

— Oui, beaucoup.

Même si mon voyage ici a été une excuse pour fuir, j'en ai désormais appris pas mal sur les femmes de ma famille. Saisir chaque événement, chaque détail qui ont façonné leurs vies me permet de mieux comprendre la mienne. Un jour, j'ai interviewé un gourou New Age qui expliquait que les problèmes qu'avaient nos aïeuls peuvent se répercuter sur nous, sur deux, voire trois générations. Ce que l'on accomplit dans le présent peut aider à corriger les erreurs du passé. Il n'est pas question d'absolution, mais la connaissance de ces erreurs passées peut éviter de les répéter, encore et encore.

— Ton *Dada* Ravi est gentil avec moi.

— Une fois, il m'a dit qu'on oubliait beaucoup de choses, mais jamais quelqu'un qui s'est montré bon.

— Il est très intelligent, je réplique, certaine qu'il faisait allusion à ma grand-mère. Peut-être que tu tiens de lui ?

— J'en serais honoré.

Il utilise le pan de sa chemise pour nettoyer la paire de lunettes que Ravi garde chez lui.

— Tu as combien d'enfants ?

Même si cette question me fait mal, je n'en prends pas ombrage : elle est innocente. Partout dans le village, les femmes de mon âge ont trois ou quatre enfants, le plus jeune emmailloté et les autres, en âge de marcher, rassemblés auprès d'elles.

— Je n'ai pas la chance de ton *Dada* Ravi : je n'ai pas d'enfant aussi adorable que toi dans ma vie.

— C'est gentil.

Amit se lève après avoir jeté un œil à sa petite montre.

— Je dois y aller. Ma sœur… explique-t-il, embarrassé, dansant d'un pied sur l'autre. Elle a du mal à porter tous ses livres.

Je rince nos verres pendant qu'Amit rassemble ses affaires. Puis, je le regarde partir tout en me promettant de demander à Ravi de m'en dire plus sur son merveilleux petit-fils.

***

— J'ai décidé de conserver l'héritage, j'annonce, le combiné serré contre mon oreille.

— Je n'en veux pas, Jaya. Ça ne m'intéresse pas.

Je m'apprête à lui dire combien ça compte, au contraire, quand ma mère ajoute :

— Je refuse que ces biens te retiennent là-bas.

Soudain, tout s'éclaire. Elle a renoncé à ses droits pour que je rentre. Ne souhaitant pas me disputer avec elle, je change de sujet.

— Ta mère écrivait tout le temps.

La fiction ne m'a jamais attirée auparavant, mais maintenant, j'ai très envie de lire les histoires d'Amisha.

— Elle voulait à tout prix écrire en anglais. Elle enseignait dans une école britannique et en échange, un membre du Raj lui donnait des cours.

— Est-ce qu'elle était…

Maman s'interrompt. Je sens qu'elle se débat avec ce que je lui apprends et j'attends donc patiemment qu'elle se remette à parler.

— Elle était heureuse ?

Ravi a demandé la même chose.

— Je crois.

D'après ce que m'a dit Ravi, ses enfants étaient son plus grand bonheur. Même dans les moments les plus difficiles, elle ne perdait pas de vue ce qui était essentiel.

— Elle était forte. Tu aurais été fière d'elle.

Maman prend une longue inspiration, mais demeure silencieuse. Je continue donc à lui parler de cette mère qu'elle n'a jamais connue.

— Elle avait un jardin magnifique, rempli d'une multitude de fleurs. Il y a aussi un hêtre d'Angleterre. Elle y a passé un temps fou, quand elle apprenait l'anglais.

— Pourquoi est-ce qu'il te raconte sa vie ? murmure-t-elle. Pourquoi te dire tout ça ?

— Je pense que c'est en lien avec ce que ton père souhaitait te donner… Tu ne veux toujours pas en savoir plus ?

— Rien ne pourra changer ce qui s'est produit.

Quelque chose dans l'intonation de sa voix attire mon attention.

— De quoi parles-tu, Maman ?

Oui, dans son timbre, il y a quelque chose de brisé, un écho désespéré dont j'ignore l'origine.

— Maman ?

— S'il te plaît, rentre à la maison.

Au son de ses pleurs, je retiens mes larmes.

— Il y a certaines choses que je ne t'ai jamais avouées.

— Alors, fais-le maintenant, je t'en supplie.

Autour de moi, les bruits du café s'estompent jusqu'à être engloutis par mon trouble.

— Qu'est-ce que tu caches ?

— Jaya, certains secrets ne doivent pas être révélés, dit-elle calmement.

Sans pouvoir m'en empêcher, je pense à Patrick. Nous étions comme un livre ouvert l'un pour l'autre, jusqu'à ce que nous essayions d'avoir un enfant. Alors, j'ai préféré m'écouter, moi. Je ne prêtais pas attention à Patrick ou aux conseils des médecins. J'étais certaine de connaître toutes les étapes nécessaires, le chemin à emprunter pour atteindre notre but. Je n'écoutais pas Patrick parce que je n'en avais pas envie. Lorsque notre mariage a pris fin et qu'il s'est tourné vers Stacey, j'étais persuadée que c'était lui, le fautif. Quand je pense à tout ce que je lui ai dissimulé : mes craintes, mes blessures et ce vide en moi qui prenait le pas sur tout le monde, sur tout le reste… À l'époque, ça me semblait plus prudent de ne pas m'ouvrir à lui. Comment aurais-je pu lui expliquer mon désir désespéré d'avoir un enfant et mon sentiment d'échec alors que je parvenais à peine à les comprendre ?

— Non, Maman, dis-je, me surprenant moi-même. C'est faux. Tes peurs te soufflent ce que tu as envie d'entendre, mais elles te font plus de mal qu'autre chose.

— C'est pour ça que tu es en Inde, Jaya ? demande-t-elle avec douceur. Pour affronter tes peurs ? Ou pour les fuir ?

Derrière la brusquerie du propos, je tente de déceler son désir désespéré que je rentre.

— Je les fuis.

Elle hoquette : mon aveu nous a toutes les deux surprises. J'ai envie de lui dire que grâce à l'histoire que me raconte Ravi, je me sens mieux. Que chaque jour n'est plus un fardeau à porter. Que parfois, quand je suis plongée dans ce récit, j'oublie la souffrance qui a élu domicile en moi.

— Je ne savais pas quoi faire. Patrick et moi, on a rompu, et j'avais l'impression que je n'avais plus rien à quoi me raccrocher.

— Il nous a passé un coup de fil pour prendre de tes nouvelles, annonce-t-elle avec douceur.

Pas de place pour un quelconque espoir : ma logique l'écrase. Patrick a emménagé avec Stacey. Mon cœur et mon esprit devront bien l'accepter. Mon alliance, que je ne parviens toujours pas à enlever, pèse lourdement à mon doigt.

— Il m'a appelée ici, aussi.

Je ne lui dis pas que c'était probablement pour régler les choses une bonne fois pour toutes. Que Stacey doit le pousser à le faire pour qu'ils se sentent libres de s'épanouir dans leur relation.

— Nous passons tous les deux à autre chose.

Je mens. C'était mon premier amour, et c'est difficile d'accepter que nous ne serons plus jamais ensemble.

— Alors pourquoi y a-t-il de la souffrance dans ta voix ? demande-t-elle.

— Je n'ai pas le choix, Maman.

Je me tais. Un silence.

— J'ai lu tes articles, dit-elle, changeant de sujet, à ma grande surprise. Ils sont très bons.

Même si elle a désapprouvé mon orientation professionnelle, Maman a toujours lu tous mes textes. Une bizarrerie que je n'ai jamais comprise.

— Pourquoi voulais-tu que je sois médecin ?

Je ne lui ai jamais demandé avant, mais maintenant, en en apprenant plus sur ma grand-mère, la question est devenue essentielle.

— Parce que ton père l'est, explique-t-elle, comme si ça suffisait. Il est heureux, il réussit et je souhaitais la même chose pour toi.

C'est si évident. Si j'essaie de me mettre à sa place – et c'est bien la première fois –, je vois une mère qui n'envisage que le meilleur pour son enfant.

— J'aime mon métier, Maman, je dis posément. Je suis faite pour ça.

— Alors, je suis comblée.

— Maman ?

Je prends le temps de choisir mes mots avec attention.

— Quoi que j'apprenne, je veux que tu saches que je t'aime. Je t'ai toujours aimée.

Elle pleure, puis m'avoue avec tendresse qu'elle m'aime aussi. Quelques secondes plus tard, j'entends le signal de tonalité. Tout en raccrochant, je m'interroge : et si la clef pour me comprendre moi-même était de la comprendre, elle ? Pendant des heures, je reste assise à y songer. Quand le café se vide et que le barista annonce qu'il ferme, je retourne chez Ravi.

# AMISHA

# CHAPITRE 28

Le jour de la *Holi*, Amisha se leva tôt. Cette fête des couleurs, très ancienne, célébrait l'arrivée du printemps : partout dans le pays, les champs étaient en fleurs et on avait bon espoir que les récoltes seraient fructueuses. Cette fête rassemblait tout le monde, quels que soient la caste et le sexe : tout n'était que couleurs et réjouissances. Les disciples de Krishna lui faisaient honneur en imitant son attitude enjouée. D'après la légende, lorsqu'il était enfant, il taquinait sans relâche les *gopîs*, épouses et filles des bergers.

Amisha avait brossé ses cheveux jusqu'à ce qu'ils brillent, même si elle savait qu'ils seraient rapidement recouverts de pigments colorés. Elle jeta un œil à la petite horloge que Deepak avait rapportée de son dernier séjour en ville. C'était une folie, mais il avait insisté pour qu'ils en aient une.

— Il se fait tard.

Amisha se regarda une dernière fois dans le modeste miroir accroché au mur avant de se précipiter hors de la pièce. Elle irait d'abord au feu de joie en famille, puis, tous ensemble, ils déambuleraient dans les rues bondées en s'aspergeant les uns les autres d'eau colorée et de poudre.

— Est-ce que vous êtes prêts ?

C'était la tradition : sous les yeux des villageois, les enfants grimpaient sur les terrasses à toit ouvert que l'on aménageait pour dormir, afin de lancer de la poudre colorée sur les gens. Les jets lumineux fusaient comme des arcs-en-ciel dans les nuées. Tous riaient d'en avoir plein les cheveux et les vêtements. Pendant *Holi*, on mettait de côté tous ses soucis et ses préjugés : on aspergeait tout le monde sans exception.

— Vous êtes parfaits, comme d'habitude.

Amisha serra fort contre elle ses aînés avant de lisser les plis de leurs habits. Puis, les garçons enfilèrent leurs sandales posées devant la porte d'entrée. Ils portaient une longue chemise ivoire et un pantalon ajusté assorti.

— Mes amis sont déjà en train de s'amuser, Maman, dit Jay qui pointait du doigt un groupe d'enfants qui attendait devant la maison, alors que Samir se glissait dehors avec un rapide salut de la main. Je ne veux pas avoir l'air parfait.

Se dérobant aux soins d'Amisha qui ajustait sa tenue, il se mit à trépigner.

— Je veux jouer !

— Alors, vas-y !

Au moment où il s'écartait, Amisha le ramena doucement contre elle.

— Mais je ne passerai pas un bon moment si mon benjamin préféré ne me fait pas un câlin.

Elle le serra contre elle, même si elle le sentait résister, mais quand elle enroula ses bras autour de lui, il céda et embrassa son épaule.

— Merci.

Dans l'embrasure de la porte, elle regarda avec plaisir ses deux garçons rejoindre leurs amis. Deepak sortit de la cuisine, un verre de babeurre à la main. Il était vêtu comme Jay et Samir.

— Ils sont partis ?

— Oui.

Il était arrivé la nuit dernière, par le train. Jay et Paresh s'étaient jetés sur lui ; Samir lui avait solennellement serré la main.

— Ils sont heureux que leur père soit présent pour *Holi*.

Amisha, quant à elle, n'était guère affectée par ses absences. Grâce au soutien de Ravi et Bina, elle s'occupait sans problème de la maison et des enfants. Quand Deepak était là, il passait toujours la plupart de son temps au travail ou avec les hommes du village. Leurs tête-à-tête étaient brefs et rares.

— Je vais les rejoindre en ville.

Deepak posa son verre et sembla se souvenir de quelque chose.

— Vikram a invité le lieutenant à venir célébrer *Holi*. Il me l'a dit hier soir.

Stephen l'avait déjà annoncé à Amisha, qui ne s'en était pas ouvert à son époux. Elle avait essayé de lui parler de ses moments partagés avec Stephen, mais Deepak avait tourné cela en ridicule : qu'est-ce qu'un soldat britannique et une femme indienne pouvaient bien avoir à se dire ? Après cela, elle n'avait plus jamais évoqué leurs conversations dans le jardin ou leurs tête-à-tête.

Elle n'avait pas confié à Deepak à quel point discuter avec Stephen était naturel. Elle ne lui avait pas confié que lorsqu'ils n'étaient pas ensemble, elle songeait à ce qu'elle lui raconterait au moment où elle le reverrait. Elle ne pouvait pas lui avouer qu'elle était heureuse que Stephen découvre les couleurs de *Holi* et leurs significations. Elle cachait sa hâte de lire l'excitation dans les yeux de Stephen face à ce spectacle. Elle était certaine qu'il apprécierait la fête autant qu'elle, et elle mourait d'envie d'être près de lui quand il vivrait cette expérience… et de célébrer *Holi* avec cet homme dont l'amitié ne lui aurait jamais paru possible auparavant.

Elle avait tellement envie de lui faire découvrir ce moment spécial, à la fin de la nuit, quand il n'y a plus d'eau colorée et que les bras sont lourds, quand tout le monde se rejoint pour partager un dernier repas. Les brahmanes rient pendant que les jains et les castes supérieures distribuent la nourriture. Le temps d'une nuit, les gens ne sont pas divisés par la hiérarchie sociale. C'est ce qui réjouissait le plus Amisha. C'était pour toutes ces raisons, tentait-elle de se convaincre, qu'elle était si heureuse que Stephen soit présent. Mais à chaque fois qu'elle énumérait ce qu'elle voulait lui montrer, elle se rappelait qu'elle n'en aurait pas le droit. Elle violait toutes les règles de sa société et de sa culture rien qu'en y songeant.

Postée sur le perron, elle regarda son mari s'éloigner pour retrouver ses fils en ville. En pensant à Stephen, elle trahissait Deepak et les vœux qu'elle avait faits devant Dieu et sa famille. La tête basse, elle attendit le dernier moment pour se joindre à la fête.

Les hommes discutaient entre eux et Amisha, au milieu des femmes, observait Stephen. Il tapa dans le dos d'un homme tout en riant à ce qu'il venait de lui dire. Même s'il était intégré au groupe de Deepak, Amisha pouvait jurer que, de manière subtile, il gardait ses distances. Il ne le faisait jamais quand ils étaient tous les deux.

Les amis de Deepak étaient parfaitement éduqués par rapport au reste des villageois. Certains étaient commerçants, d'autres entrepreneurs : ils menaient tous leur propre barque avec succès et c'était leur dénominateur commun. Ils étaient à la tête du village, car ils gagnaient plus d'argent que quiconque. Sir Vikram, déposé par son chauffeur personnel, les rejoignit.

— Lieutenant, dit Vikram en serrant la main de Stephen. C'est aimable de votre part de participer à notre fête.

— Je suis heureux d'être ici, Vikram, répliqua Stephen. J'aurais regretté de rater une si belle occasion.

Les hommes continuèrent à discuter de leurs affaires et de l'économie locale. Amisha nota qu'ils évitaient tout sujet de discorde entre Britanniques et Indiens. Elle leur en fut reconnaissante. Son amie Sujata suivit son regard et repéra Stephen. Elle hoqueta et se tourna vers Amisha.

— Un membre du Raj, ici ?

— Oui.

Amisha quitta Stephen des yeux pour se focaliser sur Sujata.

— C'est le lieutenant qui travaille à l'école.

Elle ne parlait jamais de l'école, mais tout le monde dans son petit village était au courant qu'elle y allait.

— Il est là pour célébrer *Holi* avec nous.

Sujata fusilla Stephen du regard.

— Il n'est pas Indien. Il n'est pas à sa place, ici, lança-t-elle avec mépris. Les soldats doivent retourner d'où ils viennent.

— En Angleterre ? demanda Amisha d'une voix légère.

— L'Angleterre… le fléau de notre Terre.

— Ils ne sont pas tous pareils.

Amisha ressentait un profond désarroi que Stephen soit considéré ainsi, mais elle n'en laissa rien paraître. Elle se contenta de dire :

— Certains sont bienveillants.

— Tu passes tout ton temps à l'école alors tu les aimes, maintenant ? Quoi ? Tu as envie d'être comme eux ?

Sujata élevait la voix, attirant l'attention des autres femmes.

— Notre Amisha a envie de devenir britannique !

Amisha devait agir avec tact. Si elle se défendait, les femmes continueraient à la remettre en cause, mais si elle se taisait, elles la harcèleraient jusqu'à ce qu'elle parle. Elle regarda à nouveau Stephen, en grande conversation avec Deepak.

— Je souhaite autant que vous le départ des soldats.

Le mensonge lui était venu facilement, et elle espérait qu'il paraîtrait convaincant. Elle fit volte-face, de manière à se trouver dos aux hommes.

— Mais ils sont encore là. Alors peut-être qu'en apprenant d'eux, nous serons assez forts pour les vaincre ?

— C'est ce que tu fais, Amisha ? demanda Tara, l'une de ses amies proches. Tu apprends pour nous libérer du Raj ? *Bhai* Deepak a été trop souvent absent…

Tara appelait Deepak « bhai » – frère – comme c'était l'usage.

— … Amisha a trop de temps libre : ça lui fait perdre la tête.

Elle enroula son bras autour de ses épaules et l'étreignit brièvement.

Ces femmes étaient les plus vieilles amies d'Amisha. Beaucoup d'entre elles avaient été mariées au même moment et au fil du temps, elles étaient devenues proches. Malgré cela, elles ne comprenaient pas l'intérêt d'Amisha pour l'écriture. Cette dernière rit en chœur avec le groupe, soulagée que la tension se soit évanouie.

— Heureusement que je suis à l'école : je n'ai pas à vous supporter toute la journée, mesdames !

Les femmes passèrent à autre chose et se dirigèrent vers le buffet. Chaque famille apportait une entrée que l'on se partageait. Les femmes servirent les enfants. *Holi* s'étalait souvent sur deux nuits, mais la première était le point culminant de la fête.

Amisha chercha Stephen des yeux et leurs regards se croisèrent. Le sien glissa sur la peinture rouge et bleue qui recouvrait son sari, puis sur le jaune qui striait ses cheveux. Il avança d'un pas dans sa direction avant de sembler se rappeler à l'ordre. Le regret étrangla Amisha. Il lui adressa un léger signe de la main. Elle s'apprêtait à lui répondre au moment où elle aperçut Deepak. Elle se souvint de sa place et cette fois, le regret la submergea. Tête baissée, elle ne salua pas Stephen en retour. Lorsque l'une des femmes lui demanda de l'aide, Amisha se détourna rapidement. Elle était en train de découvrir les plats quand elle entendit Deepak dire à Stephen :

— Ma femme est très heureuse de fréquenter votre école.

— Nous sommes ravis qu'elle soit avec nous, murmura Stephen.

À la tension contenue dans sa voix, Amisha comprit qu'il s'inquiétait de la manière dont elle avait réagi.

— C'est un atout pour l'établissement.

— Vous êtes charitable.

Le rire de Deepak était naturel et enjoué, comme s'ils étaient amis, et pourtant, ils venaient juste de faire connaissance.

— J'ai du mal à imaginer ma femme dans une école anglaise.

Déçue par les propos de Deepak, Amisha tendit l'oreille pour capter la réponse de Stephen. Mais le bruit de la vaisselle était trop fort. Les hommes ne tardèrent pas à les rejoindre au buffet. Stephen se trouvait en bout, observant les uns et les autres. Amisha prit sa place derrière la table et remplit les assiettes. Soudain honteuse, elle se concentra sur sa tâche et se mit en devoir de servir tout le monde. Elle était à mille lieues de l'image que Stephen se faisait d'elle : celle qui demandait à apprendre encore, même quand le cours était terminé. Celle qui lui enseignait l'art de la danse et le menaçait de le faire tomber du banc quand il la taquinait. Celle que Stephen connaissait n'avait pas de limites. Elle évoluait librement dans l'univers créé par son esprit imaginatif. Après que tout le monde eut été servi et que les femmes aient commencé à manger, Stephen s'approcha d'elle.

— Tout va bien ? demanda-t-il avec douceur, tout en conservant une distance raisonnable afin de ne pas attirer l'attention.

— Oui, murmura-t-elle.

Son regard se dirigea vers Deepak et Stephen l'imita. Dans ses yeux, Amisha lut la compréhension et la confusion.

— Je suis désolé. Je n'aurais pas dû me mêler à cette fête familiale. Je devrais partir.

— Je suis heureuse que vous soyez là, avoua-t-elle d'un ton précipité, avant de s'interrompre un instant. C'est juste que je n'ai pas le droit de ressentir cela.

Voilà comment il devait la voir : une femme soumise, encline à faire ce que l'on attend d'elle. Il devait regretter d'avoir perdu son temps à lui apprendre l'anglais. Elle avait mal au cœur et elle remplit rapidement son assiette de noix, de raisins secs et d'une part de dessert au blé, à la cassonade et au beurre.

— *Prasad* ? proposa-t-elle en désignant les mets.

Stephen hésita, et elle lui tendit son assiette.

— C'est moi qui l'ai fait, mais c'est mangeable.

Alors qu'il saisissait son assiette, ses doigts effleurèrent les siens en dessous. Ils s'entremêlèrent. Il sembla troublé. Désorienté.

— Je suis heureux d'être venu aujourd'hui, chuchota-t-il pour qu'on ne puisse pas l'entendre. Vous voir heureuse auprès des vôtres me rappelle à quel point je suis chanceux que vous soyez mon amie.

— Tout comme je suis chanceuse que vous soyez mon ami.

Amisha reprit son souffle, reconnaissante qu'il définisse leur relation et en fixe les limites. Elle soupira de soulagement et le regarda avec joie dévorer son *prasad*, jusqu'à ce que son assiette soit vide.

# CHAPITRE 29

Amisha se trouvait dans sa classe quand on ouvrit la porte. Elle leva les yeux et aperçut Neema dans l'embrasure, le visage couvert par le pan de son sari. Sous l'étoffe, elle portait un chemisier à manches longues et une jupe qui descendait jusqu'aux chevilles.

— Neema !

Amisha se précipita vers elle, à deux doigts de la prendre dans ses bras.

— Ça fait des mois que je ne t'ai pas vue, *beti* !

Elle pressa doucement sa main.

— Comment vas-tu ?

Neema grimaça avant de se soustraire à son contact.

— Bien.

Sa voix était sonore, mais elle manquait de cette conviction qu'elle possédait quand elle s'exprimait en cours.

— Mon père m'a dit que vous aviez pris de mes nouvelles, lança-t-elle en se détournant, dissimulant ainsi son visage. Je l'ai supplié de me laisser venir.

— *Beti* ? répondit Amisha en fermant délicatement la porte. Qu'est-ce qui s'est passé ?

Neema secoua la tête. L'instinct maternel d'Amisha s'imposa. Elle repoussa tendrement le pan du sari de son ancienne élève. Le choc fut violent, mais elle se maîtrisa. Le côté droit du visage de la jeune fille était fripé et brun foncé : entièrement brûlé. Elle prit en coupe d'une main tremblante la joue de Neema.

— Ce n'est pas grave, dit cette dernière qui s'écarta, forçant ainsi Amisha à la libérer.

Elle enroula ses bras autour de sa taille. Elle était brisée et vaincue : tout en elle le criait.

— C'est important pour moi, rétorqua Amisha qui souffrait pour cette pauvre enfant. Parle-moi.

Les pleurs dévalèrent les joues de Neema. Amisha passa son bras autour de ses épaules en signe d'encouragement. Doucement, entre deux sanglots désespérés, la jeune fille prit la parole :

— Avant de prier, nous allumons un feu : un *agni*.

Le pan de son sari découvrait légèrement ses épaules, révélant les brûlures qui s'y trouvaient, ainsi que sur son cou. Tout en retenant ses pleurs, Amisha l'écoutait avec attention.

— L'Agni est la divinité qui représente toutes les autres divinités. C'est le messager des dieux. Quand le feu est vif, il devient notre lien avec les dieux suprêmes.

C'était pour cela que l'on allumait des *diyas* avant de prier et que dans les temples, il y en avait des dizaines qui brûlaient en permanence. C'était aussi la raison pour laquelle on incinérait les morts. Le feu était une porte vers l'au-delà.

— Le feu était censé être mon pont. Mon échappatoire.

De grosses larmes inondaient les joues de Neema. Amisha en eut le souffle coupé. Encore une fois, elle dut se retenir de pleurer et la serra contre elle.

— Tu t'es jetée dans le brasier ? murmura-t-elle.

— Je n'avais pas le choix.

Neema arracha les boutons de ses manches pour dévoiler ses avant-bras. Ils étaient encore plus touchés que son visage. La peau était d'un noir d'encre et les craquelures s'étendaient au-delà de ses coudes, jusqu'aux épaules. Il en était de même pour son ventre.

— Maintenant, j'ai encore moins de valeur qu'avant.

Neema essuya ses pleurs. Peine perdue. Elle reprit la parole en se couvrant le visage alors qu'elle fondait en larmes.

— Il ne veut plus de moi. Mon fiancé ne me trouve plus digne de lui.

Amisha étreignit son jeune corps secoué de sanglots, alors que les minutes semblaient des heures. C'était tout ce qu'Amisha pouvait faire pour elle. Leur silence comblait le vide. Enfin, Neema se ressaisit, recula et lutta pour reboutonner ses manches.

— Neema.

Amisha avait tellement de peine pour cette adolescente, dont la vie avait changé à tout jamais.

— *Beti…*

— Quand j'ai pris feu, la souffrance était atroce, conclut Neema, d'une voix pleine d'abnégation. Mon âme a combattu la mort. Mon cerveau a supplié que je crie à l'aide. C'est comme ça qu'ils m'ont trouvée. Parce que j'implorais qu'on me sauve.

Elle ouvrit la porte et observa le couloir vide.

— Maintenant, chaque jour, mon cœur se demande pourquoi.

***

Amisha marchait en silence aux côtés de Stephen dans le jardin désert. Elle ne réalisait pas que le soleil tapait fort. Stephen se tenait devant la porte de son bureau quand Neema avait quitté sa classe. Sans un mot, il avait patienté pendant qu'Amisha installait la jeune fille dans un *rickshaw.*

— Est-ce que nous pouvons nous promener ? avait ensuite soufflé Amisha.

Il avait immédiatement accepté et l'avait suivie à l'extérieur.

— Qu'est-ce qui s'est passé ? demanda-t-il, maintenant qu'ils étaient seuls.

— Elle s'est immolée.

Sa voix se brisa et les larmes qu'elle n'avait pas versées devant Neema coulèrent sur ses joues.

— Elle voulait mourir.

— Mon Dieu... souffla-t-il d'un ton triste et résigné.

— Elle criait à l'aide.

Amisha ramassa un petit caillou et visa le tronc d'un arbre.

— Et maintenant, elle est vivante, mais détruite.

Saisie de colère, elle prit un autre caillou et le lança à nouveau.

— Elle voulait échapper à son destin. La mort lui semblait être la seule solution.

Elle enroula ses bras autour de sa taille.

— La rédaction... Je leur avais demandé de faire un choix.

— Amisha, vous n'êtes pas responsable.

Stephen tendit la main vers elle, mais crispa le poing et laissa retomber son bras sans la toucher.

— Ce n'est pas de votre faute.

— C'est pourtant bien la faute de quelqu'un, le contra Amisha. Alors de qui ?

Quand Stephen resta silencieux, elle ajouta :

— J'aurais pu faire quelque chose pour l'en empêcher.

Sa culpabilité et sa tristesse lui pesaient tellement…

— J'aurais dû faire quelque chose.

— Quoi ?

Il posa la main sur son épaule et la pressa. Amisha se raidit avant de se détendre à son contact.

— Rien ni personne n'aurait pu la sauver, dit-il, visiblement frustré. Si vous vous en étiez mêlée, il y aurait eu des conséquences.

Amisha savait qu'elle était privilégiée d'enseigner ici et elle avait tout de suite compris qu'elle devait agir avec prudence et ne jamais franchir certaines limites avec les élèves afin d'éviter que Stephen n'ait à s'interposer. Mais à cet instant, tout ça lui semblait être des excuses et elle avait honte de ne pas avoir insisté.

— Sa rédaction était un appel au secours, avoua-t-elle. Et je n'y ai pas répondu.

— Les parents de Neema ne vous auraient pas laissé intervenir, répliqua Stephen.

L'acte de Neema n'était pas un cas inédit. Dans ce monde, chacun, à sa manière, devait trouver son chemin et y avancer. Quand le chemin était cahoteux, on pouvait très bien finir par y marcher seul, abandonné de ceux qui pensaient nous connaître par cœur.

— J'aurais pu lui proposer des solutions.

— Y en avait-il ? interrogea Stephen en ramassant la pierre lancée par Amisha. Quand j'étais petit, je passais des heures à me battre avec une épée et un bouclier. Mon père m'a demandé pourquoi. Je lui ai dit : « Je me prépare à battre les méchants. » Il m'a alors expliqué que parfois, les batailles les plus difficiles sont celles que nous menons contre nous-mêmes.

— Qu'est-ce que ça signifiait ?

Stephen prit le temps d'y réfléchir avant de répondre :

— Tout le monde mène ses propres combats. Si être ici m'a appris quelque chose, c'est bien qu'on ne sait pas toujours qui sont nos ennemis. Mais avec un peu de chance, peu importe l'adversaire, on peut lutter avec dignité.

Stephen lui tendit la pierre.

— Neema était désespérée. Je pense qu'elle s'est battue du mieux qu'elle le pouvait.

# CHAPITRE 30

— Je t'en prie, dis-moi pourquoi.

Ravi n'avait jamais demandé de congé, et maintenant, il réclamait une semaine entière !

— Est-ce que tu es malade ?

Avant qu'il puisse répondre, Amisha se pencha par-dessus le linge qu'ils étaient occupés à plier et posa son index sur son front.

— Tu n'as pas de fièvre, constata-t-elle.

— Peut-être que finalement, c'est une bonne chose que tu ne sois pas autorisée à aller à l'université.

Il repoussa sa main. Puis, il tendit une pile de serviettes à Bina pour qu'elle la range dans le placard.

— Si tu avais décidé de devenir médecin, je crois que tes patients n'auraient pas survécu une journée à tes soins.

— Tu râles à chaque fois que je te touche, alors je n'ose pas poser ma paume sur ton front.

— Si les voisins te voyaient avoir un contact avec un intouchable, je pense qu'on me tuerait dans mon sommeil. Je serais bon pour mourir prématurément. Et s'ils savaient que les repas et les friandises que tu leur sers sont préparés par un intouchable, tu subirais le même sort.

— Grâce à toi, Ravi, *shrimati* passe pour la meilleure cuisinière du village, intervint Bina.

— Quand je serai à l'agonie, je révélerai mon secret à mes amis, promit Amisha.

— Alors tu devrais prier pour devenir sourde avant ta mort, parce que leurs hurlements de fureur seront tonitruants.

— Ta tentative pour changer de sujet n'est pas passée inaperçue. D'ailleurs, puis-je me permettre de te dire que c'était bien joué ? lança Amisha en souriant. Mais maintenant, réponds-moi : pourquoi veux-tu des jours de congé ?

— J'ai besoin de repos, se déroba Ravi. Tout ce travail m'a épuisé.

— Mentir n'est pas ton fort, répliqua Amisha, qui ne l'avait jamais vu dissimuler la vérité. Mais on raconte qu'à la longue, on progresse. Continue à t'entraîner, et je te dirai comment tu t'en sors.

— Une semaine… soupira Ravi. Est-ce vraiment si compliqué à obtenir ?

— Nous tournons en rond et c'est moi qui suis fatiguée, maintenant.

Elle s'empara d'un paquet de poivrons rouges et les étala sur une assiette pour les faire sécher afin de pouvoir les broyer plus tard pour en faire des flocons.

— S'il te plaît, dis-moi la vérité, qu'on puisse passer à autre chose.

— Il se marie, intervint Bina, avant de lâcher un petit cri de douleur au moment où Ravi la frappait avec une serviette.

— Tu te maries ? demanda Amisha, les yeux illuminés par la joie. Vraiment ?

— Mes parents ont insisté, bredouilla Ravi. Grâce à toi, nous avons la chance d'avoir un revenu. Ils veulent des petits-enfants.

Ravi était tout le temps chez Amisha, à s'occuper de tout : pour le remercier de son dévouement, elle triplait son salaire. Ainsi, il avait pu acheter une maison pour ses parents, ses frères et lui-même. Avant, ils n'en avaient pas. C'était petit, mais ils en étaient on ne peut plus fiers.

— C'est merveilleux. Pourquoi est-ce que tu ne m'en as pas parlé ?

Amisha avait déjà des tonnes d'idées de cadeaux. Une fête en l'honneur des mariés et de la nourriture pour les brahmanes. Ils auraient aussi besoin de meubles. Il faudrait juste veiller à la jouer fine pour que Ravi accepte.

— Elle doit être très belle, dit-elle en donnant un coup de coude à Bina. Nous ne désirons que le meilleur pour notre magnifique Ravi. Pas vrai, Bina ?

Amisha aurait voulu le serrer dans ses bras pour lui montrer à quel point elle était heureuse pour lui. Mais c'était impossible : si un passant les voyait, leur vie changerait à tout jamais. Même quand ils étaient seuls, elle ne se le permettait pas. Alors, elle décida tout simplement de lui sourire et joignit les mains pour le remercier de cette bonne nouvelle.

— Je suis chanceux, dit Ravi, enchanté.

— C'est elle qui est bénie. Elle a obtenu le meilleur des hommes.

— J'ai demandé…

Ravi hésita, soudain embarrassé.

— J'ai demandé qu'elle ait ton cœur et ta générosité.

Amisha s'interrompit dans sa tâche et le regarda. Son pouls s'accéléra. Les paroles de Chara lui revinrent en tête, comme des échos du passé. *Sois judicieuse. Ton serviteur connaîtra tous tes secrets.* Le destin lui avait permis de trouver quelqu'un qui était devenu son meilleur ami et son confident.

— C'est moi qui suis privilégiée, dit Amisha, et il n'y avait plus une trace de taquinerie dans sa voix. T'avoir comme ami dans cette vie prouve que j'ai fait le bien dans la précédente. Peu de gens ont cette chance.

***

Cet après-midi-là, Sujata, Tara et d'autres femmes s'étaient réunies chez Amisha. Elles commentaient les potins du village. Amisha les écoutait sans participer à la conversation. Avec Ravi, elle avait préparé le *kachori* pour cette occasion. Cuisiner ces beignets farcis de lentilles *moong dhal* jaunes, de poivre noir, de poudre de chili rouge et de pâte de gingembre, les avait occupés une bonne partie de la nuit. Ravi avait prévu comme accompagnement un plat de *chivda* : un mélange de lentilles frites, de cacahuètes, d'épices et de nouilles de farine de pois chiches.

Les femmes avaient passé l'après-midi à parler shopping et particulièrement de la qualité de la soie. Elles étaient tombées d'accord : c'est en ville qu'il fallait se rendre pour s'en procurer.

Tara but une gorgée d'eau de coco.

— Amisha, c'est délicieux. Tu t'es surpassée.

— Merci.

Elle leur avait caché que Ravi l'avait aidée.

— C'est un plaisir pour moi de vous recevoir.

Elle s'apprêtait à ajouter quelque chose quand on frappa à la porte. Elle s'excusa auprès de ses amies et alla ouvrir. Neema se trouvait sur le perron. Stupéfaite, Amisha se hâta de la faire entrer. Des semaines s'étaient écoulées depuis leur dernière rencontre à l'école.

— Comment te portes-tu, *beti* ?

Neema prenait soin de cacher son visage avec son sari. Remarquant la présence des autres femmes, elle dit :

— Je suis désolée. Je ne voulais pas vous déranger. Je peux revenir plus tard.

— Nous partions, de toute façon intervinrent les amies d'Amisha qui se mirent à rassembler leurs affaires. Nous devons préparer à manger pour les enfants.

Alors qu'elles prenaient congé, Neema se déplaça sur le côté pour éviter les regards. Quand elles furent seules, elle sortit de son sac une pauvre enveloppe, faite main. D'une écriture parfaite, Neema y avait inscrit le nom d'Amisha. C'était une invitation au mariage de la jeune fille, qui aurait lieu durant le week-end.

— Je suis venue vous donner ceci.

— Tu te maries ? demanda Amisha, sous le choc.

Neema joignit ses mains, l'une brûlée, l'autre lisse et douce.

— J'ai joué avec le feu comme une enfant, murmura-t-elle. Maintenant, je dois en accepter les conséquences comme une adulte.

Elle s'apprêta à poursuivre, mais s'interrompit afin de ravaler sa salive à deux reprises. Puis elle s'expliqua :

— Ils m'ont trouvé un mari qui habite à trois villages d'ici. C'est une petite cérémonie et elle a lieu d'ici deux jours, mais j'espère que vous pourrez venir.

— Que fait-il dans la vie ?

Amisha était angoissée et ses paumes devinrent moites. Elle savait que le seul type d'homme prêt à épouser une femme défigurée était celui qui serait capable d'utiliser ses brûlures pour attirer la charité des autres. Elle avait donc peur de la réponse de Neema, mais y fit face.

— C'est un mendiant, annonça la jeune fille, confirmant ainsi ses craintes. Il a accepté de se marier avec moi en échange d'une petite dot et il m'entretiendra comme il le pourra.

— Viens travailler pour moi.

L'esprit d'Amisha bouillonnait d'idées. Elle refusait que Neema n'ait d'autre choix que de mendier.

— Tu pourrais vraiment venir ici.

— Non, rétorqua Neema qui clignait rapidement des paupières pour retenir ses larmes. Le jour de la rentrée, vous nous avez raconté l'histoire de l'homme et de l'oiseau.

Elle regarda le sol.

— Il n'y avait qu'un petit trou par où respirer. Nous devions imaginer la fin.

— Je me souviens.

Le cœur d'Amisha était douloureux : Neema avait le talent et le potentiel pour devenir une écrivaine accomplie et pourtant, elle serait mendiante.

— Pour moi, c'était évident : l'homme devait s'occuper de sa propre survie en priorité.

La plupart des enfants avaient pensé comme elle.

— Mais maintenant, je comprends qu'il était en tort. Il aurait dû bercer l'oiseau et lui offrir l'air frais.

— Et lui, alors ?

— Son destin était scellé le jour où il a décidé de construire sa maison. Si ça n'avait pas été le tremblement de terre, un autre événement aurait provoqué son effondrement. Quoi qu'il en soit, sa toute dernière action aurait été de sauver un oiseau innocent en subissant les conséquences de ses erreurs.

— Neema ?

Amisha tentait de comprendre le lien entre cette histoire et sa proposition.

— Votre offre est généreuse, mais je ne peux pas l'accepter, murmura l'adolescente. Si je travaillais ici, je resterais vivre chez mes parents et leur statut social en pâtirait parce que je suis défigurée. Je serais considérée comme un mauvais présage. Mon frère est jeune et il a la vie devant lui. Ce que j'ai fait ne doit pas gâcher son avenir.

Elle sécha ses larmes et adressa un pâle sourire à Amisha.

— Ce sera une bénédiction de ne plus être un fardeau pour mon père et ma mère.

Elle ouvrit la porte.

— J'espère que vous pourrez être présente.

***

Amisha se précipita à l'école. Quand elle arriva, Stephen l'attendait à l'entrée. Sans un mot, il la conduisit à son bureau.

— Comment vous sentez-vous ?

— Elle est mariée.

Elle était venue directement après la modeste cérémonie qui avait été célébrée chez les parents de Neema. Seuls la famille proche et le *pujari* qui présidait le mariage étaient présents.

— Je l'ai vue tourner sept fois autour du feu et partir avec lui.

Elle avait envie de fracasser un objet ou de frapper quelqu'un. Au lieu de ça, elle fit les cent pas dans le petit bureau.

— Personne n'a versé une larme. Ils l'ont simplement regardée partir, s'écria-t-elle.

— Vous ne pouviez rien y faire, dit Stephen avec douceur.

Il frotta sa nuque.

— Et vous, les Britanniques ?

Amisha lui fit face. Ils avaient déjà eu cette discussion, mais elle ne pouvait s'empêcher de la relancer. Tout ce qu'elle avait à l'esprit était la souffrance de Neema et elle était envahie par la peur en songeant à l'avenir de la jeune fille.

— Qu'est-ce que vous pouvez faire ?

— Amisha…

— Je sais. Ce n'est pas votre rôle de vous en mêler.

La petite pièce se referma sur elle. Elle manquait d'oxygène. Elle était si en colère qu'elle aurait voulu se battre à coups de poing.

— Mes élèves m'attendent.

— Peut-être que vous devriez prendre la journée. Vous souffrez.

Stephen s'interposait entre elle et la porte. Amisha voyait qu'il compatissait, mais ne pouvait réagir positivement.

— Ça va, ce n'est pas moi qui suis destinée à passer le reste de ma vie dans la rue.

Elle le dépassa et sortit, sentant son regard posé sur elle.

En classe, les élèves étaient déjà installés et l'attendaient patiemment.

— Excusez-moi pour le retard, lança-t-elle avant de lire à voix haute le sujet de rédaction du jour.

Mais elle ne cessait de penser à Neema. Elle ferma alors son carnet et observa les enfants.

— Aujourd'hui, nous allons faire quelque chose de différent.

Stephen se glissa dans la pièce par la porte du fond et resta debout contre le mur. Les élèves ne le remarquèrent pas. Quant à Amisha, elle l'ignora et développa l'idée qui lui était venue.

— Nous sommes une colonie gouvernée par un roi et une reine. Vous étudiez dans une école anglaise. Mais nous sommes indiens et nous avons beaucoup de coutumes et de mœurs bien à nous, expliqua-t-elle avant de jeter un œil à Stephen qui l'observait sans se départir de son calme. Votre amie, mon ancienne élève Neema, a été mariée ce matin.

Elle se maîtrisa, sachant qu'elle marchait sur des œufs. Laisser parler ses émotions forcerait Stephen à la censurer, mais ces enfants, devant elle, faisaient partie de l'avenir. C'était eux qui seraient capables de changer les choses. Ils pouvaient offrir une autre fin à l'histoire de Neema. Une option supplémentaire à ceux et celles qui envisageaient quelque chose de différent. Quelque chose déviant de ce qui avait été décidé pour eux.

— Est-ce qu'elle était heureuse ? demanda une fille dans le fond.

Amisha ferma les yeux. Peu d'entre eux, peut-être même aucun, n'étaient au courant de l'accident de Neema. Son frère n'en avait pas parlé à ses camarades et Neema était restée presque tout le temps confinée chez elle depuis.

— Elle a accepté ce mariage comme une étape de sa vie à franchir.

— Quel est le sujet du devoir ?

Un garçon installé devant, et qui visiblement s'ennuyait, se mit à griffonner sur sa feuille. Amisha y réfléchit un instant.

— Nous allons écrire à propos de la manière dont notre vieux pays pourrait changer si une femme était au pouvoir.

Au fond, Stephen se raidit. Ses yeux étaient braqués sur elle. Elle l'ignora, se concentrant sur un élève qui levait la main.

— Oui, Gita ?

— On doit faire comme si la reine était notre chef ?

— Non, pas la reine. Pas le Raj. Une femme qui est née et qui a grandi ici, avec nos codes sociaux et notre système de croyances. Vous devez imaginer qu'une Indienne défie les coutumes et les normes pour régner sur notre pays.

— Comme Gandhi ?

— Gandhi se bat pour l'indépendance. Je pense plutôt à une femme qui gouvernerait une Inde libre. Parlez-moi d'elle et de la façon dont elle nous dirigerait.

— En quoi c'est une histoire ? demanda l'un des élèves les plus âgés, apparemment perdu.

— Est-ce que ça te semble possible ? interrogea Amisha d'une voix plus dure qu'elle l'aurait voulu.

Personne ne répondit.

— Voilà pourquoi il s'agit bien d'une histoire. C'est de la fiction.

Stephen quitta la pièce aussi discrètement qu'il était entré. Amisha continua son cours, s'assurant que les enfants avaient bien compris le sujet avant de les mettre au travail.

Elle lut leurs rédactions après la classe. Elle était fière de constater que chacun d'entre eux avait fait de son mieux pour imaginer cette situation particulière. Leurs histoires, parfois comiques, étaient sincères. Elle les enferma dans une grande enveloppe. Elle la cachetait quand Stephen entra.

— Une dirigeante indienne ?

Il fourra les mains dans ses poches.

— J'étais surprise de vous voir ici.

— Je peux comprendre. Si j'avais su que vous inciteriez les élèves à la révolte, je serais revenu sur mon offre d'emploi.

— Une femme au pouvoir, ça vous effraie ?

Elle ne réalisa même pas qu'elle retenait sa respiration jusqu'à ce qu'il réponde et qu'elle soupire de soulagement.

— Non, dit-il en la regardant avec attention. Mais je m'inquiète quand l'une de mes enseignantes se prononce en faveur d'un gouverneur indien, devant ses élèves.

— Ce n'était pas le cas, rétorqua Amisha, frustrée. Je ne prenais pas position à propos de politique. C'est pour Neema.

Elle brandit l'enveloppe, d'une main tremblante de colère.

— Je voulais lui donner quelque chose pour qu'elle ne baisse pas les bras. Pour qu'elle garde espoir.

— Et vous pensiez que les histoires des enfants seraient un bon moyen ?

Il n'y avait aucun jugement dans sa voix, mais Amisha se sentit tout de même stupide ; toute petite.

— C'était une idée ridicule, lança-t-elle en jetant l'enveloppe sur son bureau.

— Non, pas du tout.

Il prit l'enveloppe et écrivit lui-même le nom de Neema dessus.

— J'enverrai un messager le lui livrer.

— Merci.

Amisha réalisa avec surprise qu'il se souciait d'elle. Il se pencha pour la regarder bien en face.

— Amisha, je suis désolé de ce qui lui est arrivé. Quoi que j'aie pu vous dire, je veux que vous le sachiez.

— Ce n'est pas juste.

Elle baissa la tête, au bord des larmes.

— Elle méritait mieux que ça.

Mais l'histoire de Neema n'était pas si différente de celle de beaucoup d'autres jeunes filles. Même si Amisha avait eu envie de la pousser, de l'encourager, Neema n'aurait pas pu faire grand-chose de son avenir.

— Je sais, dit Stephen avec douceur.

# CHAPITRE 31

Quelques jours s'étaient écoulés depuis le mariage de Neema, mais Amisha ne pouvait se sortir la jeune fille de l'esprit. Penser à elle la faisait souffrir. Elle avait passé des heures avec Stephen à discuter de tout et de rien dans le jardin. C'était comme s'il comprenait son besoin de s'absorber dans des conversations banales pour oublier l'adolescente qu'elle ne pouvait aider.

— Et votre frère ? s'enquit Amisha, alors qu'ils se promenaient.

Depuis qu'il lui en avait parlé, elle avait envie d'en savoir plus.

— Est-ce que vous passiez beaucoup de temps ensemble ?

Stephen ne réagit pas tout de suite et Amisha se demanda si c'était encore trop difficile pour lui de l'évoquer. Elle voulut lui dire qu'elle comprenait et qu'il n'était pas obligé de lui répondre, quand il prit la parole :

— Nous étions amis : ça en dit long sur notre relation.

Il sembla s'absorber dans ses souvenirs d'enfance.

— Quand nous étions petits, nous nous disputions, comme tous les garçons. Et nous nous pardonnions à coups de tacles et de coups de poing dans les parties sensibles.

Il lui expliqua ensuite qu'adultes, ils s'étaient rapprochés et avaient réalisé qu'ils avaient beaucoup en commun, et pas seulement les liens du sang.

— J'en suis heureux.

— Vous ne vous attendiez pas à être aussi liés ?

— Mes parents étaient froids. Je pensais que mon frère et moi serions pareils.

— Vous semblez heureux de ne pas leur ressembler, constata Amisha, qui ressentait son amour pour ce frère perdu. La famille, c'est important.

Elle se souvint de ce qu'il lui avait dit au sujet de son père.

— Votre père a fait en sorte que vous soyez envoyé en Inde, et non à la guerre. Il doit beaucoup vous aimer.

— Un combattant expédié en Inde… répliqua Stephen qui ne dissimulait pas sa colère. Mon père souhaitait-il que je devienne l'un des gardiens du trésor dérobé par le roi ?

— C'est vraiment ce que vous pensez ?

C'était la première fois que Stephen admettait que l'Inde n'appartenait pas à son pays.

— Que nous méritons notre liberté ? poursuivit-elle.

— Si je réponds oui, je trahis mon peuple. Si je dis non, je vous trahis, n'est-ce pas ? lança-t-il, la réduisant ainsi au silence.

— Non, trancha enfin Amisha. La liberté de l'Inde ne garantit pas la liberté individuelle.

Elle faisait allusion à Neema, c'était évident.

— Est-ce ce que vous souhaitez ? Votre liberté ?

— Qu'est-ce que j'en ferais ? répliqua Amisha qui tentait de prendre les choses à la légère. Je parle sans réfléchir.

Avant qu'il puisse dire quoi que ce soit ou qu'il la pousse à approfondir son propos, elle changea de sujet.

— Est-ce que vous regrettez d'être venu ici ?

— Plus maintenant, rétorqua Stephen en soutenant son regard. Mais mes amis me manquent. Ma famille aussi, parfois.

Il cilla.

— Mon chez-moi, ajouta-t-il avant de s'interrompre un instant. Vous ne voyez pas très souvent vos parents et vos frères ?

Ils en avaient déjà parlé.

— Non. Après le mariage, rien ne justifie que l'épouse ne rende visite à ses parents.

Amisha avait appris à contenir sa douleur quand elle pensait aux siens. Ils avaient été toute son existence, jusqu'à ce qu'elle soit donnée en mariage, puis oubliée.

— Est-ce qu'ils habitent loin ?

— En train, non. Mais la distance ne compte pas. C'est juste que ce n'est pas une priorité.

Entre les enfants dont il fallait s'occuper et les absences de Deepak, le voyage était difficile à organiser. Et même si elle avait envie de voir sa mère, qui l'avait élevée puis offerte en mariage, elle savait bien que cette dernière ne l'avait jamais réellement connue. Amisha lui avait dissimulé avec soin ses rêves et ses désirs.

— C'est la femme qui décide ça ?

— Non. La tradition, répondit-elle, se demandant pourquoi il semblait surpris. Ça ne se passe pas comme ça chez vous ?

— Pas du tout.

Amisha se souvint qu'il lui avait dit que ses grands-parents paternels et maternels vivaient près de chez lui.

— Pourquoi séparer une femme de sa famille après le mariage ?

Quand elle était plus jeune, Amisha avait vu ses amies être offertes à des familles qu'elles n'avaient jamais rencontrées. Plus âgées de quelques années ou seulement de quelques mois qu'Amisha, elles pleuraient et suppliaient leurs parents de ne pas partir, d'être autorisées à rester auprès d'eux et de leur fratrie, afin de ne pas quitter le seul monde qu'elles aient jamais connu.

— Pour que les femmes aient des enfants. Et de préférence des garçons.

Plus les femmes vieillissaient, plus la dot exigée était importante car une épouse très jeune pouvait plus facilement tomber enceinte et avoir des fils. Les familles nombreuses s'entassaient dans de petites maisons. Les garçons, une fois mariés, amenaient leur nouvelle famille dans la demeure de leurs parents, où ils cohabitaient avec leurs frères et sœurs célibataires.

— Ils aident le père de famille, dit Stephen.

Après tout ce temps passé en Inde, il en connaissait bien les coutumes.

— Ils gagnent de l'argent, ajouta-t-il.

— Le mariage et les fils, c'est tout ce qui compte, ici.

Le divorce ou le bannissement étaient le lot de l'épouse si elle ne s'acquittait pas de ses devoirs quotidiens.

— La famille de l'épouse ne sert à rien : sa vie avec eux, avant le mariage, est une perte de temps et de productivité.

Amisha tenta de cacher sa consternation face à cette manière de voir les choses, mais quand elle lut la compassion sur le visage de Stephen, elle sut qu'il l'avait percée à jour.

— Je suis désolé.

Il s'avança vers elle avant de s'interrompre.

— C'est comme ça, répliqua-t-elle.

Elle était très attachée à sa culture et à ses traditions dans leur amour inconditionnel envers les enfants et les aînés, mais il y avait des failles qu'elle ne pouvait ignorer.

— Il doit bien y avoir une raison à ça, non ? s'interrogea-t-elle sans attendre de réponse. Toutes les traditions ont une origine. Il se peut que cette pratique ait été nécessaire à l'époque.

— Très philosophique ! lança Stephen pour la taquiner, mais Amisha percevait l'admiration dans ses yeux. Ça fait sens. Les femmes sont les seules à pouvoir donner la vie. Du coup, les hommes ont toute latitude pour entretenir leur famille.

— Mais qu'est-ce qui se passe quand on n'a plus besoin d'endosser ces rôles bien définis ?

Avoir une telle conversation avec Deepak était impossible, c'est pourquoi elle la savourait pleinement.

— Et si les traditions n'étaient que des excuses pour ne pas changer les choses ?

— Vous parlez de Ravi et de Bina ? demanda Stephen, comme s'il lisait dans ses pensées.

Elle lui avait souvent dit à quel point les limites qu'on leur imposait la frustraient.

— Ils ne sont toujours pas autorisés à aller au temple ?

— Non. Mais il y a pire que ça.

Amisha savait que beaucoup d'intouchables craignaient pour leur vie. Ils n'osaient pas irriter les habitants du village par peur des conséquences.

— Parfois, les traditions semblent constituer des excuses pour être cruel. Puisque tout le monde le fait, ça paraît plus acceptable.

— C'est sûr que si la société tolère ces comportements, alors rien ne peut changer, renchérit Stephen. Il faudrait une personne hors du commun pour se dresser contre les normes établies.

Amisha songea encore à Gandhi et à ses discours constants sur la liberté.

— Votre roi et votre reine ont l'air de s'être trouvé toutes les excuses possibles pour gouverner l'Inde. Peut-être qu'ils ne sont pas tellement supérieurs au commun des mortels.

— Et je suis leur fidèle fantassin, lança-t-il, la surprenant. Je fais en sorte que les Indiens restent à leur place.

Il semblait se parler à lui-même. Elle s'apprêta à répondre, mais il demanda :

— Que feriez-vous différemment ? Si vous étiez moi ?

Elle l'imagina en train de refuser de venir dans son pays et à cette pensée, son cœur se brisa.

— Rien. En parole, c'est facile, mais en vrai, aucun homme… lança-t-elle avant de s'interrompre une seconde. Aucune femme non plus n'a le pouvoir de faire changer tout un peuple.

Elle se débattit pour trouver les mots qui exprimeraient clairement ce qu'elle ressentait.

— Je ne voulais pas sous-entendre que je n'ai pas envie pas que vous soyez ici.

Elle inspira longuement et lui jeta un coup d'œil, espérant qu'il comprenait le sens profond de ses mots. Mais son silence l'incita à poursuivre.

— Je ne ferais rien différemment, comme ça, vous seriez bien ici, comme maintenant.

Elle se tut après cet aveu, effrayée à l'idée de s'être trop confiée ou d'avoir dépassé les limites.

— Sacrifier l'avenir de l'Inde pour des cours particuliers ? dit Stephen, dans une tentative pour alléger l'atmosphère. Votre peuple pourrait vous renier pour cela !

— Mon peuple mène un combat que personne ne devrait avoir à mener : il lutte pour la liberté d'être lui-même.

Amisha savait que cette réponse était simpliste. Avant que Stephen puisse le souligner, elle poursuivit :

— Mais malgré la colère et la haine, on ne peut pas ignorer ce qu'il en est sorti de bien.

— Alors pourquoi se battre ? demanda-t-il en désignant ce qui les entourait. Nous vous offrons ce que nous avons de mieux : de meilleures routes, des écoles… L'Inde n'avait pas tout ça, avant.

Amisha savait qu'il ne s'opposait pas de manière agressive, mais qu'au contraire, il voulait débattre, car il accordait de la valeur à son opinion. Son cœur battit la chamade.

— Oui, mais à quel prix ?

Elle songea à ce qu'elle avait lu au sujet de la lutte des Indiens : l'oppression et le découragement que ressentaient même les plus forts.

— Nous ne pouvons pas trouver notre propre identité tant qu'on le fait pour nous.

— Est-ce ce que nous faisons ? interrogea Stephen, qui y réfléchit un instant. Est-ce que nous forçons les Indiens à devenir ceux dont nous avons besoin ?

Avant qu'Amisha puisse réagir, il ajouta :

— Est-ce que la liberté vous donnera le droit d'être celle que vous voulez être ? Est-ce que Ravi sera traité comme tout le monde ?

— Non, répondit-elle avec franchise.

Même si elle désirait croire que l'indépendance du pays signifiait l'indépendance de chacun, elle savait que ce ne serait probablement pas le cas.

— Mais c'est un début, n'est-ce pas ? ajouta-t-elle alors qu'au-dessus d'eux, une nuée d'oiseaux volait en formation, emplissant le ciel de leurs cris. Quand on vous pousse à terre, il y a deux solutions : ou vous vous allongez, ou vous vous relevez et vous demandez pourquoi vous êtes traité de la sorte.

— C'est ce que vous avez fait, commenta-t-il.

La voyant confuse, il s'expliqua :

— Quand vous m'avez demandé l'autorisation d'étudier à l'école, j'ai compris que vous désiriez plus que ce que vous aviez.

Il inclina la tête sur le côté et l'observa.

— Est-ce que vous vous battez toujours pour ce que vous voulez ?

Amisha le regarda, surprise qu'il se rappelle ce qu'elle avait dit lors de leur première conversation alors qu'elle-même l'avait oublié.

— Je pense que c'est stupide de ne pas défendre ses convictions même si ce n'est pas systématiquement ce qu'il y a de plus sage à faire. Particulièrement si les conséquences peuvent blesser ceux qu'on aime. Neema s'est défendue du mieux qu'elle le pouvait et jamais elle n'aurait pu imaginer ce que ça lui coûterait.

— Ça ne fonctionne pas comme ça partout.

— Ah bon ?

Amisha savait que dans certaines villes, on donnait plus de droits aux femmes et aux intouchables. Mais vu de son petit village, ce monde-là paraissait bien loin.

— Où ? En Angleterre ?

— L'Angleterre a encore du chemin à faire, mais la femme est considérée comme l'égale de l'homme dans le quotidien.

Il joignit les mains et les éleva au-dessus de sa tête pour s'étirer.

— Attention, beaucoup d'hommes préféreraient votre façon de vivre. Une femme satisfaisant le moindre besoin de son époux, ce serait pour eux un rêve éveillé, lança Stephen pour la taquiner.

— Ce serait le rêve, pour vous aussi ? l'interpella Amisha.

— Je n'y ai jamais songé. Le mariage me semble encore loin, mais j'imagine que j'aimerais une femme qui soit mon égale, répliqua-t-il, son regard intense plongé dans le sien. Quelqu'un qui soit à la fois mon amie et ma confidente.

— Ça a l'air merveilleux.

Bien qu'elle ait peur de lui en demander plus, elle le fit tout de même :

— Elle serait anglaise ?

Aussitôt, elle voulut retirer ce qu'elle venait de dire, mais il était trop tard. La question planait entre eux.

— Oui, je pense, balbutia Stephen. Parce qu'un Anglais épousant une Indienne…

— Ça ne fonctionnerait pas, si ?

Ça ne s'était jamais produit, d'ailleurs. Les membres du Raj étaient là pour civiliser le peuple, pas pour créer des liens.

— Vos parents n'approuveraient pas.

— Non, dit Stephen, qui semblait déchiré et passa la main dans ses cheveux en évitant son regard. Et vous, qu'est-ce que vous auriez voulu ? Si vous aviez pu choisir ?

— Je… Je ne sais pas.

Amisha se détourna. Elle n'arrivait pas à s'imaginer au cœur d'une histoire d'amour ou aimée d'un homme qui verrait en elle plus qu'une femme capable de lui faire des enfants et de tenir la maison correctement.

— Vraiment ? Vous n'en avez aucune idée ?

Ils évoluaient sur un terrain miné et une frontière invisible se dressait entre eux. Tous deux étaient façonnés par leurs cultures respectives. Amisha n'avait d'autre choix que de se soumettre aux conventions de sa société. Les rares fois où elle avait outrepassé les règles, elle avait prié pour qu'il n'y ait pas de conséquences graves.

— Je voudrais quelqu'un qui croit en moi, répondit-elle finalement.

— C'est tout ? demanda-t-il, surpris.

— C'est plus que je ne pourrais jamais espérer. Et je souhaiterais ça aussi pour ma fille, si un jour j'en ai une.

— Une fille, hein ?

Stephen sourit.

— Mais les choses étant ce qu'elles sont, dit Amisha avec hésitation, je ne sais pas si grandir ici serait bien pour elle.

— Vous ne voudriez pas qu'elle vive en Inde ? demanda Stephen, visiblement ébahi.

— Si l'Inde était un pays qui lui permettait de choisir sa propre voie, alors oui. Bien sûr que je voudrais qu'elle vive ici. Elle serait chez elle. Nous…

Elle s'interrompit, songeant à Deepak.

— … Nous serions sa famille.

Amisha songea à ce qu'était son monde. À l'impossibilité du libre arbitre.

— Mais je voudrais qu'elle ait plus de liberté que moi.

— C'est-à-dire ?

— Je voudrais pour elle un endroit qui l'autorise à être qui elle veut ; où ses rêves pourraient l'emporter n'importe où et où ses seules limites seraient celles qu'elle s'imposerait à elle-même, expliqua-t-elle, avant de devenir pensive. Est-ce que vous connaissez un tel endroit ?

— Oui. L'Angleterre…

Stephen s'interrompit alors qu'ils songeaient tous les deux à ce qu'il lui en avait déjà dit.

— Elle serait une indigène, dit Amisha, utilisant le terme employé par de nombreux Britanniques.

Il tressaillit, mais ne la corrigea pas.

— Peut-être l'Amérique, alors ?

Stephen haussa les épaules quand Amisha lui lança un regard interrogateur.

— Je n'y suis jamais allé. Mais mon frère… commença-t-il avant de s'interrompre un instant. Il m'a fait promettre d'y aller un jour.

— Quand vous irez, vous devrez me raconter comme c'est.

Aucun d'entre eux ne mentionna le fait que quand il quitterait l'Inde, il y aurait peu de chances qu'il revienne.

— Vous devrez me dire si c'est un endroit où ma fille serait heureuse.

— Je vous le promets.

# JAYA

# CHAPITRE 32

Ravi arrange soigneusement nos offrandes de fleurs et de fruits sur un plateau. Hier, il m'a proposé de l'accompagner au temple que fréquentait ma grand-mère. C'est la coutume d'y aller avant de célébrer *Holi*. Désireuse de voir où elle priait, j'ai tout de suite dit oui.

— Êtes-vous croyant ?

Je n'ai jamais été pratiquante, mais ma foi, assez faible, a été sérieusement ébranlée par mes fausses couches. Difficile pour moi d'accepter qu'un Dieu censé être bon soit si cruel. Et en écoutant l'histoire de Ravi, ça me semble encore plus compliqué.

— Je suis né non croyant. Comment aurait-il pu en être autrement ? murmure-t-il. Les gens comme moi sont sans cesse jugés et condamnés pour des infractions qu'ils ne commettent pas.

Il baisse la tête et lutte pour ravaler sa souffrance.

— Je pourrais oublier le passé, si tous les jours, des petits riens ne me le rappelaient pas.

Perdu dans ses pensées, il s'interrompt.

— Mais je ne peux pas m'empêcher de croire que si une telle perfection a existé, c'est qu'il y a bien quelque chose ou quelqu'un de plus puissant que nous, les hommes.

— Vous parlez de ma grand-mère.

— De son cœur, me corrige-t-il. En tant que personne, elle était imparfaite, comme tout le monde. Mais son cœur s'est toujours battu pour apporter du réconfort aux autres, en s'oubliant lui-même. C'est là que réside sa perfection.

— Elle avait de la chance d'avoir un ami qui l'estimait autant, je réponds avec émotion.

— Grâce à elle, j'ai mené une vie dont je n'aurais jamais pu rêver. Je suis donc moi-même un homme chanceux.

Je m'apprête à lui demander de m'en dire plus, mais il regarde derrière moi. Ses yeux brillent, comme s'il voyait Amisha. Soudain, il prend un air coupable. Puis, il secoue la tête et émerge de ce moment d'absence. En une seconde, il a dissimulé ce qu'il ressent. Son visage devient neutre et il se remet à avancer, Rokie sur ses talons. C'est moi qui romps le silence.

— Quand j'étais étudiante, j'ai assisté à l'exhumation d'un corps vieux de plusieurs générations. À l'époque, dans ce cimetière, les Noirs et les Blancs n'étaient pas enterrés au même endroit.

Nous poursuivons notre marche. Ravi m'écoute attentivement.

— Sur chaque pierre tombale, il était écrit ce que représentait le défunt pour ses proches – un parent, un enfant, un grand-père ou une grand-mère – ainsi que l'amour qu'ils lui portaient. Rien ne mentionnait leur couleur de peau.

— Ça ne comptait plus, une fois que les gens étaient décédés.

— Non. Tout ce qui restait d'eux, c'était des os. Et ils sont pareils chez tout le monde.

À l'époque, je m'étais demandé s'ils savaient qu'au bout du compte, nous ne sommes tous que des corps définis par nos actions et le souvenir que nous laissons chez les autres.

— Ce qui nous sépare dans la vie n'a plus d'importance dans la mort, je conclus.

— Ta grand-mère a écrit un poème là-dessus : il racontait que la seule chose qui compte, ce sont ceux à qui nous avons tendu la main. Tout le reste est superficiel.

Nous sommes maintenant à mi-chemin du temple, et il s'arrête pour me faire face.

— Je pense qu'elle aurait été très fière de faire ta connaissance.

Dans ses paroles se mêlent une joie et un regret que je ne comprends pas.

— Merci, je dis, tout de même reconnaissante, avant de m'emparer du plateau pour qu'il puisse s'aider de sa canne. Ma mère ne se souvient pas de vous. Comment ça se fait ?

— Je n'ai pas vu ta mère grandir, explique-t-il d'un ton hésitant, après un silence. Après la mort d'Amisha, d'autres serviteurs ont pris ma place dans la maison.

Son visage se contracte brusquement, et il accélère le pas. Sans me regarder, il change de sujet :

— Comment s'est passée ton enfance ?

Je me retiens pour ne pas insister.

— Mon père travaillait beaucoup.

Maman et moi étions seules la plupart du temps. Quand j'étais jeune, je pensais qu'elle était distante car elle ne s'intéressait pas à moi, mais maintenant, avec tout ce que j'ai appris, je me demande si c'était vraiment le cas.

— J'ai eu une belle enfance.

C'est vrai : comparé aux gamins qui traînent dans les rues, ici, j'étais bénie.

— On s'est toujours bien occupé de moi.

— Tu as dit que Lena était heureuse ? s'assure Ravi avec lenteur.

À nouveau, je m'interroge : pourquoi pose-t-il cette question ? Quoi qu'il en soit, je fais de mon mieux pour être honnête.

— Elle n'est pas malheureuse.

Son visage se contracte et il tend l'oreille.

— Mon père l'aime énormément, dis-je avant de m'interrompre un instant. Mais toutes les deux, nous ne sommes pas proches.

— Pourquoi ? demande-t-il avec douceur.

— Je ne sais pas. Elle n'a jamais été méchante. Juste distante.

— Je suis désolé, souffle-t-il.

— Ne le soyez pas, je réponds en souriant pour alléger l'atmosphère. Si ce voyage m'a appris quelque chose, c'est que je suis chanceuse. Je crois que je n'en avais pas conscience, avant.

Il acquiesce, comme s'il comprenait.

— Tu es une bonne journaliste ?

Je ris avant de répondre aussi honnêtement que possible.

— Parfois. En tout cas, ça me tient à cœur de faire de mon mieux.

Mon travail m'a comblée. Il a donné un sens à ma vie. Ce n'est qu'après mes fausses couches que j'ai commencé à me remettre en question.

— Mais j'avais besoin de faire une pause. Venir ici a été l'occasion idéale.

— Tu as dit que tu avais subi une perte…

— J'ai fait trois fausses couches.

J'essuie rapidement les larmes qui jaillissent au coin de mes paupières. Même si mon désespoir subsiste, il n'est plus aussi mordant.

— Je voulais donner la vie. Être mère.

À l'époque, c'était tout ce que je souhaitais. Et cela a complètement cannibalisé notre relation, à Patrick et moi.

— Ça m'a brisé le cœur, de ne pas pouvoir y arriver.

— Et ton mari ?

— Patrick ? Il a trouvé un moyen de se remettre.

Après ma première fausse couche, il est immédiatement retourné travailler, mais moi, je ne m'en sortais pas. D'abord, j'ai envié sa capacité à surmonter tout ça, mais ensuite, je lui en ai voulu de parvenir à s'absorber dans le boulot et dans le quotidien. Je ne me suis jamais demandé ce que ça lui faisait de me voir sombrer dans le chagrin.

— Moi, je n'en avais pas la force. En perdant mes bébés, je me suis perdue moi-même. J'avais beau tout faire pour me reprendre en main, je n'y arrivais pas.

À chaque fois que je croise un enfant, je me souviens à quel point Patrick désirait fonder une famille. Autant que moi. Mais noyée dans ma détresse, je ne voyais pas la sienne. Avec le recul, j'essaie d'imaginer comment les choses auraient pu se dérouler différemment. Je croyais tellement en notre mariage et en la vie que nous menions ! Maintenant, quand je songe à mon existence sans lui, elle me paraît vide.

— Nous sommes séparés, dis-je lentement. À mon retour, je suppose que nous entamerons une procédure de divorce.

— Nous y sommes, murmure Ravi d'une voix à peine audible.

Il montre le bâtiment qui se dresse devant nous : il est sublime. À tel point que j'en ai le souffle coupé. Dix piliers en vieux marbre soutiennent un toit en pointe sur lequel apparaissent, sculptés avec un grand art, des motifs complexes. Les piliers sont espacés de manière égale et il n'y a pas de murs pour contenir le riche parfum de l'encens au jasmin. Des pavillons échelonnés mènent à un sanctuaire en forme de dôme, auquel sont suspendues des centaines de clochettes. Le temple est situé bien au-dessus du sol : il faut gravir quarante marches pour atteindre son entrée.

— C'est…

À court de mots, j'admire ce bâtiment, visiblement ancien. Je peux imaginer que j'entends le chuchotement des prières du passé, porté par le courant d'air qui nous frôle. Les fantômes des maris et de leurs épouses, des amours de jeunesse et des pertes de jadis flottent autour de nous.

— Quand a-t-il été construit ?

— Il y a plusieurs centaines d'années, dit Ravi en l'observant comme s'il le découvrait lui aussi.

— Vous venez régulièrement ici ?

Je me demande pourquoi il ne m'y a pas déjà emmenée.

— À l'époque, je n'avais pas le droit d'y entrer, répond-il sans détour. La première fois que je suis venu, c'était avant la mort de ta grand-mère. Je me suis tenu à distance et je me suis moqué de ce bâtiment qui faisait mine de nous dominer. Plus tard, je suis venu pour lui hurler ma fureur et mon chagrin. Quand nous avons pu y pénétrer, je ne voulais rien avoir à faire avec cette maison de la foi qui n'avait pas réussi à sauver mon amie.

— Vous avez demandé à Dieu de la sauver ?

— Je l'ai supplié, me corrige-t-il. Mais mes prières n'ont pas été exaucées. À cette époque, j'étais persuadé que Dieu se fichait de nos désirs et de nos souffrances.

— Pourquoi ont-ils finalement autorisé les intouchables à entrer ?

— L'Inde a eu honte quand elle a vu comment le reste du monde réagissait en découvrant notre système de castes. Ça nous a forcés à adopter de nouvelles lois en faveur de l'égalité.

Il jette un coup d'œil au temple et se tourne vers moi.

— Malgré tout, le cœur des gens met du temps à changer.

Une famille descend les marches du bâtiment. Chacun tient ses chaussures à la main.

— Suis-moi. Allons dire bonjour.

Comme Ravi, je me débarrasse de mes chaussures en bas de l'escalier, où se trouvent une douzaine de paires en désordre. Je les montre du doigt.

— Pourquoi les enlever ?

— On pense que l'énergie méditative vient des pieds et se répand ensuite dans le corps. Ce n'est que pieds nus que tu peux sentir Dieu en toi.

Alors que nous nous mettons à gravir les marches de marbre, il ajoute :

— Et ce n'est qu'ainsi que tu peux dire qui s'est lavé les pieds, pas vrai ?

Une foule de gens parcourt les escaliers. Les femmes serrent contre elles leurs tout-petits et laissent les aînés courir librement. Ravi m'entraîne vers une rangée de statues placées contre le mur, qui représentent des divinités. Une clochette en laiton est suspendue en l'air, avec un cordon de la même couleur.

— Fais sonner la cloche, mon enfant. Mes bras sont trop âgés pour atteindre le ciel.

Je m'exécute. L'écho perçant résonne à mes oreilles. Ravi dépose nos offrandes au pied de la statue de Shiva. Le *pujari* brahmane, un vieil homme drapé dans un sari orange, accepte ce don avec un bref hochement de tête. Comme ses semblables, il a renoncé aux plaisirs terrestres pour l'élévation de son âme. La cloche résonne dans le temple et à travers le village. Parfaitement dans le rythme, le prêtre se met à chanter. Ravi s'assied et me fait signe de l'imiter. Je déploie ma robe sur mes jambes et m'installe. Les femmes, les hommes se joignent au prêtre et entonnent un hymne d'amour et de prières : ils demandent que leur avenir, ainsi que celui de leurs proches, soit heureux. Apaisée par ces paroles, je ferme les yeux et je m'immerge dans la musique.

***

— *Prasad.*

Ravi me tend une assiette pleine. Les autres sont en train de se régaler.

— Tu dois le manger.

Je me souviens du moment où Amisha offre de la nourriture à Stephen, juste après *Holi*... La façon dont il a tout dévoré... La nourriture fond sur mon palais et je vide rapidement mon assiette.

— Est-ce que chaque *puja* se déroule ainsi ?

Ravi pointe du doigt les bougies qui brûlent.

— Pour commencer, on les allume. Ensuite, l'encens.

Les gens, menés par le *pujari*, poursuivent leurs chants de louange et de gratitude.

— Il y a des millions de façons de recevoir les manifestations divines.

Ravi m'emmène vers des statues recouvertes d'or, placées partout dans le temple.

— Chacun choisit quel dieu prier, en accord avec ses propres croyances. On raconte que chaque dieu a un but... ou un pouvoir.

— Comme dans la mythologie grecque.

— Je ne sais pas, admet-il sans fard. Je ne suis jamais allé à l'école.

Tout au fond, dans un coin, se trouve une statue en bronze. Elle se tient sur un seul pied, comme si elle dansait, et ses nombreux bras s'étirent vers l'extérieur.

— Qui est-ce ?

Ses yeux en cristal blancs sont hypnotiques.

— Tu as fait le bon choix. Elle s'appelle Durga, explique-t-il en me regardant. Les hindous croient qu'elle est la source universelle du pouvoir, de l'énergie et de la créativité.

Nous prenons le temps de l'admirer.

— Elle est saisissante.

Je vole une fleur dans un plat et la pose à ses pieds.

— Oui. C'était la préférée de ta grand-mère.

Je reste silencieuse.

— Ta grand-mère était très vaillante et je sais que toi, sa petite-fille, tu trouveras la force qui est en toi.

Il me sourit.

— Maintenant, allons célébrer *Holi* comme ta grand-mère l'aurait fait.

***

Après la *puja*, nous rejoignons la foule qui se dirige vers la place du village. La nuit dernière, Ravi m'a parlé de la cérémonie de *Holi*. Il a pensé que j'apprécierais les couleurs et le dynamisme de cette fête annuelle attendue avec impatience, tant par les enfants que par les adultes. Il m'a dit que chaque passant est une cible potentielle. Qu'on entend les rires résonner dans les rues pendant toute la nuit. Que tous les habitants du village, quelle que soit leur caste, se rassemblent et partagent un repas. Ravi et moi avons préparé deux paniers de bombes colorées à lancer sur les autres. Alors que nous gagnons la place, la foule se divise en deux cercles qui se font face. Les femmes portent un corsage et une jupe blancs ; les hommes, un pantalon et une longue tunique de la même teinte. Beaucoup d'entre eux sont déjà couverts de couleur. Chacun tient deux bâtons et les frappe contre ceux de la personne qui lui fait face, dans l'autre cercle, avec une synchronisation parfaite. Ils passent ensuite à la personne suivante et font de même. Soudain, le rythme s'accélère et ils bougent plus vite, jusqu'à ce que leurs visages soient en sueur.

— *Dandiya Raas.*

Ravi me regarde.

— La danse que ta grand-mère apprenait au lieutenant.

Certains rient en ratant les pas et les rangs se brisent. Des gens arrivent et se mettent à leur lancer des bombes de peinture. Bientôt, on arrête de danser. C'est la guerre totale : tout le monde s'asperge de couleurs.

— Est-ce qu'ils vont de nouveau danser ? je demande, pleine d'espoir.

— Ce soir, après le repas. Comptes-tu te joindre à eux ?

— Oui.

Je songe à ma grand-mère qui tentait d'enseigner les pas à Stephen. Je les imagine, tout au fond du jardin, armés de leurs branches. Si elle était en vie, m'apprendrait-elle à danser ? Ma mère aurait-elle embrassé sa culture au lieu de la rejeter ?

— J'adorerais.

Ravi acquiesce, satisfait. Je m'apprête à ajouter quelque chose, quand j'aperçois Amit, un peu plus loin. Il se dirige vers nous, tenant par la main une fillette coiffée de deux tresses. Ses cheveux sont très noirs et sa peau a la couleur du bois sombre. Des orthèses métalliques emprisonnent ses jambes. Elles sont reliées à un corset qui recouvre la totalité de son petit corps jusqu'au cou.

— Qui est-ce ?

Ravi demeure silencieux et j'insiste.

— Ravi ?

— Mon arrière-petite-fille, Misha.

— Misha, comme Amisha ? je demande doucement.

— Oui, réplique-il avec un sourire. Elle était la première fille à naître dans ma famille, donc destinée à porter le nom de ta grand-mère.

Je me sens profondément reconnaissante de la façon dont il honore ma grand-mère, mais ne commente pas.

— Elle a huit ans.

Amit, qui vient de nous apercevoir, salue Ravi de la main. Ce dernier lui répond.

— Pendant des années, l'épouse de mon petit-fils ne parvenait pas à avoir d'enfants. Nous avons beaucoup jeûné et prié jusqu'à chaque pleine lune… et on nous a donné Amit. Nous n'avons pas osé demander un autre enfant. Comment sa perfection pouvait-elle être reproduite ? dit-il d'une voix enrouée par l'émotion. Puis, Misha est arrivée, nous prouvant que nous avions eu tort de ne pas croire en l'impossible.

Quand le frère et la sœur nous rejoignent, Ravi les serre dans ses bras. Puis, il me présente la fillette, qui est en train de m'observer.

— Voici ma magnifique arrière-petite-fille, Misha.

Je me baisse, jusqu'à me trouver à hauteur de son regard, et lui tends la main. Elle jette un coup d'œil à Amit, qui acquiesce. Quand elle glisse sa menotte dans la mienne, je lui dis :

— C'est un plaisir de te rencontrer, Misha. Tu es aussi belle que ton grand-père l'a annoncé.

Son visage s'illumine.

— Merci.

Elle désigne mon panier plein de bombes de peinture.

— Est-ce que tu vas venir jouer avec nous ?

Le sien n'en contient que quelques-unes.

— Non, chérie. Ton arrière-grand-père et moi, nous avons fait celles-là pour toi et ton frère.

Quand je lui tends mon panier, elle le regarde, troublée. Gentiment, j'insiste.

— S'il te plaît, prends-les.

Je retiens mes larmes. Elle est minuscule pour son âge. Depuis que je suis arrivée, j'ai vu beaucoup d'enfants traîner dans le village. Certains mendiaient : je leur ai donné de l'argent, mais sans jamais leur demander de me parler d'eux, consciente que j'étais impuissante à les aider et donc, qu'il valait mieux pour moi ne pas trop en savoir. Mais là, c'est la chair et le sang de Ravi. Elle est sa descendance ; il est mon ami. Celui qui me traite comme une vieille connaissance malgré notre rencontre récente.

— N'oublie pas de partager avec ton frère.

— Merci, dit Amit en observant sa sœur. Grâce à toi, son *Holi* est parfait.

— Tu as cédé tout ton arsenal de guerre, constate Ravi, alors que nous regardons Amit et Misha rejoindre les autres enfants pour s'amuser. Comment vas-tu pouvoir faire la fête ?

— Pourquoi ne l'ai-je pas rencontrée avant, Ravi ? je demande, ignorant ses taquineries.

Face à cet homme qui a passé des heures à me raconter l'histoire de ma famille tout en gardant la sienne bien cachée, je me sens gênée par mon égocentrisme ; je suis embarrassée de ne pas lui avoir posé plus de questions au sujet de sa propre vie.

— Parlez-moi des vôtres. S'il vous plaît.

Il hésite.

— Mon fils est un travailleur acharné et son épouse est une femme bien. Mon petit-fils est l'assistant d'un tailleur. Comme son père, il travaille dur et c'est un homme généreux. Il prend vraiment soin de sa famille.

Ravi s'interrompt régulièrement pour saluer les gens du village.

— Mes arrière-petits-enfants jouent avec le cœur léger et l'esprit libre, dit-il avant de demeurer un instant silencieux. Je suis reconnaissant qu'il puisse en être ainsi.

— Pourquoi ne m'avez-vous pas parlé de Misha ?

— Tous les jours, tu es restée à mes côtés pour écouter l'histoire d'une femme que tu n'as jamais rencontrée. Tu as pleuré et ri avec elle alors qu'elle luttait pour trouver sa place.

Un hurlement interrompt notre conversation : les enfants se sont mis à se lancer des bombes et ils s'imprègnent de toutes les nuances de l'arc-en-ciel.

— Je ne voulais pas que l'histoire de Misha prenne le pas sur celle de ta famille.

— Comment ça aurait pu se produire, enfin ?

— Parce que tu es la petite-fille d'Amisha, répond-il en souriant tristement.

J'observe Misha courir le plus vite possible pour suivre son frère. Ses orthèses la font trébucher. Amit, qui s'aperçoit que sa sœur est en détresse, s'arrête et vient ses côtés, l'aidant à retrouver l'équilibre.

— Que lui est-il arrivé ?

— La polio, m'informe Ravi, qui les regarde, lui aussi. On nous a dit qu'elle a de la chance de pouvoir marcher. D'autres malades sont handicapés.

Quand je lui fais face, il ajoute :

— Ceux-là passent le reste de leur vie en fauteuil roulant, s'ils peuvent se permettre d'en acheter un.

— Puis-je faire quelque chose ?

— Demander, c'est déjà beaucoup. Merci.

Nous demeurons tous les deux silencieux pendant que les enfants continuent à se lancer des bombes. Bientôt, les adultes les rejoignent et de la poudre colorée tombe du ciel.

— Je suis désolé que tu ne participes pas.

Je ne réponds pas. S'ils avaient eu la chance de voir le jour, mes enfants auraient mené une vie de privilégiés. Des maladies telles que la polio n'auraient pas existé pour eux. Leurs seules préoccupations auraient été l'école et les amis, le bal de promo et la destination idéale pour les vacances de printemps. J'ai honte, et je m'interroge beaucoup. J'ai vécu dans ma bulle. J'ignorais que d'autres étaient plongés dans une telle misère et à vrai dire, je ne m'en souciais même pas.

***

— Jaya, est-ce qu'il y a des intouchables en Amérique ? me demande Amit, qui se balance sur le hamac de la véranda.

Il m'a d'abord appelée *shrimati*, mais j'ai insisté pour qu'il emploie mon prénom. Après *Holi*, Amit et Misha ont dormi à la maison, avec Ravi et moi. Misha a supplié ses parents. J'ai dû répéter que ça ne me posait aucun problème pour qu'ils acceptent.

Ce matin, Misha et Ravi sont partis se préparer, me laissant seule avec Amit. Nous observons la foule qui passe. Le bonheur flotte dans l'air, après la fête d'hier qui a duré tard dans la nuit. Je ne réponds pas tout de suite, le temps de réfléchir à la façon de formuler les choses pour ne pas le blesser.

— Non.

— Alors on traite tout le monde de la même façon ?

Sur son visage, je lis un enthousiasme teinté d'envie.

— J'aimerais que ce soit le cas.

Je songe à l'Amérique et à ses inégalités. Il y en a eu, au fil des siècles.

— Certains sont traités différemment des autres. De manière injuste.

Il semble surpris, et je me demande quelle image il a de l'Amérique.

— Comment on décide qui appartient à la classe inférieure, dans ton pays ?

Je frémis face à sa certitude qu'une classe inférieure existe forcément et que certains n'ont pas le droit de vivre comme les autres.

— La loi est la même pour tous, mais de temps en temps, on fait sentir à certains qu'ils sont inférieurs.

— Qui ?

— Ceux qui sont différents. Les gens qui les rejettent ont en fait peur de ce qu'ils ne connaissent pas : d'une couleur de peau, d'un choix amoureux, d'un niveau social. Ça dépend.

— Est-ce que tu as déjà été rejetée ?

Je songe aux droits et aux privilèges que j'ai toujours considérés comme acquis. À cette vie pleine d'opportunités que ma grand-mère n'a jamais eue. Que Ravi n'a pas.

— Non, j'ai beaucoup de chance.

— Oui, c'est sûr.

Amit balance ses jambes et le hamac suit le mouvement, d'avant en arrière. Ses cheveux se soulèvent dans la brise légère.

— Es-tu…

J'ai du mal à poser ma question, parce que je crains sa réponse. J'ai très envie de croire que l'arrière-petit-fils de Ravi n'a pas été victime de préjugés, mais ce serait naïf.

— Et toi, as-tu déjà été rejeté ?

— Je suis un intouchable, lance-t-il, comme si cela expliquait tout. Dans ma famille, on nous traite de la même manière, Misha et moi. Mais les autres…

Sa voix s'éteint.

— Ça t'embête ?

Il me jette un coup d'œil rapide avant de détourner les yeux. Son corps tremble sous l'effet de la tension et son visage se durcit. Je me demande s'il s'est exercé à maîtriser ses émotions.

— *Dada* Ravi a travaillé pour une famille prestigieuse, poursuit-il, le regard pensif. Grâce à eux, on nous traite avec plus de respect. Ma sœur et moi, on va dans la meilleure école. *Dada* Ravi nous dit qu'on est chanceux.

Il garde la tête haute et prononce tout cela avec grâce. À douze ans, il est aussi résilient que j'aimerais l'être.

— Je sais que tout le monde n'est pas aussi chanceux que nous, alors je suis heureux de ce que j'ai. Ça me suffit.

Il me sourit, mais son visage n'exprime rien. Il dissimule ce qu'il pense réellement.

— Vous êtes prêts ? demande Ravi, qui nous a rejoints sur la véranda. C'est l'heure de s'occuper des plantes du jardin.

Amit traîne en arrière, pendant que Misha bavarde tout le long du trajet, posant des questions ou racontant des anecdotes. À l'école, Amit et Ravi se dirigent vers les salles de classe, alors que Misha et moi optons pour le jardin. La fillette me suit, arrosoir en main. Moi, je taille les rosiers. Sa respiration devient laborieuse quand elle essaie de rester à ma hauteur. Je ralentis, attentive à marcher à petits pas, à son rythme. Malgré cela, elle a toujours le souffle court. Je lui propose donc de faire une pause. Sans attendre sa réponse, je m'assieds sur un banc. Elle s'installe à côté de moi et balance ses jambes. Ses orthèses cognent contre le banc. Elle désigne un rosier.

— *Dada* Ravi enlève les épines avant de nous les donner.

— C'est une bonne idée.

Je la laisse parler et m'adosse confortablement pour apprécier sa conversation.

— Les roses ont besoin de leurs épines. Sinon, elles seraient trop parfaites.

Elle se relève à l'aide de ses deux mains, retrouve son équilibre et se dirige vers le rosier. Elle se penche par-dessus, à une distance raisonnable des épines, et coupe sans encombre une fleur blanche. Elle hume son parfum avant de me la tendre.

— *Dada* Ravi dit que si quelque chose n'a pas de défaut, alors Dieu ne le tolère pas.

— Ça me semble vrai.

Ses mots me font penser aux bébés que je n'ai pu avoir. Comme une mère pleine de fierté, je les imagine absolument parfaits. Je n'aurais pas vu leurs failles et les aurais aimés de manière inconditionnelle, à l'exemple d'Amisha ou de Ravi.

— Comme moi.

Misha sent une rose, plissant le nez quand les pétales chatouillent sa peau. Puis, elle les arrache un à un et les répand sur le sol.

— *Dada* Ravi dit que c'est pour ça que je porte des orthèses.

Elle a accepté sans sourciller l'explication de Ravi. L'émotion me coupe le souffle. Je me souviens des premières photos de moi, bébé : j'avais une grosse tache de naissance noire sur la tempe. À l'époque, Maman m'avait expliqué que ces marques protégeaient les enfants du regard de Dieu. En effet, si Dieu se rendait compte que la perfection existait sur cette Terre, il serait capable de la rappeler à lui. Cette tache était mon imperfection.

— Je pense que ton *Dada* Ravi a entièrement raison.

Je retiens mes larmes.

— Moi aussi.

Pleine d'énergie, elle se remet à marcher. Ses orthèses s'entrechoquent. Je saisis l'arrosoir et le remplis. Ensemble, nous nous occupons du reste des plantes.

***

*La nuit dernière, j'ai appris le Dandiya Raas, la danse traditionnelle lors des cérémonies hindoues. Les participants sont répartis en deux cercles, ils tournent leur dos au centre, et tiennent deux bâtons en main. Il y a cinq pas à faire avant de se déplacer en face de la personne suivante, qui se trouve dans le cercle opposé. On répète les mêmes pas avec elle. Pendant des heures, il faut tourner, encore et encore, au rythme de la musique. C'est magnifique, parce que c'est simple et que ça rassemble tout le monde. Les enfants, les hommes et les femmes sont totalement absorbés car ils doivent synchroniser leurs mouvements à la perfection.*

*Je n'avais pas dansé depuis des années. La dernière fois, c'était à mon mariage, et j'aurais aimé que la musique ne s'arrête jamais. Avant ça, je me déhanchais en boîte, et il est même arrivé que je lance des soirées dans mon salon, à l'improviste. En vieillissant, mes préoccupations m'ont détourné de la musique, au point de ne plus l'entendre, de ne plus percevoir son rythme.*

*Ici, j'ai rencontré un homme qui est devenu un ami cher. Aujourd'hui, il m'a présenté son arrière-petite-fille. Ravi et sa famille sont des intouchables et leur destin était tracé dès le départ. Ils sont considérés comme indignes et sans valeur pour la société. Mais même dans les pires circonstances, mon ami garde la tête haute et apprend à ses petits-enfants à aimer les choses qui semblent acquises aux yeux de beaucoup de gens.*

*L'histoire nous montre que nous avons besoin d'étiquettes pour définir notre place. Pendant des centaines d'années, certains ont traité les autres comme leurs inférieurs, dans le seul but de se sentir mieux. La couleur de peau, le sexe, la classe sociale, la religion, le handicap, l'orientation sexuelle et l'origine fondent, par exemple, la discrimination. Une personne se sent supérieure ? Alors une autre doit être inférieure. Pourquoi cette nécessité de tirer l'autre vers le bas pour satisfaire nos propres besoins ? Est-ce que cela permet d'atteindre un but ou est-ce que cela ne fait que mettre en place un comportement néfaste qu'il sera facile d'adopter pour toujours ?*

*Et si nous nous considérions comme des égaux, et que nous ressentions de la fierté quand nous contemplons notre reflet dans le miroir, qui que nous soyons ? Je parle d'utopie et il y a de grandes chances pour qu'on se moque de moi, mais ici, à des milliers de kilomètres de tout, ça n'a pas d'importance et je prends le risque. Le temps d'une journée, peut-être pourrions-nous mettre de côté nos différences pour nous rassembler ? Durant une journée volée, nous pourrions voir au-delà de ce qui nous sépare. Nous sommes les mêmes et nous avons tous des espoirs, des rêves, des angoisses, des forces et des faiblesses. Une journée, et nous pourrions nous tenir côte à côte et traiter les autres comme nous voudrions l'être.*

*L'histoire nous enseigne que cela n'arrivera jamais. Nos différences sont un prétexte pour faire le bien et le mal : certains luttent pour obtenir ce à quoi ils n'ont pas droit, alors que d'autres en profitent pour rabaisser ceux qui leur font peur. Un peu plus tôt, je parlais de danse. Imaginons un monde où la musique nous définirait. Le rythme, plus ou moins rapide, guiderait nos pas. Nos cœurs et nos esprits bougeraient sur le tempo. Chacun aurait sa place sur scène. Chaque voix serait entendue. Les mélodies anéantiraient nos différences en célébrant nos ressemblances. Au final, nous nous sentirions mieux d'avoir dansé ensemble.*

*Avec l'âge viennent la sagesse et la conviction que nous ne pouvons pas danser durant toute notre vie. Mais j'ai bon espoir de trouver un moyen pour que mes étiquettes – fille, journaliste, épouse bientôt divorcée – ne me définissent pas. Chaque personne que je rencontrerai m'apportera une chance d'évoluer et je ne ressentirai aucune gêne à faire le premier pas. Avec humilité, je peux rassembler mes forces et peut-être qu'à la fin du voyage, j'apprendrai à rester petite pour que d'autres se sentent grands.*

# AMISHA

# CHAPITRE 33

Deepak se décala sur le canapé pour laisser de la place à Stephen.

— Merci d'être venu.

Il pressa l'épaule de Stephen. Quand Deepak lui avait annoncé qu'il avait invité Stephen à manger après l'avoir croisé chez Vikram, Amisha avait été stupéfaite. Le lieutenant avait apparemment accepté avec joie, mais elle se demandait si finalement, il était à l'aise. Elle avait passé la matinée à faire le ménage avec les serviteurs puisqu'on allait célébrer *Raksha Bandhan*, en l'honneur des frères et sœurs. Janna portait un sari en georgette, ce tissu aussi doux que de la soie, et des bracelets en or. Elle parlait tranquillement avec les enfants de leur scolarité tout en s'éventant. Elle était la plus jeune sœur de Deepak et Amisha n'avait jamais été proche d'elle. Mais elle avait épousé un homme qui vivait dans le village voisin, alors elles se voyaient de temps en temps, durant l'année.

— À s'éventer comme ça, elle doit tenter d'éloigner les mouches à viande, souffla Ravi à Amisha, alors qu'ils réchauffaient le repas.

Comme Deepak avait insisté pour que ni Bina ni Ravi ne fassent le service, ceux-ci restaient dans la cuisine et donnaient un coup de main à Amisha.

— Elles sont attirées par les excréments, quelle que soit la forme qu'ils prennent.

Amisha rit tout en intimant à son ami de se taire.

— Attention, elle va t'entendre.

Sourire aux lèvres, il obtempéra. Il n'avait jamais aimé Janna et avait souvent dit qu'elle était manipulatrice et vindicative. D'un geste expert, efficace avant tout, il versa les légumes dans un bol et la soupe dans un autre : Amisha enviait son talent. Il ajouta quelques gouttes de jus de citron et de gingembre pour faciliter la digestion.

— Le dîner est prêt, annonça Amisha depuis la cuisine.

Deepak s'effaça pour laisser passer Stephen. Ils gagnèrent la salle à manger et s'assirent sur le sol dur. Les trois bols reposaient sur un plateau qu'Amisha tenait avec précaution. Elle regarda Stephen quand elle les rejoignit. Deepak, qui discutait d'un nouveau projet d'exploitation agricole avec son beau-frère, la remarqua à peine. Soudain, elle se prit le pied dans l'ourlet de son sari. Déséquilibrée par sa lourde charge, elle trébucha et manqua de tomber. Immédiatement, Stephen fit un geste pour lui porter secours. Paniquée, Amisha secoua la tête à toute vitesse pour lui faire comprendre de ne pas bouger. S'il l'aidait, ce serait une insulte envers Deepak. Stephen, qui avait saisi, resta assis, mais ne la lâcha pas du regard.

Amisha servit d'abord Deepak puis Stephen, remplissant leur assiette de curry de légumes. Elle offrit des *naans* à son beau-frère, qui en prit un avant de les proposer aux deux autres hommes. Enfin, elle leur distribua à chacun une serviette humide pour s'essuyer les mains après le repas.

— Nous n'utilisons pas de couverts, expliqua Amisha à Stephen. Je suis désolée.

— Amisha, tu t'inquiètes pour rien. Notre ami dînera à l'indienne.

Deepak plia un *naan* et s'en servit comme cuillère pour ramasser un peu de *shak*, des légumes mijotés.

Nullement troublé, Stephen l'imita et se mit à manger.

— Vous ne mangez pas aussi bien dans votre pays, non ? demanda Deepak après avoir avalé une première bouchée.

— Vous avez raison, Deepak. Chez moi, il n'y a pas de cuisinières telles qu'Amisha.

En rebondissant sur les propos de Deepak, il la remerciait. Baissant la tête pour prendre de la soupe, il leva les yeux pour croiser son regard, mais les détourna quand Janna fit son apparition.

— C'est la première fois que vous goûtez à la cuisine d'Amisha, lieutenant ? Je suis surprise, lança cette dernière en minaudant.

Appuyée contre l'embrasure de la porte, elle s'éventait toujours.

— Pourtant, Amisha passe beaucoup de temps à l'école, non ?

Amisha ne laissa rien paraître, mais se hérissa. Elle jeta un coup d'œil à Stephen pour voir sa réaction, mais il était en train de manger.

— Janna, dit-elle d'une voix sévère. Je prends des cours et j'enseigne là-bas. Je ne fais pas la cuisine.

— Oui, nous avons de la chance d'avoir Amisha parmi nous, intervint Stephen, qui s'était interrompu pour regarder Janna droit dans les yeux.

Celle-ci, mal à l'aise, détourna les siens.

— Mais c'est dommage qu'il n'y ait qu'elle qui se porte volontaire pour enseigner. Vous êtes la bienvenue si vous voulez donner un coup de main.

— Les ragots, lieutenant, lança le mari de Janna.

Inconscient de la fureur de sa femme, qui devenait écarlate, il poursuivit :

— Janna est bien trop prise avec les commérages pour enseigner. Deepak, c'est bien qu'Amisha soit occupée. Comme ça, elle ne te torture pas en te racontant les potins du village chaque jour que Dieu fait.

Après le repas, tout le monde se réunit dans le salon. Amisha alluma des *diyas* et, debout devant la statue de Ganesh, elle récita une prière. Les autres, silencieux, avaient joint leurs mains pour prier.

— Ganesh a cette apparence à cause de son père, qui l'a fait ainsi quand il était petit, expliqua le mari de Janna à Stephen, tout en pointant du doigt sa statue dans l'autel.

Tous deux encadraient Amisha. Cette dernière fit signe à Deepak et à Janna, qui se tenaient derrière elle, d'approcher.

— J'en ai entendu parler, oui, répondit Stephen, souriant à Amisha.

Deepak fit une prière en l'honneur de sa sœur, pour lui souhaiter une vie heureuse et prospère. Il termina en jurant de la protéger en cas de besoin.

Elle récita sa propre prière dans laquelle elle promettait d'aimer son frère pour toujours.

— Puissent les dieux t'accorder tout le bonheur que tu mérites, *bhai.*

Elle plongea son pouce dans un bol de poudre vermillon et le pressa contre le front de Deepak. Puis, elle prit le *rakhi* des mains d'Amisha et elle noua ce cordon sacré rouge et doré autour du poignet de Deepak. Ce dernier offrit à Janna une grosse poignée de roupies en guise de remerciement, et la cérémonie fut achevée.

— Lieutenant, que pensez-vous de nos traditions ? Le Raj les tolère-t-il ? demanda Deepak, alors qu'Amisha servait du *tchaï.*

Il en prit une longue gorgée en attendant sa réponse. Par la fenêtre ouverte, on entendait les enfants jouer avec une bande de poussins égarés.

Stephen s'était adossé contre le mur pendant le rituel. Il remercia Amisha d'un hochement de tête et but une gorgée, lui aussi.

— Je crois que vous êtes privilégiés de pouvoir exprimer votre affection pour vos frères et sœurs à cette occasion, rétorqua-t-il avec diplomatie. C'est inhabituel chez nous, une telle affection au sein de la fratrie : je pense que si nous l'adoptions, cette coutume ferait long feu !

La plaisanterie déclencha les rires.

— Avez-vous une sœur, lieutenant ? demanda Janna.

— Non, je n'ai pas la chance de Deepak, répondit Stephen, en jetant un œil à Amisha qui étouffa son rire dans une quinte de toux. Je n'en ai pas.

— C'est dommage, lança Janna en se tournant vers Amisha. Le lieutenant a été tellement aimable d'autoriser quelqu'un de ton rang à apprendre dans son école prestigieuse. Tu dois lui témoigner ta gratitude.

— Ma sœur ? De quoi parles-tu ? demanda Deepak.

Amisha le vit réprimer un soupir. Elle savait qu'il n'avait jamais apprécié ses manières. Son statut de cadette lui avait permis de jouir de plus de liberté que les autres et elle avait toujours vacillé entre gentillesse et agressivité. La veille du mariage de sa sœur, elle s'était plainte que sa tenue n'était pas assez élégante. Comme on ne prenait pas en compte ses doléances, elle avait répandu du henné rouge dessus, obligeant ainsi ses parents à lui en acheter une neuve.

— Lieutenant, insista Janna en ignorant Deepak. Dans la tradition hindouiste, si un homme fait preuve d'une extrême générosité envers une femme, alors, elle le considère comme son frère. Il n'y a pas de meilleure occasion que *Raksha Bandhan* pour consolider votre relation.

— Ma sœur, intervint Amisha, qui avait les nerfs à vif, mais réussit à conserver un ton posé. Ça ne se fait pas d'imposer nos croyances au lieutenant. C'est notre invité et il n'a pas à prendre part à nos rituels.

Elle fixait Janna tout en essayant de respirer calmement.

— Je suis certaine que le lieutenant en serait honoré, répliqua Janna avant de s'adresser à Deepak. Pas vrai, mon frère ?

Il ignora sa sœur et regarda Stephen.

— Vous avez fait preuve d'une grande bonté en permettant à ma femme d'apprendre dans votre école.

Il posa sa tasse de *tchaï* sur la table. Les serviteurs la ramasseraient plus tard.

— Lieutenant, reprit-il. Ce serait un honneur de vous avoir pour frère dans notre humble demeure.

Impuissante, Amisha observa Stephen faire face à l'assemblée. Elle attendait qu'il parle, ignorant comment il allait le prendre et effrayée à l'idée de ce qu'il pourrait dire.

— C'est en effet un honneur pour moi d'accepter ce cadeau.

Stupéfaite, Amisha le fixa, avant de se souvenir qu'ils n'étaient pas seuls. Elle sentit le regard de Stephen sur elle. Il évaluait sa réaction.

— Je ne sais pas si j'ai un autre *rakhi*, murmura-t-elle en songeant au cordon sacré indispensable au rituel. Je n'en ai acheté qu'un au temple.

— Nous pouvons utiliser un simple fil rouge, lança Janna.

Elle alla fouiller dans le placard où Chara conservait autrefois son matériel de couture et trouva un petit morceau de fil. Elle le brandit comme un trophée.

— Il est très fin, mais ça devrait faire l'affaire.

Amisha le prit avec réticence. Elle s'avança vers Stephen d'un pas lent, et ne réalisa même pas qu'elle s'était arrêtée à quelques mètres de lui, jusqu'à ce que Deepak prononce son nom. Elle leva la tête vers lui : il la contemplait avec curiosité.

— Amisha, répéta-t-il, pour l'encourager.

— Oui, bien sûr.

Elle franchit la distance qui la séparait de Stephen sur des charbons ardents. Elle aurait préféré la torture physique à cela.

— Puis-je avoir votre main ? souffla-t-elle une fois près de lui.

Stephen soutint son regard tout en déboutonnant la manche de sa chemise et en la retroussant pour dévoiler son poignet. Amisha lut l'inquiétude dans ses yeux, mais il ne pouvait pas la réconforter. Pas maintenant, pas devant tout le monde. D'un geste incertain, elle enroula le fil autour de son poignet. Elle lissa ses poils pour ne pas les attraper dans le nœud. Alors, elle entendit son souffle saccadé, et sa paume devint moite. Pendant qu'elle nouait le fil, elle fit tout pour le casser, tirant à l'aide de son ongle. Stephen grimaça quand elle le griffa sans faire exprès.

— Désolée, dit-elle, entièrement absorbée par ce qu'elle tentait de faire.

Stephen porta sa main gauche à son poignet. Elle était certaine qu'il allait mettre fin à son petit jeu, mais elle constata avec surprise qu'au contraire, il l'aidait. Au moment où elle fit le nœud, le fil se coupa. Avec une déception feinte, elle le montra aux autres.

— Ma sœur, ce lien est trop fragile. C'est dommage que tu n'aies pas pris le temps d'acheter le tien toi-même au temple pour ton frère. Nous en aurions eu deux.

Amisha respira enfin, évitant le regard de Deepak.

— Ça n'a pas d'importance, dit Stephen, les yeux posés sur Amisha. Je n'étais pas destiné à devenir votre frère, en fin de compte.

# CHAPITRE 34

À coups de marteau, Ravi terminait le revêtement de la maison, en prévision de la saison des pluies. L'année précédente, l'eau avait pénétré et abîmé le bois. Ravi et Amisha avait passé des heures à éponger avec des serviettes et de vieux saris pendant que les garçons faisaient des glissades en riant. Ravi avait acheté des clous au charpentier du coin, qui avait ajouté au lot quelques-uns ayant déjà servi, mais toujours en bon état. Ravi s'était mis au travail dès le matin, espérant finir avant la fin de la journée. À midi, Amisha avait insisté pour qu'il se repose un peu et qu'il s'alimente, le déjeuner étant leur repas le plus copieux. Après cette heure, en temps normal, on dormait jusqu'au crépuscule.

— Ravi, tu ne pourras pas te servir de ton marteau si tu brûles en plein soleil. Mange et ensuite, tu reprendras ta tâche.

Amisha se tenait sur le porche, sa main en visière pour se protéger du soleil.

— *Shrimati*, répliqua-t-il sans s'interrompre. Je viendrai bientôt. Mais la pluie sera vite là, et tu seras contente que j'aie terminé mon travail.

— Bien.

Amisha attrapa un marteau et se mit à frapper au hasard sur le bois.

— Qu'est-ce que tu fais ?

Ravi essaya de le lui prendre sans la toucher. Elle recula. Un bras de fer s'engagea.

— Je t'aide. La pluie sera vite là, l'imita-t-elle.

Il la fusilla du regard. Mortifié qu'elle soit dehors à jouer à l'ouvrier, il posa ses clous et entra dans la maison. Avec un sourire paisible, Amisha rangea le marteau avec le reste des outils, et le suivit.

La pluie commença à tomber pendant la sieste. À l'heure du dîner, elle était devenue torrentielle. Ravi ne commenta pas. Il se contenta de lancer à Amisha un regard qui en disait long : d'autres femmes qu'elle auraient grincé des dents. Mais elle lui fit un clin d'œil et le félicita d'avoir eu la présence d'esprit de ne pas traîner pour faire les réparations nécessaires.

— La pluie va ramollir le bois, lança Amisha en observant le ciel sombre à travers la fenêtre. Il sera moins résistant.

— Merci, répliqua-t-il d'un ton sarcastique. Peut-être que je ferais mieux d'attendre la fin de la saison des pluies pour que la maison soit complètement submergée ! Alors, on n'aurait plus besoin de nous soucier du bois. Comme de vrais petits poissons, on pourrait nager de pièce en pièce.

Il enroula un morceau de plastique autour de son crâne pour se protéger de la pluie.

— Tu es en colère ? demanda Amisha.

Elle jeta un coup d'œil furtif au déluge à travers la porte ouverte. L'inquiétude la saisit et elle se mordit la lèvre inférieure jusqu'à ce qu'elle saigne.

— Contre toi ? Jamais, *shrimati.*

La tête couverte, il s'apprêta à sortir.

— La pluie se calme. Je devrais avoir fini d'ici une heure ou deux.

— Ravi !

Amisha essaya de le retenir car elle avait peur qu'il travaille dans ces conditions, avec à peine de quoi s'éclairer. Mais elle savait qu'il protesterait. Elle l'avait entendu promettre à Deepak d'avoir achevé avant son retour.

— Il fait nuit et tu vas avoir du mal à y voir, avec cette pluie.

— *Shrimati,* s'il te plaît, laisse-moi faire, rétorqua-t-il avant de soupirer. C'est mon devoir.

Amisha acquiesça. Deepak ne lui tiendrait pourtant pas rigueur de ne pas terminer, mais Ravi serait incapable de se pardonner s'il revenait sur sa parole. Elle ferma la porte derrière lui et laissa le doux martèlement de la pluie alléger sa culpabilité de l'avoir retardé dans sa tâche.

Amisha se précipita dehors quand elle entendit un hurlement suivi de gémissements de souffrance. Ravi travaillait depuis des heures. La pluie avait cessé. Il ne restait que de grosses flaques. Les enfants s'étaient endormis, enroulés dans des couvertures en laine pour se protéger de la fraîcheur qui avait envahi la maison. Tous les serviteurs étaient rentrés chez eux. Plus tôt, Amisha avait allumé deux lampes à huile et les avait apportées à Ravi. Elle lui avait préparé une Thermos de *tchaï* pour qu'il se réchauffe et l'avait posée près de lui. Ni l'un, ni l'autre n'avaient échangé un mot, mais ils savaient tous les deux que lui ne s'arrêterait pas avant d'avoir terminé et qu'elle ne se coucherait pas avant qu'il ait fini. Amisha dévala les marches où Ravi était assis. Il se tenait la jambe. Du sang coulait d'une plaie ouverte sur sa cuisse : il se répandait abondamment sur ses doigts, puis sur le sol.

— Ravi ! cria Amisha. Qu'est-ce qui s'est passé ?

— Le couteau.

Il gisait par terre à ses côtés, recouvert de sang.

— J'ai essayé de tailler un petit bout de bois et il a glissé.

Sa voix était saccadée ; sa respiration, laborieuse. Amisha déchira rapidement le bas de sa blouse sous son sari, s'assit et posa la jambe de Ravi sur ses genoux pour enrouler le tissu tout autour.

— Ne me touche pas, *shrimati*, articula-t-il en se débattant pour se dégager. Mon sang… sur toi…

— Tais-toi, Ravi.

Dans une tentative désespérée pour stopper l'hémorragie, elle serra le nœud, mais il ne fallut que quelques secondes pour que le tissu soit imbibé de sang.

— Je dois aller chercher un médecin.

— Personne ne viendra à cette heure-ci, murmura Ravi, qui cillait.

Il perdait trop de sang et trop vite. Il se garda d'énoncer ce qu'ils savaient tous les deux : qu'aucun médecin n'accepterait de soigner un intouchable. Certes, la culpabilité les poussait parfois à leur donner des médicaments, mais rien de plus.

— Je dois essayer.

Amisha refusait de le laisser se noyer dans son propre sang. Elle se précipita dans sa chambre et prit l'argent que Deepak conservait dans un tiroir du bureau.

— Ce n'est pas la peine, *shrimati*, dit Ravi quand elle revint auprès de lui et qu'il aperçut les billets dans ses mains. N'importe quel docteur préférerait me regarder mourir plutôt que de toucher mon sang.

Amisha savait qu'il avait raison : quelle que soit la somme proposée, elle ne réussirait pas à pousser le médecin du village à mettre de côté ses préjugés pour le sauver. Ravi luttait pour rester éveillé. Plus que quelques minutes, et il s'évanouirait, oubliant ainsi sa souffrance. Elle déchira un autre morceau de sa blouse et l'enroula autour de la blessure, plus étroitement cette fois.

— Je t'interdis de mourir, Ravi, lui ordonna-t-elle.

Les billets tombèrent dans la mare de sang qui s'était formée. Le rouge les submergea. Elle avait du mal à ne pas pleurer.

— Est-ce que tu m'entends ? supplia-t-elle.

Il ne répondit pas. Sans autre choix, poussée par le désespoir, elle se leva et se mit à courir. Elle se dirigea vers la seule personne qui pourrait l'aider. Elle ne savait pas s'il en serait capable ou s'il accepterait, mais elle pouvait toujours tenter sa chance. S'il le fallait, elle le supplierait et tomberait à genoux. Quand elle fut devant sa porte, elle la martela de ses poings et hurla bien plus fort que le vent violent.

— Stephen !

— Amisha ?

Il ouvrit d'un geste brusque, visiblement inquiet de la voir à cette heure-ci et dans cet état. Il lui prit la main et la fit entrer pour la protéger de la pluie.

— Qu'est-ce qui s'est passé ?

Amisha essuya ses larmes. Le vent avait emmêlé ses cheveux et ils retombaient sur son visage.

— S'il vous plaît, aidez-moi, lança-t-elle d'une voix terrifiée.

Sa main se relâcha dans la sienne.

— Ravi s'est blessé et je ne sais pas comment...

Ses jambes se dérobèrent sous elle et elle se laissa glisser contre le montant de la porte. Elle avait été complètement folle de venir ici. Il n'y avait rien à faire, à part accepter le fait que son ami était en train de mourir. À moins qu'il ne soit déjà mort. Son argent ou l'autorité de Stephen ne seraient d'aucune utilité si elle ne trouvait pas un médecin prêt à soigner un intouchable.

— Une minute.

Il se précipita dans la maison. Une seconde plus tard, il revenait, ses clefs en main.

— Allons-y.

Ils coururent tous les deux à sa petite voiture. Amisha se jeta sur le siège passager alors qu'il allumait le contact.

— Chez vous ?

— Oui.

Ils traversèrent les ruelles sombres. Seul le bruit des essuie-glaces rompait le silence. À peine le véhicule était-il arrêté qu'ils en jaillirent pour retrouver Ravi, allongé sur le sol.

— Il est vivant, annonça Amisha qui l'avait rejoint en premier.

Elle plaça sa main sur sa poitrine et la sentit bouger au rythme de sa respiration.

— Mettons-le dans la voiture.

Stephen souleva Ravi dans ses bras et l'installa à l'arrière. Il lui fit un garrot avec sa ceinture, avant de se glisser au volant en quatrième vitesse.

— Où allons-nous ? demanda Amisha en ouvrant la porte côté passager.

— Je l'emmène à l'hôpital militaire. Mais vous, non.

— Bien sûr que si.

Choquée qu'il pense qu'elle ne resterait pas aux côtés de son ami, elle ajouta :

— Je dois être avec lui.

— Je vais à trois villages d'ici. Comment réagirait Deepak si quelqu'un nous voyait ?

La pluie, qui avait pourtant cessé, reprit de plus belle. Avant qu'Amisha puisse protester, il demanda :

— Et quelles seraient les conséquences pour vos enfants ?

Amisha ne sut quoi répondre. Elle recula lentement. Si la dernière heure de Ravi avait sonné, elle ne voulait pas qu'il meure seul. Mais vu les circonstances, elle n'avait pas le choix.

— Prenez bien soin de lui, dit-elle, tête baissée.

Amisha ralentit en approchant du temple. Le ciel s'était obscurci et l'ombre l'enveloppait. Elle avait demandé aux voisins de garder les enfants afin de venir prier. Elle avait toujours eu du mal à croire qu'une prière puisse décider de l'avenir. Mais désormais, elle était prête à faire n'importe quoi pour modifier le cours du destin. Son ami était à l'agonie et elle n'était pas certaine que qui que ce soit, pas même Stephen, puisse le sauver. Les murs nus firent face à Amisha au moment où elle entra. Elle sonna la cloche encore et encore, jusqu'à ce que ses échos remplissent le ciel nocturne. Dans les arbres, les oiseaux s'éveillèrent et pépièrent en signe de protestation, mais elle s'en fichait. Elle ne songeait qu'à une chose : la survie de Ravi. Elle alluma des encens au jasmin avant de se mettre à genoux devant une statue. La fumée odorante s'éleva et l'enveloppa. Ses yeux lui brûlaient. Elle ne savait pas si c'était à cause de la fumée ou des larmes.

— Ce n'est pas bien de jouer avec la vie des gens, déclara-t-elle en défiant les dieux tout-puissants et leur force.

Elle était venue ici pour prier et la voilà qui donnait des ordres. Pas de compromis quand la vie de son ami était en jeu. Elle ne s'intéressait pas le moins du monde au destin ou à la réincarnation. Elle ne ferait pas de quartier. Ravi devait vivre car la vie ne devait pas être injuste.

— Je ne tolérerai pas qu'il meure, menaça-t-elle, alors que sa peur laissait place au calme. Vous n'avez aucun droit sur lui. Pas maintenant que les choses ont commencé à lui sourire.

Elle songea à son mariage imminent.

— Son bonheur ne vous appartient pas.

Elle pensa à sa fiancée et à ses parents. À ses frères et sœurs, dont il s'occupait. À tous ceux qui l'aimaient inconditionnellement. Elle essuya rageusement les larmes qui coulaient sur ses joues.

— Je n'accepte pas votre désintérêt total pour la vie des hommes. Il est innocent et ne fait que survivre avec les piètres moyens que vous lui avez accordés.

Elle se leva, se tenant face aux cieux.

— Ce combat n'est pas le sien. On va dire que vous êtes prévenus. Je suis à ses côtés et si vous voulez son âme, il faudra d'abord prendre la mienne.

Sans un mot de plus, elle quitta le temple, convaincue que les dieux l'avaient entendue.

# CHAPITRE 35

D'un geste absent, Amisha faisait bouger la balancelle d'avant en arrière. Le regard fixé sur l'obscurité, elle comptait les minutes jusqu'à ce que tout se mélange et qu'elle perde totalement la notion du temps. Au moment où elle croyait devenir folle d'inquiétude et de terreur, on frappa à la porte. Elle bondit au-dessus des enfants endormis par terre et ouvrit avec vigueur. Stephen se tenait sur le perron.

— Est-il vivant ? demanda-t-elle, au désespoir.

Elle agrippait le montant si fort qu'elle en eut mal aux doigts.

— Oui, répondit-il en passant une main sur son visage, où se lisaient lassitude et fatigue. Il va souffrir pendant quelques jours, mais rien de grave.

— Merci.

Amisha tenta de ravaler le sanglot logé dans sa gorge, mais n'y parvint pas. Dans son sommeil, Jay perçut la détresse de sa mère. Il se mit à remuer et à murmurer des choses incohérentes. Elle fit signe à Stephen de la suivre dans la chambre pour ne pas réveiller les enfants. Stephen semblait remplir tout l'espace de cette petite pièce. Il ferma la porte derrière lui, jetant un œil au lit avant de détourner le regard. Projetées par la douce lueur de la lampe sur le bureau, des ombres dansaient sur les murs.

— Comment vous remercier ?

Ils se faisaient face. Elle cilla, essayant de s'éclaircir les idées.

— Sans vous, j'ignore ce qui se serait produit.

— Vous n'avez pas à me remercier.

Il scruta son visage sillonné par les larmes. Il le prit en coupe dans ses mains et passa son pouce sur les traces de pleurs.

— Je sais combien il compte pour vous.

Amisha ferma les yeux. Épuisée par les événements, elle n'avait pas la force de le repousser. Au contraire, elle posa sa main sur la sienne et la pressa, comme pour la faire pénétrer sa peau. Ainsi, elle se sentait en sécurité.

— J'étais sûre…

Elle s'interrompit. Il attendit qu'elle poursuive. Sa patience était un baume sur la peur qui l'avait torturée toute la nuit.

— J'étais sûre que vous l'aideriez, articula-t-elle enfin avec difficulté. Vous vous êtes occupé de Ravi et vous l'avez sauvé.

Stephen s'approcha encore, et se trouva plus près d'elle que jamais. Elle perçut son hésitation. Bien sûr, il savait qu'elle allait lui dire d'arrêter et qu'ils ne pouvaient se comporter ainsi. Elle avait conscience que ce n'était pas convenable et que si les membres de sa famille l'apprenaient, ils en souffriraient. Mais à cet instant, rien de tout cela n'avait d'importance. Alors elle s'avança, elle aussi. Quand elle posa la tête sur son épaule, il enroula ses bras autour d'elle et l'enlaça étroitement. La respiration de Stephen s'accéléra. Les larmes qu'elle s'était empêchée de verser coulèrent. Elles mouillaient la chemise de Stephen. Elle tremblait de tous ses membres.

— Chut…

Il passa la main dans ses cheveux, puis sur son dos, tout en tentant de l'apaiser.

— Il est sain et sauf.

Amisha pleura jusqu'à l'épuisement. Quand elle se sentit mieux, elle ne recula pas, tenant toujours Stephen par la taille. Elle avait été si vide et terrifiée… Mais grâce à Stephen, Ravi avait vaincu la mort. Infiniment émue, elle resserra son étreinte. Ce soir, elle avait fait appel à Stephen et il avait répondu présent.

Il la plaqua contre lui. Amisha posa les mains sur son torse et, de son index, elle se mit à tracer des cercles autour de son cœur. Elle avait besoin que le contact soit plus fort, et elle pressa sa paume contre son corps, espérant ainsi toucher son âme. Il intensifia lui aussi leur étreinte, plongeant les doigts dans sa chevelure. Elle pouvait sentir les puissants battements de son cœur ; il pouvait entendre son souffle court. Il saisit le pan de son sari d'un geste lent, puis s'interrompit, lui laissant le temps de dire non. Amisha posa sa main sur la sienne. Elle appuya sa tête contre son épaule et inspira longuement. Elle le désirait. Le réaliser fut un choc et une libération. Cela menaçait tout ce qui comptait pour elle. Elle n'avait aucun droit d'être avec lui. Elle était une épouse et avait trois enfants. Elle avait la responsabilité d'honorer Deepak et leur mariage. Sa place n'était pas aux côtés de Stephen et ne le serait jamais. Pourtant, elle souffrait plus à l'idée de le repousser que de se laisser aller.

Elle libéra donc sa main et attendit. Celle de Stephen glissa sous le tissu, sous les hanches d'Amisha. Ses paumes étaient chaudes à travers les couches de vêtements. Il la serra fort contre lui, dans un geste intime. Puis, il la souleva de manière à la plaquer entre ses cuisses.

Elle sentit son excitation et ses jambes tremblèrent entre les siennes. Elle griffa sa nuque alors que les caresses de Stephen glissaient de nouveau de sa poitrine à ses fesses puis passa les doigts sous sa chemise, touchant sa peau nue.

— Amisha, murmura-t-il à son oreille.

— Stephen ?

Elle sentit son corps viril se tendre sous son contact. Sa mère ne lui avait jamais parlé de ce sentiment qui tourbillonnait en elle, ni de ce désir qui les liaient au point qu'ils ne faisaient qu'un, de cette envie de lui qui la laissait pantelante et avide.

— Tout va bien, dit-il en la ramenant étroitement contre lui.

Il ferma les yeux et il la mena avec douceur contre le mur. Amisha, qui frissonnait, s'étonnait de ces sensations nouvelles. Quand Deepak lui faisait l'amour, elle voyait son visage se contracter et son corps se tendre avant que son plaisir éclate, mais son propre corps n'en avait jamais fait l'expérience. Elle avait bien eu quelques sensations agréables, mais jamais comme à cet instant.

Les bras de Stephen se resserrèrent autour d'elle et il la plaqua contre le mur. Les lèvres d'Amisha rencontrèrent les siennes. Elle les ouvrit et le laissa la posséder. Puis sa bouche se déplaça sur ses joues et enfin, sur sa gorge. Elle entendit son souffle saccadé. Elle-même respirait si vite… Elle enfonça ses doigts dans ses avant-bras, ferma les yeux et tout devint noir.

Quand son corps fut rassasié, elle laissa tomber sa tête contre son épaule. C'était comme si elle était nue, même si Stephen ne l'avait pas déshabillée. Elle ne comprenait pas vraiment ce qui s'était produit, mais essayait d'y donner un sens. Ils n'avaient pas fait l'amour, mais avaient atteint un niveau d'intimité qu'elle n'avait jamais eu avec Deepak. Honteuse, elle relâcha son étreinte et baissa la tête.

— Ne fais pas ça, l'avertit Stephen d'une voix étranglée. Ne te ferme pas.

— Ce qui vient de se passer… lança Amisha avant de s'interrompre, pleine d'incertitude.

— … est arrivé parce que nous éprouvons quelque chose l'un pour l'autre.

— Tu avais dit que c'était de l'amitié.

— C'était ce que tu avais besoin d'entendre. Pour pouvoir justifier nos sentiments.

— Je ne sais pas ce que je ressens.

Elle voulait les convaincre tous les deux. La pièce lui sembla soudain minuscule. Amisha se dégagea de son étreinte et glissa sur le côté.

— Tu mens, affirma-t-il d'une voix dénuée de dureté.

Son visage était compréhensif ; sa souffrance, apparente.

— Nous nions nos sentiments depuis trop longtemps.

— Je suis mariée. Je n'ai pas le droit de ressentir quoi que ce soit pour toi.

La honte l'empêchait d'y songer.

— Ce que nous avons fait…

Amisha s'interrompit, incapable de trouver les mots justes.

— Nous sommes… commença-t-il.

— Non.

Amisha ne pouvait pas lui laisser finir sa phrase. Sinon, les dieux pourraient l'entendre et rendraient tout cela bien trop réel. Et elle n'était pas prête.

— S'il te plaît… Je ne peux pas.

Stephen scruta son visage avant de le prendre en coupe dans ses mains et l'embrassa avec douceur.

— D'accord.

Elle perçut combien la situation le frustrait et sa propre culpabilité pesa plus lourd. Les bouleversements de cette soirée l'avaient épuisée. Et pourtant, elle cherchait un sens ou une raison à ce qui s'était passé entre eux.

— Bonne nuit, murmura-t-il tout contre ses lèvres.

Il quitta la pièce. Amisha fixa pendant longtemps le montant de la porte derrière lequel il avait disparu.

***

Ravi passa par l'arrière de la maison. Deux jours s'étaient écoulés depuis sa blessure, mais il se présentait aujourd'hui au travail. En compagnie des enfants, Amisha lui avait rendu visite chez lui. La famille de Ravi s'était agitée autour d'elle comme si elle était une reine. Leur désir de lui plaire l'avait amusée. Elle avait dit aux parents de Ravi qu'ils étaient âgés et qu'elle se devait de prendre soin d'eux. Elle leur avait donné une belle somme d'argent pour payer les médicaments dont Ravi aurait éventuellement besoin.

— Je viens travailler, lança ce dernier quand Amisha le fit entrer.

— Tu devrais être au lit, le gronda-t-elle en l'aidant à avancer.

Il utilisait un long bâton en guise de canne.

— Pour regarder les mouches voler ? demanda-t-il en levant les yeux au ciel.

— Non, pour te rétablir.

Il l'ignora et se rendit en cuisine pour attaquer la vaisselle.

— Rentre chez toi.

— Non, je vais bien.

— Tu saignais à mort et maintenant tu vas bien ?

Amisha le suivit. Bina était à la rivière, en train de laver le linge avec un autre serviteur. Ils étaient donc seuls.

— Oui, c'est un miracle, commenta Ravi en saisissant une casserole sale.

— Le miracle, ce serait que tu rentres chez toi et que tu te reposes.

Elle lui enleva la casserole des mains. Peine perdue : il en prit une autre.

— Si je passe mon temps à dormir, qui fera le travail ?

Il retroussa son pantalon et s'accroupit pour se mettre à frotter la casserole avec application.

— Les autres serviteurs.

— Ils ne sont pas aussi bons que moi. En plus, je dois gagner l'argent que tu as donné à ma famille.

Une fois la casserole propre, il en prit une autre. Amisha n'avait pas eu le temps de s'en occuper et la vaisselle sale s'amoncelait.

— D'accord. Tu veux travailler ? Soit. Mais si tu as mal, ne viens pas te plaindre, répliqua-t-elle, visiblement inquiète.

— Je souffrirai en silence, dit Ravi, sourire aux lèvres.

— Même si tu souffres en pleurant, je ne t'accorderai aucune attention.

— Parfait.

Toute la matinée, Ravi s'activa aux côtés d'Amisha et des autres serviteurs. Le soir, ce fut Amisha qui donna leur repas aux enfants et lava les vêtements qu'ils mettraient à l'école le lendemain. Les garçons se précipitèrent dehors pour jouer jusqu'à l'heure de se coucher. Les autres serviteurs partirent dîner chez eux, en famille.

— Merci.

Ravi avait travaillé sans relâche toute la journée, jusqu'à ce que tout soit fait.

— Pour t'avoir autorisé à travailler ? demanda Amisha.

Ravi posa la main sur sa blessure. Il grimaça et elle sut qu'il avait mal.

— Pour m'avoir sauvé la vie.

— Non, lança-t-elle, se détournant pour ne pas en entendre plus. N'en parlons pas.

Ravi ne se laissa pas faire. Il la contourna en boitant.

— Sans toi, je ne serais pas là, aujourd'hui, poursuivit-il en joignant ses mains. Je te suis profondément reconnaissant.

— Eh bien, pour le moment, je ne veux pas te voir travailler ici ! Et si tu continues à me dire des choses insensées, je vais te frapper, juste pour que tu te taises.

Amisha se souvenait de chaque détail de cette nuit. De la terreur de ne pas savoir ce qu'il deviendrait. Elle se sentait si reconnaissante qu'il soit bien vivant, et d'avoir ainsi l'occasion de se disputer avec lui !

— Ce que tu as fait pour moi… commença Ravi avant de s'interrompre, submergé par l'émotion.

— Tu es mon ami, dit Amisha sans détour.

— Les gens ont beaucoup d'amis.

— Pas moi.

Amisha haussa les épaules et n'ajouta rien. Elle se mit à plier le linge. Les mots qu'elle venait de prononcer résonnaient profondément en elle, et elle se sentait complètement déboussolée.

— Ton lieutenant n'a pas voulu me laisser mourir. Il a exigé que je vive.

— Ce n'est pas « mon » lieutenant, précisa Amisha alors qu'une chaleur inattendue la parcourait.

Le souvenir de ce qu'ils avaient fait l'envahit sans qu'elle puisse le repousser.

— Pourquoi t'être tournée vers lui ? Quand tu es partie, je pensais que tu irais chercher un médecin.

— Aucun ne serait venu, dit-elle, refusant de lui mentir. Je ne pouvais pas te laisser mourir. J'ai appris à connaître le lieutenant et je sais qu'il se soucie profondément des gens.

— Il doit vraiment tenir à toi pour avoir fait ça.

— Il l'aurait fait pour n'importe qui.

— *Shrimati*, lui confia Ravi. Quand nous sommes arrivés à l'hôpital, je l'ai entendu se disputer avec le personnel administratif. Ils disaient que l'établissement n'accueillait que les membres du Raj. Le lieutenant a menacé de joindre le commandant en chef pour ordonner qu'ils me portent assistance. Ça a été suffisant pour qu'ils se bougent et m'aident.

Amisha conservait une expression neutre, tentant en vain de masquer ses sentiments.

— Je l'ignorais.

— Mon trésor à moi, c'est que tu me considères comme ton ami. Et ton trésor à toi, c'est lui.

# CHAPITRE 36

Amisha posa sa tête sur les oreillers en tripotant la couverture. Chaque fois qu'elle s'allongeait, son estomac gargouillait. Elle avait essayé d'écrire, mais les mots se refusaient à elle. Elle était affamée et cela rendait les tâches les plus banales impossibles à accomplir.

— Trois jours que tu n'as pas mangé, dit Ravi en entrant dans la chambre sans frapper.

Il boitait toujours, mais sa jambe allait mieux.

— Il n'est pas venu, ajouta-t-il.

— Il viendra.

Elle n'avait pas revu Stephen depuis la nuit de l'accident : l'école était fermée pour les vacances. Par conséquent, Amisha n'enseignait pas.

— Comment va le bébé ? demanda-t-elle.

— Paresh n'est plus un bébé.

Bina s'était chargée de le laver et de l'habiller.

— Bina l'a emmené au marché faire des courses.

Ravi s'assit sur la chaise de bureau et fouilla dans la liasse de papiers sur lesquels Amisha avait griffonné dans l'espoir de rédiger quelque chose.

— Il a refusé de lui tenir la main, en expliquant qu'il était un grand, comme ses frères. Cinq minutes plus tard, il lui a dit qu'il voulait se changer. Il s'était taché avec du lait.

— Il pousse trop vite, lança Amisha avec un sourire. C'est le cas de mes trois bébés.

Elle pensa à ses fils, puis à Deepak. Son sourire se voila.

— Deepak n'a pas envoyé de télégramme ? s'enquit-elle nerveusement.

— Non, *shrimati*, répondit Ravi en la regardant avec attention. Je ne crois pas qu'il se souvienne que ce sont les vacances.

Soulagée, Amisha acquiesça.

— C'est mieux comme ça.

Quand elle se rallongea, Ravi eut l'air angoissé.

— Devrais-je aller à l'école ? demanda-t-il.

Quand il lui avait raconté l'épisode de l'hôpital, elle lui avait avoué que Stephen et elle étaient bien plus proches qu'elle n'aurait pu l'imaginer. Il l'avait écoutée sans la juger. Lorsqu'elle lui avait expliqué ce qu'elle voulait faire, le jour de *Karva Chauth*, il avait fait en sorte de l'aider dans son entreprise. Durant cette fête, célébrée par les femmes mariées dans tout le pays, on jeûnait tout le jour. Dès que la lune paraissait, les femmes buvaient leur première gorgée d'eau des mains de l'homme pour lequel elles s'étaient privées. En retour, elles demandaient aux dieux d'accorder à ce dernier une longue vie.

— Non, refusa Amisha, qui ne permettrait pas que Ravi rende les choses plus faciles. Il doit venir de lui-même.

— Tu n'es pas allée à l'école depuis l'accident, dit Ravi, perplexe. Comment peut-il savoir ce qu'il doit faire ?

— S'il ne le sait pas, c'est que je suis stupide d'avoir cru en nous.

Des images de leur nuit lui revinrent en tête. Elle l'avait revécue des centaines de fois, se demandant systématiquement si elle aurait pu réagir différemment.

— Mais je ne pense pas l'être.

C'est à ce moment qu'on frappa à la porte. Immédiatement, Ravi se leva alors que Bina ouvrait au visiteur. Elle murmura un salut et à son ton, Amisha et Ravi comprirent qu'il s'agissait de Stephen. Le soulagement et la joie l'envahirent. Même si elle avait du mal à analyser ce qui se passait entre eux, elle ne s'était pas trompée sur ce point : il était bien venu à elle. Bina mena Stephen jusqu'à la chambre. Il se posta dans l'embrasure de la porte et posa un regard soucieux sur Amisha avant de se tourner vers Ravi.

— Monsieur, salua ce dernier en s'inclinant, les mains jointes. *Namaste.*

— *Namaste.*

Stephen observa la jambe de Ravi, visiblement enchanté de le voir en forme.

— Comment vous sentez-vous ?

— Je marche. Et je dois surtout vous remercier, monsieur.

À côté de Stephen, il semblait petit.

— Je vous suis infiniment redevable.

— Pas du tout, répliqua Stephen sans hésiter. Faites juste en sorte de rester en bonne santé et de ne plus flirter avec la mort !

Il regarda Amisha.

— Je ne sais pas si Amisha pourrait le supporter.

— Je ferai de mon mieux, monsieur, promit Ravi en l'invitant à entrer.

— Vikram vous a-t-il dit que Deepak est à Bombay ? demanda Stephen sans s'adresser à qui que ce soit en particulier.

— Il y était déjà avant mon accident, monsieur, répondit Ravi avant qu'Amisha puisse le faire. Il ne reviendra pas avant une semaine au moins.

— Je vois.

Il entra dans la chambre et se rendit au chevet d'Amisha. Tout en la regardant avec intensité, il l'interrogea :

— Qu'est-ce qui ne va pas ?

C'est à peine si Amisha et Stephen entendirent Ravi sortir de la pièce.

— Est-ce que tu as besoin d'un docteur ?

— Non, tout va bien.

Elle avait espéré qu'il vienne, elle s'était accrochée à cette idée.

— Tu es là, lança-t-elle d'une voix que son jeûne de trois jours avait rendue grave et faible.

Elle tripota la couverture, rassemblant ses émotions.

— L'école est fermée pendant les vacances, mais je croyais que tu te présenterais pour tes leçons. Au bout d'un moment, je me suis fait du souci. Après ce qui s'est passé l'autre nuit… ajouta-t-il avant de s'interrompre et de chercher son regard. Je n'arrêtais pas de penser à toi, mais je ne savais pas si tu voulais me revoir.

Son inquiétude la réchauffa et elle le rassura :

— Alors nous serons tous les deux centenaires, comme le dit une légende hindoue, puisque moi aussi, je pensais à toi tout le temps.

Elle hésita à lui expliquer pourquoi elle était au lit, apparemment malade : en effet, elle avait tout misé sur sa venue par lui-même.

— Je ne t'ai pas vu depuis…

Elle ne parvint pas à évoquer cette fameuse soirée. Et pourtant, durant des jours et des nuits, elle n'avait eu que ça en tête. Au départ, elle s'était convaincue qu'ils avaient agi sous l'effet de la panique et de l'émotion. Mais les jours passaient, et ce souvenir la réchauffait… Son désir pour lui ne faisait que croître. Elle avait donc été obligée d'admettre la vérité. Elle tenait à lui plus que tout. Quand elle était avec lui, elle était heureuse comme jamais. Alors, certes, elle tentait toujours de maîtriser ses sentiments, mais ne luttait plus contre eux. En aimant Stephen, elle n'enlevait rien à Deepak. Celui-ci avait besoin d'elle pour entretenir la maison et s'occuper des enfants : elle s'acquittait de sa tâche sans se plaindre ni protester.

— Je dois te demander quelque chose, dit-elle.

— Ton repas, *shrimati,* annonça Ravi en entrant.

Il tenait un plateau sur lequel se trouvaient de la nourriture en grande quantité et un verre d'eau de coco.

— S'il vous plaît, monsieur ? reprit-il alors qu'il tendait le plateau à Stephen tout en évitant le regard d'Amisha. Elle n'a pas mangé depuis trois jours. Pourriez-vous l'aider à boire une gorgée d'eau pendant que je m'occupe du riz ?

Stephen acquiesça et Ravi, rassuré, sortit. Stephen saisit le verre sans toucher à la nourriture. Il s'assit sur le lit, à côté d'elle.

— Qu'est-ce qui se passe, Amisha ?

La honte l'empêcha de tout lui expliquer. Avec lui, elle marchait sur le fil ténu qui séparait leurs deux mondes dans l'espoir de trouver son équilibre. Du point de vue de sa propre culture, ce qu'elle avait fait cette nuit-là était totalement répréhensible. Et pourtant, elle ne pouvait admettre avoir eu tort. Le moindre contact avec Stephen semblait plus authentique que n'importe quoi d'autre. Elle avait été offerte à Deepak sans avoir son mot à dire. Elle avait fait sa vie avec lui parce qu'elle n'avait pas eu le choix. Mais Stephen était le choix du cœur, celui qu'elle n'avait jamais pu faire. Ce qu'elle ressentait pour lui n'appartenait qu'à elle. Quand *Karva Chauth* était arrivé, elle avait su quoi faire sans la moindre hésitation. Elle avait jeûné pour Deepak chaque année depuis leur mariage. Deepak lui offrait de l'eau et de la nourriture et puis retournait rapidement travailler. Amisha ne s'en était pas offensée. Elle refusait que l'indifférence de Deepak affecte la portée du sacrifice.

Cette année, Deepak était loin et n'avait pas pris de ses nouvelles. Ravi avait préparé un repas complet le premier jour du jeûne, mais Amisha n'avait pas mangé. Quand Ravi lui avait demandé pourquoi, elle lui avait dit qu'elle jeûnait. Mais pas pour Deepak.

— *Shrimati ?* Qu'est-ce que tu vas faire ?

La lune était déjà haute et les femmes du village savouraient leur premier repas de la journée.

— L'attendre, avait répondu Amisha, confiante.

— Et s'il ne vient pas ?

— Je mourrai de faim, avait-elle affirmé, certaine toutefois de ne pas en arriver là.

Il la rejoindrait et elle pourrait lui assurer un bel avenir.

Mais désormais, alors que Stephen était enfin à ses côtés, elle se sentait gênée par son initiative et craignait qu'il ne comprenne pas cette pratique si importante pour elle.

— Amisha ? répéta Stephen qui attendait qu'elle lui réponde.

— Il y a une coutume, chez les femmes indiennes. Une fois par an, elles jeûnent pendant une journée et une nuit dans l'espoir qu'en échange, les dieux garantissent à l'homme pour qui elles se sont privées une longue et heureuse vie. Souvent, il s'agit de leur mari. Quand la lune se lève, l'homme leur offre la première bouchée de nourriture et la première gorgée d'eau.

Amisha lui avait exposé le plus clairement possible le rituel, et elle attendait sa réaction.

— Tu n'as pas mangé ?

— Non.

Elle jeta un regard gourmand au plateau.

— Pendant trois jours ?

— Je devais patienter jusqu'à ce qu'on me donne la première bouchée.

— Et Deepak ne l'a pas fait ?

— Je n'ai pas jeûné pour lui, dit Amisha, révélant ainsi ses sentiments de la seule manière dont elle le pouvait.

Incertaine, elle attendit. Elle avait déjà eu peur, elle avait déjà douté, mais jamais comme à cet instant. Cette privation était la preuve qu'elle tenait à lui. Que pour elle, il comptait autant que Deepak, voire plus. Et si elle avait mal interprété son comportement lors de cette nuit partagée ? Elle se sentirait tellement stupide d'avoir ainsi avoué ses sentiments !

— Et si je n'étais pas venu ?

L'inquiétude plissait le front de Stephen.

— Tu es venu, lui confia Amisha, essayant toujours de comprendre ce qu'il ressentait. Et maintenant, j'attends.

Stephen se rapprocha d'elle. Il écarta les mèches de cheveux qui balayaient son visage. Ses yeux cherchèrent les siens et elle y lut de la confusion et de l'incertitude. Exactement ce qu'elle éprouvait. Il hésita et elle détourna la tête, sûre d'avoir commis une erreur et d'en avoir trop dit. Il saisit son menton et tourna lentement son visage pour qu'elle soit face à lui. Du pouce, il caressa sa joue. Il inclina doucement le verre sur ses lèvres entrouvertes, la regardant le vider en quelques secondes. Puis, il essuya quelques gouttes de la boisson sucrée qui s'égaraient sur son menton. Il prit un morceau de *naan*, le plongea dans la soupe de lentilles et le lui donna. Ses doigts s'attardèrent sur sa bouche.

— Merci, souffla-t-il d'une voix enrouée par l'émotion. Pour ton sacrifice.

— Maintenant, je sais que tu vivras cent ans.

Amisha poussa un soupir de soulagement. Même s'ils étaient dans le flou – leur relation était au-delà de l'amitié, mais ne pourrait jamais aller plus loin –, elle était heureuse d'avoir assuré son avenir. Sans un mot, elle lui avait avoué combien il comptait pour elle.

— Alors, comment dois-je te remercier ? demanda-t-il quand le silence s'éternisa.

— Ne meurs jamais, répondit-elle avant de s'allonger et s'endormir, le ventre plein.

# JAYA

# CHAPITRE 37

Après ma première fausse couche, je suis restée alitée deux jours. Rapidement, je me suis sentie coupable de ne pas tenter quelque chose, n'importe quoi pour que tout s'arrange. Je me suis alors mise à lire tous les ouvrages qui parlaient des fausses couches et de la manière de les éviter. J'ai discuté avec des amis médecins et j'ai intégré un groupe de soutien. J'avais une mission et j'étais prête à tout pour que ma prochaine grossesse se passe bien. Patrick était à mes côtés. Il semblait comprendre mon besoin de tout contrôler. Je croyais que lui aussi prenait les choses en main de son côté. Un soir, juste après avoir terminé un bouquin sur le fonctionnement du corps féminin, je lui ai demandé ce qu'il faisait, lui.

— Rien, m'a-t-il répondu. C'est le destin : si ça doit arriver, ça arrivera.

Pendant des jours, j'ai ruminé ses paroles. J'ai peut-être pensé qu'il ne se sentait pas assez concerné ou qu'il me trahissait, car moi, je souffrais. Quoi qu'il en soit, je me suis montrée plus distante. Maintenant, je suis au courant du sacrifice qu'a fait ma grand-mère durant *Karva Chauth* ; de sa volonté de prouver son amour à Stephen, même s'ils n'avaient pas d'avenir ensemble. Et je ne peux m'empêcher de songer que quand il ne nous reste rien, que nous ne trouvons aucune réponse à nos questions, alors, la foi est notre plus grande alliée. Peut-être que Patrick s'accrochait à cela, en dernier recours.

Je frappe à la porte de la maison de Ravi et patiente. Dans ma tête, l'histoire d'Amisha et la mienne se mêlent. Tous ces choix qu'elle n'a pas pu faire, toute la liberté dont j'ai disposé… Tous les chagrins qui l'ont secouée, tous ceux que j'ai fait mine d'ignorer… La femme admirable qu'elle était, celle que je ne suis pas… Misha ouvre la porte et m'adresse un grand sourire. La moitié de ses cheveux est tressée ; l'autre, relâchée. Elle tient une brosse à la main.

— Bonjour, *beti.*

Enchantée de la voir, je passe mon bras autour de ses épaules et l'étreins.

— Vous ne m'avez pas dit que votre magnifique arrière-petite-fille serait là aujourd'hui ! je lance à Ravi qui s'agite en cuisine.

— Ma magnifique arrière-petite-fille sera là aujourd'hui, réplique-t-il en faisant son apparition, armé d'une serpillière.

Misha glousse, lui arrachant un sourire. Elle se tourne ensuite vers le miroir et bataille pour démêler sa chevelure. Je lui enlève doucement la brosse des mains.

— Est-ce que je peux t'aider ?

Elle acquiesce et je m'attaque aux nœuds en prenant garde de ne pas y aller trop fort. Puis, je lui fais une tresse.

— Alors, qu'est-ce qui est prévu, cet après-midi ?

Ravi m'a dit qu'il souhaitait s'accorder une journée de repos pour visiter les villages aux alentours. J'ai accepté de l'accompagner.

— Direction l'ashram, répond-il.

Avisant mon air confus devant ce changement de programme, il s'explique.

— C'est un orphelinat. Nous y allons souvent avec Misha, et elle veut te le montrer.

— Quand je serai grande, je serai professeur, déclare cette dernière.

Je m'assieds avec elle à l'arrière du *rickshaw* alors que Ravi s'installe à l'avant. Quand le véhicule cahote sur des graviers, elle prend ma main.

— Excellente idée. Tu auras des élèves. Et tu leur apprendras…

— Avec gentillesse.

Quand j'éclate de rire, elle lève un sourcil interrogateur.

— Mon professeur tape sur nos mains avec une règle quand on répond faux. Mais il nous donne un bonbon quand nous avons juste, alors j'ai toujours juste.

Choquée par cette façon d'enseigner datant d'un autre temps, je jette un œil à Ravi.

— La règle est en mousse. Il faudrait que le professeur possède une force surhumaine pour leur faire mal.

Durant le reste du trajet, Misha discute de tout et de rien. Ses repas favoris, ses amies… Elle nous raconte sa petite vie en détail. Quand nous arrivons à destination, j'ai même entendu des anecdotes datant de ses trois ans. Derrière Ravi et Misha, je gravis les marches d'un bâtiment de construction très simple, de plain-pied. Il est en bois, peint en blanc, et il y a des fenêtres à volets marron. Une porte massive ouvre sur un hall d'entrée encombré qui donne sur une grande pièce. Rien de ce que j'ai vu dans les rues ici, ou de ce que j'ai pu lire dans mes manuels scolaires, ne m'a préparée à ce qui se trouve sous mon nez. Des draps sur le sol ; partout, des bébés et des gamins en totale liberté ; les pleurs et la puanteur de l'urine et des selles qui saturent l'air… Je plaque ma main sur ma bouche pour atténuer ma nausée.

— Ravi ? je lance en scrutant les lieux à la recherche du personnel en charge. C'est…

— Oui, dit-il calmement, comprenant visiblement à quel point je suis choquée. Beaucoup d'enfants vivent ici.

Le bâtiment est divisé en quatre pièces, plus minuscules les unes que les autres. Dans la cuisine, on conserve des lentilles et du riz : c'est ce que mangent principalement les enfants. On a posé des bouteilles de lait sur des blocs de glace qui sont en train de fondre.

Il y a seulement un petit réfrigérateur, comme celui que j'avais dans mon dortoir, à l'université. Entreposé dans un cagibi, il y a du savon et des vêtements offerts par la communauté. Ils gisent dans une boîte, en fouillis. Des enfants endormis sont enfouis sous des couvertures épaisses ; d'autres pleurent en s'accrochant aux autres, comme à des peluches. Il n'y a ni oreillers ni matelas : des tapis et des draps font office de lits.

— Où sont les puéricultrices ? je murmure.

— Le temple n'a pu en embaucher que deux.

Ravi observe Misha qui a trouvé des enfants avec qui jouer.

— Les parents qui n'ont pas les moyens d'élever leurs enfants ou qui ne les désirent pas les laissent ici. La plupart d'entre eux ont des malformations ou sont handicapés.

Les pleurs d'un nourrisson attirent mon attention. J'enlève mes chaussures et le prends dans mes bras avec des gestes doux. Il a le visage plat et un cou très court : c'est révélateur de trisomie 21.

Tout en berçant, je repère dans un coin deux enfants amputés. Bien d'autres semblent en difficulté et clairement, ils ont besoin de soins particuliers.

— Elles passent la journée à préparer les repas et à laver les petits. Elles font du mieux qu'elles peuvent. S'ils atteignent l'âge de six ans, les enfants sont envoyés à l'orphelinat d'un village voisin. L'eau courante est rare. À cause des restrictions gouvernementales, elle est coupée la plupart du temps. Parfois, elle est contaminée par des bactéries, alors les enfants ont mal au ventre et développent des problèmes de peau.

Il secoue la tête.

— Ce sont alors les jours les plus difficiles.

Durant les heures qui suivent, nous aidons les puéricultrices à laver et à donner à manger aux enfants. Ensuite, je m'amuse avec eux et je chante des chansons aux plus petits. Je leur apprends les règles du jeu du facteur et ils le transforment en course-poursuite. Les heures s'écoulent, et au bout d'un moment, je suis épuisée. J'ai besoin d'une pause. Je pars à la recherche de Ravi et le trouve dans une pièce tout au fond. Il est en train de se reposer, installé sur une chaise pliable. Je m'assieds sur le sol et m'adosse contre le mur.

— Seulement deux adultes. Comment font-elles ?

— Pour certains, l'Inde offre la vie de château, dit Ravi avec simplicité. Mais d'autres tâchent de survivre du mieux qu'ils peuvent.

Quand un gamin vient errer dans la pièce, Ravi le taquine avec sa canne jusqu'à ce qu'il s'enfuie en riant.

— Je pense que c'est pareil chez vous, non ?

— Pourquoi venez-vous ici ? je l'interroge.

Il a raison : chacun doit trouver sa propre voie, à sa manière. Ravi jette un œil dans la grande salle à la recherche de Misha et l'aperçoit en train de jouer avec un groupe d'enfants.

— Elle fait tout pour ne pas se laisser abattre par son handicap. Mais un jour, elle m'a demandé pourquoi Dieu l'avait faite plus faible que les autres. Alors, nous sommes venus ici. J'ai voulu lui montrer que ce n'était pas vrai. Il existe d'autres enfants moins bien lotis qu'elle.

Tout en l'observant s'amuser avec ses camarades, je réponds :

— C'est pour ça que vous lui avez dit que Dieu lui avait donné des orthèses. Parce que sinon, elle serait trop parfaite.

— Nies-tu sa perfection ?

Il interpelle Misha et lui demande de saluer ses amis.

— Ici, on croit que quand la lune cache le soleil, les ténèbres peuvent se répandre dans notre monde.

Il quitte la pièce et se dirige vers la sortie avec lenteur.

— Mais ce n'est pas toujours au soleil de nous éclairer. Dans l'obscurité, nous devons chercher les étoiles, car leur éclat a un pouvoir spécial.

— Pourquoi m'avez-vous emmenée ici, Ravi ?

Il me sourit tristement.

— Tu m'as expliqué que tu étais venue en Inde pour fuir ta douleur. Je pense que si ta grand-mère était parmi nous, elle te dirait...

Il baisse la tête avant de reprendre.

— Je ne me permettrais jamais de parler à sa place, mais...

— Mais ?

Je patiente, alors qu'il jette un œil autour de nous.

— Peut-être qu'aujourd'hui, en aidant les autres à alléger leur peine, tu as allégé la tienne ?

Je souris, car je réalise qu'il a raison. Mon chagrin s'est atténué en compagnie de ces enfants.

***

— Votre ticket s'il vous plaît, dit une femme vêtue d'un short kaki et d'une chemise blanche, postée à l'entrée du bus.

Sa chevelure est dissimulée sous un chapeau à large bord. Quand je m'exécute, elle m'adresse un sourire amical et poursuit dans un anglais parfait :

— Bienvenue. Veuillez prendre place. Nous vous servirons des rafraîchissements dans quelques minutes.

Quand j'ai annoncé à Ravi que je souhaitais voir la région, il m'a conseillé de m'offrir une visite guidée des coins les plus pittoresques du Madhya Pradesh, sans oublier ses cascades. Je m'installe à l'avant du bus climatisé, puis j'observe les autres passagers s'asseoir à leur tour, jusqu'à ce qu'il ne reste plus que quelques places vides. Tout le monde discute et j'écoute avec intérêt les accents et les dialectes variés se mêler.

— Bienvenue, je suis Mona, dit la femme qui a pris les tickets.

Elle se trouve désormais près de moi et pointe du doigt le chauffeur.

— Et lui, c'est Zev, ou Zane, si vous préférez l'appeler par son diminutif.

Cela fait rire le groupe. Elle-même sourit.

— Je serai votre guide, aujourd'hui. La visite durera environ trois heures.

Elle offre ensuite boissons et collations.

— Nous nous arrêterons en premier lieu aux cascades de Dhuandhar, dans la région de Jabalpur.

Quand nous sortons de la ville, je regarde par la fenêtre. La route contourne les infrastructures modernes et grimpe en direction d'une forêt boisée. Trente minutes plus tard, l'atmosphère change : il fait très humide et une fine brume recouvre les vitres.

Au micro, Mona raconte l'histoire de ces lieux, d'abord en hindi, puis en anglais.

— Le Madhya Pradesh a été surnommé le cœur de l'Inde en raison de sa situation géographique. Avec plus de soixante-dix millions d'habitants, nous sommes le cinquième État le plus peuplé, explique-t-elle alors que le bus continue son ascension. Pendant l'occupation anglaise, le gouvernement l'a incorporé aux provinces centrales, dans le Berar, et dans l'Agence centrale de l'Inde. Après l'indépendance, l'État de Madhya Pradesh a été créé.

Elle élève la voix pour se faire entendre au-dessus du fracas d'une chute d'eau, non loin.

— L'État a beaucoup de ressources minérales : il possède les plus importantes réserves de diamant et de cuivre de l'Inde. Plus de trente pour cent de sa superficie est forestière.

Le bus s'arrête enfin.

— Nous avons atteint l'une des plus belles cascades que vous pourrez voir de toute votre vie. L'eau prend sa source dans le fleuve Narmada, qui traverse les mondialement célèbres Rochers de marbre. Le fleuve se rétrécit ensuite et plonge en cascade : c'est Dhuandhar.

Je suis un groupe de passagers pour sortir du bus, alors que Mona conclut :

— Cette chute d'eau de plus de trente mètres de haut crée une masse de brouillard qui bondit. Elle est si puissante que son rugissement s'entend de très loin.

L'eau scintillante coule sur les rochers dans un bassin qui reflète les nuées. Un arc-en-ciel brille au-dessus d'une falaise en surplomb. Des gouttelettes, infiniment légères, tombent sur nous. Des parents s'asseyent sur l'herbe moelleuse alors que leurs enfants lancent des pierres et tentent d'attraper des poissons-chats.

— C'est tellement différent des villages qui se situent dans les terres, ici, je murmure.

— L'Inde est vaste. Il y a donc des paysages très variés, répond Mona, qui s'exécute quand un couple lui demande d'être immortalisé. Un peu comme en Amérique.

Je la regarde et elle sourit.

— J'ai fait des études de commerce à l'université de Chicago.

— Est-ce que les États-Unis vous manquent ? je m'enquiers, impressionnée.

— Certaines choses, oui, rétorque-t-elle avant de s'interrompre pour cette fois prendre une famille anglaise en photo. Mais l'Inde, c'est chez moi. En plus, je suis ravie d'avoir monté mon entreprise.

— Ce bus touristique est à vous ?

— Tout à fait. J'en possède deux, annonce-t-elle avec fierté. J'ai fait un prêt pour acheter le premier. Et celui-ci, je l'ai payé grâce aux bénéfices.

— C'est impressionnant.

Je suis émerveillée par son sens des affaires.

— Vous devez être très fière.

— Ma famille vient d'un village en banlieue, dit-elle le regard lointain. Mon père était fermier et ma mère journalière. C'est bon de les voir heureux.

— Comment avez-vous fait ?

J'espère ne pas être intrusive, mais j'ai envie d'avoir un aperçu de la vie des femmes d'aujourd'hui dans ce pays, pas seulement de celles d'avant, à travers Amisha.

— Pour démarrer votre entreprise ? je précise.

— Ça a été difficile, dévoile-t-elle avec un rire gêné. Si j'avais su à quel point, d'ailleurs, je ne me serais peut-être pas lancée. Est-ce que je peux être honnête ?

Elle attend que j'acquiesce avant de poursuivre :

— L'école de commerce en Amérique m'a offert le meilleur comme le pire. Les enseignements étaient hors du commun, mais m'ont rendue trop confiante. J'avais le sentiment de pouvoir tout accomplir.

— D'après ce que je vois, c'est en train de se concrétiser.

— J'ai des amies qui ont échoué dans leurs projets.

Elle fait un geste circulaire de la main.

— Beaucoup ont envie de visiter l'Inde. Notre État possède un tas de coins magnifiques et protégés.

Elle sourit.

— J'ai eu de la chance d'être au bon endroit au bon moment.

La journaliste en moi est fascinée par ce qu'elle me raconte et a envie d'en savoir plus.

— En tant que femme, considérez-vous que c'est plus facile que pour un homme de créer son entreprise ici ?

— Pas plus facile, non, dit-elle avant de s'interrompre un instant. Le pays essaie de se mettre au diapason avec le monde occidental. On veut ouvrir des portes à tous, sans distinction de sexe. C'est un endroit qui offre des opportunités. J'en profite, tout simplement.

Elle sourit avant de s'éloigner pour répondre aux questions des autres. Je la regarde se mêler à eux. C'est une professionnelle aguerrie, qui sait à la fois divertir et informer. J'imagine comme Amisha aurait été fière des progrès réalisés par son pays depuis son indépendance. D'humeur joyeuse, je passe le reste de l'après-midi à prendre des photos et à écouter le fracas de l'eau contre le mur de roche.

***

Je porte le costume traditionnel pendjabi – longue chemise de soie et pantalon moulant – pour dîner avec la famille de Ravi. Ils m'ont invitée et j'ai accepté avec reconnaissance, enthousiasmée à l'idée de rencontrer tout le monde. Le jaune pâle de mes vêtements contraste avec mes cheveux bruns. J'attrape le sac rempli de cadeaux posé à côté du lit et rejoins Ravi dans le salon. Il me le prend des mains et jette un œil à l'intérieur.

— Pour moi ? C'est très gentil, mais il y a longtemps que les jouets ne m'intéressent plus.

— C'est moi qui devrais recevoir votre famille au lieu de m'imposer comme ça.

— Tu oublies que je t'ai vu cuisiner. En plus, d'après mon fils, Misha ne cesse de les harceler. Tu leur fais une faveur en venant dîner : ça la calmera.

Un *rickshaw* nous conduit chez eux : l'asphalte fait place à une route en terre. Il y a un regroupement de petites cabanes à l'écart des autres, plus spacieuses : elles sont agglutinées et les ordures s'entassent devant chacune d'entre elles. On fait la queue à la pompe à eau. Les femmes qui attendent portent chacune deux seaux à remplir. Elles discutent et rient ensemble. Les enfants courent dans les rues en toute liberté et font voler la poussière. Ravi me mène vers un autre regroupement de cabanes.

— Les prix sont plus abordables de ce côté.

Il tire le rideau qui fait office de porte d'entrée et annonce notre arrivée :

— Nous sommes là !

Immédiatement, deux hommes s'avancent vers nous. Ils sont habillés de manière traditionnelle et joignent les mains.

— *Namaste.* Bienvenue, lance le fils de Ravi.

C'est le portrait craché de son père en plus jeune. Mais son fils ressemble à Amit. En un anglais maîtrisé, il dit :

— Merci d'être venue.

— Merci de me recevoir.

Je l'observe, m'imaginant Ravi à cet âge aux côtés de ma grand-mère. Je joins les mains et m'incline légèrement vers les deux femmes qui se tiennent en retrait et nous regardent.

— *Namaste.* Vous avez une belle maison.

Les murs sont en blocs de pisé et le toit est en chaume. Des draps déchirés et un tapis usé recouvrent le sol en ciment. Une cloison, qui ne monte pas jusqu'au plafond, sépare la cuisine de la pièce à vivre. Il n'y a qu'une chaise et plusieurs coussins sont éparpillés sur le sol. Une ouverture étroite mène à un couloir qui dessert deux pièces, l'une en face de l'autre.

— *Dada* Ravi parle de vous avec grande estime, déclare la grand-mère d'Amit et de Misha, alors que sa belle-fille demeure silencieuse. Vous recevoir est un honneur.

Un cri de joie retentit. Misha sort de l'une des pièces du fond et traverse le couloir, Amit sur ses talons. Elle se jette dans mes bras. Je la serre fort contre moi, touchée par son enthousiasme et reconnaissante de pouvoir lui rendre visite.

— Nous t'avons attendue toute la journée, s'écrie-t-elle, alors que je resserre mon étreinte et passe la main dans ses cheveux. J'ai aidé Maman et grand-mère à cuisiner.

— J'ai hâte de manger ce que tu as préparé.

Misha dans les bras, je regarde Amit qui se tient à l'écart, silencieux.

— *Namaste, beta.*

— Bienvenue, dit-il dans un anglais parfait. Est-ce que tu veux faire le tour du propriétaire ?

Alors qu'Amit me fait visiter son humble foyer, je glisse ma main dans celle de Misha. Il y a trois pièces, en plus du reste. Nous terminons par la plus grande salle. Suspendue au mur, une tapisserie brodée représente la vie de Krishna. Plus d'une douzaine de poteries vernies sont empilées dans un coin.

— C'est ma belle-fille qui les fait, explique Ravi, qui a remarqué que j'admire ces objets d'art.

— Est-ce que je peux ?

Quand cette dernière accepte, je caresse la céramique.

— C'est fantastique.

Chaque création est peinte en bleu et violet foncé. Sous les yeux de la belle-fille de Ravi, je les contemple une à une, fascinée par le jeu complexe des couleurs.

— Ce sont des *gharas*, dit-elle en montrant les instruments de musique en terre cuite. Là, les pichets : les *surahis* et ici, les pots de fleurs : les *gamlas.*

Leurs formes sont différentes, mais chaque poterie est ornée d'éléphants, d'oiseaux et de serpents.

— Grâce à son travail, elle aide à subvenir aux besoins de la famille, explique Ravi. N'est-elle pas une artiste exceptionnelle ?

— Tout à fait. Ce que vous faites est extraordinaire.

Elle choisit la plus belle de ses créations et me l'offre.

— Tu gardes.

— Non, je ne peux pas.

Je la lui tends, mais elle insiste. D'un regard, j'appelle Ravi à la rescousse.

— C'est un cadeau, lance-t-il, enchanté de notre échange. Elle n'en a jamais donné une seule jusqu'ici. Tu devrais te sentir privilégiée.

— Merci.

Je m'approche et l'enlace. Durant un instant, elle reste figée et semble surprise, mais finalement, elle me rend mon étreinte.

— Je le chérirai.

Je suis les femmes dans la cuisine, où l'on a allumé un réchaud à pétrole. Dans la pièce à vivre, le fils de Ravi tire sur une cigarette roulée à la main à l'aide d'une feuille de légume. Tout le monde attrape un plat et je demande si je peux aider.

— Vous êtes l'invitée, proteste la belle-fille de Ravi. Je vous en prie, ne faites rien.

— Après le repas, je peux te faire visiter le quartier, propose Amit, qui nous a rejoints. Il y a plein de choses à voir.

Au moment de mettre le couvert, j'insiste cette fois pour donner un coup de main. Misha attrape un plat de hors-d'œuvre. Elle l'apporte dans la pièce à vivre en veillant à ne pas le renverser. Elle trébuche à deux reprises, mais secoue la tête quand Amit s'approche pour l'aider. Malgré tout, il la suit de près. Sa mère et sa grand-mère la regardent avec attention jusqu'à ce qu'elle accomplisse sa mission.

— Elle est superbe, je dis.

— Merci, réplique sa grand-mère à voix basse. C'est un cadeau du ciel.

Elle sourit avant d'ajouter :

— Venez, allons manger.

Les plats et les assiettes ont été disposés sur un drap. Les hommes sont assis en tailleur. Je les imite, m'installant à côté de Misha qui occupe la petite chaise. Amit se trouve près de Ravi. Sa mère fait passer les plats et chacun se sert. Nos bols sont remplis d'eau infusée à la menthe et au gingembre. Il y a des légumes sautés à la crème et des *naans* bien chauds. Je prends un bout de *naan* et l'utilise comme cuillère pour savourer ce plat relevé à souhait.

— Babeurre maison ? propose la belle-fille de Ravi en me tendant un verre contenant un liquide blanc et crémeux.

— Merci.

J'en bois une gorgée pour calmer le feu des épices.

— C'est délicieux, comme le reste. Je suis vraiment enchantée d'être ici, chez vous.

— C'est un honneur, réplique le fils de Ravi, qui ébouriffe les cheveux d'Amit. Mon petit-fils nous a raconté que vous êtes journaliste ?

— Oui.

J'adresse un clin d'œil à Misha qui glisse sa main dans la mienne.

— Je sais que Misha envisage d'être professeur. Mais qu'en est-il de toi, Amit ? je demande en lui souriant.

— Il devrait faire journaliste, lui aussi, répond Misha à sa place, sans même le consulter. Comme toi.

L'admiration sans bornes de la fillette fait rire l'assemblée.

— Je n'ai pas décidé, intervient Amit, qui semble se renfermer.

Ravi l'observe silencieusement.

— Il a toujours souhaité être médecin, dit la mère d'Amit, rayonnante d'amour pour son fils. Il veut aider les enfants qui connaissent les mêmes difficultés que sa sœur.

— Maman, non, l'interrompt ce dernier en secouant la tête. C'est impossible.

Personne ne pipe mot. Le père d'Amit baisse la tête et se concentre sur son assiette.

— Pourquoi cela ?

— Il a d'excellentes notes, mais ce n'est pas évident d'être accepté à l'université, répond sa mère à sa place.

— Maman, je peux faire autre chose.

Il tripote sa serviette, puis repousse son assiette à moitié finie.

— Je trouverai autre chose.

Je repense à la jeune entrepreneuse du bus touristique. Je leur parle d'elle, puis attends la réponse à la question que je n'ai pas eu besoin de formuler.

— L'Inde est un grand pays, explique Ravi. Aucun homme, aucune femme ne vit la même chose. Chaque jour, il évolue. Ça me donne de l'espoir.

Mais quand il regarde Amit, je perçois son inquiétude et son désir intense d'offrir un avenir radieux à l'enfant qu'il chérit.

— Vers quoi tu te tourneras, alors ? je demande à Amit quand tout le monde redevient silencieux.

— Le journalisme ? répond-il, faisant rire l'assemblée.

L'atmosphère en est allégée. Je repense au moment où j'ai annoncé à mes parents que je voulais être journaliste. Ma mère n'était pas forcément pour, mais elle a financé mes études et a fêté tous mes succès. Avant mes fausses couches, mes combats étaient dérisoires, mais à chaque fois que je vivais une déception, mes parents étaient mes piliers. Certes, ils ne disaient pas grand-chose, mais je pouvais me raccrocher à eux. Quand ma mère m'a avoué qu'elle ne voulait que mon bonheur, j'ai eu un aperçu de ce que ça pouvait être, d'être un parent qui désire le meilleur pour son enfant. Sans savoir quoi ajouter, je finis mon repas en silence.

# AMISHA

# CHAPITRE 38

— Papa est rentré ! s'écria Paresh, surexcité en constatant que la lumière était allumée dans la maison.

La pluie s'étant calmée, Amisha et Bina en avaient profité pour emmener les enfants manger des *kulfis*. Jay et Samir suivirent leur frère en courant et ils s'engouffrèrent à l'intérieur. La dernière fois qu'Amisha avait vu Deepak, c'était avant l'accident de Ravi. Elle eut une bouffée de culpabilité en songeant à ce qui s'était passé entre Stephen et elle. Mais tout comme il était impossible de stopper la mousson, il était impossible de réprimer ses sentiments pour lui. Elle avait donc les mains liées et la seule chose qu'elle pouvait faire, c'était accomplir son devoir envers son époux même si elle aimait Stephen. Elle lissa sa chemise, cherchant du courage dans ce simple geste. Puis, elle leva la tête et rentra.

— Et ensuite, j'ai joué au cricket avec Samir et j'ai gagné !

Paresh était dans les bras de son père et lui racontait tout ce qu'il avait manqué durant son absence. Jay et Samir se tenaient à côté de lui, et lui souriaient.

— Bienvenue.

Amisha observa son mari comme si c'était la première fois. Durant cette parenthèse avec Stephen, elle s'était sentie femme. Digne d'intérêt et forte. Et alors, elle avait cru avoir un but. Maintenant que Deepak était de retour, elle se demandait comment retourner à cette réalité qui exigeait d'elle qu'elle reste à sa place.

Elle s'imagina annoncer que c'était impossible. Dire que si on lui laissait le choix, elle désirerait autre chose que cette vie-là. À cet instant, Samir cria sur son frère et la tira de ses pensées. En les regardant, elle sut que même si elle était libre, elle ne les délaisserait pas.

— Veux-tu quelque chose à manger ? demanda-t-elle, en endossant son rôle à la perfection.

— J'ai dîné dans le train, répondit posément Deepak, les yeux braqués sur elle. Où étais-tu ?

Pour la première fois, son ton était mordant. Sa bouche s'assécha et la sueur perla sur sa poitrine. Avait-il appris ce qui s'était passé ? Non, jamais Stephen ne la trahirait…

— Je suis allée acheter des sucreries aux garçons.

Il prit un paquet sur le canapé et le lui lança.

— C'est pour toi.

Surprise, Amisha le déballa : c'était un sari d'une originalité folle, plié avec soin, du type de ceux qu'on ne voit que dans les films.

— C'est magnifique, dit-elle avant d'ajouter d'une voix tremblante : en quel honneur ?

Au lieu de répondre, il distribua ses cadeaux aux garçons. Amisha l'observait. Quelque chose n'allait pas. Elle jeta un œil dans la pièce : rien qui ne puisse la trahir. Bina haussa les épaules quand son regard croisa le sien.

— Ton voyage s'est bien passé ? demanda-t-elle avec hésitation. Et ces cadeaux ? Nous fêtons quelque chose en particulier ?

— Ai-je besoin d'une raison précise pour gâter ma famille ?

— Nous te sommes très reconnaissants.

Amisha ne l'avait jamais vu dans cet état. D'un geste protecteur, elle enroula son bras autour des garçons.

— Pas vrai, les enfants ? poursuivit-elle.

— Bina, occupe-toi de mes fils, exigea Deepak avant que ces derniers puissent protester. Amisha, allons dans la chambre discuter.

Amisha offrit un sourire rassurant à ses enfants avant de suivre Deepak et de fermer la porte derrière elle. Deepak s'empara d'une feuille posée sur le bureau et la lui tendit.

— Voilà ce que tu fais à l'école ? Tu apprends aux gamins à souhaiter la mort ?

Sans même regarder le texte, Amisha sut qu'il s'agissait de la rédaction de Neema, la dernière qu'elle avait écrite, celle qui parlait de choix. Elle l'avait relue dans la journée et l'avait oubliée sur le bureau. Elle le contempla avec horreur la déchirer et jeter les morceaux à ses pieds.

— Qu'est-ce que tu as fait ? s'écria-t-elle en les ramassant.

— Si les parents apprennent que tu farcis la tête de leurs enfants d'idées pourries de ce genre, nous perdrons notre statut dans la communauté, répliqua-t-il, furieux, d'une voix sonore. Est-ce que tu réalises ce que tu as fait ?

Le rugissement de Deepak résonna et les enfants, qu'elle entendait jouer dans le salon, se turent. Amisha avait fini de rassembler les morceaux et elle les déposa sur le bureau.

— Son mariage arrangé lui brisait le cœur. Ce n'étaient que des mots.

— Qui est cette élève ?

— Neema, répondit Amisha en luttant contre la nausée.

La fureur de Deepak irradia son visage.

— La fille qui s'est jetée dans le feu ?

Il avait dû entendre des commérages à son propos. Il détourna le regard avant de lui faire face pour annoncer sa décision.

— Tu n'enseigneras plus dans cette école.

— Quoi ?

Amisha passa les bras autour de son ventre, la douleur l'envahissant tout entière.

— Les élèves comptent sur moi. S'il te plaît, je dois…

— Ma décision est prise.

Il ramassa les morceaux de papier et les jeta dans la corbeille.

— Tu ne compromettras pas la réputation de notre famille, asséna-t-il.

Amisha dormit à peine cette nuit-là. Elle pensait à Stephen, à l'école, et à tout ce qu'elle avait perdu, sur un mot, un seul, de Deepak. Le matin, elle fit déjeuner les garçons. Elle était en train de les regarder partir à l'école quand Ravi arriva.

— Tu t'es levée tôt, lança-t-il. D'habitude, à cette heure-ci, tu cours dans tous les sens, en criant que vous allez être en retard pendant que les enfants rient à ce spectacle.

— En temps normal, je te dirais de garder tes réflexions pour toi, mais puisque tu as frôlé la mort, je ne pipe mot ; je suis trop reconnaissante que tu puisses me parler.

Elle ne lui confia pas qu'elle avait veillé toute la nuit, à penser à la décision de Deepak. Ou que son cœur souffrait terriblement quand elle songeait qu'elle n'enseignerait plus ou qu'elle ne reverrait plus Stephen. Ravi tendit sa veste à Deepak, ainsi qu'une collation qu'il mangerait plus tard. Ce dernier mit ses chaussures et partit sans même un au revoir pour Amisha. Cela n'échappa pas à Ravi qui attendit qu'ils soient seuls pour se tourner vers elle :

— Pourquoi ne vas-tu pas à l'école aujourd'hui ?

— Il a trouvé l'histoire de Neema. Je n'ai plus le droit d'y aller, souffla-t-elle.

— *Shrimati*...

Sa voix contenait tout le chagrin qu'Amisha ne s'était pas autorisé à exprimer.

— Tu ne peux pas le faire changer d'avis ?

— Non.

Amisha écrivit un mot pour Stephen pour lui expliquer en détail les devoirs à donner à ses élèves. Elle le glissa dans sa sacoche, avec les rédactions notées, et la tendit à Ravi.

— S'il te plaît, est-ce que tu pourrais l'apporter à Stephen ?

— Comment dois-je justifier ton absence ?

Elle n'avait pas vu Stephen depuis trois jours, depuis cette soirée où il lui avait donné la première bouchée rompant le jeûne. Elle se demandait quand elle le reverrait.

— Dis-lui…

Les mots lui manquèrent. Si elle optait pour la vérité, elle énoncerait ce dont ils avaient conscience tous les deux : qu'elle appartenait à un autre homme.

— Que Deepak est de retour et qu'il a besoin de moi à la maison.

— Et s'il veut savoir quand tu reviendras ?

Les yeux de Ravi brillaient de compassion.

— Tu lui diras que je retournerai à l'école si je le peux.

Cela ne dépendait que de Deepak. Amisha se posta sur la véranda et regarda Ravi s'éloigner. Quand il disparut de son champ de vision, elle rentra dans la maison et ferma la porte derrière elle.

***

Ravi rapporta un mot de la part de Stephen. Amisha ouvrit l'enveloppe d'une main tremblante.

*Amisha,*

*Ravi m'a parlé, mais j'ai peur que la situation soit plus grave que ce qu'il veut bien m'en dire. Je n'insisterai pas, mais aimerais en savoir plus. Tu vas manquer aux élèves et nos leçons vont me manquer. Le jardin semble vide sans ton sourire et ton rire pour l'éclairer. Quand tu pourras revenir, ta salle de classe t'attendra, tout comme moi.*

*Stephen.*

Amisha serra le mot dans ses mains et le relut une douzaine de fois avant de se décider à lui répondre. Le cœur brisé, elle lui confia la véritable raison de son absence, couchant sur papier ce qu'elle n'aurait osé lui avouer de vive voix. En guise de conclusion, elle lui dit que ses élèves et leurs leçons dans le jardin lui manqueraient plus qu'il ne pouvait l'imaginer.

Ravi se mit en route et dès lors, il fut leur messager durant les deux semaines où ils s'écrivirent tous les jours. Les lettres devinrent plus longues et plus intimes. Même si cela ne remplaçait pas leurs conversations, c'était un baume sur la solitude d'Amisha.

À chaque instant, Stephen lui manquait. Son absence la plongea dans un abîme de désespoir. Mais si ces lettres étaient le seul moyen d'entendre sa voix et ses pensées, elle les accepterait avec gratitude.

Pour s'occuper, elle se mit à se promener avec Paresh tous les jours. Deux semaines après la décision de Deepak, elle se trouvait dans le village quand un vacarme épouvantable retentit. Les femmes se précipitèrent à l'entrée de la ville. Les hommes ordonnèrent que tout le monde les suive.

— Qu'est-ce qui se passe ? demanda Amisha à un homme qui courait pour rejoindre la foule.

— Les Britanniques ont mis quelqu'un en garde à vue.

Amisha souleva Paresh dans ses bras et imita les autres. Elle aperçut Stephen au milieu de la foule. Ça lui fit un choc. Les gens s'étaient massés autour de lui et de son régiment. Devant eux, se tenait un groupe d'Indiens menottés.

— En vertu des lois de l'Empire britannique, je vous arrête.

Stephen empoignait un Indien à la silhouette frêle. Les soldats menottaient d'autres hommes.

— Vous n'êtes pas à votre place, ici, répliqua le prisonnier, qui haussa le ton dans l'espoir de soulever la foule. Ils m'emprisonnent pour avoir enfreint les règles qu'ils nous imposent, dans notre propre pays.

Les réactions ne se firent pas attendre et elles furent violentes. La foule hurla. Des adolescents ramassèrent des pierres qu'ils jetèrent sur les soldats. Quand Stephen fut touché, Amisha poussa un cri d'angoisse.

— Qu'est-ce qui s'est passé ? demanda-t-elle à une femme près d'elle.

Son cœur battait la chamade, alors que les jeunes poursuivaient leur offensive.

— Celui-là… répondit-elle en pointant du doigt l'homme qui avait parlé. Il s'est mis à réciter des discours de Gandhi sur la paix. Quand il y a eu du monde autour de lui, un soldat lui a ordonné de cesser. Il a refusé et a été arrêté.

— On l'a frappé ?

Le front du prisonnier était ensanglanté.

— Il s'est défendu. L'un des soldats l'a frappé avec sa matraque.

Amisha ne demanda pas de qui il s'agissait. Si c'était Stephen… Certes, il n'aurait pas eu d'autre choix, mais elle ne souhaitait pas savoir s'il avait levé la main sur l'un de ses compatriotes. Les soldats immobilisèrent les adolescents. Quand leurs parents protestèrent et se montrèrent agressifs, les Britanniques se mirent à frapper au hasard, hommes ou femmes sans distinction, dans le but de contrôler la foule.

— Non.

Horrifiée, Amisha se couvrit la bouche de la main. Elle serra Paresh plus fort contre elle et tenta de lui cacher cette vue. Quand l'émeute devint plus violente, elle prit son fils dans ses bras et s'apprêta à partir. À cet instant, les yeux de Stephen rencontrèrent les siens. Elle y lut du désarroi et de l'incompréhension. Incapable de l'aider, elle se contenta de le regarder quelques secondes avant de s'éloigner.

# CHAPITRE 39

— Tu ne l'as pas vu depuis des semaines, dit Ravi.

Amisha était en train de raccommoder les vêtements des garçons, alors que Bina rapportait des seaux d'eau pour la vaisselle.

— Est-ce pour cette raison que les lettres sont si épaisses que je vais me casser le dos à force de les transporter ?

— Si tu es capable de te casser le dos en transportant de simples lettres, alors tu le mérites !

Amisha manqua son point et se piqua le doigt avec l'aiguille. Elle le suça.

— Si j'allais à l'école, je ne sais pas comment Deepak réagirait, lança-t-elle en laissant de côté son ouvrage. Sans Stephen, je me sens seule, même si je suis entourée de ma famille et de mes amis.

— Tu tiens à lui, affirma Ravi.

— Plus que je devrais.

Amisha ne l'avait pas revu depuis l'émeute. Elle avait entendu dire que les soldats avaient arrêté plus d'une douzaine d'adultes et d'adolescents. Elle avait du mal à reconnaître l'officier qu'elle connaissait si bien. L'homme du jardin lui manquait. Après cet événement, il lui avait écrit au sujet de son rôle et de son but, ici. Il ne s'excusait pas pour ce qu'il avait fait, mais Amisha avait perçu du regret et du désarroi dans ses mots.

— Quand je me suis mariée, on ne m'a parlé que de devoirs et de responsabilités, lança-t-elle avant de hausser les épaules, le regard fixé sur la rue à travers la fenêtre. Peut-être que c'est tout ce à quoi j'ai droit.

— Qu'est-ce que tu espères ? Avec lui ?

— Si j'étais une enfant, je rêverais d'avoir un avenir, avoua-t-elle lentement. Mais je ne le suis pas. Et je ne suis pas non plus assez stupide pour croire que je peux avoir plus que ce que le destin m'a accordé.

Elle joignit les mains.

— Deepak est forcément mon avenir.

Avant que Ravi ne puisse répondre, Deepak fit son apparition. Il avait fait un tour dans le village pour saluer ses connaissances. Amisha attendit que les serviteurs soient en cuisine. Puis, elle chercha les mots justes pour s'exprimer.

— Ça fait des semaines que je ne suis pas allée à l'école. Il est temps que j'y retourne.

— Pourquoi ? l'interrogea-t-il d'un air absent. Vikram a dit que le lieutenant partait. Je suis sûr que le directeur trouvera quelqu'un pour te remplacer.

— Quoi ?

Amisha vacilla. Ses mains tremblèrent. Elle était certaine d'avoir mal compris.

— Quand ?

— Incessamment.

Deepak prit le journal et le feuilleta.

— Il semblerait qu'il ait demandé un transfert. Il va se battre. En première ligne.

Ce fut comme si le cœur d'Amisha ralentissait au point de s'arrêter. Le regard que Ravi lui lança lui prouva qu'il avait remarqué sa souffrance et le choc qu'elle ressentait. Et pourtant, elle s'était contenue. Deepak, qui ne s'était aperçu de rien, ajouta :

— Ça fait trop longtemps que je suis ici. Je dois retourner au travail. Je prendrai le train ce soir. Peut-être que les enfants et toi, vous aimeriez rendre visite à tes parents ?

— Mes parents ? s'écria Amisha, stupéfaite. Non.

Elle devait voir Stephen et lui demander ce qui s'était passé.

— Je ne peux pas y aller.

— Hein ? Pourquoi ?

— C'est… Heu…

Elle buta sur les mots, ne sachant quoi dire.

— Les garçons ont décidé de venir chez moi ce soir, intervint Ravi avant que Deepak se montre suspicieux. Ils sont surexcités et ont hâte d'être gâtés par ma famille.

Au fil du temps, le père et la mère de Ravi étaient devenus des grands-parents de substitution pour les enfants.

— Une autre fois, alors, conclut Deepak avant de jeter un œil à l'horloge. Je dois me dépêcher pour ne pas rater le train.

Il fit ses bagages, puis quitta la maison. Sur le pas de la porte, Amisha regarda son *rickshaw* s'éloigner.

— J'emmène les enfants chez moi ce soir, dit Ravi posément.

— Ravi ? murmura Amisha avec hésitation.

— Va lui demander pourquoi il part, continua-t-il sur le même ton. Tu ne seras pas en paix tant que tu ne le sauras pas.

***

Après le départ de Ravi et des enfants, Amisha se retrouva dans la maison vide. Elle avait la nausée, l'esprit agité, et ressentait un sentiment d'urgence. Le jour où elle avait demandé l'autorisation à Deepak d'enseigner lui semblait hier. Et pourtant… Son désespoir d'alors lui paraissait futile. À cette époque, elle avait lutté pour s'élever spirituellement. Désormais, elle luttait pour ne pas que son âme soit déchirée.

Le vide la narguait. Elle se rendit dans la chambre et se souvint de son bref moment d'intimité avec Stephen. Dans la cuisine, elle le revit en train de partager un repas avec eux. Partout, il y avait des traces de sa présence. Elle essaya de ne pas penser au fait qu'il partait se battre. S'il mourait, comment pourrait-elle vivre ?

Elle attendit qu'il fasse nuit avant de quitter la maison, pour ne croiser personne. Elle devait le supplier de ne pas y aller. Elle se mit à courir. Arrivée devant chez lui, elle prit une longue inspiration. La dernière fois qu'elle s'était trouvée ici, elle n'avait qu'une idée en tête : sauver son ami. Désormais, elle devait se sauver elle-même. Elle frappa à la porte et son estomac se noua. Elle criait son nom quand il ouvrit.

— Amisha ? Qu'est-ce que tu fais ici ?

Son visage se crispa d'inquiétude quand il la vit si angoissée.

— Puis-je entrer ?

Tout en essuyant ses larmes, elle le dépassa pour pénétrer dans sa petite demeure. Construite quelques mois avant l'école, elle était moderne.

— Amisha, dis-moi ce qui ne va pas, murmura-t-il.

Il tenait une serviette de toilette.

— Tu allais te laver ? demanda-t-elle, souhaitant soudain désespérément parler de tout et de rien.

Tout pour éviter qu'il lui annonce la nouvelle. Parce qu'une fois que ce serait fait, ils ne pourraient pas revenir en arrière. Il n'y aurait aucun moyen de réparer son cœur.

Amisha avait vécu en retrait une grande partie de son existence. Elle avait dissimulé son rêve de devenir écrivaine comme si c'était une malédiction honteuse. Elle avait donné des fils à Deepak et avait veillé à satisfaire ses besoins. Mais les contes qui naissaient en elle ne disparaissaient pas. Quand elle écrivait, elle était transportée dans un autre monde, un monde qui lui permettait de découvrir qui elle était, cette femme qu'elle ne pourrait jamais incarner dans la vraie vie.

Et puis, elle avait rencontré Stephen. Il lui avait offert la liberté. Il appréciait ce qu'elle écrivait et l'encourageait à s'exprimer. Depuis son enfance, tout tournait autour des devoirs à accomplir. Stephen lui avait enseigné ce qu'était le choix. Elle avait choisi de cultiver ses sentiments pour lui. La nuit de l'accident de Ravi, elle avait admis qu'elle avait besoin de lui. Mais désormais, elle était démunie et ne savait pas comment le faire rester, comment lui montrer qu'elle l'aimait.

Il jeta sa serviette sur une chaise, passa la main dans ses cheveux avant de les nouer sur sa nuque. Son angoisse était apparente, et la sienne redoubla.

— En entendant ta voix, j'ai pensé que je rêvais.

Amisha avança vers lui.

— On raconte que tu t'en vas.

Il ferma les yeux et se détourna, refusant de l'affronter.

— C'est mon devoir, dit-il.

— Pourquoi ?

— L'Inde, lança-t-il avant de s'interrompre pour avaler sa salive. Je ne suis pas à ma place. Ce n'est pas mon combat.

Le jour de l'émeute, Amisha avait perçu son désarroi et son dégoût. Son peuple contre le sien. Elle avait conscience qu'ils ne pourraient pas continuer ainsi indéfiniment : les lettres, les rencontres fortuites... Il était jeune et méritait de vivre librement. Elle n'avait rien à lui offrir.

— Est-ce que tu allais m'en parler ? souffla-t-elle.

— Je ne savais pas comment te l'annoncer, dit-il avec un rire brisé. Ne plus te voir tous les jours...

Il secoua la tête et Amisha perçut sa douleur.

— Tu m'as manqué, poursuivit-il avant de s'interrompre. Mais nous avons tous les deux conscience que nous sommes dans une impasse.

— Tu risques de mourir, murmura-t-elle dans un sanglot.

— Non.

Il s'approcha, mais se figea avant de la toucher.

— Je te promets que je resterai en vie.

Amisha le prit au mot et s'accrocha à cette promesse. Mais la vie n'était pas toujours juste et elle savait bien que c'était peut-être la dernière fois qu'elle le voyait. Elle ne cacherait donc pas ses sentiments parce qu'alors, elle ne lui rendrait pas honneur, ni à lui, ni à leur relation. Elle était fatiguée de devoir respecter des règles qu'elle n'avait pas fixées.

Elle saisit son sari et l'enleva. La soie tomba légèrement sur le sol. Elle ne portait plus qu'un corsage et un jupon.

— Stephen, souffla-t-elle en le rejoignant.

Il écarquilla les yeux devant Amisha, offerte, vulnérable, l'appelant à elle de la seule manière dont elle était capable.

— Non, dit-il, serrant les poings. Ne fais pas ça.

— Devrais-je te supplier ? demanda-t-elle, les bras ballants.

Il posa les doigts sur sa bouche. Puis, sa main glissa sur sa gorge, saisissant la liberté qu'elle lui accordait. Elle gémit et il la plaqua contre lui, soupirant quand son corps se souda au sien. Il s'emboîtait au sien à la perfection. Ils étaient faits l'un pour l'autre.

Il posa ses lèvres sur les siennes. Elle entrouvrit la bouche. Elle répondait à chacun de ses assauts et enfouit ses mains dans ses cheveux. Elle lui inclina la tête pour que leur baiser soit plus profond. La nécessité d'être tout contre lui la submergea et elle déboutonna sa chemise.

Elle sut instinctivement que Stephen réagirait à son besoin de le toucher et de découvrir son corps. Elle contempla sa peau et quand elle défit le dernier bouton, elle observa les poils de sa poitrine. C'était rêche et doux et elle se pencha pour les embrasser.

— Est-ce que je t'ai fait souffrir ?

Stephen retint son souffle quand Amisha recula.

— Absolument pas.

Il la ramena contre lui. Elle le caressa longuement, comme elle voudrait l'être. Il eut un hoquet au moment où ses doigts dansèrent sur son ventre. Elle savoura la force de ses bras et la douceur de ses paumes. Quand elle atteignit la boucle de son pantalon, elle hésita, soudain timide. Il lui prit les mains et les embrassa. Alors, il déboutonna son corsage et défit son soutien-gorge, la libérant de ses entraves. Elle eut les larmes aux yeux. Lui aussi.

Il la déshabilla lentement. Elle se dévoilait à lui. Quand elle fut nue, il l'embrassa à nouveau.

— Tu es sûre ? demanda-t-il en la soulevant dans ses bras pour l'emmener dans la chambre.

— Oui.

À cet instant, elle refusait d'être l'objet de ceux qui l'avaient revendiquée comme une propriété. D'appartenir à ce père et à cette mère qui l'avaient élevée pour seulement décider ensuite avec qui elle devrait être en couple toute sa vie. À l'époux à qui elle avait été offerte pour qu'elle lui donne des enfants et s'occupe du foyer. À ces choses qu'on attendait d'elle, ancrées en elle. Le temps d'une nuit, elle serait maîtresse d'elle-même.

Quand il l'allongea sur le lit, elle lui ouvrit les bras pour l'accueillir. Et quand il se glissa entre ses cuisses, elle les écarta davantage et enroula ses jambes autour de sa taille, prête à ce qu'il vienne en elle. Alors qu'il franchissait l'ultime barrière entre eux et qu'il se perdait en elle, l'obscurité s'éclaira et la lumière brilla enfin.

Amisha et Stephen passèrent la nuit ensemble. Ils se lièrent encore deux fois et elle le réveilla très tôt en embrassant son cou. Il la fit basculer sur lui pour l'encourager à prendre l'initiative. Dans le petit jour, elle se montra timide, angoissée à l'idée qu'il voie son corps. Il glissa avec douceur l'index sur les vergetures de ses trois grossesses. Elle se doucha, savourant le confort de la modernité. Il prépara le petit déjeuner pendant qu'elle s'habillait, mais elle toucha à peine à son assiette.

— Amisha… commença-t-il en s'asseyant à côté d'elle.

— C'est un au revoir ? demanda-t-elle en pleurant.

— Après la guerre, j'essaierai de revenir, répondit-il tristement, sachant pertinemment qu'il n'avait pas le luxe de lui proposer autre chose.

— Et ensuite ? répliqua-t-elle, effrayée pour eux deux. Je serai toujours mariée.

— J'en ai conscience, dit-il avec douceur.

À court de mots, elle l'embrassa tendrement. Ce fut un baiser profond et Stephen prolongea leur étreinte autant que possible avant qu'elle le quitte et retourne chez elle s'occuper de ses enfants, pendant qu'il restait là, immobile, assis sur sa chaise.

# CHAPITRE 40

Amisha était de plus en plus épuisée. Après le départ de Stephen, elle avait reçu un mot de l'école l'informant qu'ils n'avaient plus besoin de ses services. Les semaines passèrent et elle était la plupart du temps alitée. Ravi et Bina étaient à son chevet, lui apportant ses repas et des médicaments prescrits par le guérisseur du coin. Deux mois et demi après sa nuit avec Stephen, elle se mit à vomir. Elle bondit hors du lit et rendit tout ce que son estomac contenait. Ravi lui tendit un verre d'eau et une serviette humide.

— *Shrimati* ? dit-il en se rapprochant d'elle, l'air mal à l'aise. Est-il l'heure de fêter la bonne nouvelle ?

— Fêter la bonne nouvelle ?

Réalisant ce que ça signifiait, Amisha s'effondra contre le mur de la maison, s'y raccrochant pour ne pas perdre totalement pied.

— Je suis enceinte, prononça-t-elle d'une voix étranglée, la main posée sur son ventre.

Elle comprit soudain d'où venaient tous ces symptômes. Elle avait pourtant vécu cela trois fois ! Elle n'arrivait pas à croire qu'elle n'y avait pas songé plus tôt.

— *Sahib* sera content ? demanda Ravi.

La question était brûlante. Amisha le regarda. Ravi était le seul qui savait ce qu'elle éprouvait pour Stephen.

— Ce n'est pas le sien.

La joie l'inonda tout entière. Elle avait perdu Stephen, mais le garderait auprès d'elle pour l'éternité grâce à cet enfant.

— Quand les garçons ont passé la nuit chez toi...

Ce soir-là semblait loin... Ce soir où il s'était étendu sur elle. Ce soir où elle lui avait offert son corps, longtemps après qu'il lui eut volé son cœur.

— Avant qu'il parte.

— Repose-toi, l'interrompit-il d'une voix pressante.

Ravi ne fit aucun commentaire, mais Amisha était certaine qu'il garderait son secret.

— Tu dois penser au bébé, ajouta-t-il.

— Je dois...

Elle se tut, songea à ses fils. La vérité la frappa de plein fouet.

— *Shrimati* ? lança Ravi qui semblait surpris par sa pâleur soudaine. Deepak ne le saura jamais.

Elle se tourna vers lui, les yeux agrandis par le désespoir.

— Mes fils ? Qu'est-ce que je leur ai fait ?

Elle s'effondra, les mains posées sur son ventre pour protéger son bébé.

***

Amisha planifia méticuleusement l'arrivée de Deepak, même si elle était de plus en plus accablée par sa trahison. C'était un véritable fardeau. Pourtant, elle n'avait pas vraiment le choix. Si Deepak apprenait ce qu'elle avait fait, elle serait jetée à la rue, enceinte ou pas.

Elle aimait toujours Stephen. Voilà pourquoi elle ressentait une douleur déchirante en songeant à lui. Mais elle était avant tout une mère. Décevoir ses fils reviendrait à ne pas endosser la seule responsabilité que le ciel lui avait donnée. Et c'était hors de question. Alors, elle attendit le retour de Deepak pour mettre son plan en action. Deux jours plus tard, quand il fit son apparition, elle était prête.

— Tu es très efficace, ce soir, déclara Deepak quand Amisha entra dans la chambre.

Elle avait couché les garçons très tôt et après le repas, elle avait renvoyé tous les serviteurs chez eux, Ravi y compris.

— N'ai-je pas le droit d'être heureuse que mon mari soit là ?

Elle se brossa les cheveux en se contemplant dans le petit miroir.

— Si.

Deepak l'observa avec plus d'intérêt. Comme elle l'avait espéré, il avait compris le sous-entendu. Il s'approcha d'elle, lui prenant la brosse des mains.

— Les serviteurs ont dit que tu as été malade.

— Les serviteurs s'inquiètent beaucoup trop.

Il ferma la porte et tempéra la luminosité de la lampe à huile. Il la déshabilla, se glissa dans le lit et lui fit signe de le rejoindre. Amisha tenta d'oublier son étreinte avec Stephen. Elle enfouit au plus profond de son esprit la façon dont il l'avait tenue dans ses bras. Elle se prépara au contact de Deepak. Son bébé était un cadeau, offert par cette nuit d'intimité. Amisha desserra son sari et se glissa à son tour sous les couvertures. Sa propre peau était chaude ; la sienne, froide. Quand Deepak caressa sa poitrine et descendit vers son nombril, elle fit doucement dévier sa main. Elle ne pouvait pas prendre le risque qu'il sente le léger renflement de son ventre. Il s'en rendit peut-être compte, mais ne dit rien. En quelques secondes, il fut excité et la ramena sous lui.

— Il est temps, murmura Amisha alors qu'il entrait en elle.

— De quoi ? demanda-t-il en interrompant son mouvement.

— D'avoir un enfant. Les garçons ont hâte d'avoir un petit frère à taquiner.

Le souffle court, elle attendit qu'il réagisse. Il acquiesça en souriant et quand il s'immisça dans son intimité, qui restait sèche, elle étouffa son gémissement douloureux dans l'oreiller. Il accéléra le rythme et elle adressa un appel silencieux au ciel. Alors que son sperme jaillissait en elle, elle pria pour qu'il pénètre le fluide où grandissait le bébé, traversant la couche protectrice autour de lui, pour le rejoindre. Elle espérait que le bébé s'imprégnerait des traits de Deepak, afin que ce dernier le reconnaisse comme le sien. Et inversement, que l'enfant considérerait Deepak comme son vrai père. Ainsi, il n'aurait aucune réminiscence de son père biologique, qui ignorerait tout de son existence, et il n'aurait pas envie de le retrouver.

# CHAPITRE 41

Amisha était enceinte de six mois et elle était rongée par l'épuisement. Elle avait déjà vomi deux fois depuis son réveil et avait grignoté des biscuits et bu de l'eau au gingembre dans l'espoir de diminuer ses nausées. Elle se laissait désormais porter par le bercement de la balancelle.

— Les enfants sont partis tôt à l'école ce matin, dit-elle à Ravi.

Deepak avait quitté la maison trois jours auparavant. Depuis le début de sa grossesse, il avait rarement été à la maison, mais Amisha s'en était à peine rendu compte.

— Pas de problème particulier ?

— Tes vomissements les ont réveillés et ils se sont préparés en un temps record, répliqua Ravi en lui resservant de l'eau. J'ai bien peur qu'ils n'aient pas encore intégré le concept de l'empathie.

Amisha lui sourit avant que la nausée la frappe à nouveau de plein fouet. Avec une grimace, elle caressa son ventre légèrement gonflé.

— Peut-être que je suis punie pour mon infidélité.

— Tu crois que c'est ça, la punition ? demanda Ravi en déposant un bol près d'elle au cas où elle soit encore malade.

Amisha pensa à son bébé, fruit de son amour pour Stephen. Leurs sentiments avaient été assez puissants pour créer la vie et cette vie constituait un lien entre eux.

— Si c'est le cas, alors je l'accueille volontiers. Je suis prête à payer n'importe quel prix : l'essentiel est de l'avoir rencontré.

— Tu as de la chance, *shrimati*. Peu de gens connaissent la valeur de ce qu'on leur donne.

Il ramassa les vêtements tachés d'Amisha et les jeta dans un panier pour les laver.

— Je serai dans la cour du fond, si tu as besoin de moi.

— Merci, Ravi.

Elle reposa la tête sur les oreillers. Bina et les autres serviteurs étaient restés chez eux car ils étaient malades : quand on frappa à la porte, elle dut s'en charger.

— Une minute, lança-t-elle d'une voix sonore pour que le visiteur puisse l'entendre.

Elle épousseta ses mains pleines de miettes et ouvrit. Ses jambes se dérobèrent et ses yeux se remplirent de larmes quand elle aperçut Stephen. Elle plaqua ses paumes contre sa poitrine, comme si la douleur la déchirait.

— Tu es là.

Certaine qu'il s'agissait d'une illusion, elle s'approcha et lui prit la main alors qu'ils se contemplaient. Ses cheveux avaient poussé. Il avait les joues creuses. Mais son regard, qui ne lâchait pas le sien, était le même.

— Je suis là.

Il entra dans la maison et ferma la porte derrière lui.

— Deepak n'est pas ici ? demanda-t-il, les yeux toujours rivés sur elle.

— Non.

Amisha ne cessait de le contempler. Elle tentait de se convaincre qu'elle n'était pas victime d'une hallucination et que son esprit, désespéré depuis son départ, ne l'avait pas invoqué pour lui procurer du réconfort.

— Ce ne peut pas être toi.

— Je suis là, Amisha, répondit-il en la prenant doucement par les épaules tout en scrutant son visage. Est-ce que tu es seule ?

Quand elle acquiesça, il la serra contre lui, abolissant la distance qui les séparait. Elle laissa tomber sa tête contre sa poitrine, souhaitant alléger le fardeau de son âme, celui qui pesait sur elle depuis qu'il n'était plus là. Il posa une main sur sa nuque, l'autre sur sa taille. Les battements effrénés du cœur de Stephen résonnaient à son oreille. Elle tenta de contrôler sa propre respiration. Ses larmes mouillèrent la chemise de Stephen. Elle fut secouée de sanglots, ceux qu'elle avait réprimés si longtemps.

— Chut…

Il essayait de la consoler, mais rien ne pouvait atténuer sa peine. Elle s'était inquiétée pour lui tous les jours. Chaque nuit, elle avait rêvé de celui qu'elle aimait et qui était si loin d'elle.

— Tu m'as quittée, s'écria-t-elle, ce souvenir la hantant. Je suis brisée, sans toi.

— Amisha… commença-t-il avant de s'interrompre, sentant le renflement de son ventre sous son sari. Qu'est-ce qui…

D'un regard, il posait la question tout en se mettant à desserrer son vêtement.

— Non.

Elle tenta de reculer, mais d'un geste rapide, il la retint contre lui. Aucun doute : il avait compris qu'elle était enceinte.

— De qui est-il ?

Il contemplait son ventre arrondi. Amisha se tenait à la croisée des chemins, même si elle savait qu'elle ne pouvait en emprunter qu'un. Stephen était le seul homme qu'elle ait jamais aimé, le seul qu'elle désirerait toujours. Avant de le rencontrer, elle avait accepté son destin, mais il lui avait permis de rêver. Il était son âme et elle s'apprêtait à la déchirer par ses paroles.

— De Deepak.

— Non.

Il se détourna.

— Je suis désolée.

Amisha pleura pour eux deux.

— Cet enfant…

— … mérite d'avoir un père, compléta Stephen, vaincu.

— Je t'aime, lui confia Amisha.

— Mon amour pour toi est inapproprié.

— Mon amour pour toi est mon salut, soupira-t-elle, d'une voix étranglée.

L'enfant qu'elle portait était un cadeau : Stephen lui avait offert une part de lui, même si ce présent la forçait à vivre sans lui.

— Je dois y aller.

Il recula.

— Où ?

Amisha avait besoin de savoir.

— Je l'ignore. À la maison ?

Ses yeux se posèrent sur le ventre d'Amisha.

— Je ne suis revenu que pour te voir.

Stephen rejoignit la porte, sa main cherchant la poignée.

— Attends.

Elle essuya ses larmes et se précipita dans la chambre. Elle s'empara de ses textes, rangés avec soin sous le lit. Tous venaient du fond de son cœur, qu'ils soient en anglais ou en hindi. Elle s'immobilisa ensuite dans l'entrée du salon et regarda Stephen. Elle savait qu'elle ne le reverrait plus jamais, alors, elle grava dans sa mémoire chacun de ses traits, chaque partie de lui. D'un pas mesuré, essayant de retarder le moment fatidique de son départ, elle le rejoignit et lui tendit les feuillets.

— Qu'est-ce que c'est ? dit-il en contemplant son cadeau, les yeux humides.

— Mes histoires.

— Non, protesta-t-il en tentant de les lui rendre.

— Elles sont à toi, Stephen, répondit-elle, insistant pour ne pas les reprendre. Je n'ai pas écrit depuis que tu es parti. Pas un mot. Sans toi, je ne suis plus inspirée.

Elle s'interrompit pour respirer.

— Alors, viens, la supplia-t-il. Sois ma famille.

— C'est mon monde, ici, dit-elle avec un geste circulaire de la main. Mes enfants en font partie, tout comme moi. Nous deux, nous avons fait semblant. Dans notre jardin, nous avons fait pousser des roses, mais elles ont des épines et nous ont piqués.

Le sang versé est tout ce qui nous reste de notre rêve éveillé.

Stephen baissa la tête, incapable de la convaincre.

— Et ici, ajouta Amisha, qui constatait que sa souffrance égalait la sienne. Tu n'as pas ta place.

— Amisha… commença-t-il, visiblement torturé par la douleur. Nous pouvons avoir un avenir ensemble.

— Où ? Dans ton pays, je suis une indigène. Dans le mien, on te déteste. Il n'y a pas de place dans ce monde pour notre relation.

Il voulut répondre, mais elle l'interrompit :

— S'il te plaît, laisse-moi parler tant que j'en suis capable.

Elle posa ses mains sur ses bras pour puiser en lui la force qu'elle n'avait plus.

— J'aimerais vivre avec toi. Je ne connaîtrai plus jamais le bonheur, sans toi.

— Tu serais en sécurité avec moi, je te le jure.

— Je devrais abandonner mes enfants et je ne peux pas te faire passer avant eux. Je vais donc me soumettre à mes obligations, mais je promets, devant toi et devant les dieux, que je n'écrirai plus un mot jusqu'à ce que nous soyons réunis. Les dieux m'ont donné cette vie et pas une autre. Je dois l'accepter.

Elle avait tout perdu. Il ne lui restait plus que la colère.

— Tu ne dois pas te sacrifier ainsi.

— Tu as volé mon cœur, Stephen, dit-elle dans un sanglot. Et sans lui, je suis incapable de créer.

Amisha eut un vertige et eut du mal à garder l'équilibre. Le sentiment de perte la submergeait.

Ses histoires lui permettaient de rêver et elle décidait de leur fin. Mais cette histoire-là, la leur, n'avait qu'une conclusion possible. Amisha n'avait aucun moyen de bousculer les choses, de changer leur cours. Le destin exigeait son dû pour leur avoir accordé tant de félicité. Il ne leur laisserait rien, excepté les souvenirs d'un amour qu'ils ne connaîtraient jamais plus.

Stephen caressa sa joue et la ramena contre lui. Il posa la main sur son ventre.

— Je donnerais n'importe quoi pour que cet enfant soit le mien, murmura-t-il. Malgré tout, je lui souhaite tout le bonheur du monde parce qu'il est une part de toi.

Il se pencha et effleura ses lèvres avec les siennes. Puis, il la libéra de son étreinte et sortit. Il ne se retourna pas et ne la vit pas s'écrouler, brisée et seule, enceinte de l'enfant qui était tout ce qui lui restait de lui.

# JAYA

# CHAPITRE 42

C'est ainsi que Ravi termine son récit, alors que nous nous promenons le long de la rivière. Je sèche mes larmes.

— Elle l'aimait tellement.

— Oui. Leur amour était sincère et inaltérable, dit-il d'une voix douce.

— Ma mère est-elle au courant que Stephen est son père ?

Je demande, même si je suppose que non.

— On ne lui a jamais dit, réplique-t-il posément.

— Pourquoi ?

Si ça avait été le cas, elle aurait été aimée inconditionnellement, elle qui a toujours ignoré à quel point elle avait été désirée.

— Pourquoi attendre tout ce temps pour en parler ?

— Je ne pouvais pas, rétorque Ravi avec lenteur. Jusqu'à maintenant.

— À cause de mon grand-père ?

— Oui.

— Elle avait le droit de savoir.

Les coutumes de l'époque éveillent ma colère. J'aurais tellement souhaité que ma mère ait droit à l'amour et au soutien de ses parents.

— Elle méritait de connaître son vrai père.

Tous ces secrets sont restés enfouis durant deux générations. Celui qui l'a élevée n'a jamais voulu d'elle, alors que son père biologique l'aurait aimée inconditionnellement. Quand je pense au choix de ma grand-mère, à ses secrets, j'ai tellement de peine…

Je me sens vide parce que je n'ai pas d'enfants. Ma mère, que je commence à peine à connaître, l'est, car elle n'a pas eu de père : nous sommes liées par ces manques.

— Stephen aurait été un bon père, dit Ravi, d'une voix brisée. C'est un homme exceptionnellement gentil.

— Il est toujours vivant ? je demande avec espoir.

— Non, murmure-t-il, alors que la déception me submerge. Il nous a quittés. Je crois que l'un ne pouvait vivre sans l'autre.

J'étouffe un sanglot en réalisant la profondeur de leur relation.

— Je ne m'attendais pas à découvrir une telle histoire en faisant ce voyage.

— Et si c'était la raison pour laquelle tu es venue ? Ta grand-mère espérait que je puisse la raconter à sa fille, mais si ça se trouve, c'était toi qui devais l'entendre, qu'est-ce que tu en penses ?

— Peut-être. Vous savez, j'en parle un peu à ma mère, quand je l'ai au téléphone.

— Tu vas tout lui dire ?

— Pas pour l'instant, je réponds en songeant qu'il faudra que mon père soit à ses côtés à ce moment-là. Je le ferai à mon retour.

Plus loin, des femmes immergées dans la rivière jusqu'à la taille lavent des vêtements. Leurs enfants jouent à proximité : ils se baignent et s'éclaboussent dans l'eau chaude. Les hommes mènent les vaches sur la berge pour les faire boire. Après avoir passé la matinée à me raconter la fin de l'histoire de ma grand-mère, Ravi a trouvé que c'était une bonne idée de se promener.

— Attention où tu mets les pieds.

Nous nous éloignons de la rive et foulons l'herbe.

— Il peut y avoir des serpents là-dessous, ajoute-t-il.

— Quoi ?

Je m'arrête net et scrute le sol à la recherche de créatures rampantes.

— Des serpents ?

— Oui.

Sans s'en soucier plus que cela, Ravi donne des coups de pied dans les cailloux tout en avançant.

— Mais il y a des gens, dans l'eau, je m'écrie en faisant un geste dans leur direction. Quelqu'un pourrait être blessé !

— Si un serpent s'approche des femmes, elles l'enverront tout simplement balader.

Ravi regarde les enfants et sa bouche s'affaisse.

— Quant aux petits, j'ai bien peur qu'ils les considèrent comme des jouets et s'amusent avec eux.

— Ne devrait-on pas plutôt les tuer ?

Ma voix part dans les aigus.

— Ah… N'est-ce pas nous qui les dérangeons ? demande-t-il en pointant la rivière de sa canne. Qui peut dire à qui appartient cette terre ? Le serpent affirmerait que c'est sa maison et que nous la saccageons. Son poison, c'est peut-être sa seule manière de se défendre.

Ravi avait vu juste, quand il parlait de jeu. Un cri d'enfant résonne dans le silence. Un jeune garçon brandit un petit serpent comme un véritable trésor avant de le lancer à ses amis.

— Je déteste les serpents et je ne veux pas qu'ils m'approchent.

J'enroule mes bras autour de ma taille alors qu'un frisson parcourt ma colonne vertébrale.

— Alors, tu prétends être supérieure à eux ?

— Oui, tout à fait.

Je lui adresse un regard noir, le défiant de me contredire.

— Dans ce cas, je serais d'avis que nous allions en ville. J'ai peur que nous tombions sur un serpent et que tu te sentes un peu moins en position de force lorsque tu te sauveras en courant et que tu perdras toute dignité.

Au village, nous sommes accueillis par de la musique Bollywood, des rires, ainsi qu'une foule composée d'hommes en jeans et chemises et de femmes en jupes et tuniques colorées. Le silence s'abat quand un jeune homme, vêtu d'une tenue de marié – haut rouge brodé et pantalon crème – fait son entrée, juché sur le dos d'un éléphanteau.

— Que se passe-t-il ?

Les hommes l'aident à descendre et le portent sur leurs épaules en direction d'une tonnelle nuptiale sous laquelle une table est dressée. Les femmes s'attrapent par les bras et forment une muraille l'empêchant d'atteindre sa promise, qui s'y trouve assise.

— C'est la cérémonie du henné. Lui, c'est le marié, explique Ravi en pointant du doigt celui qui était à dos d'éléphant. La fille à table est son épouse.

Le jeune marié se jette vers elle de manière frénétique, mais les femmes tiennent le coup, bloquant ses assauts. À chacune de ses tentatives infructueuses, les autres rient et le taquinent.

— C'est un aspect sacré de la cérémonie. Le mariage est un acte physique, tangible, mais on met particulièrement l'accent sur son côté spirituel.

Le jour de mon mariage, célébré à la plage, j'étais habillée en blanc. Je n'ai jamais songé à le faire à l'indienne, bien sûr.

— En quoi est-ce sacré ?

— On peint les mains de la fiancée au henné. Les motifs complexes symbolisent la profondeur de l'amour de son époux.

Les amies de la jeune fille, installées à ses côtés, s'y attellent, alors que le marié repart joyeusement à l'assaut. Les invités rient de plus belle.

— L'artiste mêle de manière subtile les noms des époux dans son dessin. Lors de la nuit de noces, le mariage ne peut être consommé si l'homme ne les a pas trouvés, explique Ravi en souriant. Beaucoup ont cherché des heures, à ce qu'il paraît.

Les amies de la mariée se mettent à chanter en hindi. Les hommes les accompagnent. Personne ne se soucie de la chaleur, même si tous ont le dos mouillé de sueur.

— Que disent ces chants ?

Je peux comprendre quelques mots, mais suis incapable d'en saisir le sens global.

— On taquine la mariée au sujet de son mari et de ses beaux-parents. Là, ses amies racontent que son époux va devenir si gras qu'un jour, il s'endormira sur elle et qu'elle sera coincée. Elles la mettent en garde de ne pas lui faire de trop bons repas.

La foule grossit et les aînés rejoignent les plus jeunes, alors que les festivités se poursuivent.

— Qui sont ces nouveaux arrivants ?

— Du monde ! Il peut y avoir deux cents à six cents invités, dans un mariage indien.

Le *pujari* découpe une noix de coco et la dépose devant le petit feu de camp. Tout autour, il éparpille des fleurs tout juste cueillies et du riz cru.

— La noix de coco représente la fertilité, explique Ravi. Les fleurs, la beauté et le riz, la subsistance.

Le prêtre verse du beurre fondu sur le feu pour le maintenir. Le soleil se couche et la fête bat son plein. Le son de la musique augmente et tout le monde se met à danser. La future mariée rejoint son fiancé. Il lui dit quelque chose. Elle rejette la tête en arrière et rit.

J'envie leur bonheur. Ils ont la vie devant eux et une foule d'opportunités à saisir. Le jour de mon mariage, j'étais certaine que rien ne nous séparerait. La douleur et le chagrin semblaient impossibles, tant nous étions heureux. Je pense alors à Amisha et aux choix qu'elle a dû faire. En regardant ce couple, je ne peux m'empêcher de me sentir reconnaissante. Quand Patrick et moi étions ensemble, j'ai su ce qu'était le vrai bonheur, même s'il a été suivi par le désespoir. J'ai aimé mon mari et je me demande si ce ne sera pas le cas durant toute ma vie.

# CHAPITRE 43

Dès mon réveil, deux jours après, j'y songe : c'est le jour anniversaire de ma première fausse couche. J'enfile les vêtements que j'ai achetés au marché. Puis, je quitte la maison, attentive à chacun de mes pas. Je me demande si je fais bien d'y aller. Arrivée devant le temple, j'enlève mes chaussures et gravis ses marches.

— *Namaste.*

Les lieux sont calmes : il n'y a que quelques familles.

— Bienvenue, lance le brahmane en acceptant mon plat garni de fruits et de fleurs. Merci. Vous aurez une longue et heureuse vie.

— Merci à vous.

J'observe le visage des statues représentant les divinités. Ces dernières sont plus hypnotiques les unes que les autres.

— Est-ce que vous désirez quelque chose ?

— Je voudrais demander… je dis, avant de m'interrompre pour trouver mes mots. Non, pas demander…

Je suis venue chercher des réponses. Est-ce la déesse Parvati, ici ?

— Oui. Elle est avec Durga, réplique le prêtre en faisant un geste en direction de la statue à côté d'elle. Ce sont deux forces très puissantes.

Je m'agenouille entre les deux déesses. Elles dégagent une harmonie pleine de grâce. Leurs iris lavande sont cristallins ; leurs mains, dorées. Je ferme les yeux et imagine mes bébés jouer. Leurs rires sont des baumes qui apaisent ma souffrance constante. Je les aurais consolés et je me serais amusée avec eux. Je me serais consacrée à eux comme à personne d'autre. Je me confie aux statues silencieuses :

— Ma grand-mère venait ici. Je ne l'ai jamais rencontrée, mais je suis certaine d'une chose : elle était plus forte que je ne le serai jamais.

Je me sens soudain plus jeune que mon âge, et bien plus naïve, alors que je murmure :

— Malgré mes faiblesses, je voudrais vous demander un enfant.

Ma tristesse ne m'offre aucun répit et je ne peux retenir mes larmes. J'enfouis ma tête dans mes genoux pour ne pas affronter le regard du brahmane et celui des déesses. Pour me cacher du reste du monde et de moi-même. Parce que je n'ai toujours pas trouvé ma place ici-bas.

— Jaya ?

Amit s'approche de moi, visiblement inquiet. Je sèche rapidement mes larmes. Je n'ai pas vu le temps passer et les statues sont maintenant plongées dans l'ombre.

— Amit ? Comment vas-tu, *beta* ?

— Bien, répond-il, son plat rempli de fleurs et de fruits dans les mains.

Aucun doute : il comprend que j'ai pleuré. Aussi, il ajoute :

— Et toi, tu te sens bien ?

— Ton grand-père affirme que les temples renferment beaucoup de pouvoir, dis-je en caressant rapidement mon visage, pour reprendre contenance. Je crois que j'ai été envoûtée.

Je passe un bras autour de son épaule.

— Je suis surprise de te voir ici en pleine journée. Tu n'as pas école ?

— Ils nous ont laissé sortir plus tôt, réplique-t-il en détournant le regard. Est-ce que je peux te poser une question ?

— Bien sûr, tout ce que tu veux.

Je l'entraîne au fond du temple, où nous pourrons être seuls.

— Est-ce que tu crois aux miracles ? demande-t-il, à la fois hésitant et impatient d'entendre ce que j'ai à dire à ce sujet. Tu as l'air très intelligente.

Son visage exprime une grande admiration. Je lui souris.

— Selon ton *Dada* Ravi, je ne fais pas le poids avec toi en maths. Il paraît que tu es le premier de ta classe.

Il rougit. Je choisis de répondre de manière détournée.

— Ce que je crois n'a aucune importance. Ce qui compte, c'est ton avis à toi. Est-ce que tu y crois ?

— Misha, dit-il avant d'hésiter un instant. La polio… On ne peut rien faire pour elle.

Il contemple les piliers de marbre et poursuit :

— Alors, je suis venu ici tous les jours déposer des offrandes dans l'espoir que Dieu la guérirait.

Il s'interrompt et étouffe un sanglot.

— Comme ça, elle pourrait courir et jouer, comme nous.

Je l'observe. Il n'est pas encore adulte et se comporte comme tel. C'est incroyable, une telle loyauté, entre membres d'une même famille.

— Est-ce que ton *Dada* Ravi est au courant ?

— Je ne voudrais pas qu'il sache que je me fais de faux espoirs, avoue-t-il, le regard lointain. En Amérique, est-ce que tu as déjà vu des miracles qui s'accomplissaient grâce à la prière ?

— Il y en a tous les jours, j'affirme, même si je n'en ai jamais entendu parler et que j'ai cessé d'y croire depuis mes fausses couches. C'est ce que tu souhaites pour ta sœur ?

— Oui, répond-il en montrant les statues. Et je ne peux rien faire d'autre que de prier.

***

Ce soir-là, je me rends au café du coin. Je compose le numéro que je connais par cœur. Mon pouls s'accélère alors que la sonnerie s'éternise.

— Allô ?

C'est la voix de Patrick. Même ton que la dernière fois. Éveillé. Sauf qu'il est minuit. Je me sens soudain stupide et me demande s'il est avec quelqu'un.

— Allô ? répète-t-il.

— Salut. C'est moi.

Sa voix m'a prise au dépourvu. Au début de notre relation, nous parlions pendant des heures, la nuit. Sa voix était le calme dans la tempête, le soutien dans mes ambitions. Quand je me suis noyée dans le chagrin, j'ai oublié à quel point j'avais besoin de lui.

— Jaya ?

J'entends un frottement de draps. Je l'imagine réajuster ses oreillers et s'y appuyer.

— Je ne m'attendais pas à ton appel. Tu vas bien ?

— Oui, je dis rapidement. Je sais qu'il est tard. Mais quand je m'en suis rendu compte, j'avais déjà composé ton numéro.

Je parle pour ne rien dire, mais ne peux m'interrompre.

— Si Stacey est avec toi, je suis désolée de…

— Stacey n'est pas là, m'interrompt-il avec douceur. Nous ne nous sommes plus revus depuis que je t'ai parlé d'elle.

— Oh.

Abasourdie, je ne commente pas. J'étais certaine que c'était sa relation avec elle qui avait mis un point final à notre mariage, déjà brisé par le chagrin… Je suis perdue, et je voudrais en savoir plus, mais je me retiens : je ne suis plus sa confidente depuis bien longtemps.

— Je suis désolée.

— Comment te sens-tu ?

Sa voix est assourdie et même si je ne peux le voir, je perçois son trouble.

— J'ai essayé de t'appeler, mais la ligne était mauvaise et ça a coupé.

— Je t'entendais, mais toi, non. Je t'ai rappelé, mais…

Je ne poursuis pas. J'ai l'impression que cet appel date d'il y a des siècles : je connaissais à peine l'histoire de ma grand-mère et je n'imaginais pas ce que j'allais apprendre.

— Tu as raccroché. À cause de Stacey, dit-il, rompant le silence.

Je ne confirme pas. Pas besoin.

— Je t'appelle pour te remercier d'avoir été là pour moi pendant mes fausses couches, je dis précipitamment. Aujourd'hui, c'est la date anniversaire de la première.

Quand j'entends son hoquet, je ravale mes sanglots et prie pour tenir bon.

— Tu as essayé d'être là pour moi. Je ne m'en rendais pas compte, mais maintenant, j'en suis consciente.

— Tu me manques, répond-il.

Je suis sous le choc. C'est la dernière chose à laquelle je m'attendais. Il change le combiné d'oreille. Je l'entends allumer la lampe à côté du lit.

— Tu m'as manqué, toi aussi. Tellement…

L'espoir fleurit en moi. Sans lui, il y a un vide dans ma vie. L'histoire d'Amisha m'a montré à quel point l'amour est précieux. J'ai considéré ma relation avec Patrick comme acquise, et quand la situation est devenue trop difficile, je me suis éloignée, certaine que toute seule, je serais plus forte. Alors que l'aimer n'était pas un fardeau. Pas plus qu'une bénédiction, d'ailleurs. Nous étions tout simplement deux personnes désespérément amoureuses, qui vivaient ensemble. Avec lui, je respirais. J'étais heureuse.

— J'étais perdue, je murmure.

Je remonte mes genoux contre ma poitrine et enroule mon bras autour.

— Le chagrin m'a tout fait voir en noir.

— Je suis désolé de ne pas avoir été capable de t'aider, avoue-t-il.

La douleur qui enserrait mon cœur relâche son étreinte.

— Je voulais, mais je ne savais pas comment, ajoute-t-il.

Quand finalement, j'éclate en sanglots, j'entends son souffle, au bout du fil, et je sais qu'il lutte pour réprimer ses émotions.

— Merci d'avoir essayé. Je suis désolée de ne pas te l'avoir dit avant.

— Nous sommes mariés, dit-il, ne semblant pas remarquer qu'il emploie encore le présent. C'était normal.

Un silence.

— J'ai lu tes articles, sur le blog. Ils sont épatants.

À travers mes pleurs, je ris.

— Tu vois toujours les choses en rose, hein ? dis-je pour le taquiner. C'est bon à savoir !

Quel que soit le genre ou le thème de mes écrits, Patrick m'a toujours dit que mon travail était exceptionnel.

Son rire fait écho au mien, puis le silence s'installe. J'ai tellement à lui dire… mais je n'en ai plus le droit. Il n'est plus ma caisse de résonance ou mon confident. En me détournant de mon mari, j'ai perdu mon meilleur ami et l'homme que j'aime.

— Tu me manques. Plus que je n'aurais pu l'imaginer.

Certains de nos amis ont divorcé. À chaque fois, je me suis demandé comment le lien marital pouvait se briser au point que l'amour partagé durant des années s'évanouisse. Quand Patrick et moi, nous nous sommes séparés, je me focalisais tellement sur les causes de notre rupture que j'ai oublié ce qui nous avait fait tomber amoureux. Et maintenant, une petite graine d'espoir fleurit, mais la voix de la raison, celle qui exige que je sois prudente, me conseille de ne rien précipiter.

— Quand rentres-tu ?

— Je ne sais pas.

Mon rédacteur en chef m'a envoyé du travail qui peut être fait à distance. Je dois dire que ça me fait du bien d'avoir de quoi faire, en plus des articles de blog.

— Être ici… Ça m'aide à guérir.

— J'en suis heureux.

Il s'interrompt. Je me demande si comme moi, il a peur de se confier.

— J'ai pris de tes nouvelles auprès de tes parents, avoue-t-il.

J'en suis surprise.

— Je leur ai demandé de ne rien dire, poursuit-il avant que j'aie le temps de le leur reprocher. Je voulais juste m'assurer que tu allais bien.

— Patrick…

Je m'interromps. Je voudrais me taire, mais les mots sortent tout seuls, dans un murmure.

— Je voudrais que ces fausses couches n'aient jamais eu lieu.

La prudence me souffle de garder ça pour moi, mais j'en ai assez de cacher mes sentiments.

— Je voulais tellement fonder une famille avec toi, que nous soyons parents.

— Je sais, ma chérie.

Sa voix est remplie de chagrin.

— Plus que tout, je voulais que ce soit avec toi.

Quand mes pleurs m'empêchent de parler, il reste au bout du fil et m'écoute. Au-delà des océans et des continents, il m'offre du réconfort et pour la première fois depuis que j'ai commencé à souffrir, je le laisse faire.

# CHAPITRE 44

J'arrive à l'orphelinat tard dans la nuit. Je n'ai pas réussi à dormir car je ne cessais de songer à ma conversation avec Patrick. Nous avons parlé pendant des heures de nos souvenirs communs et de la souffrance qui, il y a peu de temps encore, nous semblait impossible à surmonter. Je lui ai raconté quelques passages de l'histoire de ma grand-mère. Au départ, j'hésitais à trop m'étendre sur le sujet, mais l'intérêt manifeste de Patrick m'a poussée à continuer. Pendant ces quelques heures, c'était comme si nous n'avions jamais été séparés.

Je gravis les marches, même si je me sens stupide de rendre visite aux enfants à cette heure-ci : ils dormiront probablement à poings fermés. Je frappe une fois, tout doucement. Si personne ne répond, je n'insisterai pas et rentrerai.

— Oui ?

La puéricultrice dont j'ai fait la connaissance la dernière fois m'ouvre. Ses yeux s'écarquillent quand elle me reconnaît.

— *Shrimati,* que faites-vous ici ? demande-t-elle en s'effaçant pour me laisser entrer.

La pièce est plongée dans le noir : seule une lumière vacillante éclaire la salle du fond. Quelques enfants s'agitent, mais la majorité d'entre eux dorment.

— Je suis désolée. J'ai conscience qu'il est tard, dis-je à voix basse. J'ignorais à quelle heure les petits se couchaient, mais j'ai pensé que je pouvais vous rendre visite…

Je hausse les épaules et enfouis les mains dans les poches de mon pantalon.

— Je voulais savoir si je pouvais passer un peu de temps avec eux.

La puéricultrice trouve peut-être cela étrange, mais elle ne commente pas.

— Il y a toujours un ou deux enfants qui se réveillent affamés.

Dans la petite cuisine, du lait chauffe dans une casserole.

— Est-ce que vous pourriez le verser dans les biberons ?

— Bien sûr.

J'avise les biberons propres, qui sèchent sur une serviette.

— Vous restez debout toute la nuit ?

— Ma collègue, celle qui nous relaie la nuit, est malade, alors je la remplace.

Ses gestes sont efficaces et rapides. Ses vêtements sont tachés de lait et de nourriture. Elle a tiré ses cheveux en un chignon serré, mais des mèches s'en échappent et balaient son visage. Je finis juste de remplir le dernier biberon, quand un cri d'enfant résonne. Elle s'apprête à y aller, mais j'interviens :

— Puis-je m'en occuper ?

Elle acquiesce et je rejoins le bébé. Je le prends dans mes bras pour lui donner son biberon. Appuyée contre le mur, je me laisse glisser contre la surface jusqu'à me retrouver assise, lui sur mes genoux. Il tète avidement. Allongé près de nous, un enfant se rapproche : il cherche une source de chaleur dans la fraîcheur nocturne. J'ai la gorge nouée par l'émotion.

— Vous vous en sortez bien, commente la puéricultrice, occupée elle aussi à nourrir un tout-petit.

— Non, c'est juste qu'il a faim. Alors, il s'accommode de ma maladresse.

Le bébé continue à téter, même s'il n'y a plus de lait. Je retire doucement la tétine de sa bouche pour éviter qu'il avale de l'air. De mon doigt, je caresse sa joue et essuie les gouttes sur son menton.

— Qu'est-ce qui vous a donné envie de faire ce métier ? De prendre soin de tous ces enfants ?

Je redresse le bébé et tapote son dos plusieurs fois avant qu'il ne fasse son rot. Quand il s'endort et que son corps se détend, je l'allonge avec douceur.

— J'ai été élevée dans un orphelinat.

Elle berce l'enfant en larmes qu'elle tient tout contre elle et parvient à le calmer lorsque ses pleurs redoublent.

— C'était ma vocation.

J'attrape un autre biberon.

— Vous n'avez pas d'enfants ?

— Comment le savez-vous ? dis-je après un long silence.

J'aimerais changer de sujet. Je ne veux pas lui confier que j'ai essayé, mais que je n'ai pas réussi à être mère.

— Vous teniez le bébé comme une jeune maman. Avec des gestes incertains mais pleins d'enthousiasme.

Je me renferme, songeant à tous les livres que j'ai lus et à tout ce que j'ai appris : de la manière de calmer les enfants difficiles à comment les éduquer pour qu'ils soient épanouis. Que de la théorie. Même si je suis entourée d'enfants, ici, je suis toujours aussi seule. J'inspire longuement pour m'apaiser avant de demander :

— Et vous, vous en avez ?

— Ce sont eux, mes enfants, répond-elle en bâillant, visiblement épuisée. J'ai été abandonnée par ma famille, exactement comme eux.

Elle observe la pièce, le regard rempli d'amour pour ses petits protégés.

— Je n'ai qu'eux et ils n'ont que moi.

— Ils ont la chance de vous avoir.

— Quand les nuits se passent comme celle-ci, je suis bien d'accord !

Elle rit tout en étouffant un autre bâillement.

— Alors ? Qu'est-ce qui vous a fait venir ici en pleine nuit ?

— Je pensais aux enfants que je n'ai pas pu avoir et je me suis retrouvée devant votre porte, dis-je avec plus de franchise que je ne l'ai voulu.

— Vous souhaitez adopter ?

— Quoi ?

À l'époque, Patrick avait évoqué l'adoption, mais nous n'en avons jamais parlé sérieusement. Quand je rêvais d'avoir un enfant, je désirais que ce soit un enfant naturel, qu'il soit le reflet de Patrick ou de moi-même. Accepter d'adopter, c'était admettre notre échec, et je n'étais pas prête à ça.

— Non, je n'y ai pas songé.

— Je suis désolée. J'ai mal compris.

— Est-ce que beaucoup d'entre eux sont adoptés ?

— Si quelques-uns le sont durant l'année, alors nous sommes chanceux.

Une fillette se réveille en gémissant. La puéricultrice l'appelle et la petite court vers elle pour se blottir sur ses genoux.

— Les gens arrivent ici en couple, et repartent en famille. Si le désespoir n'était pas leur seule motivation, il y en aurait plus qui connaîtraient la merveilleuse joie d'accueillir un tout-petit chez soi.

— Qu'est-ce que vous voulez dire ?

— Tous les gens rêvent d'avoir un enfant bien à eux, non ? Un enfant biologique, un être qui soit leur reflet. Les parents qui se présentent ici ont admis que leur souhait ne se réaliserait pas. Ils sont passés du désespoir à la résignation. Ils ne peuvent pas avoir d'enfants, mais leur cœur est vide. Alors, ils viennent ici et tendent les bras vers un bébé.

— Pourtant, il ne sera jamais à leur image. Ce ne sera pas leur sang…

— C'est vrai, mais quand ils en sont à ce stade, peu importe : grâce à l'enfant, ils forment une famille. Et ils savent qu'être parent est un cadeau, quelle que soit la façon dont ça se fait.

Elle réinstalle la fillette endormie à sa place.

— Si seulement il n'y avait pas que ceux sans autre choix qui découvraient la beauté d'accorder son amour à un enfant qui n'est pas le sien.

J'ai attendu qu'un miracle se produise, mais il m'a été refusé. Ces enfants attendent un miracle, eux aussi. Ils attendent que le destin leur amène quelqu'un à aimer. Et si l'un d'eux était à moi ? Soudain, mon cœur me semble plus léger ; mon esprit plus paisible. Et je reste ici, à m'occuper d'eux, jusqu'à ce que le jour se lève.

# AMISHA

# CHAPITRE 45

Neuf mois et deux jours après la nuit qu'Amisha avait partagée avec Stephen, le travail commença, à l'ombre d'une nouvelle lune. Jusque-là, Amisha n'avait cessé de s'occuper de ses enfants et de la maison, mais la vie n'avait plus de sens. Aussi, les contractions constituaient un étrange soulagement : la souffrance qui déchirait ses entrailles offrait un sursis à ces mois durant lesquels elle s'était sentie engourdie. Pendant les quelques heures de l'accouchement, elle oublia tout ce qu'elle avait perdu. Les cris du nourrisson la tirèrent de ses pensées et elle regarda avec émotion la sage-femme l'extraire de son ventre, ensanglanté, et couper le cordon.

— C'est une fille, annonça-t-elle avant de la laver avec de l'eau prélevée dans un seau.

— Une nuit d'*amavasya* ?

Rapidement, elle aspira le mucus de sa bouche et l'enveloppa avec une couverture en laine.

— Vous êtes maudite.

C'était une superstition répandue : une fille née lors de la nouvelle lune apportait le malheur.

Secouant la tête, Amisha rejeta les propos de la sage-femme. Trop épuisée pour argumenter, impatiente de voir sa fille, elle tendit les bras. Elle eut le souffle coupé en constatant que le petit être qui la regardait était le portrait craché de Stephen. Elle la serra contre elle et l'embrassa avec tout le désir et l'amour qu'elle éprouvait pour son père.

— Tu n'es pas une malédiction, mais un cadeau, murmura-t-elle à son oreille.

Par la pensée, elle s'adressa à Stephen.

— Notre fille est née.

Elle aurait aimé plus que tout partager ce moment avec lui.

— C'est grâce à toi et je t'en remercie, souffla-t-elle à travers ses larmes.

Ravi entra après avoir obtenu l'autorisation de la sage-femme. Il s'assit près du lit et observa le bébé qui pleurait pour réclamer sa tétée.

— Elle est magnifique.

— Comme son père, dit Amisha sans réfléchir. Nous l'appellerons Lena.

Après avoir réglé les honoraires de la sage-femme, Deepak apparut à son tour. Immédiatement, Ravi s'écarta et entreprit de nettoyer la pièce. Deepak regarda sa fille qui était au sein. Il eut du mal à dissimuler son choc.

— Qu'est-ce que c'est que cette peau ? Elle est si pâle ! Bien plus que celle d'un brahmane.

— C'est une bénédiction, répondit Amisha, à la recherche d'une explication plausible. Ta mère m'a dit un jour qu'un enfant à la peau claire est l'enfant d'une déesse, confié à des humains pour qu'ils le protègent.

Deepak ne cessait d'observer le bébé. Il finit par se tourner vers Amisha qui attendait avec angoisse son approbation. Il acquiesça.

— Avec une telle carnation, une foule de prétendants feront la queue devant notre porte pour la demander en mariage.

En Inde, la peau claire était considérée comme un signe de supériorité. Enfin souriant, Deepak ajouta :

— Je suis content car la dot ne me coûtera pas cher.

— Elle doit aller en Amérique, annonça Amisha, qui avait rassemblé toutes ses forces pour élever le ton. Elle doit épouser un Américain.

C'était sa seule manière d'alléger sa culpabilité : elle s'en voulait de priver sa fille d'une vie en Angleterre auprès de son père. Elle devait donc offrir à Lena les opportunités qu'elle-même n'avait eues. C'était son cadeau. Elle le lui destinait, ainsi qu'au père qu'elle ne connaîtrait jamais.

— Amisha… rétorqua Deepak, visiblement stupéfait par sa détermination. Nous avons des années pour nous décider. Nous ne savons pas si…

Elle leva la main pour obtenir le silence.

— Deepak, je reste à ma place et j'ai conscience de la tienne. Je respecte l'ordre des choses. Mais à ce sujet, je ne peux pas me taire. Donne-moi ta parole, devant l'enfant que les gardiens du ciel viennent de nous offrir. Elle n'épousera pas n'importe qui. Elle doit aller en Amérique.

Amisha savait que Deepak pouvait très bien s'en occuper sans la consulter. Souvent, les hommes discutaient en fumant une cigarette ou après la prière au temple. De fil en aiguille, ils arrangeaient un mariage et se serraient la main pour conclure l'affaire. Le père rentrait alors chez lui et annonçait à sa famille qu'il y aurait prochainement un échange de cassonade pour sceller les fiançailles.

— Amisha, répéta-t-il en contemplant l'enfant.

— Promets-le-moi, Deepak.

Elle enveloppa sa fille plus étroitement dans le drap, la dissimulant au regard plein de curiosité de son époux.

— S'il te plaît.

Il finit par acquiescer.

— Tu as ma parole, Amisha.

— Merci.

En paix, elle ferma les yeux et s'endormit, son bébé tout contre elle.

Les semaines qui suivirent la naissance de Lena furent tranquilles. La nuit, Amisha l'allaitait. Rapidement, la couleur de ses iris changea : de bruns clairs, ils devinrent verts, exactement comme ceux de Stephen. Une fois, Amisha surprit Deepak qui les regardait fixement. Elle prit sa fille dans ses bras et quitta la pièce. Ils continuèrent leur train-train : Deepak gagnait de l'argent ; Amisha s'occupait des enfants et de la maison.

— L'Amérique ? demanda Ravi, des mois après la naissance, alors qu'ils étaient seuls. Pourquoi, *shrimati* ?

— Si les choses n'évoluent pas ici, c'est là-bas qu'elle aura une chance de faire ce qu'elle veut. Tout ce qu'elle veut, sans limites.

Il la regardait sans comprendre.

— Que sommes-nous, toi et moi, dans cette vie ? Nous n'avons aucun droit, et nulle part où aller sauf là où le destin nous a placés.

— Est-ce le lieutenant qui t'en a parlé ?

— Oui.

Elle se souvenait de leur conversation en détail.

— En Amérique, les enfants de Lena pourront faire ce qu'ils veulent, poursuivit-elle, répétant les mots de Stephen. Lena aura elle aussi le choix, Ravi. C'est sa destinée, d'être libre.

— D'accord, mais à l'autre bout du monde ? insista Ravi. Ta fille unique ? As-tu vraiment envie de l'envoyer si loin ?

— Tu verras, lança Amisha qui souriait, grisée en songeant à l'avenir de Lena. Cette enfant… Elle reviendra.

Elle embrassa son front.

— Et qu'en est-il de notre lieutenant ? Que ferastu s'il revient ?

Ravi se mit à balayer. Nuit et jour, la pluie n'avait cessé : les rues étaient inondées et leur maison était parsemée de petites flaques.

— Il ne reviendra pas, dit Amisha, l'humeur assombrie.

Leurs adieux avaient été définitifs. Mais pas un jour, pas une nuit ne passaient sans qu'elle se demande où il était ou ce qu'il faisait. Au fond de son cœur, elle était certaine que lui aussi songeait sans cesse à ce qu'ils avaient vécu. Elle n'avait jamais cessé d'imaginer à quoi aurait ressemblé leur vie ensemble, si elle avait été possible.

— Est-ce que tu crois qu'il a survécu à la guerre ? l'interrogea Ravi.

Les combats étaient finis et en Inde, on avait bon espoir d'être libéré du joug du colonialisme.

— Oui.

Elle savait qu'il n'était pas mort. Il était impensable qu'elle vive sans lui. C'était la seule chose à quoi elle se raccrochait : même si le destin ne leur avait pas permis d'être ensemble, ils vivaient tous les deux sur la même terre. Ils marchaient et dormaient sous les mêmes étoiles, sous le même ciel. Les rayons du soleil qui caressaient leurs peaux étaient les mêmes. Leurs nuits étaient éclairées par la même lune.

— Je le saurais, sinon.

— C'est certain. J'ai vu à quel point tu as eu le cœur brisé en perdant celui que tu avais tant aimé.

Il regarda Lena et sourit.

— Et j'ai constaté à quel point la naissance de cette enfant a illuminé ton existence, répondit-il avant de se diriger vers la cuisine pour préparer le dîner. Rien que pour cela, il ne peut être mort.

# CHAPITRE 46

Lena avait un an et comme promis, Amisha n'avait pas écrit depuis sa naissance. Elle ne mariait plus les mots, et les personnages ne hantaient plus ses rêves. Seul Stephen les peuplait. La saison des moussons était terminée et comme d'habitude, les insectes affluèrent après les pluies torrentielles. Les flaques et les égouts constituaient leur terreau. Mais dans ce pays où on laissait mourir les sans-abri au détour d'une rue, les moustiques étaient une nuisance toute relative. Ravi avait installé des moustiquaires autour des couchages. Malgré tout, les piqûres restaient nombreuses à l'aube et au crépuscule, et elles ne pouvaient être soulagées. Les enfants se grattaient jusqu'au sang.

— Veux-tu que je fasse venir le médecin ? demanda Ravi, qui déchirait un vieux sari pour en faire des chiffons.

Amisha traînait un lourd seau d'eau dans la maison pour baigner Lena, qui avait eu de la fièvre.

— Voyons d'abord comment ça se passera cette nuit. Elle a dû prendre froid : elle toussait ce matin.

De sa main libre, Amisha se donna une tape sur le bras.

— Aïe !

Le seau lui échappa.

— Qu'est-ce qu'il y a ?

— Un stupide moustique.

Elle piétina son agresseur.

— Ton bras est en train d'enfler, dit Ravi en désignant la petite bosse.

— Parfait. C'est un juste châtiment pour avoir tué cette chose misérable.

Amisha rit et l'eau éclaboussa ses pieds alors qu'ils pénétraient dans la maison.

***

Sa souffrance commença trois jours après la piqûre. La fièvre et la nausée frappèrent Amisha en pleine nuit. Elle tituba jusqu'à la cour derrière la maison, ayant à peine le temps de sortir avant de vomir. Son corps trembla. Elle claqua des dents.

— Samir ! s'écria-t-elle avant de ramper à l'intérieur. Samir ?

— Maman ? répondit-il, à moitié endormi.

Il la chercha dans le noir. Quand il la vit à terre, il se précipita vers elle pour l'aider à se relever.

— Maman, qu'est-ce qui se passe ?

— S'il te plaît, va trouver Ravi, murmura-t-elle.

Samir s'exécuta en courant. Lorsque la nausée reprit, elle eut à nouveau à peine le temps de sortir avant de vomir. Cette fois elle rendit de la bile. Quand elle n'eut plus rien dans l'estomac, elle fut secouée de spasmes.

— *Shrimati* ! s'écria Ravi, décoiffé, en tenue de nuit. Que s'est-il passé ?

Les spasmes recommencèrent. Ravi lui tint les cheveux et envoya Samir chercher de l'eau. Quelques secondes plus tard, ce dernier revenait. Ravi inclina la tête d'Amisha et porta le verre à sa bouche.

— À petites gorgées, recommanda-t-il.

Amisha le repoussa, mais Ravi insista avec douceur.

— Tu dois boire, *shrimati.*

Elle en absorba la moitié, tandis que le reste coulait sur son menton. Il le lui essuya, ainsi que son front, avec sa manche.

— Quelque chose cloche, articula Amisha en s'accrochant à lui. Mon corps sent…

Des éclairs douloureux traversaient tout son être. Un étau lui enserra le crâne et sa vision se troubla.

— Ça va aller, dit Ravi, qui semblait vouloir se convaincre, lui aussi. Comme toute bonne mère, tu as absorbé la maladie de Lena et tu souffres pour deux.

Aidé de Samir, il la transporta à l'intérieur et ils dépassèrent les enfants endormis sur le sol. Une fois qu'elle fut couchée, Ravi s'adressa à Samir :

— Nous avons besoin d'un docteur. Immédiatement.

Après avoir minutieusement examiné Amisha, le médecin sortit une douzaine de petites pilules de son sac et les tendit à Samir.

— C'est viral. Elle doit en prendre une toutes les quatre heures. C'est contre la fièvre.

— Dans combien de temps sera-t-elle remise ? demanda Ravi, qui gardait sa place, près du mur.

— Dans un jour ou deux, ça devrait aller mieux. Elle doit boire de l'eau. Le virus ne lui fera pas de mal, mais le manque d'hydratation peut être dangereux.

Ravi compta l'argent dans le placard et le tendit à Samir qui à son tour, le donna au médecin.

— Appelez-moi si ça s'aggrave, dit ce dernier en souriant devant la somme qu'il venait de gagner. À n'importe quelle heure.

— Dors, *beta*, ordonna Ravi à Samir quand le médecin fut parti. Je reste ici et demain matin, j'enverrai un télégramme à ton père.

Quand Samir se mit à protester, Ravi l'interrompit :

— *Beta*, si elle a besoin de quoi que ce soit, je te réveillerai.

Il posa sa main sur la tête du jeune homme.

— Dors. *Shrimati* sera déçue si tu manques l'école demain.

Samir frotta ses yeux marqués par la fatigue.

— Tu me réveilleras ?

Quand Ravi acquiesça, il sourit avec soulagement. Il rampa pour s'allonger entre ses frères, à la place habituelle d'Amisha, et les rapprocha de lui. Au rythme de leurs respirations régulières, il s'assoupit enfin, pendant que Ravi veillait sur Amisha.

Deepak arriva deux jours plus tard. Amisha était à peine capable de s'asseoir. Ravi la nourrissait de *sharbat* au citron. Deepak saisit l'épaule de son épouse.

— Amisha ?

— Elle est faible, l'avertit Ravi d'un ton soumis.

Deepak la secoua. Quand ses paupières papillotèrent, il soupira de soulagement. Il s'empara du verre de sorbet et le pressa contre sa bouche.

— Tu dois boire, dit-il.

Le liquide coula sur son menton et sur ses genoux. Amisha ouvrit lentement les yeux et le regarda.

— Tu es là, murmura-t-elle, voyant Stephen à la place de Deepak.

Elle prit une longue gorgée et lui adressa un grand sourire, se réjouissant de cette intimité retrouvée. Sa tête pesait lourd, mais elle luttait contre le mal et essayait de se raccrocher à ce moment.

— Je pensais que je ne te reverrais plus jamais.

— Je suis venu aussitôt que j'ai reçu le télégramme.

— Est-ce que tu as regardé ta fille ? demanda-t-elle en cherchant Lena des yeux, pressée de lui montrer la magnifique enfant qu'ils avaient conçue. Mon unique espoir, celui qui m'a animée chaque jour, c'était que tu puisses la voir.

Constatant l'absence de Lena, elle s'adressa à Ravi d'un ton suppliant :

— S'il te plaît, va chercher le bébé.

Elle agrippa la main qu'elle croyait être celle de Stephen.

— Elle a ton sourire.

— *Shrimati*, intervint Ravi qui éleva la voix afin de couvrir la sienne, sourire forcé aux lèvres. *Sahib* sait à quel point ta fille est belle. Là, il s'inquiète plutôt pour toi.

Il s'approcha d'Amisha et s'empara du *sharbat*.

— Je vais m'assurer qu'elle le boive en entier, *sahib*.

— Qu'a dit le médecin ? demanda ce dernier alors qu'Amisha se rendormait.

— Que c'est viral. Il lui a donné des médicaments contre la fièvre et a affirmé qu'elle se remettrait, répliqua Ravi, qui pointa du doigt les cachets. Je les ai écrasés et les ai dissous dans le *sharbat*.

— Assure-toi qu'elle le finisse.

Après avoir entendu le diagnostic du professionnel, le visage de Deepak avait retrouvé son calme.

— Je serai à la minoterie, annonça-t-il. S'il se passe quoi que ce soit, envoie quelqu'un me chercher.

# CHAPITRE 47

Cela faisait trois jours et l'état d'Amisha ne s'améliorait pas. Ravi et Bina s'occupaient des enfants et de la maison pendant que Deepak travaillait en ville. Ce soir-là, il apparut dans l'embrasure de la porte alors que Ravi la nourrissait de *naans* et de pommes de terre.

— Elle mange ? demanda-t-il sans bouger.

— Un peu, répondit Ravi. Plus qu'avant, donc c'est bon signe.

— Amisha…

Il s'installa près d'elle sur le lit. Elle était assise, mais parvenait à peine à ouvrir les yeux.

— J'ai quelque chose pour toi, poursuivit-il d'une voix sonore pour éveiller son attention.

Elle avait de grands cernes et sa mâchoire était contractée. Une fois, Amisha avait confié à Ravi qu'elle craignait que les enfants considèrent Deepak comme leur oncle favori plutôt que comme leur père. Les garçons étaient sa chair et son sang, et ils l'accueillaient avec excitation quand il rentrait, mais Deepak n'était pas vraiment proche d'eux. Il n'avait aucune idée de quoi ils avaient peur et ignorait comment les apaiser. Il ne connaissait pas leurs rêves et ne savait pas, par exemple, qu'ils envisageaient de prendre la relève de l'entreprise familiale, comme Deepak l'avait fait quand il était jeune. Depuis qu'il restait à la maison, pourtant, ils s'étaient tournés vers lui et lui demandaient conseil. Et Deepak faisait de son mieux. Amisha fixa enfin son attention sur lui. Sa lèvre inférieure pendait et ses yeux étaient troubles. Elle avait la peau sur les os, ayant perdu quasiment dix kilos. Il ouvrit la main et posa un jeu de clefs dans la paume de son épouse. Déboussolée, elle les contempla avant d'observer Deepak.

— Qu'est-ce que c'est ? demanda-t-elle en faisant un effort surhumain pour parler.

— Les clefs de l'école.

Deepak croisa le regard abasourdi d'Amisha. Puis, il jeta un œil à Ravi et s'interrompit pour chercher ses mots.

— Je sais combien c'était important pour toi, alors j'ai pensé que tu apprécierais.

— Tu as acheté l'école ?

Amisha joua avec les clefs, les mêmes que Stephen gardait toujours sur lui. Après le départ des Britanniques, l'école avait été fermée.

— Comment ?

— Vikram m'a informé que le gouvernement n'en ferait rien et j'ai songé que ça pourrait t'aider.

Deepak secoua la tête, visiblement incapable de comprendre la valeur qu'accordait sa femme à ce bâtiment.

— Tu semblais heureuse quand tu y allais.

— Tu avais remarqué ? murmura Amisha.

Il haussa les épaules, et elle eut envie de lui demander pourquoi il ne le lui avait pas dit. Quand il avait refusé qu'elle y retourne après la découverte de la rédaction de Neema, elle l'avait détesté, vraiment.

— Mon bonheur t'importait, alors ?

— Lorsque je te vois ainsi, brisée par la maladie, je donnerais n'importe quoi pour que tu redeviennes comme avant, répondit-il sans fard. Comme quand tu étais à l'école.

Amisha lutta pour retenir ses larmes. C'était la première fois que Deepak s'exprimait si longuement et lui avouait qu'il l'aimait. N'ayant d'yeux que pour Stephen, elle s'était désintéressée de Deepak. Et maintenant, même s'ils étaient toujours des étrangers l'un pour l'autre, il agissait avec une grande bonté.

— J'ai dépensé presque tout notre argent, dit-il, rompant le silence en la taquinant. Il serait donc sage de ne plus rien acheter du tout jusqu'à ce que les enfants soient adultes. Au minimum !

— Merci, murmura enfin Amisha.

Elle le regarda quitter la pièce et s'endormit, les clefs posées à côté d'elle.

***

Amisha mit quelques jours à rassembler ses forces pour faire le voyage. Ils approchaient de l'école et Ravi ne la lâchait pas d'une semelle. Huit jours qu'elle était malade. Plus le temps passait, plus l'énergie l'abandonnait. Elle était très faible. Elle monta lentement les marches de ce lieu qui avait changé sa vie pour toujours. D'une main tremblante, elle inséra la clef dans la serrure. Elle n'y avait pas mis les pieds depuis le départ de Stephen. Elle avait cru que l'école appartenait au passé, et même si elle se trouvait à deux pas de chez elle, qu'elle ne ferait plus jamais partie de sa vie. Désormais, elle en était propriétaire et était libre de flâner dans ses couloirs vides et de visiter le jardin sans crainte de représailles ou d'interrogatoires. Elle était à elle. C'était le cadeau de son époux, de l'homme qu'elle avait trahi.

Quand elle y entra, accompagnée de Ravi, elle se perdit dans ses pensées. Elle contemplait les salles de classe désertes, et y associait quantité de souvenirs. Leurs pas résonnaient dans le silence comme s'ils étaient les premiers à parcourir ces lieux. Pour Amisha, cependant, les esprits des gens qui les avaient habités étaient bien présents. Elle pouvait entendre le rire des élèves et les voix des professeurs dont la sévérité masquait un désir ardent d'enseigner. Amisha fit glisser sa main sur les tableaux noirs et les tampons effaceurs avant d'entraîner Ravi vers la porte ouvrant sur le jardin.

— Est-ce bien réel ? s'exclama ce dernier.

— C'est le paradis, mon ami. Juste ici, dans notre petit village.

Ses sandales s'enfoncèrent dans la terre meuble. Ses souvenirs étaient là, et leurs racines se trouvaient sous les massifs de fleurs et aux côtés de celles des arbres. Ici, les fantômes ne la hantaient pas, mais l'accueillaient, la pressant d'oublier son chagrin pour se réjouir d'avoir vécu le frisson intense de l'amour. Elle mourait d'envie de revenir à l'époque où Stephen et elle étaient ensemble, même s'ils se tenaient à distance respectable l'un de l'autre. Dans leur jardin, ils dansaient au son d'une musique silencieuse.

— Je ne vais pas bien, Ravi, dit-elle en se tournant vers lui.

Ils s'étaient arrêtés à l'ombre de son hêtre. Ses branches bourgeonnaient, même si cette contrée était stérile. Elle s'y appuya et regarda enfin les choses en face.

— J'ai besoin que tu me fasses une promesse.

— *Shrimati* ! protesta Ravi, refusant de la laisser poursuivre.

— Écoute-moi, ordonna Amisha.

Elle craignait le pire. Physiquement, elle était faible. Ses pensées étaient confuses : elle mélangeait le présent et le passé. Les noms des garçons dansaient dans sa tête et elle ne parvenait plus à les distinguer. Son corps était en vie, mais son esprit dépérissait.

— Après ma mort, tu devras raconter mon histoire à ma fille.

— Amisha, tais-toi.

Ravi utilisait son prénom pour la première fois. Il devait la convaincre que rien de grave ne lui arriverait. Qu'elle avait toute la vie devant elle et que leur amitié serait éternelle.

— Ne laisse pas les cieux t'entendre. Ils pourraient te prendre au mot et te rappeler à eux.

— Les dieux ont prouvé qu'ils sont mauvais, même s'ils font briller le soleil tous les jours, s'écria Amisha. Comment puis-je croire que je survivrai, alors que je me sens si perdue ?

Elle pleurait.

— Tu me ferais plus de bien que n'importe quel médicament si tu me faisais cette promesse. S'il te plaît, Ravi, supplia-t-elle, joignant ses paumes.

— Tu as ma parole, *shrimati.*

Ravi lui prit les mains et les serra fort. Elle avait conscience qu'il était capable de tout pour elle : elle n'avait qu'à demander.

— Merci, dit-elle avant de perdre pied.

Elle s'adossa contre l'arbre, essayant éperdument de rester debout.

— Est-ce que tu veux que j'appelle le docteur ?

— Non.

Elle secoua la tête. Elle était si lourde… Quoi qu'elle fasse, elle n'arrivait pas à alléger sa souffrance. Elle se frotta le crâne et commença à tirer sur ses cheveux, dans un effort désespéré pour relâcher la pression. Ses gestes devinrent frénétiques et elle en arracha une poignée.

— Arrête, *shrimati*, arrête ! s'écria Ravi en tentant de la stopper.

Elle lutta contre lui. La douleur qu'elle s'infligeait était un soulagement face à son agonie.

— Va-t'en ! cria-t-elle sans le voir.

Elle essaya de se concentrer, de se rappeler qui il était, mais Ravi était désormais un étranger à ses yeux. Elle se frappa la tête et le ventre. Elle entendit un hurlement, mais ne réalisa pas que c'était le sien. Elle redoubla de violence. Puis, elle se mit à rire, parce que quelque chose lui soufflait que c'était un jeu.

— J'écris une histoire, expliqua-t-elle. Mes enfants s'amusent.

Ses trois fils lui lancèrent une balle. Elle leur souriait gaiement car c'était une journée superbe, que le soleil brillait et que tout allait pour le mieux.

— Stephen ! s'exclama-t-elle, brassant l'air de sa main pour l'atteindre. Nous avons une fille !

Tout à sa joie, elle applaudit. Elle chercha ses garçons du regard et les repéra.

— Samir, Jay, venez, *beta* ! Prenez votre frère avec vous.

Le bonheur illuminait son visage.

— Stephen est là et il va m'aider, comme il a aidé Ravi, dit-elle, l'œil vague avant de s'adresser à son vieil ami. Je suis désolée de t'avoir demandé de partir.

Soudain, les spasmes recommencèrent. Elle fut alors incapable de parler. Elle chercha sa langue avec ses doigts, mais la pression était insoutenable. Ses yeux étaient grands ouverts, mais ne voyaient rien. Elle tenta de tendre la main, mais ses bras refusaient de bouger. Elle voulut hurler pour leur dire à tous que quelque chose clochait.

— Ne t'en va pas ! s'écria-t-elle.

Mais Stephen s'éloignait avec Lena. Ses fils retournèrent jouer et disparurent de son champ de vision. Elle essaya de se raccrocher à Ravi, mais il était introuvable. Il faisait de plus en plus sombre et elle était seule. Elle tâtonna pour chercher une branche, mais tout tournait autour d'elle et quelques instants plus tard, elle tomba sur le sol, à l'ombre de son hêtre.

# RAVI

# CHAPITRE 48

— Les brahmanes disent qu'il s'agit de forces occultes.

Deepak revenait du temple où il s'était entretenu avec les *pujaris*.

— Les démons ont pris possession d'elle et jouent avec son esprit.

Le médecin avait abandonné sa patiente. Il avait signifié à Deepak que seul Dieu pourrait l'aider. Deepak regarda Amisha qui dormait profondément. Ses poignets et ses chevilles étaient attachés au lit pour éviter qu'elle s'automutile.

— Ils viennent pour l'exorciser. Les enfants ne devront pas être ici.

— Bina va les emmener tout de suite chez votre sœur, répondit Ravi, les nerfs tendus.

Ravi et Bina accompagnèrent les garçons dehors et cherchèrent un *rickshaw*.

— Je n'irai pas, annonça Samir sous le regard de ses frères qui demeuraient silencieux.

Depuis qu'Amisha était tombée malade, Samir était le seul à venir très régulièrement au chevet de sa mère.

— Je resterai ici, insista-t-il, le menton tremblant.

— Les brahmanes nous aideront à la guérir, dit Ravi qui essayait de le calmer.

Cet enfant en avait vu bien trop pour son âge et Ravi devait se montrer ferme pour qu'il ne soit pas témoin de la suite des événements. Refusant de lui parler des démons, il ajouta :

— Ils vont prier pour elle.

— Alors je prierai avec eux.

Samir croisa les bras sur son petit torse. Il voulait la même chose que Ravi : aider Amisha du mieux qu'il le pouvait. Ce dernier lui prit la main.

— Dieu écoutera les prières du fils de *shrimati* plus que celles de quiconque. Mais ton père a demandé qu'il n'y ait personne à la maison pour que les brahmanes puissent faire leur travail. S'il te plaît.

Enfant, on avait appris à Ravi que la mort arrivait quand il était l'heure, et qu'il ne fallait ni en avoir peur ni la combattre. La vie était une punition et le temps passé sur cette Terre, une épreuve. Pour un intouchable, la mort était un soulagement après une existence misérable. Elle offrait le retour tant attendu dans l'oubli.

Ravi ne savait pas si elle permettait de retrouver Dieu. Il se demandait surtout pourquoi Dieu, s'il existait, avait créé les intouchables. Lorsqu'il était petit, Ravi avait vu ses oncles et ses tantes agoniser dans la rue. On lui avait expliqué qu'ils s'endormaient profondément, exactement comme quand lui s'assoupissait et que le monde devenait plus doux dans l'obscurité.

La mort était un cadeau, car une fois dans l'au-delà, les intouchables n'avaient plus peur de la vie. Ils étaient libérés de leur terreur face aux enfants qui leur jetaient des pierres pour s'amuser. Ils n'avaient plus à se battre contre des animaux errants pour de la nourriture, pour finir frappés par les hommes s'ils remportaient la victoire. La main de la mort ne devait jamais être combattue. Au contraire, elle devait être considérée comme une bienfaitrice.

Pourtant, il rejetait tous ces enseignements parce qu'il s'agissait désormais d'Amisha. Sa maladie ne devait ni être célébrée ni accueillie avec joie. Il n'accepterait pas sa mort comme un cadeau du ciel. Et il ferait tout ce qu'il pourrait pour la sauver.

Enfin, Samir hocha la tête. Bina fit monter les enfants dans le *rickshaw.* Ravi ne bougea pas jusqu'à ce qu'ils soient en route. Ce n'est qu'à ce moment qu'il retourna à l'intérieur.

Depuis sa place contre le mur, Ravi regarda les prêtres remplir trente bols de *ghi* et allumer les mèches de coton. La fumée des bâtons d'encens, déposés dans des coupes en laiton, envahissait la pièce. Les prêtres les plus jeunes faisaient tinter des clochettes pendant que leurs aînés chantaient. Ils firent appel aux divinités, alors que les flammes dansaient, créant une atmosphère voilée. Ravi fut au supplice au moment où plusieurs d'entre eux se tinrent au-dessus de la tête d'Amisha pour sonner les cloches. Ils scandèrent leurs paroles de plus en plus fort jusqu'à hurler, en espérant extraire les démons de son corps. La fumée emplit les poumons affaiblis d'Amisha. Elle se mit à tousser.

— De l'eau, gémit-elle. S'il vous plaît.

Ravi s'approcha, mais Deepak leva la main, lui ordonnant de rester où il était.

Incapable de lui tenir tête, Ravi obtempéra. À chaque fois qu'un bâton d'encens était consumé, on en rallumait trois. La pièce était privée d'oxygène. C'était une torture pour Amisha, qui criait. N'y prêtant aucune attention, les prêtres continuèrent la cérémonie. Alors, n'écoutant que son instinct, Ravi s'avança pour les éloigner d'elle. Quelqu'un devait la protéger, la mettre à l'abri.

— Recule, ordonna Deepak.

— Il n'y a pas de démons ! s'écria Ravi, le cœur brisé en entendant pleurer son amie. S'il vous plaît, dites-leur d'arrêter.

— Peux-tu la soigner ? demanda Deepak.

Face au silence de Ravi, il ajouta :

— C'est bien ce que je pensais.

Ravi se détourna, incapable de regarder la scène. Au moment où les cris d'Amisha se transformèrent en hurlements, il quitta la maison. Dans sa hâte, il trébucha. Il se souvint de leur rencontre, quand elle lui avait proposé de travailler chez elle. La tête basse, il haleta et tenta de reprendre son souffle. Elle l'avait invité dans sa vie et dans celle de ses enfants alors qu'il n'avait aucune raison d'être sur cette Terre. Grâce à elle, pour la première fois, il avait eu l'impression d'avoir de la valeur. Il se releva et continua à courir, à en perdre haleine. Ses larmes l'aveuglaient, mais il ne s'arrêta pas, voulant désespérément s'éloigner le plus possible. Amisha lui avait tout donné et lui n'avait été capable que d'une chose en la voyant à terre et privée de tout : c'était de courir.

# CHAPITRE 49

Deepak serrait un fouet dans sa main.

— Les chefs du temple pensent que c'est notre dernier recours. Les forces occultes l'ont envahie, alors nous devons les chasser hors de son corps, dit-il avec précipitation.

Ravi le regarda. Il ne le reconnaissait plus.

— Vous avez décidé de la frapper ? répondit-il sans cacher sa colère. Elle est faible et sans défense !

— Ne discute pas mes décisions ! s'écria Deepak. C'est la seule solution. Sinon, elle mourra. C'est ce que tu veux ?

— Elle ne mérite pas ça, fit valoir Ravi, surpris d'avoir le courage de protester.

Mais il se fichait d'outrepasser ses droits. Si Deepak le frappait ou le renvoyait, il n'en aurait rien à faire. Il ne permettrait pas qu'on traite ainsi Amisha.

— Moi, je ne mérite pas ça. Je ne mérite pas qu'elle soit dans cet état, dit Deepak.

Ses mots résonnèrent dans le silence, comme une parodie de leur gravité.

— Les enfants méritent d'avoir leur mère auprès d'eux. Qu'allons-nous devenir sans elle ? Tu le sais, toi ? Tu penses que ce n'est pas bien d'agir ainsi, alors dis-moi : que puis-je faire d'autre ?

— Elle va guérir, insista Ravi, même si au fond de lui, il n'y croyait pas.

— Je m'en doutais : tu n'as pas de solution.

Deepak lui lança le fouet. Il effleura le torse de Ravi avant de retomber sur le sol.

— Les prêtres vont l'attacher au hêtre dans le jardin et il y aura une cérémonie. Ensuite, c'est toi qui lui donneras le fouet. Ils ont dit que ce doit être fait matin et soir. Ils ont promis que ce n'était qu'une question de jours.

— Vous voulez que je m'en occupe ? demanda Ravi, horrifié.

Deepak regarda au loin avant de répondre.

— Qui penses-tu qu'elle désignerait, si elle avait le choix ?

Il cligna ses yeux : il s'efforçait de contrôler ses émotions.

— Une fois, elle m'a dit qu'elle te confierait sa vie.

— Je ne peux pas, protesta Ravi en tremblant.

— Très bien. Dans ce cas, j'engagerai quelque d'autre pour le faire. Un ouvrier de la minoterie, par exemple.

— Non, répliqua Ravi, qui, de dégoût, se détourna de Deepak.

Il ne permettrait pas qu'un autre lui inflige ça. Qu'un autre la batte comme un animal…

— Je le ferai.

Il tendit la main. Deepak ramassa le fouet et le lui tendit.

— Elle sera bientôt prête.

***

Sous les yeux de Ravi, Deepak contemplait la femme qui lui avait donné quatre enfants et qui avait été à ses côtés avant même qu'il ne soit un homme. Ils s'étaient tous réunis dans le jardin. Les brahmanes avaient attaché Amisha contre le hêtre avec une corde : ses jambes et ses bras étaient solidement attachés, alors que ses épaules et son ventre étaient à découvert. Sa tête pendait. Inconsciente, elle fermait les yeux.

— Vous comptez rester ? demanda Ravi à Deepak.

Ses mains tremblaient. La chaleur le faisait transpirer. Quand Deepak secoua la tête, Ravi le remit à sa place avec une sécheresse dont il n'aurait jamais osé faire preuve auparavant :

— Alors, partez tout de suite. Laissez-moi accomplir en paix la tâche que vous m'avez confiée.

Deepak tressaillit. Ils contemplèrent tous deux la femme qu'ils avaient aimée. Celle qui avait rendu leurs vies meilleures et qui désormais, luttait pour survivre. Sans un mot de plus, Deepak quitta le jardin et s'éloigna de l'école. Ravi s'agenouilla devant Amisha et posa les mains sur ses pieds. Il avait accompli ce geste des années auparavant, et elle lui avait interdit d'agir ainsi.

— S'il te plaît, pardonne-moi, murmura-t-il.

Ses larmes tombèrent sur ses pieds et il les essuya, honteux qu'elles l'aient touchée.

Doucement, il enleva sa tunique. Une fois torse nu, il ramassa le fouet. Une main sur le manche, l'autre agrippant les lanières de cuir. Il fouetta sa paume, qui se mit à saigner. Avec des gestes précis, il éleva et projeta le fouet en arrière pour cingler son propre dos, avant de le ramener en avant, ralentissant délibérément son élan. Le fouet frappa le ventre d'Amisha. Elle hurla, incapable de comprendre d'où venait cette douleur cuisante.

Ravi répéta la manœuvre, se fouettant le dos jusqu'à ce que le sang coule de ses plaies. En agissant ainsi, il allégeait sa douleur de devoir l'écorcher vive. Sa peau s'enflamma et se flétrit. À chaque assaut, Amisha poussait un hurlement déchirant.

Elle supplia l'assaillant qu'elle ne voyait pas. Elle implora sa pitié. Elle lui dit qu'elle était désolée, elle pleura. Elle le supplia de lui pardonner, de pardonner les choses qu'elles avaient faites et qui l'avaient condamnée à ce châtiment. À chaque assaut, Ravi se frappait plus fort. Il était aveuglé par les larmes. C'est seulement quand il y eut une mare de sang à ses pieds et qu'il eut les mains engourdies qu'il arrêta.

La tête d'Amisha retomba. Elle était enfin replongée dans l'inconscience. Ravi s'effondra à ses pieds, le visage contre terre. Son corps était secoué de spasmes, signe de son insupportable tourment.

— Je suis désolé, sanglota-t-il. Je suis désolé.

Il la supplia de lui pardonner d'avoir utilisé ses mains pour lui faire du mal, ces mains qu'elle avait tenues dans les siennes en signe d'amitié. D'être celui qui avait fait couler son sang, alors qu'il était l'ami en qui elle avait eu confiance, dont elle avait pris soin et qu'elle avait élu. Alors que son sang se mélangeait au sien sur le sol, il regarda vers les cieux et s'adressa pour la première fois aux divinités afin qu'elles accordent à sa plus chère amie la délivrance de la mort.

***

Amisha resta attachée à l'arbre durant trois jours après que Ravi l'eut fouettée. Les prêtres avaient insisté dans l'espoir que les démons, lassés, la laissent tranquille et aillent torturer quelqu'un d'autre. Quand Deepak ordonna à Ravi de recommencer à la fouetter, il lui répondit ainsi :

— Je me trancherais les mains plutôt que de recommencer.

— C'est notre seul moyen, insista Deepak. Si tu ne le fais pas, quelqu'un d'autre s'en chargera.

— Alors il faudra que vous fassiez venir deux personnes parce que je serai là, devant elle, et ils devront me tuer avant de la toucher, répliqua Ravi qui refusait désormais de se taire.

Il devait au moins cela à Amisha : parler en son nom puisqu'elle en était incapable.

— Il lui reste peu de temps à vivre. Laissons-la partir en paix. Elle le mérite.

Deepak fuit à la minoterie. Quand Ravi envoya quelqu'un pour aller le chercher, un jour plus tard, Deepak appela le médecin. Ce dernier tâta le pouls d'Amisha, dont le corps était encore attaché à l'arbre. Elle était morte.

Ils préparèrent ses funérailles. Ravi aida à détacher les cordes qui avaient maintenu le corps d'Amisha. Ils l'allongèrent avec douceur sur une civière en bois pour transporter son corps jusqu'à un très haut bûcher. On y plaça le corps d'Amisha, désormais vêtu d'un sari blanc. Deepak et Samir allumèrent le feu à l'aide d'une branche enflammée. Ceux qui assistaient à la cérémonie regardèrent les flammes dansantes dévorer son corps.

Quand il ne resta plus d'elle que des cendres, Deepak ouvrit l'urne qui les contenait et leur permit de voler librement dans les airs. Elles se dispersèrent partout dans les terres. Quelques-unes, les plus légères, s'élèvent à travers les nuages et au-delà de l'horizon, entraînant Amisha dans des endroits dont elle avait rêvé sans jamais pouvoir les découvrir.

# JAYA

# CHAPITRE 50

Le village s'éveille sous les premiers rayons du soleil et nous nous installons sur la véranda. Les larmes dévalent mes joues.

— De quoi souffrait-elle ? je murmure.

— D'une encéphalite. À cause du moustique qui l'avait piquée.

Ravi avale plusieurs fois sa salive, tentant de maîtriser son trop-plein d'émotions. Je dois moi aussi lutter pour me contrôler.

— Le cerveau gonfle et ça provoque les hallucinations.

— Tout ça à cause d'un moustique ? dis-je d'une voix incrédule.

— Si ça peut te consoler, ta grand-mère l'a écrasé donc il n'a pu s'attaquer à personne d'autre.

Ravi agrippe sa canne et la ramène près de lui.

— Comment avez-vous su que c'était l'encéphalite ?

— Il y a eu une épidémie, des années après. De plus en plus de gens mouraient, alors le gouvernement y a prêté attention, explique-t-il avant de poursuivre un ton plus bas. On nous a dit de rester à l'intérieur ou de nous couvrir, après la saison des moussons.

Il secoue la tête avec colère.

— Mais ça n'a rien changé.

— Maman n'a aucune idée de tout ça !

J'ai de la peine quand je pense à tout ce qu'on lui a caché. Elle avait le droit de connaître son histoire. Elle aurait influé sur son avenir.

— Non, affirme Ravi. Ton grand-père parlait rarement d'elle après son décès.

Il joint les mains et les pose sur ses genoux.

— La façon dont nous avons traité ta grand-mère lors de ses derniers jours, c'était notre secret.

Les questions se précipitent et je ne peux masquer ma détresse :

— Pourquoi l'avoir frappée ? Et la fumée ? C'était dans quel but ?

— Les choses étaient différentes à l'époque, Jaya.

Malgré cette explication, sa voix est remplie de regret et de chagrin.

— Nous avions peu d'options, dans ce temps-là, poursuit-il. Notre pays a beaucoup évolué depuis son indépendance.

— J'aurais aimé la connaître.

Je l'aurais tellement voulu… Je pleure sa mort et déplore la façon dont elle a quitté ce monde.

— Ta grand-mère serait fière de toi.

Quand nos regards se croisent, il ajoute :

— Mais je pense qu'elle est en paix, parce qu'elle sait que le sacrifice qu'elle a fait n'a pas été vain. Ta vie est pleine d'opportunités, non ?

— La mienne, oui, mais ça n'a pas été le cas pour ma mère, au départ. Si je comprends bien, ses problèmes ont commencé avec la mort de sa mère ?

— C'est ça, dit-il lentement.

— Ravi…

J'ai vraiment envie d'en apprendre plus, mais il lève la main.

— Aujourd'hui, je vais te demander de me laisser un peu seul.

Il passe ses paumes ridées sur son visage pour essuyer ses larmes.

— Je ne pensais pas qu'il me restait encore des larmes pour pleurer sa perte.

Visiblement brisé par le chagrin, il soupire.

— J'ai peur d'avoir eu tort.

Il tapote mon épaule avant de se lever pour rentrer chez lui.

***

Le cœur meurtri, en proie à l'agitation, je parcours les rues du village. Sans cesse, je me demande si je marche dans les pas de ma grand-mère et de ma mère. Je me dirige vers les faubourgs, et erre jusqu'à perdre tout repère spatio-temporel.

Ma mère a toujours médité. Elle semblait heureuse, les yeux clos, perdue dans ses rêves. Elle m'a confié qu'elle avait commencé lorsqu'elle était enfant. Elle aimait tellement ça que j'ai essayé de nombreuses fois, au fil des années. Je n'ai jamais réussi à évacuer les pensées parasites qui envahissaient mon esprit. Travail, grossesses, ou autre… j'étais submergée par le quotidien. Quand je lui ai demandé comment elle faisait, elle m'a expliqué que pour être en paix, il fallait lâcher prise. Je n'ai pas compris ce que ça signifiait, mais maintenant, je m'interroge : n'était-ce pas la seule façon pour elle de survivre après avoir subi autant de pertes, si jeune ?

Les révélations de ces dernières semaines sont bouleversantes. Je suis venue en Inde pour échapper à ce qu'était devenue ma vie et trouver un moyen de faire face au deuil de mes grossesses et de mon mariage. J'ai peine à imaginer tout ce qu'ont perdu ma grand-mère et ma mère. En écoutant le récit de Ravi, j'ai été transportée dans un monde étranger. Malgré tout, il fait partie de l'histoire de ma mère et de la mienne parce que nous sommes les descendantes d'Amisha. Même si je suis à mille lieues de l'univers dans lequel cette dernière a vécu, sans ce village et sans elle, je n'existerais pas.

Je me retrouve devant la porte de l'école. Je repère l'endroit où Ravi cache les clefs, puis ouvre le cadenas. Avec Ravi, nous avons souvent parcouru ces couloirs déserts, et pourtant, aujourd'hui, je les considère d'un autre œil. Je pénètre dans le jardin et imagine Amisha cherchant qui elle était, et trouvant Stephen.

Ma grand-mère n'a jamais cru qu'elle avait le droit d'aimer et qu'elle devait être mise en avant pour son talent d'écrivain. Moi, j'ai réussi dans ces deux domaines, sans subir de perte. Quand elle a été forcée de faire un choix, elle a refusé de quitter ses fils, qui avaient besoin d'elle. Mais au moment où elle se sacrifiait et restait en Inde, elle assurait un avenir en Amérique à ma mère. J'ai du chagrin de ne pas l'avoir connue. J'aurais tant voulu rencontrer la femme qui partage mon sang. Le même sang…

Et pourtant, jusqu'à présent, je n'avais pas la force d'Amisha.

Les paroles de la puéricultrice résonnent dans mon esprit. L'histoire de Ravi aussi, jusqu'à ce que je sois totalement absorbée. Je contemple le jardin, cherchant comment honorer la mémoire d'Amisha tout en me montrant digne d'elle.

***

Je reviens à la maison en fin de journée, juste au moment où un *rickshaw* s'arrête devant. Je m'approche avec curiosité : un homme en sort après avoir réglé sa course. Quand il se tourne, j'en perds le souffle.

— Patrick ?

Ma voix n'est qu'un murmure. Il ne s'est pas rasé, et sa barbe est légèrement apparente. Sa chemise et son jean sont froissés. Il porte sur ses épaules un grand sac de sport et sa mallette d'ordinateur.

— Que fais-tu ici ?

Je franchis les quelques pas qui nous séparent et tends les bras pour l'enlacer, mais soudain, j'hésite et choisis finalement de reculer. Après notre conversation, je me suis sentie plus proche de lui que jamais, mais avec tout ce qui s'est passé entre nous, je ne sais pas vraiment comment réagir.

— Je suis venu te voir.

Il prend ma main et m'attire vers lui jusqu'à ce que je sois dans ses bras. Il enlace ma taille et me serre fort contre son torse. Mes sandales sont plates ; je dois donc me hisser sur la pointe des pieds pour poser ma tête sur son épaule. Le désir et l'amour m'enveloppent et me rappellent le couple que nous étions.

— J'espère que ça ne te dérange pas, souffle-t-il, les lèvres perdues dans mes cheveux.

— Non, je réponds avant de reculer et de le contempler, toujours ébahie par sa présence. C'est plutôt le contraire.

L'espoir tourbillonne en moi, même si je garde en tête qu'une unique conversation ne peut effacer des années de souffrance. Je serre les poings, luttant pour ne pas caresser sa joue et son torse.

— Pourrions-nous trouver un endroit tranquille où discuter ?

Le ton de sa voix traduit son épuisement et sa nervosité.

— Bien sûr, dis-je en l'entraînant vers la maison. Entrons.

Il gravit les marches à ma suite et patiente quand j'ouvre la porte. À l'intérieur, il pose ses sacs dans le couloir et regarde autour de lui.

— C'est ici que ta mère a grandi ?

— Oui.

Je ressens une fierté intense, en lui présentant mon humble demeure.

— Et c'est ici que ma grand-mère écrivait.

J'essaie de voir les lieux de son point de vue, me souvenant de ma propre réaction quand je suis arrivée. Ce qui me semblait minuscule et sans intérêt est en fait – j'en ai conscience maintenant – l'endroit où le destin de ma famille s'est scellé.

— C'est là que j'apprends qui je suis, j'ajoute posément.

— Et qui es-tu ? demande Patrick qui s'approche de moi, ses yeux cherchant les miens.

— Quelqu'un qui devait rassembler toutes les pièces d'elle-même, dis-je avec douceur. Je devais savoir…

Je m'interromps.

— Je devais trouver qui je suis. Qui est ma mère. Et mon identité profonde, au-delà de mon métier ou de ma place dans la société.

Il acquiesce.

— Pourquoi es-tu ici, Patrick ?

J'ai besoin d'entendre la vérité, qu'il me dise ce qu'il a dans le cœur, ne serait-ce que pour m'aider à comprendre ce qu'il y a dans le mien. Il détourne le regard avant de me faire face.

— Tu n'étais pas la seule à t'être égarée lors des fausses couches. Je n'arrivais plus à respirer, avoue-t-il.

Il passe la main sur sa nuque avant de la plonger dans la poche de son jean.

— Je voulais te sauver, nous sauver… mais ça me semblait plus simple de m'éloigner.

— Stacey…

Il hoche la tête.

— Je pensais qu'elle m'aiderait à oublier. J'étais stupide.

Il tend la main pour caresser ma joue, mais il paraît soudain prendre conscience de son geste et se fige.

— Tu es tout ce que j'ai. Tout ce dont j'ai besoin.

Il déglutit lentement. Ses yeux deviennent humides.

— Je suis tellement désolé d'être parti.

— Qu'est-ce qui s'est passé ensuite ?

J'ose lui demander, même si j'ai peur de m'être fait de faux espoirs.

— Ce n'était pas plus facile sans toi, explique-t-il. J'avais l'impression qu'à la fin, notre couple n'était que souffrance. Mais quand je me suis retrouvé sans toi, tu me manquais. Ton sourire, ton rire, ton obsession pour que tes articles soient parfaits me manquaient.

Il inspire longuement.

— Ma meilleure amie m'a manqué. Ma femme m'a manqué.

Les dernières morsures du désespoir m'abandonnent. Je songe à ma grand-mère. Elle qui, à cet endroit même, a dû choisir entre l'amour et sa famille. Personne ne devrait vivre ça, et pourtant, elle s'est exécutée avec grâce, écoutant son bon cœur qui plaçait toujours les autres en premier.

Patrick est l'homme de ma vie. Même quand mon cœur était brisé, il était sien. J'étais sûre de l'avoir perdu quand je me suis perdue. Maintenant, il est là, bras et cœur ouverts. Je ne retiens plus mes larmes. Le bonheur m'inonde.

— Est-ce que tu pleures de joie ? s'enquiert-il en les essuyant de l'index.

— Oui.

Après avoir dérivé si longtemps, je ne peux croire que nous nous soyons retrouvés.

— Je t'aime, je murmure, plus légère que jamais. Je t'ai toujours aimé. Même quand je ne m'en rappelais plus.

— Mon cœur…

Ses lèvres s'unissent aux miennes et je m'ouvre tout entière à lui, à nos souvenirs, à nos rires, à la souffrance et à l'amour.

— Je t'aime aussi.

Ses larmes se mêlent aux miennes. Ayant désespérément besoin de le toucher, je soulève sa chemise. Il recule pour que je puisse la lui ôter. Je caresse son torse. Il essaie de déboutonner le haut de ma tunique, attachée en dessous de la nuque. Je glousse alors qu'il lutte avec ce fermoir inconnu.

— Tu es magnifique, souffle-t-il quand je m'en occupe.

Il glisse la main sur ma tunique longue, la même que celle des femmes du village.

— Je ne t'ai jamais vu habillée comme ça.

Je lève les bras et il me l'enlève. Nous nous déshabillons lentement, savourant de retrouver le corps de l'autre. D'un geste tendre, il caresse mon ventre, celui qui a porté nos enfants si peu de temps. Je pose ma main sur la sienne et mon front contre le sien. Nous faisons notre deuil. Ses lèvres rencontrent les miennes.

Nous avons été jetés dans une tempête, et pendant un moment, elle a été plus forte que nous. Nos voiles étaient trop faibles pour la violence du vent et nous avons failli nous noyer dans le courant. Au moment où j'étais persuadée que le phare ne pourrait pas me guider jusqu'à la terre ferme, on m'a raconté l'histoire de ma grand-mère. Ses luttes et sa détermination m'ont appris que chaque jour est précieux et que l'amour doit être protégé comme un trésor inestimable, accordé seulement aux plus chanceux.

Patrick me soulève dans ses bras et me dépose sur le canapé. Là, nous nous murmurons des choses douces, nous passons un baume sur nos blessures et faisons revivre notre amour. Quand enfin, nous ne faisons qu'un, je ferme les yeux et le serre fort contre moi, reconnaissante d'avoir retrouvé mon époux.

# RAVI

# CHAPITRE 51

Deepak mit deux mois et deux jours à trouver une nouvelle épouse. Il avait fait savoir à tout le monde qu'il renonçait à la dot de sa future. Janna l'avait aidé à faire le tri parmi toutes les propositions, mais Deepak les rejetait toutes. Frustrée, Janna le menaça un jour de ne plus s'en mêler.

— Amisha est morte, lança-t-elle d'un ton mordant. Plus vite tu l'accepteras, plus vite tes fils auront une nouvelle mère.

Ravi se garda d'intervenir. Il était en train de jouer avec Lena pendant que Bina cuisinait. Depuis que Deepak cherchait à se remarier, c'était eux qui s'occupaient exclusivement des garçons.

— Décide pour moi, trancha finalement Deepak. Je me fiche de qui c'est. Assure-toi juste... commença-t-il avant de s'interrompre pour observer Lena qui tapait contre une casserole avec sa cuillère. Assure-toi qu'elle aime les enfants.

Janna jeta son dévolu sur une femme issue d'une famille aisée. Omi. Elle avait le cœur froid. Elle ne s'occupait guère des enfants et se plaignait souvent d'entendre les habitants du village parler de l'amour et de l'attention qu'Amisha portait à ses fils.

— Je vis dans l'ombre d'une martyre ! hurla-t-elle, quelques mois après le mariage. Cette famille a de la chance de m'avoir.

Effrayée par ses cris, Lena se mit à pleurer.

— Tais-toi ! vociféra sa belle-mère.

Pour elle, Lena n'était que le reflet de la femme qui l'avait précédée. Lena n'obtempéra pas immédiatement, alors Omi la gifla. La fillette tomba par terre en gémissant de douleur. Ravi se précipita à ses côtés pour la consoler.

— Ne la touche pas, hurla Omi, alors que Ravi se figeait. Sinon, je la frapperai plus fort.

— S'il vous plaît, supplia Ravi au nom de l'enfant qui était trop petite pour faire entendre sa voix.

— Tu protèges celle qui a tué ta *shrimati* ?

— Comment ça ? demanda Ravi, qui n'en croyait pas ses oreilles. Tué *shrimati* ?

— Elle est née la nuit d'*amavasya.*

Ravi le savait : une fille qui voyait le jour lors de la nouvelle lune, au moment où l'astre était dissimulé dans l'obscurité, portait malheur à sa famille. Mais pas Lena. Pas ce tout petit bébé qu'Amisha adorait.

— C'est impossible.

— Cette enfant a fait son apparition sous un voile sombre et les démons ont tué sa mère. Pas étonnant que quelqu'un comme toi la protège.

D'un coup de pied, Omi repoussa Lena contre le mur. Cette dernière pleura de terreur. C'est ainsi que commença son supplice. Omi la frappait parfois sans raison. En sa présence, Lena gémissait et tremblait. Les garçons, plus âgés, utilisaient l'école et les rendez-vous avec leurs amis comme échappatoires… Mais Lena n'avait aucune porte de sortie. La plupart du temps, Ravi tentait de s'interposer. Omi le battit à deux reprises, mais Ravi s'en fichait : cela signifiait qu'il avait protégé Lena à deux reprises. En désespoir de cause, il alla voir Deepak à la minoterie. Il saisit la première occasion qui se présenta, car Deepak ne revenait que rarement.

— Elle fait du mal à Lena, lui confia-t-il.

Depuis son remariage, Deepak était encore plus souvent absent. Parfois, il ne rentrait pas pendant des mois.

— Je vous supplie de l'arrêter.

Deepak ne montra presque aucun trouble.

— C'est la fille de *shrimati*.

— Et du lieutenant, compléta-t-il.

Ravi en resta bouche bée. Deepak l'observa et secoua la tête.

— Tu le savais, affirma-t-il avant de laisser échapper un rire triste. Évidemment. Tu gardais tous ses secrets. Omi est tombée sur leurs lettres. Des lettres d'amour.

Il se frotta les yeux, visiblement usé.

— Ma femme était fourbe. C'était une menteuse… murmura-t-il d'un air vaincu.

— Non, elle…

Ravi lutta pour trouver une explication. Il avait oublié les lettres. Même à l'agonie, Amisha n'en avait pas parlé et Ravi avait supposé qu'elle les avait jetées.

— C'était une bonne personne. Les lettres ne signifiaient rien.

— Ne me mens pas ! rugit Deepak. Amisha m'a trahi.

Ses yeux s'écarquillèrent alors que sa bouche se tordait de dégoût.

— Omi élève une bâtarde. Je dois lui en être reconnaissant. Bien plus que cela, d'ailleurs.

— Lena n'est qu'une enfant. Elle mérite mieux que ça, supplia Ravi. Vous ne savez pas ce que c'est de la voir pleurer ainsi.

— Alors, ne la regarde pas, répliqua Deepak d'une voix pleine de colère.

L'air pensif, il contempla Ravi avant de se décider.

— Omi s'est souvent plainte du fait que tu te sentes trop à l'aise dans notre maison. C'était peut-être tolérable pour quelqu'un comme Amisha, mais Omi mérite mieux, lâcha-t-il comme pour faire écho aux paroles de Ravi.

— Que voulez-vous dire ? souffla-t-il.

— Que je n'accepte plus que tu travailles chez moi, répondit Deepak tout en feuilletant les papiers sur son bureau. C'est ton dernier jour. Lena n'est plus ton problème.

Abasourdi, Ravi le regarda.

— S'il vous plaît, *sahib* ! l'implora-t-il. Je ne voulais pas vous offenser. Je suis prêt à faire n'importe quoi. Les enfants…

— … ne doivent plus être au centre de tes préoccupations. Tu es renvoyé.

Ravi le supplia de lui laisser une chance, mais Deepak l'interrompit :

— Encore une chose : si tu parles à qui que ce soit du père biologique de Lena, je l'abandonnerai dans un orphelinat en ville pour toujours. J'ai une réputation à conserver.

Il se leva et ouvrit la porte.

— Puisque tu es maître dans l'art de garder les secrets, ce ne sera pas un problème pour toi.

Ravi fit une dernière tentative.

— Le lieutenant… Il accepterait de la prendre avec lui. S'il vous plaît, contactez-le.

Deepak secoua la tête.

— Le lieutenant est décédé dans un accident. Vikram l'a appris il y a quelques semaines.

Ravi retint un gémissement de détresse. Il se souvint de ce que lui avait dit Amisha : son unique réconfort était que Stephen et elle vivaient sous le même ciel. Elle était sûre qu'elle le saurait au plus profond d'elle-même, s'il mourait. Ravi s'interrogea : Stephen avait-il senti qu'elle avait disparu ? Désormais, Lena était orpheline, totalement seule. Le cœur brisé, Ravi n'eut d'autre choix que d'acquiescer avant de partir.

Il trouva un travail d'éboueur municipal : il ramassait les excréments des animaux errants. Le temps passait et chaque semaine, il prenait des nouvelles des garçons. Il leur demandait aussi comment se portait Lena. D'une voix brisée, ils lui racontaient qu'Omi ne la frappait plus, mais la surnommait l'*apashakuna* : le mauvais présage. Lena faisait de son mieux pour se tenir à l'écart et ne pas provoquer la fureur de sa belle-mère. Deepak voyageait toujours. Quand il était à la maison, il adressait à peine la parole à Lena.

Désemparé, Ravi écoutait ce genre de choses chaque semaine. Il encourageait les garçons à bien travailler et leur apportait des bonbons pour célébrer leurs anniversaires et leurs réussites. C'était facile de rester en contact avec eux, mais Lena, elle, n'était pas libre et Ravi ne pouvait pas la voir.

Les années passèrent. Samir et Jay partirent en Angleterre pour étudier grâce à des bourses, contre la volonté de Deepak. Paresh s'apprêtait à aller en Australie, également contre l'avis de son père, quand il vint trouver Ravi.

— Lena a reçu deux propositions de mariage.

Il avait les mêmes traits et la même voix que Deepak.

— Il y a un garçon d'une autre région, issu d'une famille de couturiers. Omi veut qu'elle quitte la maison.

Il s'interrompit et Ravi prit la parole :

— Et le deuxième ?

— Il part en Amérique pour devenir médecin.

Paresh se frotta la nuque.

— Il n'y en a pas d'autres.

Pas étonnant : Omi avait répandu la rumeur que Lena portait malheur quand celle-ci était encore enfant. Elle avait encouragé les villageois à garder leurs distances. Elle l'avait tenue pour responsable de la mort de sa mère et faisait régulièrement des *pujas* pour débarrasser la maison de son énergie négative. Elle racontait à qui voulait l'entendre que Lena était anormale, alors qu'elle n'était qu'une gentille petite fille. Très vite, les villageois crurent Omi et ils gardèrent leurs distances, dans le but de protéger leurs enfants et leur famille. Omi semblait retirer un étrange plaisir de la souffrance de Lena.

— Elle m'a dit qu'elle souhaitait se marier avec le futur médecin, mais…

— Mais ? insista Ravi alors que Paresh hésitait.

— Mais Omi a dit non. La dot est trop élevée. Il est très convoité parce qu'il part en Amérique pour être médecin.

Ravi vit à quel point il souhaitait le meilleur pour sa sœur.

— Lena a pleuré. Avec ce garçon, ils se sont déjà vus. Ils se plaisent. Elle a supplié Papa, mais il a refusé de l'écouter. J'ai aussi essayé, sans succès.

Les absences constantes de Deepak après le décès d'Amisha avaient créé un fossé entre le père et ses fils, et il avait été creusé parce qu'il tolérait la façon dont Omi traitait Lena. Ravi était reconnaissant que les garçons lui fassent toujours confiance après tout ce temps. Samir et Jay avaient beaucoup de souvenirs de Ravi quand il travaillait chez eux et parlaient souvent de l'amitié profonde qu'éprouvait leur mère pour lui. Paresh, à l'exemple de ses frères, avait forgé un lien solide avec Ravi.

— Papa va annoncer ses fiançailles dans quelques jours.

Paresh contempla le village. Son regard se perdit dans la foule.

— Si Lena est forcée à vivre le reste de sa vie avec le couturier…

Il ravala sa salive avec angoisse.

— Enfin… Elle mérite d'être heureuse.

***

Ravi fit sa toilette dans les sanitaires que sa famille partageait avec dix autres familles. Il utilisa un unique savon pour se laver le corps et les cheveux, et se débarrasser de la crasse accumulée au cours de sa journée de travail. Il s'habilla rapidement d'une tunique et d'un pantalon propres. Il passa un peigne cassé dans sa chevelure pour la démêler. Après avoir glissé les pieds dans ses sandales, il se mit en marche pour la minoterie. Alors qu'il s'en approchait, il se souvint de sa première rencontre avec Amisha et cela l'apaisa.

— Si tu m'entends, *shrimati*, murmura-t-il, alors aide-moi à arranger les choses pour ta fille.

La cloche au-dessus de la porte tinta quand il entra. Le contremaître n'était plus le même qu'avant.

— Est-ce que *sahib* est ici ? demanda Ravi.

Il patienta tout en essuyant ses mains moites sur son pantalon. Quand Deepak fit son apparition derrière le contremaître, cinq minutes plus tard, Ravi ne parvint pas à cacher son choc. Deepak était devenu chauve et des rides striaient son visage, reflétant son angoisse. Il avait perdu beaucoup de poids et ses vêtements étaient trop grands pour son corps frêle.

— Ravi.

Il n'avait plus l'air en colère, comme quinze ans auparavant. Il semblait seulement épuisé.

— Ça fait si longtemps.

Il le conduisit dans son bureau et lui fit signe de s'asseoir dans le fauteuil réservé aux clients.

— Comment allez-vous, Bina et toi ?

— Bien.

Il ne lui avoua pas qu'elle parlait tous les jours des garçons qu'elle avait aimés comme ses propres fils. Il prit une longue inspiration, rassemblant son courage, et poursuivit :

— J'ai entendu la merveilleuse nouvelle : le mariage de Lena a été arrangé.

Il avait répété son discours une centaine de fois dans sa tête.

— Paresh m'a appris qu'elle veut épouser le garçon qui souhaite devenir médecin.

— Tu as parlé à mon fils ?

Il n'était pas en colère, seulement épuisé.

— Non, le rassura Ravi d'une voix précipitée. Je promets à *sahib* que je n'ai pas dit un mot.

Il rassembla ses esprits, craignant d'avoir empiré la situation.

— C'est venu comme ça dans la conversation. Juste parce qu'il se soucie de sa sœur.

— Le mariage avec le médecin est impossible, répondit Deepak, qui sembla accepter les explications de Ravi. Omi pense que le couturier est un meilleur choix.

— Amisha souhaitait qu'elle parte en Amérique, lança Ravi d'une voix plus dure qu'il ne le voulait. La nuit de la naissance de Lena, vous lui avez fait une promesse. Vous en rappelez-vous ?

Ravi lut dans le regard de Deepak que c'était le cas.

— Sans m'en rendre compte, j'ai promis à ma femme d'envoyer la progéniture d'un autre homme en Amérique.

La colère enflamma son visage et sa bouche s'affaissa.

— J'étais stupide. Une enfant avec les cheveux châtains, la peau blanche et les yeux verts... J'ai cru Amisha quand elle a affirmé qu'elle était de moi. Comment aurais-je pu penser le contraire ? s'écria-t-il en secouant la tête avec un air de dégoût. Rien ne me pousse à respecter cette promesse. Lena épousera le couturier.

Il se leva, indiquant ainsi que l'entretien était terminé.

— Il est revenu la chercher, dit Ravi, au désespoir de le convaincre.

Deepak, qui se dirigeait vers la porte, se figea et le contempla avec un profond désarroi.

— Le lieutenant l'aimait. Il voulait qu'elle l'accompagne en Angleterre. Il avait même promis d'élever les garçons comme s'il était leur père.

— Une femme hindoue ? lança Deepak en s'affaissant contre son bureau. Un membre du Raj ?

— Oui.

Ravi pria pour être guidé.

— Amisha a refusé. Même si elle savait qu'elle était enceinte de lui, affirma-t-il avec lenteur, laissant à Deepak l'occasion de bien comprendre ce qu'il disait. Elle a tout de même refusé.

— Pourquoi ? demanda ce dernier d'une voix brisée. Si elle était consciente que l'enfant n'était pas le mien, pourquoi m'avoir manipulé ?

— Parce qu'elle vous aimait, mentit Ravi, souhaitant désespérément aider Lena. Et elle voulait vivre avec vous.

Ravi conclut avec un argument décisif.

— *Shrimati* aurait pu donner naissance à sa fille en Angleterre, mais c'est à vous qu'elle a fait confiance pour l'élever. Pour être bon avec elle. Elle est restée en Inde pour vous. Et elle a payé sa loyauté de sa vie.

***

Ravi se tenait en marge du petit groupe. Omi n'avait pas fait de frais pour le mariage. Elle avait organisé la cérémonie en moins de trois jours et n'avait convié que la famille proche. Paresh avait invité Ravi tout en l'avertissant que c'était à l'insu de sa belle-mère. Ravi avait promis de garder ses distances. Il voulait juste voir la fille d'Amisha se marier.

Le *pujari* prononça en hindi le discours qui unirait Lena et son époux pour toujours. Il les couvrit de pétales de rose et d'eau bénite. Il attacha ensuite le pan du sari de Lena au vêtement du marié et demanda au couple de répéter sept fois le serment avant de tourner autour du feu. Il y eut une petite salve d'applaudissements lorsque tout fut fini. Ravi ferma les yeux, souhaitant de tout son cœur que son amie puisse être là pour assister au mariage de sa fille. Lena alla d'abord à la rencontre de Paresh, qui la serra fort dans ses bras. Le jeune homme lui embrassa le crâne et lui souhaita beaucoup de bonheur. Le mariage avait été si soudain que Samir et Jay n'avaient pas pu revenir à temps. Lena s'inclina et toucha les pieds d'Omi en signe de respect. Cette dernière se contenta d'acquiescer puis recula, refusant d'embrasser sa belle-fille, qu'elle avait toujours méprisée. Lena rejoignit ensuite Deepak et lui témoigna la même marque de considération.

— Sois heureuse, dit-il. En l'honneur de la mère qui t'a mise au monde.

Le regard de Lena plongea dans le sien et Ravi constata que ses yeux étaient humides. Elle hocha la tête d'un mouvement saccadé.

— Je le serai, Papa.

Elle contempla son époux qui se tenait à ses côtés, silencieux, avant de reporter son attention sur son père.

— Merci, souffla-t-elle. Pour le mariage.

Elle observa l'homme qui l'avait élevée. Le menton tremblant, elle poursuivit.

— Pour m'avoir permis de me marier avec celui que je désirais.

Son époux tendit la main pour serrer brièvement la sienne. Ravi sourit devant ce simple geste qui, une génération plus tôt, n'aurait pas été toléré. Cette démonstration d'affection et de soutien aurait comblé Amisha de bonheur. Deepak hocha la tête. Il avait du mal à contenir ses émotions. Se tournant vers son beau-fils, il s'adressa à lui :

— Prends soin d'elle en Amérique. Elle t'appartient maintenant.

— Oui, Papa, dit-il en utilisant le traditionnel terme de respect. Je vous le promets.

La main sur le dos de Lena, il l'entraîna vers la voiture louée par sa famille. Il ouvrit la portière et fit signe à la jeune femme de s'installer. Alors qu'elle courbait la tête pour y entrer, ses yeux rencontrèrent ceux de Ravi. Elle se figea quand elle le vit pleurer, ne comprenant visiblement pas qui il était. D'un signe de la main, Ravi la félicita et lui dit adieu. Il y avait peu de chances qu'elle se souvienne de lui, mais Lena lui répondit. Son mari s'installa dans le véhicule et quelques secondes plus tard, la voiture démarra. Ravi la suivit des yeux jusqu'à ce qu'elle disparaisse. Quand il s'apprêta à partir, il croisa le regard de Deepak. Ravi joignit les mains et le remercia d'un signe de la tête. Sans attendre la réaction de Deepak, il se détourna et rentra chez lui, avec la certitude que le souhait d'Amisha concernant sa fille s'était réalisé.

# JAYA

# CHAPITRE 52

Le temps s'est rafraîchi et à l'ombre, on ressent encore plus la baisse des températures. Le jardin est silencieux, comme si les animaux savaient que quelque chose ne va pas. Les fleurs se ferment et les feuilles de l'arbre pendent comme si elles étaient en deuil.

— Ma mère était un mauvais présage.

C'est le murmure qui m'échappe quand Ravi termine son récit.

— Sa belle-mère l'a tenue pour responsable de la mort d'Amisha ?

Je refoule un sanglot. Tout s'éclaire, maintenant : son insistance pour suivre les règles, s'assurant ainsi de ne pas commettre d'impair. Son tourment quand j'ai fait mes fausses couches. Son refus d'être proche de quiconque de peur que son énergie négative soit nocive. On lui a fait croire que tout ce qui allait mal dans sa vie, dans celle de sa mère ou dans la mienne était sa faute.

— Elle pense qu'elle est maudite.

— Oui.

Ravi est tendu et fatigué. Ses yeux errent derrière moi sans me voir. Ils sont vides d'expression.

— Sa belle-mère a prévenu tous ceux qui voulaient l'épouser que leur existence et celles de leur descendance seraient maudites. De son enfance jusqu'au jour de son mariage, on a répété à ta mère qu'elle était une malédiction. Deepak n'a jamais contredit Omi, alors elle a fini par le croire.

Ses épaules s'affaissent.

— Et je ne pouvais pas lui dire la vérité.

En tant que journaliste, je suis témoin de la cruauté des humains. Nous sommes formés pour ne pas nous impliquer émotionnellement et nous contenter d'informer. J'ai eu du mal au départ. Puis je me suis habituée et rapidement, j'ai été connue pour rapporter les événements avec une objectivité que d'autres m'enviaient.

Mais là, en apprenant comment on a traité ma mère, je ne peux être neutre. La rage me submerge. Si j'en avais le pouvoir, je demanderais que son destin soit différent. Mais je ne peux changer le passé. Son unique chance était de vivre sans me révéler quoi que ce soit. Peut-être que garder son secret était sa seule façon de l'accepter.

— Pourquoi Deepak a-t-il exigé qu'elle ne revienne jamais ?

— Je ne sais pas, avoue-t-il, déconcerté. Il y a plusieurs raisons possibles : Omi a insisté… ou Deepak a eu peur pour sa réputation. Elle aurait été ruinée si la vérité avait éclaté.

Sa voix se brise.

— Il ne m'a jamais parlé de cette promesse.

— Mais avant de mourir, il a souhaité la voir ? je demande, essayant tant bien que mal de comprendre.

— Il a peut-être voulu se racheter, répond-il avant de s'interrompre. Il aimait Amisha. Je ne sais pas s'il s'est un jour remis de sa trahison et de son décès.

Il prend une longue inspiration.

— Lena était une cible facile.

— Elle est heureuse, je murmure. Avec mon père.

Elle a ses démons, mais comparé à ce que sa vie aurait pu être, elle a eu de la chance.

— C'est vous qui la lui avez offerte.

Je m'apprête à poursuivre et lui confier combien je lui suis reconnaissante : grâce à son intervention, il a changé le destin de ma mère. Mais il secoue la tête.

— L'histoire n'est pas finie, lance-t-il en levant la main. Je ne t'ai pas tout dit.

Il agrippe fermement sa canne.

— J'ai attendu toute ma vie d'alléger ma conscience, mais maintenant que l'heure est venue, j'ai peur de la vérité.

Ses yeux rencontrent les miens et j'y lis son angoisse. Je m'apprête à l'interroger quand il poursuit lentement :

— Je lui ai menti.

— À qui ? je demande, interloquée.

— Il est revenu.

La brise qui agite le feuillage des arbres couvre sa voix. Les fleurs oscillent sous le courant d'air, comme pour protester. Les larmes coulent sur son visage sans qu'il puisse les retenir.

— Après avoir été rejeté par Amisha, le lieutenant est revenu.

— Stephen ?

Abasourdie, j'essaie de comprendre.

— Elle lui avait pourtant ordonné de ne plus revenir.

— Elle ne l'a jamais su, explique-t-il en tremblant. Trois jours avant sa piqûre, il est venu. Elle était à la rivière et j'étais seul à la maison. Je lui ai dit…

Ravi tente de reprendre son souffle.

— Je l'ai supplié de partir. Je lui ai annoncé qu'elle était heureuse. Il m'a cru et a promis de ne jamais revenir.

— Je ne saisis pas.

Ma voix n'est qu'un murmure et j'ai mal.

— Pourquoi ?

— S'il avait vu le bébé, il aurait compris, répond Ravi d'une voix lente. Il aurait voulu l'emmener. Amisha aurait alors dû choisir entre ses fils et Lena.

Ses sanglots couvrent ses paroles.

— Je pensais que je lui évitais d'avoir le cœur brisé. Au lieu de ça, je l'ai condamnée à mort, assène-t-il avant de lever la tête et de croiser mon regard. À cause de moi, ta famille n'a connu que le chagrin.

Son corps est secoué de tremblements désespérés.

— Je suis tellement désolé, s'écrie-t-il. Elle pourrait être encore en vie.

Je suis sous le choc. J'observe cet homme qui a porté sa culpabilité comme un fardeau tout ce temps, et lui réponds d'une voix brisée :

— Vous ne pouviez pas savoir.

Je pleure moi aussi, en posant ma main sur la sienne. Ma grand-mère a dû choisir entre ses enfants ou celui qu'elle aimait. Personne ne devrait subir ça.

— Son choix était impossible.

Je refuse de critiquer Ravi, cet ami intègre qui l'a toujours soutenue sans jamais la juger.

— Sa mort était un accident tragique. Ce n'est la faute de personne.

Je baisse la tête, luttant contre mon propre chagrin. Mais je ne peux blâmer l'homme dont le seul crime a été de faire ce qu'il fallait. Mes fausses couches, ma venue en Inde, ma réconciliation avec Patrick : tout cela m'a appris que la tournure que prennent nos vies peut être surprenante.

Pour la première fois depuis que Ravi me parle d'elle, je peux sentir le souffle de ma grand-mère. Je m'arrête et écoute, certaine d'entendre sa voix. Elle m'encourage. Le balancement des branches de l'arbre, les fleurs ouvertes… j'ai l'impression qu'elle est ici, avec nous. Elle me murmure d'aider Ravi.

— Vous étiez son ami, je dis en serrant sa main. Amisha vous aimait et vous faisait confiance. Si elle savait que vous vous sentez coupable, elle en aurait le cœur brisé. Ce n'était pas votre faute. Ce n'était pas celle de ma mère.

— Ses enfants avaient besoin d'elle. Stephen aussi. Ils l'aimaient et pourtant, ils ont dû vivre sans elle, répond-il avant de poser sa paume sur ma joue. Et toi, tu as dû vivre sans celle qui t'aurait aimée inconditionnellement.

Refusant d'être pardonné, il ajoute :

— Je me repentirai donc pour toujours.

Ravi se lève lentement et s'appuie sur sa canne avant de rentrer chez lui. Je le regarde jusqu'à ce qu'il disparaisse de ma vue.

Le reste de l'après-midi s'écoule dans le calme : je contemple le jardin d'Amisha en me repassant toute cette histoire. Patrick est parti visiter les environs pour laisser à Ravi l'occasion de conclure son récit. Lorsque le soleil se couche, je quitte le havre de fleurs de mon aïeule. J'attrape un *rickshaw* et demande au chauffeur de m'amener en ville. Quand j'arrive, j'entre dans le café où j'ai désormais mes habitudes. Après avoir composé le numéro, j'attends.

— Allô ?

La voix de ma mère est rauque : elle devait dormir. On est en pleine nuit, aux États-Unis.

— Maman…

Je m'interromps. En temps voulu, je partagerai avec elle l'histoire de sa famille et toutes les circonstances qui l'entourent. Mais maintenant, j'ai besoin de lui dire ce que je ressens. Je reprends la parole dans un murmure :

— Je t'aime.

— Jaya ? lance-t-elle, soudain alerte.

Je peux l'entendre s'asseoir dans le lit et mon père lui demander si tout va bien.

— *Beti* ?

— Je te suis tellement reconnaissante. Pour tout ce que tu m'as donné.

J'ai la gorge serrée par l'émotion. Le destin a rendu son jugement et a condamné ma mère dès la naissance. Elle était destinée à vivre sans une mère pour la guider. Même si elle a toujours semblé triste, elle ne s'est jamais plainte. Elle s'est crue maudite et donc, elle a gardé ses distances avec moi. Elle m'a aimée de la seule manière dont elle le pouvait, tout en ayant honte d'elle-même. Je regrette qu'elle m'ait caché son passé. Mais cela m'a poussée à voyager et à trouver un chez moi que je ne connaissais pas. Et grâce à cette expérience – dans le rire des gens, dans les âmes torturées des mendiants, dans la grandeur et la tristesse de ces lieux –, j'ai découvert la véritable histoire de ma mère et de ma grand-mère. Des femmes qui m'ont donné la vie. Aucun livre ne nous apprend comment mener notre existence, mais si je chemine avec le cœur et la grâce de ces femmes, alors j'aurais vécu honorablement.

***

*« Dieu ne nous donne que ce que nous sommes capables d'endurer. » C'est une croyance culturellement répandue, et cette expression se retrouve dans différentes langues. En tant que jeune journaliste, j'ai couvert les funérailles du maire bien-aimé d'une petite ville. Il l'avait été durant vingt ans et laissait derrière lui une armée d'électeurs dévoués et un fils. Après avoir entendu les paroles de ceux qui étaient venus lui rendre hommage, la veuve s'est finalement tournée vers une amie et lui a demandé : « Et si je ne peux pas le supporter ? » C'était une bonne question, mais elle n'avait pas la réponse.*

*Ma grand-mère aimait un autre homme que son mari et elle a eu une enfant illégitime, qui a été élevée par ce dernier sans même qu'il le sache. Cette histoire de filiation a façonné ma vie, même si je n'en avais pas conscience. Elle m'a définie. Elle m'a limitée, mais aussi épanouie.*

*Le destin a condamné ma grand-mère alors qu'elle était encore très jeune. Elle est décédée avant même d'avoir vraiment vécu. Son secret a été conservé jusqu'à aujourd'hui par l'homme qu'elle considérait comme son meilleur ami. Il n'a jamais rien dit et il a donc porté seul le fardeau de la culpabilité : il était certain d'être responsable de sa mort prématurée, liée à une décision qu'il avait prise en espérant la protéger. Rien n'apaisera ses remords. Et je m'interroge : la décision de Ravi a-t-elle influencé le destin de ma grand-mère ou au contraire, faisait-elle partie intégrante de son destin ?*

*J'ai subi trois fausses couches. Jamais je n'ai souhaité cela. Je n'ai pas cessé de me battre contre cette injustice, mais le destin s'est montré plus puissant. Je suis très triste de ne pas avoir eu d'enfants. Et me poser cette question est difficile : puis-je influer sur le cours de mon existence ?*

*La vie est un casse-tête dont les pièces semblent constamment bouger : rien n'est jamais clair. Il m'est souvent arrivé de vouloir emprunter coûte que coûte tel chemin… pour finalement en choisir un autre. Celui que je croyais être mon âme sœur à seize ans est devenu mon pire cauchemar à dix-sept (j'exagère un peu, mais vous comprenez l'idée). À ma grande surprise, je n'ai pas été admise dans l'université que je visais et j'en ai intégré une autre. Certains virages dans ma vie étaient de mon fait alors que d'autres étaient des détours forcés. En tout cas, chacun m'a amenée à être qui je suis aujourd'hui.*

*C'est le dernier article que j'écrirai ici. Je suis prête à rentrer à la maison et donc, à faire face au désespoir que j'ai fui. Mais je reviens en envisageant les choses différemment et en les comprenant. Peut-être est-ce le destin qui décide du cours de nos vies. Peut-être qu'accepter le pire pousse à découvrir de nouveaux horizons. Et peut-être qu'il faut demeurer fort malgré les coups durs. Mon angoisse n'a pas disparu, mais elle s'efface. Je ressens de la gratitude pour tout ce que je possède. Je ne perds pas espoir, gardant en tête la personne que je pourrais être. Ainsi, je me libère du passé et me tourne vers l'avenir.*

— Qu'est-ce que tu écris ? me demande Patrick en jetant un œil par-dessus mon épaule.

Je fais volte-face. Il est là, les bras remplis de sacs.

— Tu as fait du shopping au village.

— Oui, réplique-t-il penaud, en brandissant ses achats. Les enfants en ville sont assez convaincants.

— Ils t'ont eu !

Je le taquine, mais ma voix est éteinte. Il s'en rend compte et lâche ses sacs.

— Tout va bien ?

Il prend mon visage en coupe dans ses mains.

— Tu as fini d'écrire l'histoire ?

Je pose ma main sur la sienne et acquiesce.

— Celle de ma mère.

J'ai présenté Patrick à Ravi et à ses petits-enfants hier soir. Ils se sont très bien entendus, comme je m'en doutais. Patrick a organisé une partie de kickball dans la rue avec Amit, Misha et un groupe d'enfants du quartier, et je les ai regardés jouer avec un bonheur que je n'avais pas ressenti depuis longtemps. En voyant ma réaction, Ravi s'est penché et a murmuré que Patrick était un homme bon et qu'il avait de la chance de m'avoir. J'ai répondu que j'étais chanceuse également.

— La façon dont elle a été élevée, les épreuves qu'elle a endurées… dis-je avant de m'interrompre pour reprendre mon souffle. Ça éclaire tout.

Ma mère avait peur d'être proche de moi car elle était certaine qu'elle était responsable de tout ce qui n'allait pas dans ma vie. Elle a essayé de me protéger en gardant ses distances.

— Ravi m'a parlé d'un choix qu'il a dû faire. Il a vécu avec sa culpabilité depuis.

Je lui tends l'ordinateur.

— Les choix… Le destin ou le libre arbitre ?

— Aurais-tu fait les choses différemment si tu avais pu ? m'interroge-t-il après avoir lu mon texte.

— Je ne sais pas. Jamais je n'aurais voulu perdre mes bébés, mais si je pouvais recommencer, est-ce que mes grossesses arriveraient à terme ?

Je m'interromps en songeant à l'espoir qui s'est mué en désespoir.

— Si je n'avais pas essayé, je me serais toujours demandé si ça aurait été possible.

C'est la première fois que je suis capable de l'admettre. Je réalise alors que j'ai tout de même eu un semblant de contrôle sur tout ça.

— Et toi ?

Il met du temps à répondre.

— Peut-être. Te perdre a été le plus dur.

Il caresse ma joue. Je pose ma main sur la sienne, savourant son contact.

— Qu'est-ce qui t'est arrivé à l'appartement ?

Il fait allusion à mes moments d'absence. J'avais bien vu qu'il était inquiet, mais j'étais incapable d'expliquer ce phénomène à ce moment-là.

— Je pense que c'était dû au chagrin. Je ne savais pas comment le gérer, alors c'était plus facile de me déconnecter.

Dans un autre contexte, mes symptômes auraient été préoccupants, mais, submergée de douleur, je réalisais à peine ce qui se produisait.

— Ça s'est arrangé quand je suis arrivée ici. Et puis, ça a cessé.

Je désigne l'ordinateur.

— Je viens d'écrire mon dernier article sur le blog.

— Tu es prête à rentrer ? demande-t-il sans me lâcher du regard.

— Oui, je suis prête à rentrer à la maison, dis-je en serrant sa main. Mais j'ai pensé à quelque chose et j'aimerais en discuter avec toi.

Il acquiesce et je passe une heure à lui détailler ce que j'envisage pour Amit et Misha. Je conclus en évoquant l'orphelinat.

— Je veux adopter, j'annonce d'un ton hésitant. Je sais que les démarches prendront un moment, mais…

Je cesse de parler, attendant sa réaction. Quand il sourit, mon cœur s'allège. Il me serre dans ses bras.

— Oui, dit-il avec douceur. Rentrons à la maison avec notre enfant.

# CHAPITRE 53

Ce matin, Ravi me rejoint de bonne heure. Patrick passe la journée avec Misha et Amit, qui souhaitent lui présenter leurs parents. Quand j'ouvre la porte, Ravi me semble plus vieux et épuisé. Il sourit en brandissant une liasse de papiers.

— Comme promis, voici ce que ton grand-père voulait donner à ta mère. La raison pour laquelle je t'ai demandé de rester pour écouter toute cette histoire.

Je parcours les feuillets et lève les yeux, abasourdie.

— Les lettres de Stephen et d'Amisha ?

— Ton grand-père voulait que ta mère ait conscience qu'elle avait été aimée et désirée, explique-t-il d'une voix brisée. Il savait qu'elle ne le croyait pas.

Je ravale un sanglot et serre les lettres contre moi.

— Pourquoi les a-t-il conservées ?

— Au départ, je pense que c'était une punition qu'il s'infligeait. Un rappel de la trahison d'Amisha.

Ravi s'interrompt, son regard devient flou alors qu'il erre sur le sol.

— Ensuite, il les a gardées pour ta mère. Il m'a confié avant de mourir qu'il ne pouvait pas effacer ses erreurs, mais qu'il espérait que ces lettres seraient un premier pas pour arranger les choses.

Je me plonge dans la lecture. Le soutien inconditionnel de Stephen et son amour profond pour Amisha sont visibles. Leurs mots à tous les deux retranscrivent leurs sentiments, à une époque où ils ne pouvaient être plus que des amis. Leur amour n'a jamais été plus fort que lorsqu'ils étaient séparés.

— Je les donnerai à Maman, dis-je en essuyant mes larmes. Merci.

Le jour où Ravi m'a accueillie semble hier et pourtant, tellement de choses se sont produites depuis. Avec son histoire, il m'a fait le don de mon héritage et a permis à ma mère de trouver une source de salut. Je lui en serai reconnaissante toute ma vie.

— Qu'est-ce qui ne va pas, *beti* ? demande-t-il quand il me voit lutter pour reprendre contenance.

— Je pars.

Un mélange de tristesse et de résignation passe sur son visage.

— Il est largement temps.

— Avec ton mari, dit-il, me devançant, sourire compréhensif aux lèvres. Tu es heureuse depuis qu'il est là.

— Oui. Je suis consciente de la chance que j'ai d'être aimée et grâce à votre histoire, je sais combien c'est important de s'accrocher à ça.

— Alors, mon récit a atteint son but, murmure-t-il. Quand est-ce que tu t'en vas ?

— Dans quelques jours. Mais il y a quelque chose que vous devez faire pour moi. Cette maison…

Je m'interromps et jette un œil à cette modeste demeure, cherchant les mots justes. Des gens hors du commun l'ont habitée, et pourtant, leur histoire et leurs âmes sont toujours parmi nous. Ils m'ont changée et j'en suis heureuse.

— Je veux que vous emménagiez ici.

— Jaya, non.

Ravi lève la main tout en secouant la tête. Mais je suis décidée.

— Écoutez-moi. La maison, l'école et la minoterie sont désormais à vous : je les ai transférées en votre nom.

Cela ne m'a coûté qu'une centaine de dollars, puisque les membres de ma famille ont renoncé à leurs droits.

— Vous avez honoré votre promesse, Ravi. Maintenant, prenez ce que ma grand-mère vous aurait de toute façon offert.

— Après ce que je t'ai avoué ? demande Ravi en contemplant les documents que je lui tends. Comment peux-tu me faire un tel cadeau ?

— Vous m'avez expliqué que ma grand-mère n'était pas parfaite, mais que son cœur l'était, car il se tournait toujours vers les autres. Je pense qu'elle dirait la même chose de vous. Vous avez essayé de la protéger. Elle l'aurait compris.

— Quand elle était en vie, tout n'était que joie et bonheur, ici.

Il jette un coup d'œil circulaire et poursuit d'une voix triste.

— Ensuite, c'est devenu un mausolée.

— Vous avez entretenu les lieux avec tant de soin et d'amour… C'est votre maison, de droit.

Quand il recommence à protester, je tranche :

— Ce ne sont pas les liens du sang qui fondent une famille. C'est l'amour.

Je prends sa main.

— Si vous demandiez aujourd'hui à ma grand-mère qui vous êtes, elle répondrait que vous êtes un membre de sa famille, dis-je alors qu'il déglutit péniblement. Vous pourriez louer l'école à des entreprises et peut-être même rouvrir la minoterie. S'il vous plaît, Ravi ! Acceptez ! Pour elle et pour votre famille. Elle aurait voulu que vous en héritiez.

— Vous nous avez offert un cadeau extraordinaire, murmure-t-il enfin.

Il joint les mains et s'incline.

— Merci.

— Il y a autre chose, j'ajoute calmement. Ce que je vais vous proposer n'est pas…

Je demeure silencieuse un instant, ne souhaitant pas l'offenser ou critiquer sa façon de vivre.

— Explique-moi, *beti*, m'encourage-t-il, sans comprendre où je veux en venir.

— Nous avons un grand appartement à New York, dis-je avec précaution. Patrick est un homme merveilleux.

Je songe à tout ce que j'ai vécu et à ce qui m'a amenée ici. Pour la première fois depuis longtemps, j'envisage le futur en ressentant de l'impatience.

— Je ne sais pas si c'est possible, mais j'aimerais aider.

Je pense à ma mère et à mon enfance, et cela me donne la force de poursuivre.

— Ma mère m'a montré que le mieux qu'on puisse offrir à un enfant, c'est du soutien et de l'amour. Et je vous promets que c'est ce que je ferai, à cent pour cent.

— De qui parles-tu ? demande Ravi, perdu.

— De vos petits-enfants, dis-je avec précipitation. Permettez à Misha et à Amit de venir en Amérique, pour que Misha puisse recevoir les soins médicaux adéquats et pour leurs études à tous les deux. Ça me rendrait infiniment heureuse de le leur offrir.

— Jaya ? lance Ravi, les yeux rivés sur moi.

— Ma grand-mère avait un don : l'écriture. Cette activité était pour elle le pont qui la menait vers un monde meilleur. Là, elle y a rencontré Stephen et l'amour véritable.

Jamais plus je ne considérerais ces choses-là comme acquises.

— Votre histoire m'a montré que la vie ne doit pas toujours être centrée sur ce que l'on veut, mais sur ce qui est possible de faire avec les moyens dont on dispose. Amit et Misha ont une famille qui les aime et ils sont ici chez eux, mais je serais honorée d'être celle qui partage un nouveau monde avec eux, même si c'est temporaire.

— Tu seras leur pont vers un monde meilleur ?

— Non, dis-je lentement. C'est le contraire : ils seront ma passerelle vers le bonheur.

# ÉPILOGUE

## Ravi

Le cœur gonflé de fierté, Ravi referme la brochure. Ses yeux sont brouillés par les larmes alors qu'il regarde ses petits-enfants danser avec Rokie, qui aboie joyeusement. Ils sont prêts à partir en Amérique. Jaya a envoyé leurs billets, ainsi que de la documentation sur les hôpitaux près de chez elle, spécialisés dans l'orthopédie et le traitement de la polio.

Ravi plaque contre son cœur le précieux fascicule aux pages glacées et se dirige en chancelant vers la chambre. Quand il ouvre la porte, les souvenirs l'envahissent. Cette pièce, où Amisha a écrit ses histoires pendant de nombreuses années, l'attire. Il marche lentement. Il a le temps et n'est attendu nulle part. Il ferme la porte derrière lui, laissant sa famille célébrer la bonne nouvelle.

— Merci, dit Amisha, qui se tient au pied du lit.

Ravi la voit, comme souvent. Et pourtant, jamais elle n'a été si réelle. Si vivante.

— Tu aurais dû être celle qui raconte cette histoire, répond-il, souhaitant comme toujours qu'elle soit là.

— Tu t'en es sorti mieux que je n'aurais pu le faire, affirme Amisha, tout sourire, les yeux pétillants. Tu t'es présenté comme un vrai héros, n'est-ce pas ?

— Ça a toujours été toi, mon héroïne, avoue Ravi, le cœur et l'esprit légers. Comment vas-tu ?

— Je suis heureuse, assure-t-elle, en le voyant au bord des larmes.

— Stephen ? demande-t-il alors qu'elle sourit, le remplissant d'espoir.

— Oui.

Cette simple réponse lui assure qu'elle a retrouvé son grand amour.

— J'ai écrit des histoires, lance-t-elle en tendant la main pour l'inviter à la rejoindre. Est-ce que tu accepterais de les lire ?

— Toujours.

Ravi glisse sa main dans la sienne et il sait qu'en compagnie de son amie de toujours, il peut enfin être libre.

## Jaya

Deux semaines avant l'arrivée des enfants, j'ai reçu une lettre me confirmant que tout est organisé et que les enfants étaient prêts pour le voyage. À la fin de son courrier, le fils de Ravi m'annonce la mort de son père. Ravi est décédé peu après avoir reçu les photos de notre maison et de l'école que mes parents nous ont aidés à trouver pour les enfants. Le fils de Ravi précise qu'il avait le sourire aux lèvres en feuilletant le fascicule de l'école et de l'hôpital. Ensuite, il est allé se coucher, et ce n'est que le lendemain matin qu'ils ont retrouvé son corps sans vie.

Je ne pleure pas Ravi. L'homme que j'ai rencontré vivait pour honorer sa promesse. Il m'a raconté l'histoire d'Amisha et s'est assuré de transmettre son héritage pour que nous en prenions soin. Grâce à lui, nous nous sommes retrouvées, ma mère et moi. Quand je lui ai raconté cette histoire, nous avons célébré et pleuré l'amour perdu qui était à l'origine de sa naissance. Quand je lui ai dit que nous souhaitions adopter un enfant, elle m'a prise dans ses bras, en larmes, et m'a dit qu'elle avait hâte de rencontrer sa petite-fille ou son petit-fils.

Une fois sa mission accomplie, Ravi s'est enfin autorisé à se reposer. Je crois qu'Amisha l'attend et l'accueillera comme l'ami le plus fidèle qu'elle ait jamais connu.

# REMERCIEMENTS

À Mark Gottlieb : je me sentirai toujours reconnaissante en songeant au jour où nous avons commencé à travailler ensemble. Tu es extraordinaire et j'ai beaucoup de chance de travailler avec toi. Je suis impatiente de découvrir ce que notre amitié nous réserve et d'écrire encore beaucoup d'autres livres en ta compagnie.

À Danielle Marshall : tu as fait de cette aventure éditoriale une expérience extrêmement agréable. Grâce à toi, j'ai eu confiance en cette histoire. Merci pour ta sagesse et tes encouragements.

Pour Gabe et l'Équipe des Auteurs : merci pour tout. Je pense en particulier au travail en coulisse qui clarifie si bien les choses, quand on écrit une histoire. Je vous suis profondément reconnaissante.

Pour Dennelle Catlett : merci beaucoup pour tout ce que tu fais pour faire découvrir ce livre aux lecteurs. Je te suis profondément reconnaissante.

Pour Tanya Farrell : je suis tellement enthousiaste à l'idée de travailler avec toi ! Merci par avance pour tout.

Sarahlou C. : merci, mon amie, de me comprendre si bien et d'être toujours là pour moi. Tu es la voix du calme et de la raison quand j'en ai le plus besoin. Je t'aime comme une sœur : mais je ne suis toujours pas d'accord pour ces vacances de folie que tu me proposes.

Tiffany Y. Matrin : ta vision et tes idées au sujet de cette histoire ont été déterminantes. Sans cesse, tu as rendu cette histoire meilleure. C'est toujours un immense plaisir de travailler avec toi et je t'en remercie.

Nicole Pomeroy, Sara Addicott, Jane Steele, and Nicole Brugger-Dethmer : merci beaucoup pour vos efforts, vos idées et vos corrections : elles apportent de l'éclat à cette histoire. Grâce à vous, elle est bien meilleure.

Pour mes lecteurs : merci de me lire. Les mots me manquent pour vous dire ma profonde gratitude.